RÄCHERIN DER DUNKELHEIT

FLIRTEN MIT MONSTERN
BUCH 3

EVA CHASE

Rächerin der Dunkelheit

Flirten mit Monstern Buch 3

Erste Digitale Ausgabe, 2020

Copyright © 2022 Eva Chase

Übersetzung: Anja Maria Lermer

Lektorat: Nadja Uebach

Umschlaggestaltung: Open World Cover Designs

Ebook ISBN: 978-1-998752-10-2

Paperback ISBN: 978-1-998582-19-8

✿ Erstellt mit Vellum

EINS

Sorsha

Ich hätte nicht gedacht, dass ich das Ende der Welt ausgerechnet in einem glitzernden Tarn-Wohnmobil erleben würde, doch man kann sich sein Schicksal eben nicht immer aussuchen.

Wenigstens glitzerte es nur von innen, während es für die äußere Erscheinung verschiedene Tarn-Varianten gab. Ein Knopfdruck auf dem Armaturenbrett reichte aus, um das luxuriöse Gefährt in einen Schulbus oder ein militärisches U-Boot zu verwandeln.

Letzteres hatten wir noch nicht ausprobiert, was sehr schade war.

Im Moment war das Wohnmobil als Reisebus unterwegs – eine hervorragende Mehrzweckfassade, die so gut wie nirgends Aufmerksamkeit erregte. So konnte man zum Beispiel vollkommen unbemerkt auf dem Parkplatz vor dem Naturzentrum eines staatlichen Parks parken. Das Gebäude, in dem sich Ausstellungen über die örtliche Flora und Fauna befanden, war über Nacht geschlossen. Wir waren ohnehin nicht hier, um unser Wissen über die Umwelt aufzufrischen. Etwa einen halben Kilometer von einem der Waldwege entfernt befand sich ein Graben, der die Welt der Sterblichen mit dem Schattenreich verband.

Die sieben Wesen, die um mich herum standen – oder im Falle meines kleinen Drachens Pickle auf mir saßen, nämlich an seinem Lieblingssitzplatz auf meiner Schulter – waren allesamt Schattenwesen. Drei von ihnen kehrten heute Abend ins Schattenreich zurück.

Gisele richtete sich auf und ihr Partner Bow legte seinen Arm um ihren Oberkörper, um sie zu stützen. Vor ein paar Tagen war die Einhornwandlerin in einem Kampf gegen die Lichtarmee fast tödlich verwundet worden. Die geheime Organisation, auf die wir gestoßen waren, wollte die Schattenwesen mit allen Mitteln vernichten. Gisele, Bow und ihr Freund Cori waren auf dem Weg zurück in die Schattenwelt, damit sie sich schneller erholen konnte.

Sie warf dem Wohnmobil einen letzten, traurigen Blick zu. „Passt gut auf das Supermobil auf, ja?" Die drei hatten uns freundlicherweise ihr Fahrzeug geliehen, damit wir unsere Mission fortsetzen und die Lichtarmee zu Fall zu bringen konnten. Als Dankeschön und Entschuldigung hatten wir die zerbrochenen Scheiben und anderen Teile repariert, die beim letzten Gefecht beschädigt worden waren.

Ruse schenkte der Einhornwandlerin sein typisches Lächeln, das sein hübsches Gesicht noch schelmischer aussehen ließ, und tätschelte die Seite des Wohnmobils. „Wir werden es wie ein Familienmitglied behandeln."

Ich sprang auf, bevor Omen, der Anführer unserer kleinen Gruppe, die Tatsache erwähnen konnte, dass ich seiner Meinung für die Zerstörung von zwei unserer vorherigen Fahrzeuge verantwortlich war – als ob es meine Schuld wäre, dass die Söldner der Lichtarmee beschlossen hatten, unsere Fortbewegungsmittel ins Visier zu nehmen.

„Du hast dich schnell erholt", sagte ich. „Ich wette, ihr seid bald wieder hier, um euer Supermobil abzuholen."

„Und um euch zu helfen, diese Arschlöcher zu vernichten", murmelte Gisele, deren Stimme selbst dann noch hell klang, wenn sie schimpfte. „Niemand legt sich einfach so mit einem Einhorn an."

Omen senkte seinen Kopf mit dem gelbbraunen, zurückgekämmten Haar – zwar nur ganz leicht, dennoch war es ein Zeichen des Respektes seitens des Höllenhund-Wandlers. Er war das mächtigste Schattenwesen, dem ich je begegnet war, und strahlte immerzu eine bedrohliche Autorität aus. „Wir werden dafür sorgen, dass die Armee die Konsequenzen zu spüren bekommt, bis ihr zurückkehrt. Wir haben noch eine Menge Rechnungen mit ihnen offen."

„Ich freue mich schon darauf, noch mehr von ihnen zu vermöbeln", verkündete Bow. Mit den gewaltigen Hufen seiner Schattengestalt hatte er schon etliche Hiebe ausgeteilt. Nachdem ich ihn als Zentaur gesehen hatte, konnte ich sein menschliches Aussehen, das er annahm, um sich unter die Sterblichen zu mischen, nur schwer begreifen. Wie bei allen Schattenwesen, die in diese Welt kamen, war auch bei ihm eines seiner monströsen Merkmale in seiner Menschengestalt vorhanden: In seinem Fall war es eine prachtvolle Irokesenmähne aus kastanienbraunem Haar.

Thorn, der dritte meiner derzeitigen Weggefährten, richtete sich zu seiner vollen, beträchtlichen Größe auf und spannte seinen kräftigen Bizeps an. Das Mondlicht wurde von dem einzigen Schattenwesen-Merkmal reflektiert, das er nicht verbergen konnte: seine kristallinen Fingerknöchel, die unglaublich nützlich waren, um auf unsere Feinde einzuschlagen. Seine tiefe, heisere Stimme klang so düster wie immer. „Die Schurken haben viel zu verantworten."

Das hatten sie. Meine Brust zog sich schmerzhaft zusammen, als ich daran dachte, wie Gisele nach dem Angriff zusammengebrochen war. Rauch war von ihrem Körper aufgestiegen, was in etwa so war, als würde ein Mensch verbluten. Das Engegefühl in meiner Brust wurde noch intensiver bei dem Gedanken, was die mörderischen Schweine von der Lichtarmee wohl gerade möglicherweise mit dem vierten Mitglied meines monströsen Quartetts anstellten.

Snap war das liebenswürdigste, sanfteste Wesen, dem ich je begegnet war, Menschen eingeschlossen. Und das, obwohl er in der Lage war, unsagbare Schmerzen zu bereiten, indem er sterbliche Seelen verschlang. Er hatte sich so sehr dafür geschämt, dass er diese Kraft eingesetzt hatte, um mich zu retten, dass er auf eigene Faust losgezogen und von der Armee gefangen genommen worden war. Ihre Wissenschaftler führten grausame Experimente an den Schattenwesen durch. Bei der Vorstellung, wie der Verschlinger auf einem ihrer stählernen Labortische lag, wurde mir flau im Magen.

Letzte Woche hatte ich eine übernatürliche Kraft in mir entdeckt, die kein Sterblicher besitzen sollte. Möglicherweise war ich also gar kein normaler Mensch, obwohl weder ich noch die Schattenwesen gewusst hatten, dass das möglich war. Auch wenn ich keine Ahnung hatte, *was* ich war, wusste ich zumindest, dass ich jeden, der Hand an Snap legte, mit Freuden in Flammen aufgehen lassen würde. Ich glaubte nicht, dass es schwierig sein würde, das Feuer in mir heraufzubeschwören. Die Armee hatte sich mit der Falschen angelegt.

Als hätte er meine Stimmung gespürt, hüpfte Pickle von meiner einen Schulter zur anderen und schmiegte seinen schuppigen Hals an meine Wange. Als wir uns von den Pferdwandlern und ihrem Freund verabschiedeten, kraulte ich den Bauch des Drachen. Er gab ein zufriedenes Schnauben von sich.

Vielleicht hätte ich ihn zusammen mit den anderen zurück nach Hause schicken sollen. Er war nicht in der Lage, zu kämpfen, und mittlerweile hatte sich die Auseinandersetzung in einen ausgewachsenen Krieg entwickelt. Doch ich hatte ihn aus gutem Grund behalten, nachdem ich ihn aus dem Haus eines Sammlers gerettet hatte, dessen Scharen von Bestien ich mit Vergnügen befreit hatte. Sein Kerkermeister hatte Pickle die Flügel gestutzt, sodass er kaum noch fliegen konnte. Ich vermutete, dass er im Schattenreich schnell die Beute von Raubtieren werden würde.

Konnte ich das Schattenreich überhaupt als sein „Zuhause" bezeichnen, nachdem er die letzten zwei Jahre hier bei mir verbracht hatte?

Gisele schaute sich ein letztes Mal zu uns um und hauchte uns einen Kuss zu, von dem ich schwören könnte, dass er in der Dämmerung glitzerte. Dann verschwanden sie und ihre Begleiter in den Schatten zwischen den Bäumen. Die spätsommerliche Brise, die uns umwehte, war kühl genug, um mir eine Gänsehaut auf die Arme zu treiben. Wir drehten uns zu unserem Fahrzeug um.

Omen verschränkte die Arme vor der Brust und betrachtete das Wohnmobil mit einem ungewöhnlich anerkennenden Blick. „Wir haben einen langen Weg vor uns, Darlene."

Ich biss mir auf die Lippe und wechselte einen Blick mit Ruse, wobei ich mir ein Kichern kaum verkneifen konnte. Omen gab seinen Fahrzeugen gerne Namen, angefangen bei seinem inzwischen demolierten Kombi – ruhe in Frieden, Betsy – bis hin zu dem Motorrad, das er Charlotte getauft hatte und das derzeit am Heck des Supermobils befestigt war. Natürlich gab es dieses Mal ein kleines Problem, das ich unbedingt ansprechen musste.

„Ich glaube, du solltest Dingen keinen Namen geben, die nicht dir gehören."

Omen seufzte. „Im Moment gehört sie mir. Also gut, Leute. Einsteigen und ab nach Chicago."

Ein Schattenwesen, das sich gut mit Computern

auskannte, hatte aus den Daten der Lichtarmee ermittelt, dass Snap in die Windy City gebracht worden war. Jetzt wollten wir unseren Verschlinger zurückholen, bevor wir gegen den Kopf der mörderischen Organisation vorgingen, der, unseres Wissens nach, von San Francisco aus operierte.

Das war natürlich leichter gesagt als getan.

Ruse nahm auf dem Fahrersitz Platz, wobei der silberne Glitzeranhänger am Rückspiegel hin und her baumelte. Ich ließ mich auf dem weißen Ledersofa nieder, das sich um einen eleganten Esstisch schlängelte. Omen lehnte sich gegen den Marmortresen in der Küche. Der Höllenhund-Wandler schien sich im Stehen am wohlsten zu fühlen.

„Glaubst du, es wird schwer, die Einrichtung zu finden, in der sie Snap festhalten, sobald wir in der Stadt sind?", fragte ich. In meiner Heimatstadt hatte ich mich auf die Verbindungen verlassen, die ich über ein Jahrzehnt lang aufgebaut hatte, und Omen war es gelungen, einen Gefallen von einer örtlichen Schattenwesen-Gang einzufordern. In Chicago kannte ich niemanden.

Wahrscheinlich gab es dort eine Zweigstelle des Schutzbunds für Schattenwesen, doch ich konnte nicht erwarten, dass die Leute von zu Hause einen Kontakt zu ihnen herstellen würden. Ich hatte in den letzten Tagen eine Menge Brücken hinter mir niedergebrannt – metaphorisch gesprochen. Ich wollte lieber nicht darauf eingehen, was ich *buchstäblich* niedergebrannt hatte.

„Es ist ziemlich einfach, mächtige Wesen aufzuspüren, wenn man weiß, wonach man suchen muss", erklärte Omen mit seiner gewohnten Zuversicht. „Wenn sie nicht mitbekommen haben, dass diese bösartige Organisation Jagd auf sie macht, dann haben sie den Namen Schattenwesen nicht verdient."

Thorn hatte sich neben das Sofa gestellt. Er drückte mit einer seiner großen Hände meine Schulter. „Wir werden den Verschlinger retten, Mylady. Und wir werden dafür sorgen, dass die Übeltäter es bereuen, ihn jemals gefangen genommen zu haben. Koste es, was es wolle."

Ja, das würden wir. Wir hatten es geschafft, den örtlichen Leiter der Armee auszuschalten und sein Haus dem Erdboden gleichgemacht – und das, nachdem wir alle gefangenen Schattenwesen in der Stadt befreit und einen Virus hochgeladen hatten, der ihre Computersysteme lahmgelegt hatte. Doch das flaue Gefühl in meinem Magen verschwand trotzdem nicht.

Vielleicht war Snaps Gefangennahme auch ein klein wenig meine Schuld. Wir waren uns in den Wochen, seit er und seine Begleiter unangemeldet in meiner Wohnung aufgetaucht waren, nähergekommen. In jeder Bedeutung dieses Wortes. Er war mir genauso zugetan, wie allem Essbaren. Er probierte alles, was er in die Finger bekam. Ich wusste nicht genau, warum er gegangen war, doch es würde mich nicht wundern, wenn es unter anderem an dem Entsetzen in meinem Gesicht lag, als ich ihn zum ersten Mal in seiner Verschlingergestalt gesehen hatte. Vermutlich hatte ich meine Reaktion nicht besonders gut verborgen.

Mein vorübergehendes Entsetzen hatte jedoch nichts daran geändert, dass ich Snap vertraute und er mir am Herzen lag. Eigentlich hatte ich ihm das noch sagen wollen, doch in dem ganzen Chaos war er mir entwischt, bevor ich die Gelegenheit dazu hatte. Wenn er wüsste, wie sehr ich seine göttlich goldene Schönheit vermisste, die besitzergreifende Zärtlichkeit, mit der er mich anhimmelte, sein Staunen über jede neue Entdeckung, die er in der Welt der Sterblichen machte …

Meine Kehle war wie zugeschnürt. Erst jetzt wurde mir bewusst, wie sehr ich ihn vermisste. Ich hatte mich seit Jahren nicht mehr wirklich emotional an einen Liebhaber gebunden. Nicht mehr, seit ein langjähriger Freund mich aus heiterem Himmel verlassen und nichts als einen Zettel und unsere halb leere Wohnung zurückgelassen hatte. Snaps aufrichtige

Zuneigung war wie Balsam für die Wunden in meinem Herzen gewesen, die nie ganz verheilt waren.

Wir würden die ganze Nacht unterwegs sein, bevor wir Chicago erreichten und mit der Suche nach ihm beginnen konnten. Und da waren noch andere Menschen, die mir am Herzen lagen und denen ich vielleicht jetzt helfen konnte. Ich sank tiefer in die gemütlichen Lederpolster und Pickle kuschelte sich an meinen Oberschenkel, dann kramte ich mein Handy aus der Tasche.

„Ich sollte mich bei Vivi melden und ihr erzählen, was passiert ist."

Omen schnaubte bei der Erwähnung meiner sterblichen besten Freundin und wandte sich ab, um ebenfalls auf seinem Telefon herumzutippen.

„Ich werde die Straße hinter uns im Auge behalten", sagte Thorn und trat in den Schatten, um mir ein wenig Privatsphäre zu geben.

Vivi ging beim ersten Klingeln ran. Sie war auf dem Hausboot, das wir in einen Unterschlupf für sie verwandelt hatten, nachdem sie von einigen Schlägern der Lichtarmee angegriffen worden war, und ich nahm an, dass sie dort nicht viel zu tun hatte, um ihren energiegeladenen Geist zu beschäftigen.

„Sorsha!", sagte sie. „Ich bin hier fast durchgedreht vor Sorge. Was ist passiert? Habt ihr die Bösewichte fertiggemacht?"

Meine Mundwinkel zuckten, während sich gleichzeitig ein Kloß in meiner Kehle bildete. Vivi war eine begeisterte Befürworterin unserer Sache, doch wir hatten uns ein wenig gestritten, weil sie das Ganze eher als Abenteuer und nicht als potenziell tödliches Gefecht betrachtete.

„Wir haben alle Schattenwesen befreit", berichtete ich ihr. „Und wir haben so viele Besitztümer der Armee zerstört, wie wir konnten. Leider hat sich herausgestellt, dass ihre Organisation weit über die Stadt hinausreicht. Sie haben noch weitere Stützpunkte, die im ganzen Land verteilt sind."

„Scheiße." Ich konnte praktisch hören, wie meine beste Freundin am anderen Ende der Leitung das Gesicht verzog. „Die sind ja wie eine Kakerlaken-Hydra. Jedes Mal, wenn man denkt, dass man einen Kopf abgeschlagen hat, sprießen zwei neue hervor."

Vivi liebte Metaphern. Und in diesem Fall konnte ich nicht behaupten, dass sie nicht zutreffend war.

„Ja." Ich verzog das Gesicht und betrachtete die Schränke gegenüber von mir. Vermutlich befanden sich darin immer noch Vorräte an Gras, Heu, Klee und … die andere Art von „Gras", die die Pferdewandler so liebten. „Das bedeutet also, dass es für dich sicher sein *könnte*, wieder in dein normales Leben zurückzukehren. Ich weiß es allerdings nicht genau. Vielleicht konzentriert sich die Armee darauf, ihre Sicherheitsvorkehrungen überall sonst zu verstärken, oder die anderen ‚Köpfe' schicken noch mehr Leute zu dir, um zurückzuschlagen."

Wie üblich wirkte Vivi nicht besonders beunruhigt. „Ich bleibe mit den Leuten vom Bund in Kontakt. Wenn in den nächsten Tagen niemand hier auftaucht, um herumzuschnüffeln – oder Schlimmeres – werde ich es riskieren, mein Gesicht wieder zu zeigen. Ich habe hier genug zu essen, um noch eine Weile durchzuhalten, aber ich kann mich nicht ewig verstecken." Sie hielt inne. „Ellen ist übrigens aus dem Krankenhaus entlassen worden. Sie scheint sich schnell zu erholen."

Ein Anflug von Erleichterung durchströmte mich. „Das freut mich, zu hören." Die Co-Leiterin unserer Zweigstelle des Bundes wäre meinetwegen beinahe ebenfalls dieser Auseinandersetzung zum Opfer gefallen. Die Lichtarmee hatte sie verprügelt, um mir eine Warnung zukommen zu lassen. Nach diesem Vorfall hatten sich die übrigen Mitglieder des Bundes gegen mich gewandt.

„Was sind unsere nächsten Schritte?", fragte Vivi und riss mich aus meinen düsteren Gedanken. „Wie bringen wir diese Arschlöcher zur Strecke?"

Bei dem „wir" zuckte ich zusammen. Was Ellen passiert war – und Vivi beinahe passiert wäre – war genau der Grund, warum ich ihr eine Antwort geben musste, von der ich wusste, dass sie ihr nicht gefallen würde.

„Ich bin mit meinen Schattenfreunden auf dem Weg, um das zu klären. Konzentriere dich einfach darauf, in Sicherheit zu bleiben. Wenn es irgendetwas gibt, was du von dort aus tun kannst, lasse ich es dich wissen."

„Was? Du bist einfach ohne mich abgehauen? Sorsha …" Vivi konnte die Enttäuschung in ihrer Stimme nicht verbergen.

„Ich kann nicht von dir verlangen, dass du dein ganzes Leben umkrempelst. Und du musstest wegen dieser Fehde schon zweimal untertauchen", erwiderte ich schnell. „Du hast einen Job, eine Familie – und wir wissen nicht, was diese Verrückten uns noch alles antun werden."

„Wenn *du* es mit ihnen aufnehmen kannst, gibt es keinen Grund, warum ich es nicht auch kann. Schließlich bist du genauso sterblich wie ich."

Im Moment war ich mir nicht sicher, wie sterblich – oder auch nicht – ich war. Doch ich hatte Vivi nichts von meinen neu entdeckten Kräften erzählt. Entweder wäre sie völlig aus dem Häuschen, als wäre es eine coole neue App, die ich in mein persönliches Betriebssystem geladen hatte, oder … oder ihr Tonfall würde sich ändern, so wie jedes Mal, wenn sie über die Schattenwelt sprach. Weil sie mich plötzlich auch nicht mehr als richtigen Menschen betrachten würde.

Ich behielt meinen gelassenen Tonfall bei. „Es gibt keinen Grund, außer denen, die ich dir gerade genannt habe. Glaub mir, das Beste, was du im Moment für die Sache tun kannst, ist, dich nicht in Schwierigkeiten zu bringen und dich bereitzuhalten, *falls* wir dich brauchen."

„Na gut. Aber ich erwarte regelmäßige Updates. Halte mich bitte auf dem Laufenden, Sorsh."

„Natürlich", versicherte ich ihr mit einem Anflug von Schuldgefühlen.

Nachdem wir uns verabschiedet hatten, zog ich meine Knie an die Brust und blickte aus dem Fenster in den dunkler werdenden Himmel. Ein Gefühl der Sorge lastete auf mir, und das gefiel mir nicht. Ich war die weibliche Robin Hood der Monsterbefreiung – ich lachte der Gefahr ins Gesicht.

Es war nur verdammt viel einfacher, das zu tun, wenn die Gefahr nur einen selbst betraf und nicht auch noch alle anderen, die einem wichtig waren.

Mit neuer Entschlossenheit richtete ich mich auf. Tante Luna, die Feenfrau, die mich großgezogen hatte – und die auf der Flucht vor der Lichtarmee gestorben war – hatte mir vieles beigebracht, nicht zuletzt die Freuden der 80er-Jahre-Kultur. Es gab nichts Besseres, um ihren Beitrag zu meinem Leben zu würdigen und meine Laune zu heben, als ein paar großartige Songtexte abzuwandeln.

„Never gonna give it up, never gonna fret and frown – jawohl wir werden nicht aufgeben", sang ich in die Stille des Wohnmobils und ignorierte Omen, der mir einen finsteren Blick zuwarf.

Ich stellte mir vor, wie Snap neben mir stand, während vor unseren Augen ein weiteres Gebäude in Flammen aufging. Ein weiteres Gebäude der Armee zerstört, eine weitere Gruppe von Bösewichten vernichtet. Das würde den Schurken recht geschehen.

Ohne dass ich mich bewusst darauf konzentrierte, stieg Hitze in mir auf. Meine Finger umklammerten die Kante des Sofas. Ich schloss die Augen, und die Gefühlswallung in mir war so intensiv, dass mir der Atem stockte.

Wir werden alles niederbrennen, so wie sie es verdient haben.

In diesem Moment fühlte ich mich, als hätte ich ganz Chicago in einem einzigen Wutausbruch auslöschen können.

Mein Herz machte einen Sprung. Die Flammen loderten höher, glitten zwischen meinen Rippen hindurch und durch meine Haut nach draußen, schneller und gleißender, als ich es kontrollieren konnte.

Ein scharfes Brennen schoss durch meine Finger. Ich riss meine Arme an meinen Körper und unterdrückte einen Aufschrei. Als ich meine Hände betrachtete, durchfuhr mich ein eisiger Schauer, der das Feuer in mir löschte.

Heilige Mutter Magma. Meine Fingerspitzen glühten rot und brannten noch immer. Als hätte ich *mich selbst* in Brand gesteckt.

ZWEI

Sorsha

Als ich das Clubhaus des führenden kriminellen Schattensyndikats in Chicago betrat, war es schwer zu sagen, ob die Bande mit ihrer Einrichtung auf Einschüchterung oder Brutalität abzielte. In beiden Fällen waren sie definitiv weit über das Ziel hinausgeschossen.

Das schmale zweistöckige Gebäude, das sich zwischen einem Tattoo-Studio und einem Motorradladen befand, erfüllte zweifellos alle Klischees. Die Fassade war komplett schwarz gestrichen – einschließlich des Fensters im Erdgeschoss, denn anscheinend reichten diesen Typen Vorhänge nicht aus –, abgesehen von weißen Totenkopfsymbolen auf beiden Seiten der Tür und hellgrauen Fäden, die sich wie ein riesiges Spinnennetz über die Schwärze spannten. Sie hatten sich nicht die Mühe gemacht, ein Schild anzubringen oder anderweitig den Anschein zu erwecken, dass es sich um ein gewöhnliches Geschäftslokal handelte.

Als ich eintrat, rechnete ich fast mit einem Sammelsurium von Halloween-Utensilien, doch was ich vorfand, war nicht viel besser. Die Wände des kleinen Vorraumes waren genauso schwarz gestrichen wie der Außenbereich. Spinnweben gab es zwar nicht, dafür nur eine einzige Glühbirne an der Decke, die die spärliche Einrichtung des Raums in ein rotes Licht tauchte. Dort stand ein Metallschreibtisch, dessen Ecken mit Rost überzogen waren, eine dazu passende Bank mit Stacheln an den Armlehnen und ein Regal mit kunstvollen Schwertern und Dolchen, die um einiges authentischer aussahen als die Ausrüstung unserer Superhelden-Hackerin.

Ein säuerlicher, leicht metallischer Geruch lag in der Luft, als hätte in dem Raum vor kurzem ein Blutbad stattgefunden. Nicht gerade ein freundlicher Empfang.

Dennoch sah Omen kein bisschen besorgt aus. Er schritt in die Mitte des Raums, wo er mit zusammengekniffenen Augen stehenblieb. Er hatte uns gesagt, dass die Schattenwesen uns erwarteten, die dieses Syndikat leiteten, und ich konnte mir vorstellen, dass er nicht erfreut wäre, wenn sie uns lange warten ließen.

Bevor seine Höllenhundzähne zum Vorschein kamen, traten drei Gestalten aus den Schatten.

Der Mittlere war offensichtlich der Anführer. Er war fast so groß und breitschultrig wie Thorn, wenn auch nicht ganz so muskelbepackt. Die blassen Stoppeln auf seiner Kopfhaut schimmerten im karminroten Licht, und auf seinen Handrücken direkt unter den Manschetten seines Sakkos waren ein paar glänzende Schuppen zu sehen. Vermutlich war er ein Reptil.

Er wurde von zwei weiteren Männern flankiert. Den schlanken, blassen Mann auf der linken Seite erkannte ich sofort als Vampir – was nicht weiter schwer war, da er seine scharfen Eckzähne kurz drohend hervorblitzen ließ. Das erklärte das übermalte Fenster und die seltsame Beleuchtung. Der Typ auf der rechten Seite war schwieriger zu identifizieren. Seine Augen huschten hin und her und sein drahtiger Körper zuckte unaufhörlich, selbst als er neben seinem Boss stand.

Immer, wenn sein Blick für ein paar Sekunden auf einem Punkt verharrte, sah er mich an. Auch der Vampir beäugte mich. Der Boss womöglich auch, was aufgrund der dicken Sonnenbrille, hinter der seine Augen verborgen waren, jedoch unmöglich zu erkennen war. Ich war mir ziemlich sicher, dass Omen den Haufen vor der Sterblichen, mit der er zusammenarbeitete, gewarnt hatte. Mittlerweile war ich an die Aufmerksamkeit gewöhnt, die meine Anwesenheit hervorrief. Es kam nicht oft vor, dass sich Schattenwesen und Menschen anfreundeten – sofern man meine Beziehung zu Omen überhaupt als „freundschaftlich" bezeichnen konnte.

Omen musterte die Syndikatsmitglieder der Reihe nach. „Du bist bestimmt Talon?", fragte er und nickte dem Boss zu, wobei sein scharfer Tonfall andeutete, dass der Kerl besser der Boss sein sollte, da er sonst in der Hölle schmoren würde.

„Wie du verlangt hast", antwortete der Boss. Seine Stimme war so düster, dass sie den schwachen Schein der Glühbirne über ihm zu dimmen schien. „Womit haben wir die Aufmerksamkeit eines Höllenhundes und seiner Kohorten auf uns gezogen? Wir haben nicht viel Zeit für unerwarteten Besuch."

Mir lief ein Schauer über den Rücken. Im Gegensatz zu dem anderen Anführer, mit dem wir es zu tun gehabt hatten, zeigte dieser keine nennenswerte Ehrfurcht vor Omen. Die Tatsache, dass er überhaupt einem spontanen Treffen zugestimmt hatte, bedeutete wohl, dass Talon den Höllenhund-Wandler als überlegen anerkannte, abgesehen davon brachte er ihm jedoch nicht sonderlich viel Respekt entgegen.

Wie es manchmal der Fall war, ärgerte es mich, eingeschüchtert zu sein, und wenn ich wütend war, traf ich nicht immer die besten Entscheidungen, um Situationen unbeschadet zu überstehen. Aber jeder hat eben Schwächen.

Ich wies auf die geschlossene Tür hinter den Syndikatsmitgliedern. „Seid ihr zu sehr damit beschäftigt, Foltergeräte zu polieren und ein paar weitere Schichten schwarzer Farbe aufzutragen? Weißt du was, wenn du dich so anstrengst, um zu zeigen, wie knallhart du bist, wirkt es nur so, als wolltest du einen auf dicke Hose machen. Wenn du dich etwas mehr dafür interessieren würdest, was *da draußen* passiert, und nicht dafür, wie cool du mit deiner Sonnenbrille in einem schummrigen Raum aussiehst, müssten wir deinen hektischen Tag gar nicht unterbrechen."

Der Boss drehte seinen Kopf in einer geschmeidigen, schlangenartigen Bewegung. Er sah mich jetzt *definitiv* an, ob ich nun seine Augen sehen konnte oder nicht.

„Die Sonnenbrille", sagte er, „soll sicherstellen, dass ich dein Leben nicht mit einem Blick auslösche – es sei denn, ich möchte es unbedingt. Ich kann sie allerdings gerne abnehmen, wenn ihr Russisches Roulette spielen wollt. Mit einer solchen Einstellung stehen deine Chancen jedoch nicht besonders gut."

Dieser aufgeblasene Trottel. Als sich Thorns Muskeln anspannten und er neben mich trat, summierten sich die Details in meinem Kopf, und ich biss mir auf die Zunge. Luna hatte mir im Laufe der Jahre viel über Schattenwesen erzählt. Die Geschichten über Basilisken waren mir besonders im Gedächtnis geblieben: riesige Echsen, die einen mit einem Blick töten konnten. Bisher hatte ich jedoch noch nie einen in natura gesehen.

Vermutlich war es das Beste, sich nicht auf einen Streit mit einem von ihnen einzulassen. Ich schenkte ihm ein kleines Lächeln. „Entschuldigung. Ich möchte nicht, dass irgendwelche Spiele von unserer wichtigen Mission ablenken."

Omen räusperte sich und warf mir einen Blick zu, mit

dem *er* mich vermutlich gerne getötet hätte. „Vielleicht schaffst du es ja, in den nächsten fünf Minuten den Mund zu halten?" Er drehte sich wieder zu Talon um. „Wenn du so viel Einfluss auf die Schattenwesen und die Sterblichen in dieser Gegend hast, wie ich höre, dann hast du sicher mitbekommen, dass ein paar Menschen Jagd auf unsere Art machen, die wesentlich organisierter vorgehen als die üblichen Jäger."

Der zappelige Kerl gab seiner Unruhe nach und ging zu den Waffen hinüber. Er nahm einen Dolch in die Hand und fuhr mit seiner Fingerspitze über die Klinge. „Die mit den Netzen und den Peitschen. Neurotische Mistkerle."

Thorn runzelte die Stirn, und seine Muskeln schienen sich noch mehr anzuspannen. „Genau hinter denen sind wir her."

„Ich nehme nicht an, dass ihr etwas unternommen habt, um die Stadt von ihnen zu befreien", bemerkte Omen.

Talon zuckte mit den Schultern. „Sie fangen kleine Schädlinge, die mich nichts angehen. Das eine oder andere höhere Wesen, das sie zu fassen bekommen, hätte besser aufpassen müssen. Ich beschütze diejenigen, die unseren Schutz suchen – was zwischen den Sterblichen und den anderen passiert, ist deren Sache."

Das war der Standardspruch der Schattenwesen, die in der Welt der Sterblichen lebten. Warum sollten sie an das höhere Wohl denken – oder überhaupt an das Wohl von irgendjemandem, der ihnen nicht die Stiefel leckte?

Fairerweise musste man sagen, dass es auch eine Menge Menschen gab, die das Leben so sahen.

Omens verkrampfter Kiefer war das einzige Zeichen seiner Abneigung gegen diese Art von Egoismus. „Verständlich. Wir müssen uns dennoch mit ihnen auseinandersetzen. Sie haben einen unserer Kameraden gefangen genommen."

„Nun, ich werde euch sicher nicht davon abhalten, ein

paar Köpfe abzureißen, wenn euch das Spaß macht", meinte der Basilisk.

Natürlich bot er nicht an, uns dabei zu helfen. Nicht dass ich das wirklich erwartet hätte. Ruse zupfte an meinem Pferdeschwanz und beugte sich über meine Schulter. „Ich nehme nicht an, dass ihr uns direkt zur Zentrale dieser Gruppe führen könntet? Das würde das Kopfabreißen um einiges beschleunigen."

„Ich denke, das macht keine allzu großen Umstände." Talon drehte sich zu seinem lebhaften Gefährten um, der der jetzt den Dolch von einer Hand in die andere warf. „Jinx, hast du einen Moment?"

Der drahtige Kerl warf die Waffe in einem perfekten Bogen zurück auf die Auslage, sodass sie direkt auf ihrer Metallhalterung landete. „Was soll ich tun, Boss?"

„Hol Grit – er hatte den Auftrag, das Museum im Auge zu behalten. Vielleicht kann er noch ein paar Informationen für diese Herrschaften in Erfahrung bringen."

Als Jinx die Anweisung umgehend befolgte und in den Schatten verschwand, konnte ich meinen Mund nicht länger halten. „Museum?", fragte ich. „Wir suchen nach lebenden Schattenwesen, nicht nach ausgestopften."

Der Vampir stieß ein Glucksen aus, das fast so düster war wie die Stimme seines Chefs, machte sich jedoch nicht die Mühe, mich aufzuklären. Ich hatte den Eindruck, dass Talon hinter seiner Sonnenbrille die Augen verdrehte.

„Menschen handeln auf bizarre Weise, wie du wissen solltest, Sterbliche", erklärte er. „Das Museum dient nur als Fassade. Es ist ein großes Gebäude, von dem aus sie operieren können. Außerdem haben sie so vermutlich Gelegenheit zur Geldwäsche. Ich bezweifle allerdings, dass viele der Bestien, die dort hinkommen, lebend wieder herauskommen."

Ich würde wetten, dass er für keinen seiner niederen Artgenossen, die ich befreit hatte, auch nur einen Finger gerührt hätte. Auf Omens warnenden Blick hin, beschloss ich, diesen Gedanken für mich zu behalten.

Die Luft vibrierte und die Waffen klapperten in ihren Halterungen, als Jinx wieder auftauchte. „Grit ist heute unten am See stationiert. Ich kann euch zu ihm bringen, wenn ihr euch beeilt."

Durch die Schatten meinte er wohl. Als ich meinen Mund öffnete, um zu protestieren, hob Omen seine Hand. „Du musst nicht in jeden Teil dieser Operation involviert sein. Warte bei Darlene auf uns."

Oh, er beharrte also auf den Namen, was? Ich hätte noch ein paar Worte dazu sagen können, doch bevor ich die Gelegenheit dazu hatte, kam Talon auf mich zu. Mit schiefgelegtem Kopf schaute er durch seine Sonnenbrille auf mich herab. Meine Schultern versteiften sich, doch ich würde mich nicht unterkriegen lassen.

„Kann ich dir irgendwie behilflich sein?", fragte ich und hob mein Kinn.

Auch wenn ich seine Augen nicht sehen konnte, glaubte ich, zu spüren, wie sein Blick über mich hinwegglitt, wie ein kühler Luftzug, der über meine Haut wehte. Sein Mund verzog sich zu einem Grinsen, das ihn aussehen ließ, als würde er Kinder zum Frühstück verspeisen.

„In dir brennt es", sagte er. „Doch die Flammen bleiben möglicherweise nicht lange in dir. Wenn du nicht aufpasst, wirst auch du verbrennen, wenn du beschließt, das Feuer herauszulassen."

DREI

Sorsha

Das Chicagoer Hauptquartier der Lichtarmee glich einem Schuhkarton – wenn auch einem von der Größe eines ganzen Häuserblocks. Diese Ähnlichkeit könnte beabsichtigt gewesen sein, denn die Fassade war ausgerechnet die eines Schuhmuseums.

Als wir vorbeifuhren, betrachtete ich die hellgrauen Wände durch das Fenster über dem Sofa des Wohnmobils. „Wer würde denken, dass man ein so großes Gebäude braucht, nur um Schuhe auszustellen?"

Ruse gluckste vom Fahrersitz aus. „Du vergisst, was die Sterblichen im Laufe der Jahrhunderte alles an ihren Füßen getragen haben, Flamme."

Ich verdrehte die Augen. „Ich bezweifle nicht, dass es viele interessante Pantoffeln, Sandalen und Galoschen gibt, aber wer will schon einen ganzen Tag damit verbringen, sich die alle anzusehen?"

„Genug Leute, um dafür zu sorgen, dass die Armee ihre

Fassade aufrechterhalten kann", meldete sich Omen zu Wort, der in der Nähe der Tür stand und durch die Windschutzscheibe auf die Straße blickte. „Der Zwerg meinte, dass hier an einem gewöhnlichen Tag ziemlich viele normal aussehende Menschen ein und aus gehen."

„Nun, über Geschmack lässt sich nicht streiten, nehme ich an. Von außen kann ich keine besonderen Sicherheitsvorkehrungen erkennen, zumindest nicht im Moment." Auf dem schmalen Streifen Rasen zwischen dem Gebäude und dem Bürgersteig war nicht viel Platz für Wachleute. Ich hatte jedoch eine Gestalt direkt vor den Glastüren entdeckt. „Wenn sie sich hier vor allem auf die kleineren Schattenwesen konzentrieren, hielten sie es vielleicht nicht für nötig, das Gebäude wirklich zu schützen."

Thorn tauchte so plötzlich gegenüber von mir auf, dass Pickle, der sich auf meinem Schoß zusammengerollt hatte, erschrak. Der Krieger musste aus den Schatten entlang der Straße direkt in das Wohnmobil gesprungen sein und dann so schnell seine menschliche Gestalt angenommen haben, dass selbst seine Schattengenossen nicht darauf vorbereitet waren.

„Ich glaube, ich habe gefunden, wonach wir suchen", berichtete er ohne Umschweife. „Die Ausstellungsräume bilden ein Quadrat um einen Bereich, in den nur eine einzige verschlossene Tür führt. Die Tür und die Wände um diesen Bereich herum enthielten jedoch giftige Metalle, sodass ich nicht hineingelangen konnte. Keine Ahnung, wie viele Sterbliche hier postiert sind, aber ich habe sechs Wachen gezählt, die durch die äußeren Räume patrouillieren."

Ein dünnes Lächeln umspielte Omens Lippen. „Sie rechnen also definitiv nicht mit uns. Die Armee hat wohl nicht gemerkt, wie weit wir in ihr Computersystem vorgedrungen sind, bevor wir das letzte Gebäude niedergebrannt haben. Es wird ein Leichtes sein, von hier aus dorthin vorzudringen, wo sie Snap festhalten."

Seine Worte reichten aus, um in meiner Brust einen Hitzeschwall auszulösen. Mein Griff um Pickle wurde fester.

Vor ein paar Tagen hätte ich die brennende Kraft, die sich bemerkbar machte, wenn ich mich aufregte, noch begrüßt. Nachdem ich mir die Finger verbrannt und die Warnung des Basilisken gehört hatte, schreckte mein Körper jedoch vor diesem Gefühl zurück.

Ich hatte diese Kraft erst vor einer Woche entdeckt – beziehungsweise anerkannt – und gerade einmal angefangen, zu lernen, sie zu kontrollieren. Das heißt, ich hatte nicht die geringste Ahnung, wozu ich fähig war, im guten wie im schlechten Sinne.

Außerdem, wollte ich mich wirklich auf jeden Feind stürzen, dem wir von jetzt an bis zum Ende dieses Abenteuers begegneten, und ihn bei lebendigem Leibe verbrennen? Die Schreie der Leute, die ich bei meinem letzten Ausbruch in Flammen aufgehen lassen hatte, hallten in meiner Erinnerung nach und hinterließen ein unbehagliches Gefühl. Omen und Thorn hätten bei dieser Taktik nicht mit der Wimper gezuckt – Ruse und Snap vielleicht auch nicht –, unter Menschen war Mord jedoch etwas verpönter als unter Schattenwesen.

In was für ein Monster würde *ich* mich während dieser Mission wohl verwandeln?

Bei dieser Frage kroch ein unangenehmes Kribbeln über meine Haut, als würde ein Teil meines inneren Feuers sich einen Weg an die Oberfläche bahnen. Ich befeuchtete meine Lippen. „Bevor wir etwas niederbrennen, könnten wir uns vielleicht einen Ort suchen, an dem ich meine feurigen Kräfte ein wenig üben kann? Ich möchte sicherstellen, dass ich meine Kräfte nach der Pause noch im Griff habe."

Es war nicht nötig zu erwähnen, dass ich bereits ahnte, dass ich die Kontrolle verlieren würde.

Omen runzelte die Stirn, als würde er sich über die Verzögerung ärgern, dann seufzte er. „Wir können da sowieso nicht in fünf Minuten reinplatzen. Du kannst mit deinen Flammen üben, während wir unseren Aktionsplan besprechen. Der Zwerg hat einen Ort erwähnt, an dem wir Darlene abstellen können, ohne dass wir beobachtet oder gestört werden."

Er rief die Karte auf seinem Handy auf und bellte Ruse ein paar Richtungsangaben zu, der uns zielstrebig durch eine weitläufige Wohngegend und zu einem Einkaufszentrum fuhr, in dem alle Schaufenster mit Brettern vernagelt waren. Sie bildeten ein perfektes C um den Parkplatz herum, auf den Ruse fuhr. Viel Platz und keine Zeugen – genau das, was wir brauchten.

Ich trat in die kühle Nachtluft hinaus und ließ meine Schultern kreisen, um meine Nerven zu beruhigen. Der kleine Unfall von neulich war keine große Sache. Meine Kräfte waren eben einfach noch ein wenig launisch. Was sollte man von einer seltsamen Sterblichen auch erwarten, die gelegentlich nicht nur Blut, sondern auch Rauch blutete?

Es gab keinen Leitfaden für … was auch immer ich war. Ich musste mich einfach an meine unerwarteten Fähigkeiten gewöhnen. Und was Talon und seine Sonnenbrille betraf, so hatte er sich wahrscheinlich nur etwas zusammengereimt, in der Hoffnung, dass ich ausflippen würde, als Rache dafür, dass ich mich über seinen Einrichtungsgeschmack lustig gemacht hatte.

Noch vor wenigen Tagen war ich nicht in der Lage gewesen, eine Flamme heraufzubeschwören, es sei denn ich hatte Todesangst. Jetzt richtete ich meinen Blick auf eine Papiertüte, die über den Asphalt geweht wurde, und die Welle der Macht in mir schwoll so schnell an, dass mein Herz *wegen* der Magie zu pochen begann und nicht umgekehrt.

„Brenne", murmelte ich und schnippte mit den Fingern.

Hitze schoss durch meinen Arm, und die Papiertüte ging in Flammen auf. Innerhalb von Sekunden war nur noch ein kleiner Haufen verkohlter schwarzer Fetzen übrig.

Ruse, der sich gerade mit Omen und Thorn neben dem Supermobil beriet, klatschte in die Hände. „Bravo!"

Ich grinste ihn an, doch mein Gesicht fühlte sich steif an. Das Kribbeln, das ich zuvor verspürt hatte, breitete sich in meiner ganzen Brust und bis in meinen Bauch aus.

Solange es dabei blieb, war alles in Ordnung. Keine Selbstverbrennung heute; kein Problem.

Ich drehte mich um und hielt nach weiteren Zielen Ausschau. Ein zerfleddertes Flugblatt für eine kleine Theateraufführung zerfiel auf einen scharfen Blick hin zu Asche. Ein Pappteller mit Fettflecken in Form eines Pizzastücks – Asche. Eine leere Limonadendose, die klappernd über den Boden geweht wurde – warum zum Teufel nicht?

Ich kniff die Augen zusammen, Hitze loderte in meiner Brust auf, strömte durch meinen Hals in meine Augen und …

Die Flammen verschlangen nicht nur die Dose, sondern versengten auch den Boden darum herum. Die Hitze der Flammen war so intensiv, dass ich sie aus einem Meter Entfernung auf meiner Haut spürte.

Oder war es die Hitze *in* meinem Körper, die gleichzeitig aufflammte? Das Gefühl wirbelte in einem Strudel empor, der meine Wirbelsäule hinauf und über meine Schulterblätter wanderte, und ein brennender Schmerz durchschoss meinen Rücken.

Mir blieb ein Schrei in der Kehle stecken und ich zuckte zusammen, hob die Arme vor meine Brust, und sowohl der Schmerz als auch das Feuer um die Dose herum versiegten.

Beziehungsweise das Feuer um den Fleck aus geschmolzenem Metall herum, der jetzt an der Stelle zu sehen war, wo vorhin noch die Dose gestanden hatte. Heiliger Strohsack, ich hatte das Aluminium innerhalb von Sekunden in eine Pfütze verwandelt. Mit etwas mehr Übung würde ich mein Titan-Versengungsmesser mit der magischen Klinge gar nicht mehr vermissen.

Ein leises hysterisches Kichern drang aus meiner Brust. Nimm dich in Acht, Lichtarmee!

Als ich mich aufrichtete, verrutschte mein Oberteil und ich spürte einen Stich in meinem rechten Schulterblatt. Instinktiv spannte ich mich an und berührte vorsichtig die Stelle direkt unter dem Kragen meines T-Shirts.

Selbst diese vorsichtige Berührung löste ein weiteres Stechen aus. Ich spürte kleine Erhöhungen, als wäre die Haut dort mit Blasen übersät.

Ich schmolz also nicht nur Metall, sondern grillte mich auch selbst.

In den ersten Tagen, als ich meine Kräfte eingesetzt hatte, war das nie passiert. Warum wandte sich das Feuer jetzt gegen mich? Obwohl ich gerade nicht versuchte, Flammen heraufzubeschwören, spürte ich ein heißes Brennen in meinem Bauch. Es war so intensiv, dass ich befürchtete, dass meine Haut vielleicht nicht das Einzige war, was verbrannte.

Vielleicht funktionierte meine Superkraft so: Je mehr ich sie ausübte, desto mehr griff sie auch mich an. Warum auch nicht? Schließlich hatten Sterbliche eigentlich gar keine magischen Kräfte. Wenigstens waren die Verbrennungen an meinen Fingern mit der für Schattenwesen typischen Schnelligkeit verheilt. Ich hatte mir keinen dauerhaften Schaden zugefügt.

Das hieß natürlich nicht, dass das nicht passieren *konnte*.

Als ich zu dem Einkaufszentrum hinaufblickte, kochte erneut Hitze in mir hoch. Mich überkam das Gefühl, dass ich mit etwas Willenskraft den ganzen Gebäudekomplex niederbrennen könnte …

Ich schloss meine Augen. So ein Mist. Natürlich war ich dafür, die Arschlöcher fertigzumachen und alle auszuschalten, die das Schattenvolk wie Laborratten und Schlimmeres behandelten, doch ein Mädchen brauchte auch gewisse Grenzen. Ich verstand nicht, was in mir vorging, und je stärker meine Kräfte wurden, desto gefährlicher wurde diese Unwissenheit. Das Spiel mit dem Feuer machte nur Spaß, wenn man die Kontrolle über die Streichhölzer hatte.

Wir hatten andere Möglichkeiten, als einen ganzen Mahlstrom auf das Schuhmuseum loszulassen, oder? Zwischen „sich zurückhalten und nichts tun" und „alles und jeden zu Asche verbrennen" musste doch noch Raum für ein wenig Feingefühl sein.

Etwas angespannt ging ich zu den Schattenwesen hinüber. Ich konnte mir schon vorstellen, wie mindestens einer der drei auf meinen Vorschlag reagieren würde.

Thorn hatte gerade gesprochen, verstummte jedoch, als ich sie erreichte, als ob er wüsste, dass ich etwas zu sagen hatte.

Omen sah mich mit seinen eisblauen Augen an. „Bist du mit deinem Flambiertraining fertig?"

„Vorerst." Bei dem Gedanken an all die Dinge, die ich in diesem Moment verbrennen könnte, wurde mir schwindlig und er bestärkte mich nur in meiner Entschlossenheit. „Ich denke, wir sollten uns einen Plan überlegen, der nicht auf dem Einsatz meiner Kräfte basiert."

Der Höllenhund-Wandler verzog das Gesicht, bevor ich meine Überlegungen weiter ausführen konnte. „Sag nicht, dass du schon wieder an deinen Fähigkeiten zweifelst. Du hast vor ein paar Tagen eine ganze Villa niedergebrannt. Und ich habe gesehen, wie du dort drüben gerade Müll angezündet hast. Das Feuer ist in dir und du weißt, wie man es benutzt. Wo liegt das Problem?"

Die Hitze in mir flammte mit einem prickelnden Gefühl der Frustration auf. Ich widerstand dem Drang, die Arme um meinen Körper zu schlingen, als ob der Druck meiner Arme die inneren Flammen eindämmen könnte. „Das Problem ist, dass es sich … anders anfühlt als vorher. Größer. Feuriger. Ich weiß, wie ich es hervorbringen kann, ja, aber ich bin mir nicht sicher, wie gut ich es beherrschen kann, wenn es einmal da ist."

Omen zuckte mit den Schultern. „Dann verkohlen eben noch ein paar andere Etablissements rund um das Museum. Den Sterblichen scheint es auch egal zu sein, wie viele Schattenwesen sie bei ihren Kreuzzügen niedermähen."

„Es wäre dir vielleicht nicht egal, wenn ich *dich* verkohlen würde", erwiderte ich.

„Ich denke, ich bin vor deinen unglaublichen Kräften sicher. Ich weiß, dass du eine sehr hohe Meinung von dir hast, aber du brauchst mich wirklich nicht vor dir zu beschützen."

Wäre er sich da so sicher, wenn er das wachsende Inferno meiner Kräfte genauso spüren könnte wie ich?

„Doch, das denke ich schon", beharrte ich stur. „Vor allem, da du mir nicht einmal zuhörst. Ich glaube nicht, dass es für irgendjemanden von uns – *mich* eingeschlossen – sicher ist, wenn ich weiterhin mit meinen Kräften um mich werfe, obwohl niemand von uns eine Ahnung hat, wie ich überhaupt zu diesen übernatürlichen Fähigkeiten gekommen bin."

Omen straffte die Schultern. „Hör mal, Chaos-Queen", sagte er mit flacher, aber schneidender Stimme. „Ich weiß, dass du etwas beunruhigt bist, weil etwas nicht ganz Menschliches in dir steckt. *Mich* hingegen beunruhigt die Tatsache, dass der Rest von dir menschlich ist. Trotzdem habe ich mich damit abgefunden, also wirst du auch einen Weg finden, damit klarzukommen. Vorzugsweise bald. Bleib konzentriert und engagiert, so wenig Übung du in dieser Disziplin auch haben magst, dann wird alles gut gehen."

„Wenn du dich auf etwas anderes konzentrieren würdest, als mir das Leben schwer zu machen, würde dir vielleicht ein besserer Plan einfallen als ,alle Bösewichte knusprig zu braten'. Brachiale Gewalt ist nicht die einzige Lösung. Sieh doch nur, wie weit Ruse uns mit seinem Inkubus-Charme gebracht hat. Warum lassen wir ihn nicht alle Wachen auf unsere Seite ziehen? Dann könnten wir einfach dort hineinspazieren und die Zellen öffnen, ohne um unser Leben rennen zu müssen."

Ruse blinzelte mich an, offenbar erschrocken darüber, dass ich ihn herausgegriffen hatte. Er fuhr sich mit der Hand durch seine zerzausten schokoladenbraunen Wellen, vorbei an einem der kleinen, gebogenen Hörner. „So sehr ich dein Vertrauen in meine Fähigkeiten zu schätzen weiß, Flamme, ich kann nicht mehr als ein paar Sterbliche gleichzeitig bezaubern – zumindest nicht in dem Ausmaß, das nötig wäre, um ihr Engagement für ihre Sache zu überschreiben."

„Du musst sie nicht alle auf einmal bezaubern", entgegnete ich. „Sie rechnen hier nicht mit uns. Wir haben Zeit. Wir beobachten das Museum und folgen den Wächtern, wenn sie ihre Schicht beenden, damit wir wissen, wo sie wohnen. Anschließend kannst du sie einen nach dem anderen auf unsere Seite ziehen. Wenn es uns gelingt, ein paar Anhänger des Syndikats davon zu überzeugen, uns zu helfen, sie aufzuspüren, könnten wir sie wahrscheinlich bis morgen Abend alle dazu bringen, nach deiner Pfeife zu tanzen."

Der Inkubus tippte sich an die Lippen, die sich zu einem leichten Lächeln verzogen. „Weißt du was? Das könnte tatsächlich funktionieren. Und ich fände es *tatsächlich* toll, wenn eine ganze Kompanie von Schlägern der Lichtarmee meinen Befehlen folgen würde."

Omen sah immer noch skeptisch aus. „Wir haben keine Ahnung, wie sie aufgestellt sind oder wie viele Mitarbeiter in diesem Gebäude arbeiten. Wenn wir einen übersehen, könnte das totale Chaos ausbrechen, sobald wir reingehen."

Möglicherweise hätten wir das regeln können, wenn wir wochenlang Zeit gehabt hätten, uns einen Überblick über das Kommen und Gehen im Museum zu verschaffen, doch so lange wollte ich Snap nicht mit der mangelnden Gnade der Lichtarmee überlassen. Ich breitete meine Hände aus. „Du und Thorn könnt es doch mit ein oder zwei Nachzüglern aufnehmen, falls sie uns in die Quere kommen, oder? Oder die Wachen können sich selbst um sie kümmern." Das gefiel mir viel besser, als für mehrere Tode durch Verbrennung verantwortlich zu sein – und wer weiß, was für eine Verwüstung ich sonst noch anrichten würde.

Thorn räusperte sich und legte seine Hand auf meinen Rücken. Der feste, beruhigende Druck linderte das leichte Brennen in meinem Schulterblatt. „Wie du weißt, fühle ich mich im Nahkampf am wohlsten, Omen. Dennoch finde ich, dass Sorshas Plan seine Vorteile hat. Der Inkubus hat bewiesen, wie viel Einfluss er ausüben kann. Wenn wir uns für eine gewaltfreie Vorgehensweise entscheiden, finden wir vielleicht heraus, wie unsere Feinde aufgestellt sind und wo ihre Schwachstellen liegen. Jede Information könnte einen Unterschied im Kampf gegen die größere Organisation bedeuten."

Dass der Krieger eine Strategie unterstützte, bei der er sich zurückhalten musste, während jemand anderes die Führung übernahm, war so überwältigend wie, nun ja, der Krieger selbst. Ich hätte ihn geküsst, wenn ich nicht vermutet hätte, dass dies sein Anliegen gegenüber seinem Chef nur untergraben würde. Stattdessen begnügte ich mich damit, seinen kräftigen Unterarm zärtlich zu drücken.

Omens Mund wurde so ernst, wie seine Stimme zuvor gewesen war. Ich hasste es, wenn er seine eiskalte Fassade aufbaute. Ich hasste es so sehr, dass ich nie widerstehen konnte, ihn so lange zu provozieren, bis etwas von seiner inneren Hitze an die Oberfläche kam.

Natürlich war der Umgang mit einem wütenden Höllenhund-Wandler kein Zuckerschlecken. Dennoch zog ich die Angst der Herablassung vor.

Wir konnten miteinander auskommen; das hatten wir bei der Planung unserer letzten Aktion bewiesen, als es darum gegangen war, die letzte Einrichtung der Lichtarmee zu zerstören. Doch Omen war von Anfang an besonders hartnäckig gewesen, wenn es um meine unverhofften magischen Fähigkeiten ging.

„Bist du sicher, dass es dir nicht nur darum geht, Ausreden zu finden, um deine Kräfte zu verstecken?", fragte er. „Es hört sich nämlich sehr danach an."

Ich starrte ihn direkt an. „Ich verstecke sie mittlerweile so wenig, dass ein ganzer Haufen Schattenwesen und mindestens ein paar noch lebende Menschen beim letzten Mal Zeugen meiner Flammen wurden. Und ich habe mein ganzes Leben an der Grenze zwischen Risiko und Selbstmord verbracht, also musst du einfach darauf vertrauen, dass ich weiß, wann ich kurz davor bin, sie zu überschreiten."

„Vielleicht brauchst du einfach nur ein wenig mehr Übung im Umgang mit deinen Kräften." Plötzlich kam er auf mich zu, und seine Augen blitzten orangefarben auf. Mein Körper reagierte sowohl mit einem beschleunigten Puls … als auch mit einer anderen Art von Hitze, die tief in meinem Bauch kribbelte.

Ich sollte wohl gleich vorwegsagen, dass ich einen ungewöhnlichen Männergeschmack habe.

Allerdings hatte ich noch keinem dieser Anzeichen von Anziehung nachgegeben, die der Höllenhund-Wandler gelegentlich in mir hervorrief, und ich hatte nicht vor, jetzt damit anzufangen.

„Na dann los", sagte er und wies mit der Hand auf den offenen Parkplatz hinter uns. „Mal sehen, was du draufhast."

Ich stieß ihm mit meinem Zeigefinger in die – zugegebenermaßen äußerst muskulöse – Brust. „Nein. Für heute reicht es. Ich brauche etwas Zeit zum Abkühlen, statt die Flammen weiter zu schüren."

„Das sagst du. Es gibt einen ganz einfachen Weg, die Angst zu überwinden, dass du mich in Asche verwandelt könntest. Versuch es!"

Meine Kraft loderte mit einem unangenehmen Knistern in mir auf. Ich schluckte schwer und spielte eine Karte aus, von der ich genau wusste, dass sie ihn verärgern würde. „Lass es gut sein, Luzi. Noch nie was von ‚Nein heißt Nein‘ gehört?"

Ruse hatte mal erwähnt, dass Omen sich vor langer Zeit als Luzifer ausgegeben hatte – der Teufel persönlich, der angeblich gar nicht existierte – um die Sterblichen von damals zu erschrecken. Normalerweise war dieser Spitzname eine todsichere Methode, um seine Beherrschung zum Einsturz zu bringen. Ein paar Haarbüschel standen von seinem Kopf ab, doch sein Blick blieb kühl und blau. Ein leicht trockener Ton schlich sich in seine Stimme.

„Ich entscheide, wann es reicht. Also komm und bring es hinter dich, Chaos-Queen. Es gibt nichts, was du ..."

„Ich habe *nein* gesagt", unterbrach ich ihn, wobei ein nicht beabsichtigter Hitzeschwall aus mir hervorbrach. Flammen loderten an die Oberfläche, griffen jedoch nicht auf Omen über. Meine geballten Hände brannten und pochten schmerzhaft, als würde ich Glut in meinen Handflächen halten.

„Scheiße." Ich drückte sie an meinen Körper, als könnte ich dadurch das Feuer löschen, das noch nicht einmal bis zur Oberfläche meiner Haut vorgedrungen war. Bei der Berührung keuchte ich vor Schmerz auf. Dann verblassten der Schmerz und das Brennen. Meine Hände waren leicht gerötet und mein Herz klopfte wieder.

Omen betrachtete meine Hände mit einer unergründlichen Miene. Dann hob er den Blick, um meinem zu begegnen. Einen Augenblick lang zögerte er.

„Na gut", meinte er schroff. „Es reicht für heute. Wir befassen uns morgen mit deinen Ängsten und allem anderen. Es kann nicht schaden, wenn Ruse uns den Weg in die Einrichtung ebnet, ob du nun deine Flammen mitbringst oder nicht. Geh schlafen."

Sowohl Thorn als auch Ruse beäugten mich mit offenkundiger Sorge. „Mylady?", begann Thorn, doch ich winkte ab.

„Es geht mir gut. Trotzdem wird mir ein wenig Schlaf guttun. Spürt ein paar Wachen auf, während ich meinen sterblichen Schönheitsschlaf halte, okay?"

Ich bemühte mich um einen lockeren Tonfall, doch als ich in das Wohnmobil stieg, konnte ich kaum atmen. Natürlich war *mir* die neuste Entwicklung meiner Kräfte unheimlich, doch das alles war neu für mich. Omen hatte Hunderte von Jahren Erfahrung mit übernatürlichen Kräften … und was er in mir gesehen hatte, hatte *ihn* so erschreckt, dass er ohne ein weiteres Wort von mir abgelassen hatte.

Wie tief saß ich in der Scheiße?

VIER

Ruse

„Zwei sind erledigt, bleiben noch drei", sagte ich und betrachtete das kleine Backsteinhaus, in das unsere nächste Zielperson verschwunden war, nachdem sie ihren Wachdienst im Museum beendet hatte. „Das ist der, von dem wir vermuten, dass er drinnen arbeitet, oder?"

Sorsha, die neben mir auf dem Sofa des Wohnmobils lag, nickte. „Dort war er jedenfalls heute Morgen."

„Bring ihn dazu, dass er uns nicht nur passieren lässt, sondern dass er auch seine Kollegen herbeiruft, damit du sie auch gleich in deinen Bann ziehen kannst", befahl Omen und lehnte sich vor, um ebenfalls einen Blick auf das Gebäude zu werfen. „Ich glaube nicht, dass nur er Zugang zu dem Raum in der Mitte hat. Und da unsere Chaos-Queen die armen kleinen Sterblichen verschonen will …"

Sorsha warf ihm einen flüchtigen Blick über die Schulter zu, machte sich jedoch nicht die Mühe, seine Stichelei zu kommentieren. Bei ihrer Bewegung wehte ein Hauch ihres feurig-süßen Duftes durch die Luft. Verdammt köstlich. Was hätte ich nicht alles dafür gegeben, die nächste Stunde im Schlafzimmer am Ende des Flurs zu verbringen und diesen Duft von ihrer Haut aufzusaugen, anstatt diese Idioten von der Lichtarmee zu bequatschen.

Doch wir mussten unseren Verschlinger befreien. Und außerdem, selbst wenn ich mich vor nicht allzu langer Zeit zusammen mit Snap Sorshas Reizen hingegeben hatte, vermutete ich, dass es nicht klug wäre, das im Alleingang noch einmal zu tun. Nicht, wenn ich das sehnsüchtige Ziehen in meinem Herzen unterdrücken wollte, das kein Inkubus fühlen sollte. Besonders ich sollte das nach meiner letzten Erfahrung mit einer Sterblichen, die mir den Kopf verdreht hatte, wissen.

Trotzdem gestattete ich es mir, ihr ein liebevolles Lächeln zu schenken und so zu tun, als würde mich kein lächerlicher Schwindel überkommen, als sie die Geste erwiderte. Es war ihr Vorschlag gewesen, der dafür gesorgt hatte, dass ich die Speerspitze unseres derzeitigen Aktionsplans war.

Ich hatte mich nie wirklich als Anführer gesehen. Bei unseren früheren Einsätzen hatte deutlich weniger Druck auf mir gelastet. Ich war einfach im Schatten geblieben und war nur bei den seltenen Gelegenheiten aufgetaucht, wenn meine Talente gebraucht wurden. Es war ein gewisser Nervenkitzel zu wissen, dass bei der morgigen Stürmung des Museums meine Überzeugungskraft den Weg ebnen würde und nicht Thorns brachiale Stärke oder Omens hündische Wildheit.

Möglicherweise war es sogar in gewisser Hinsicht erregend zu wissen, dass Sorsha genug an meine Fähigkeiten glaubte, um in ihrem Moment der Unsicherheit auf mich zu verweisen.

„Ich erinnere mich an die Strategie, die wir besprochen haben", sagte ich zu Omen und salutierte scherzhaft vor ihm. „Ich werde mich jetzt aufmachen, um meine Mission zu erfüllen."

Ich sprang durch die Schatten und beobachtete die leicht verschwommene Umgebung, bis ich sicher war, dass niemand in der Nähe war, der mich sehen konnte. Dann tauchte ich auf der Türschwelle des Hauses in der physischen Welt auf. Da wir bereits wussten, was dieser Kerl von Schattenwesen hielt, trug ich meine Lieblingskappe. Als Sorsha zu mir aufschloss und bereit war, ihren sterblichen Part in diesem Rollenspiel zu übernehmen, vergewisserte ich mich, dass die Kappe meine Hörner vollständig bedeckte, und klopfte an die Tür.

Der sehnige junge Mann, der die Tür öffnete, musterte uns stirnrunzelnd. Offenbar hatte er keinen umwerfend gut aussehenden Herrenbesuch erwartet, zumindest nicht mitten am Nachmittag. Sein Blick verweilte auf mir. Ich konnte seine Emotionen im Moment nicht deuten, doch sein Gesichtsausdruck deutete darauf hin, dass er mich nicht unattraktiv fand. Doch erstens stand ich nicht auf Männer und zweitens hatte ich im Moment wichtigere Sorgen.

Bis jetzt konnte ich weder seine Gefühle lesen noch meine anderen Fähigkeiten auf ihn anwenden, denn er trug ein metallenes Schutzabzeichen in der Nähe seines Herzens. Es war zwar nicht mit einer Anstecknadel befestigt, so wie das von Sorsha, erfüllte aber den gleichen Zweck. Wie nett von ihm, dass er es nicht unter seiner Kleidung trug, sodass wir diesen Teil unseres Plans mit minimalem Aufwand durchführen konnten.

„Sie haben da etwas an Ihrem Hemd", sagte Sorsha, als hätte sie einen peinlichen Fleck entdeckt, und nahm ihm mit einem Ruck das Abzeichen ab.

Kaum hatte der Kerl einen Schrei ausgestoßen, ließ ich meine gesamte Verführungskraft in meine Kehle und in meine Stimme sickern. „Bitte entschuldigen Sie die Störung, Sir, aber ich muss Sie auf eine sehr wichtige Angelegenheit aufmerksam machen. Das Leben mehrerer Menschen könnte auf dem Spiel stehen."

Aus dem Gespräch mit einem Kollegen, das ich zufällig mitgehört hatte, während ich ihn aus dem Schatten heraus beobachtete, wusste ich bereits, dass er sich für eine Art Vorkämpfer des Volkes hielt. Der Appell an seine heldenhaften Bestrebungen bot meiner Magie einen zusätzlichen Anknüpfungspunkt in seinem Geist. Obwohl er immer noch unbehaglich dreinblickte, schien er die Tatsache, dass Sorsha ihm das Abzeichen heruntergerissen hatte, bereits vergessen zu haben. Ein eifriges Funkeln war in seine Augen getreten. „Wovon reden Sie? Und woher wissen Sie überhaupt, wer ich bin?"

„Wir sind eine Organisation, die sich mit der Lichtarmee befasst und Kontakt zu ihren vielversprechendsten Mitgliedern aufnimmt", erklärte ich mit einem verschwörerischen Lächeln. „Sind Sie bereit, die nächste Stufe im Kampf gegen das Böse zu erklimmen?"

Und ob er das war. Der Blick, den ich in seinen Kopf warf, bestätigte den Eifer, der über sein gerötetes Gesicht huschte. „Auf jeden Fall", sagte er. „Kommen Sie herein. Ich werde tun, was ich kann, um zu helfen."

Da Sorsha ihren Teil der Mission bereits erfüllt hatte, drückte sie sanft meinen Arm und eilte zurück zum Wohnmobil. Ich folgte unserer Zielperson ins Wohnzimmer, in dem sich ein Sofa mit Leopardenmuster, ein Zebrafellteppich und eine große Katze – nein Moment, ein quicklebendiges Tigerjunges – auf ein zerfetztes Kauspielzeug stürzte.

„Das ist Elsa", meinte mein Gastgeber mit einem lässigen Winken. „Keine Sorge, sie beißt nie wirklich fest zu."

Unser aufstrebender Held war also auch Besitzer von illegalen Wildtieren und möglicherweise ein angehender Tigerkönig. Wunderbar. Falls Omen ihm nicht die Kehle herausriss, würde Elsa das sicher tun, sobald ihre Reißzähne gewachsen waren. Wie schade, dass ich das nicht mehr miterleben würde.

Ich ließ mich auf dem Sofa nieder und setzte meine „ernste" Miene auf, die vor allem von Thorn und seiner großen Bandbreite an Strenge inspiriert war. Ein weiterer Hauch von Magie schwang in meiner Stimme mit. „Es ist wichtig, dass Sie niemandem von unserem Treffen erzählen. Nicht jeder in der Lichtarmee genießt unser Vertrauen. Und genau deshalb brauchen wir Ihre Hilfe in einer wichtigen Angelegenheit ..."

Erst nach über einer halben Stunde des Zuredens und Schmeichelns war ich mir sicher, dass der hoffnungsvolle Held zu hundert Prozent überzeugt war, doch dann hätte ich ihm sogar sagen können, dass die Sicherheit des Planeten davon abhing, dass er vom Dach des Museums springt, und er wäre fröhlich losgerannt, um es zu tun. Zu seinem Glück war die Aufgabe, die ich ihm erteilte, zumindest im Moment weit weniger gesundheitsgefährdend. Was der Rest der Lichtarmee mit ihm anstellen würde, wenn sie herausfanden, dass er kompromittiert worden war – nun, ich rechnete damit, dass er seine gerechte Strafe für seine schrecklichen Lebensentscheidungen erhalten würde.

Als ich das Haus verließ, berührte die Sonne gerade die Dächer der gegenüberliegenden Gebäude. Ich ging weiter, bis ich außer Sichtweite war, und flitzte dann durch die Schatten zurück zum Wohnmobil, das Omen auf der anderen Seite des Blocks geparkt hatte.

Sobald ich auftauchte und Omen das Zeichen gab, das alles in Ordnung war, ließ er den Motor aufheulen, als wäre es sein Motorrad und kein Fahrzeug, mit dem Rentner nach Florida fuhren. Wir holperten die Straße entlang, und Sorsha steckte ihren Kopf aus der Schlafzimmertür.

„Wie ist es gelaufen?", fragte sie.

Ich zeigte ihr einen Daumen nach oben. „Er hat mir im Nu aus der Hand gefressen. Und er hatte einige nützliche Informationen. Sie erwarten heute Abend eine Inspektion von ein paar höheren Stellen. Sie führen die Experimente meistens nachts durch, wenn keine Besucher im Museum sind, falls eine Kreatur entkommt. Tagsüber ist weniger Personal im Einsatz. In Anbetracht dieser Neuigkeiten habe ich ihn angewiesen, uns morgen vorzustellen, wenn das Museum geöffnet ist."

Ich warf einen beunruhigten Blick in Omens Richtung, da ich befürchtete, dass mein Boss nichts von meiner Eigeninitiative halten würde, doch sein anerkennendes Grunzen war Zustimmung genug. Er mochte der Mann der Pläne sein, doch ich hatte genug Verstand, um auf diesem Gebiet ebenfalls etwas beizutragen. Ich hatte mehr als nur ein hübsches Gesicht und eine verführerische Stimme zu bieten.

Darauf hatte Sorsha offenbar vertraut. Die Erleichterung, die über ihr Gesicht huschte, wurde nicht durch Überraschung gemildert. „Wir werden Snap in weniger als vierundzwanzig Stunden da rausholen", sagte sie. Dann verblasste ihre Begeisterung. „Vorausgesetzt, er ist noch da. Vorausgesetzt, sie haben ihm nichts Schlimmeres angetan."

Mit meinem Inkubus-Dasein stimmte definitiv etwas nicht, denn ihre Sorge brachte mich mehr aus der Fassung, als sie es sollte. Nun, unsere Begleiter brauchten mich nicht, bis wir unser nächstes Ziel erreicht hatten. Ich ging zu ihr hinüber.

Sie lehnte sich mit gesenktem Kopf gegen die geschlossene Tür. „Ich weiß, es macht keinen Sinn, sich darüber Gedanken zu machen, wenn wir es sowieso erst morgen erfahren werden."

Ich strich ihr ein paar Strähnen ihres roten Haares aus der Stirn und ließ meine Hand auf ihrer warmen Haut verweilen. „Natürlich machst du dir Sorgen um ihn. Schließlich wissen wir, wie diese Unholde sind." Unsere Sterbliche hatte in dem Verschlinger Leidenschaften geweckt, die ich nie erwartet hätte. Und er hatte im Gegenzug eine Zärtlichkeit in ihr geweckt, die ich ebenfalls nicht erwartet hätte. Es war eine weichere Seite, die vollkommen anders war als die spielerische Zuneigung, die sie mir entgegengebracht hatte, als wir uns nähergekommen waren.

Sie holte tief Luft und schien sich zu sammeln, entschlossen, ihre Beherrschung nicht zu verlieren. Immer, wenn sie sich auf einen Kampf vorbereitete, sah sie besonders umwerfend aus. Und verdammt, das hatte sie in den letzten Wochen häufig getan.

„Sie haben keine Ahnung, was für eine Hölle sie sich eingebrockt haben, als sie ihn entführt haben." Ihr Blick wanderte zu Omen, der auf dem Fahrersitz saß. „Womöglich sogar buchstäblich. Und sie haben jedes bisschen davon verdient." Sie richtete ihren Blick wieder auf mich. „*Du* weißt doch, dass ich die Taktik nicht deshalb vorgeschlagen habe, um mich vor einem Kampf zu drücken, oder?"

Selten hatte ich mir so sehr gewünscht, einen Blick in ihren Kopf werfen zu können, ohne ihr Vertrauen zu brechen. Ihre Kräfte schienen sie verunsichert zu haben, seit wir nach Chicago gekommen waren. Ich wüsste zu gerne, warum das ausgerechnet jetzt passiert war, oder was genau ihr durch den Kopf ging.

Doch eigentlich spielte das keine Rolle. Ich konnte trotzdem wahrheitsgemäß antworten: „Natürlich. Es würde mich weniger überraschen, wenn du deine 80er-Jahre-Songs aufgibst, als wenn du dich vor einer Schlägerei drückst, bei der du gebraucht wirst, Flamme. Wehe dem, der sich mit unserer Sterblichen anlegt." Ich strich mit meinen Fingern über ihren Kiefer und widerstand dem Drang, mich zu ihr zu beugen, um sie zu küssen. „Wir werden Snap zurückholen. Diese Mistkerle haben keine Chance. Und denk nur einmal daran, wie sehr er sich freuen wird, dich wiederzusehen."

„Die Freude wird auf Gegenseitigkeit beruhen", erwiderte sie. Ihrem verträumten Blick nach zu urteilen, stellte sie sich dieses Wiedersehen gerade vor. Wenn Snap sie so hätte sehen können, hätte er keine Sekunde an ihrer Hingabe gezweifelt und wäre womöglich gar nicht erst abgehauen.

Wenn sie seine monströsen Anteile akzeptieren konnte – die Reißzähne und das Ausweiden sterblicher Seelen –, war es dann möglich, dass sie auch mich so akzeptieren konnte, wie ich war, ohne ständig Angst zu haben, dass ich in ihren Geist eindrang oder sie je nach Lust und Laune manipulierte? Ich wusste vor allem eines, nämlich, dass ich nicht wollte, dass diese Frau aus etwas anderem als aus freien Stücken zu mir kam. Nachdem ich einen Vorgeschmack auf ihre völlig ungetrübte Begierde bekommen hatte, hatte ich kein Interesse daran, sie durch Magie für mich zu gewinnen.

Ich schüttelte das Verlangen ab, wie ich es in den letzten Tagen so oft getan hatte. Das sorgte nur für Lärm und Unordnung in meinem Kopf. Wobei, vielleicht wäre es gar nicht so schlecht, für etwas Ablenkung zu sorgen, die wir beide sehr genießen würden?

Das Klingeln ihres Handys riss mich aus meinen Gedanken. Ich schaffte es, sie nicht anzustarren, als sie es aus der Tasche zog, um die Nummer zu überprüfen. Ihr Kiefer verkrampfte sich.

„Vivi", sagte sie und drückte den Anruf zu meiner Überraschung weg.

„Habt ihr zwei euch wieder gestritten?", fragte ich.

„Nein, ganz und gar nicht. Es ist nur … mit allem, was geschehen ist …" Sie machte ein Gesicht, als ob sie überlegen müsste, wie sie mir ihre Beweggründe erklären sollte. Dann piepte ihr Telefon erneut, diesmal mit einer Nachricht.

Sorsha stieß ein ungläubiges Lachen aus. „Oh mein Gott. Ich kann nicht glauben, dass ich das vergessen habe." Sie schüttelte den Kopf und schenkte mir ein schiefes Lächeln. „Sie wollte mir zum Geburtstag gratulieren."

Meine Augenbrauen schossen nach oben, bevor sich ein Grinsen in meinem Gesicht ausbreitete. Ich hatte da schon eine Idee, wie ich sie von ihren Sorgen ablenken könnte. „Du hast heute Geburtstag? Oh, Flamme, das muss gefeiert werden."

FÜNF

Sorsha

„Das ist wirklich nicht nötig", erklärte ich, während Ruse mich die Straße hinunterführte und mir mit einer Hand die Augen zuhielt.

„Oh, doch, ich denke schon", entgegnete der Inkubus mit seiner schokoladigen Stimme. „Seit du uns kennengelernt hast, haben wir dich mehrfach um deine Wohnung, deine Freunde und praktisch um dein Leben gebracht. Das Mindeste, was wir tun können, ist eine Geburtstagsfeier als Wiedergutmachung zu veranstalten."

Er sagte „wir", doch soweit ich das beurteilen konnte, hatte er sich allein um die Planung gekümmert. Während Omen am Steuer des Supermobils geblieben war, hatte Ruse das Handy des Höllenhund-Wandlers konfisziert, um Nachforschungen über die Stadt anzustellen, während Thorn über ihm stand und nicht viel mehr als Brummtöne von sich gab. Nachdem der Inkubus die letzten beiden Wachen, die wir aufgespürt hatten, bezaubert hatte, hatte er Omen eine

Wegbeschreibung gegeben. Mit einem schweren Seufzer hatte sich der Höllenhund-Wandler auf den Weg gemacht.

Ich war mir nicht sicher, ob ich überhaupt eine Geburtstagsfeier wollte. Normalerweise wäre ich mit Vivi und ein paar anderen jüngeren Mitgliedern vom Bund ausgegangen. Jetzt rief der Gedanke an die Freunde, die ich zurückgelassen hatte, ein mulmiges Gefühl in meiner Magengegend hervor. Doch es war schwer, dem Inkubus etwas abzuschlagen, wenn er seinen ganzen enthusiastischen Charme spielen ließ.

Inzwischen hatten wir unser erstes Ziel erreicht, auch wenn ich keine Ahnung hatte, wo das war, da Ruse darauf bestanden hatte, dass ich nicht sehen dufte, wo sie mich hinbrachten.

„Du könntest mich wenigstens sehen lassen, wohin ich gehe", schimpfte ich.

Der Inkubus gluckste. „Eine Überraschung ist doch viel besser."

„Vielleicht für manche Menschen. Ich verschaffe mir gerne einen Überblick über meine Umgebung."

„Keine Sorge, Flamme. Unser großer Freund hält Ausschau nach Gefahren, um sicherzugehen, dass uns nichts passiert."

Unser „großer Freund" gab ein wortloses Grummeln von sich. „Du siehst lächerlich aus", sagte Thorn. „Ich verstehe wirklich nicht, warum ..."

„Die Sterblichen hier werden es kapieren. Das ist schon in Ordnung. Und ... ta da!"

Ruse nahm seine Hand von meinen Augen. Ein paar Sekunden lang konnte ich nur blinzeln. Unzählige Lichter erhellten die Abenddämmerung und beleuchteten einen ... kleinen Palast?

Nein, keinen echten Palast, sondern ein Restaurant in der Form eines Palasts. *Regal Thai* stand auf dem Schild, das im Lichtschein über dem gewölbten Eingangstor fast unterging.

Der Duft von Curry stieg mir in die Nase, und mir lief sofort das Wasser im Mund zusammen. Vielleicht war eine Feier doch nicht so schlecht, wenn sie hier stattfand.

Ruse führte mich hinein, während er das Restaurant anpries. „Es wurde gerade erst eröffnet – mit einem Spitzenkoch, der zehn Jahre lang in einem Vier-Sterne-Restaurant in Bangkok gearbeitet hat – und wie du siehst, haben sie auch bei der Einrichtung alle Register gezogen."

Die Gerüche wurden noch verlockender, als wir eintraten. Ich schaffte es, nicht zu sabbern. Säulen, die, wie ich annahm, in den traditionellen thailändischen Farben Gold, Rot, Blau und Grün gestrichen waren, reihten sich im Essbereich aneinander und grenzten Abschnitte mit Sitznischen in denselben Farben ab.

Die Hostess führte uns in eine Nische, wo wir uns auf mit scharlachroten Seidenkissen gepolsterten Sitzen niederließen. Die silbernen und sandfarbenen Polster waren so weich, dass es sich wie ein Verbrechen anfühlte, darauf zu sitzen.

Unsere Kellnerin beäugte Ruse' Kopfbedeckung etwas skeptisch. Der Inkubus hatte seine typische Baseballkappe gegen eine dezente schwarze Mütze eingetauscht, die den Anschein einer religiösen Zugehörigkeit vermittelte. Ich hätte nicht sagen können, welche Glaubensrichtung das sein sollte, oder ob diese Religion überhaupt außerhalb der Fantasie des Inkubus existierte, doch es war überzeugend genug, dass die Frau es nicht weiter kommentierte.

Thorn trug wieder die fingerlosen Lederhandschuhe, um seine Fingerknöchel zu bedecken, und rieb seine Hände aneinander, während er die Speisekarte studierte. Ruse schnappte sie ihm vor der Nase weg. „Sorsha sollte die Bestellung aufgeben. Schließlich ist sie diejenige, die am meisten Freude an diesem Essen haben wird."

Ein Blick auf das Angebot ließ mir erneut das Wasser im Mund zusammenlaufen. „Ich kann uns ein perfektes

Festmahl bestellen", versprach ich und begann im Geiste eine Liste mit all meinen Lieblingsgerichten zu erstellen.

Obwohl das Essen köstlich war, war es nicht das Beste an meiner Geburtstagsfeier. Viel unterhaltsamer war der Versuch des Kriegerengels – Verzeihung, des *Geflügelten* –, Stäbchen zwischen seinen massigen Fingern zu halten, und Omens ehrfürchtiger Blick, den er schnell zu verbergen versuchte, als er sich dazu herabließ, den gebratenen Ananasreis zu probieren. Und was gab es Schöneres, als sich von einem Inkubus mit gebratener Banane füttern zu lassen, während seine haselnussbraunen Augen auf meinem Gesicht verweilten und mich mit einem Blick betrachteten, der so verführerisch war, wie das Dessert schmeckte?

Nachdem die letzten Teller abgeräumt worden waren, fühlte sich mein Magen an, als hätte er sich auf das Zehnfache seiner vorherigen Größe ausgedehnt, doch der Schmerz war eher angenehm als schmerzhaft. Ich ließ mich in die weichen Kissen sinken und tätschelte meinen Bauch. „Okay, das hast du gut gemacht, Ruse. Solange Omen mich nicht röstet, jetzt wo ich so vollgestopft bin."

„Provoziere mich nicht", entgegnete der Höllenhund-Wandler, doch auf seinen Lippen war *fast* so etwas wie ein Lächeln zu sehen. Wir hatten es weit gebracht, seit er mich bei seinen Tests beinahe gebraten hätte.

Ruse grinste und holte eine Handvoll Bargeld heraus, nach dessen Herkunft ich wohl besser nicht fragen sollte. „Es ist besser, das gute Essen zu finanzieren als den Trottel, von dem das Geld stammt", meinte er mit einem Augenzwinkern, als er die Scheine auf das Tablett mit der Rechnung legte. „Und das war noch nicht alles. Also steht auf, damit ich mit dem nächsten amüsanten Teil des Abends weitermachen kann."

Ich stöhnte auf. „Ich bin mir nicht sicher, ob ich noch laufen kann."

Thorn blickte mit hoffnungsvoller Miene auf und sah

erfreut aus, dass er auch etwas zur Party beitragen konnte. Er machte eine Bewegung, als wolle er mich in seine kräftigen Arme heben. „Ich könnte Euch zum Fahrzeug tragen, Mylady, wenn ...“

Wie durch ein Wunder fand ich die Motivation, mich doch aufzurappeln. „Nein, nein, ist schon in Ordnung, trotzdem vielen Dank.“ So sehr ich auch das Gefühl seiner starken Arme genoss, wollte ich mir doch etwas von meiner Würde bewahren.

Ich hätte nicht gedacht, dass der Abend noch besser werden könnte, doch mein Herz machte einen Sprung, als das Wohnmobil unsere nächste Station erreichte: eine Karaoke-Bar mit Neonbeleuchtung. Nicht, dass Singen meine Lieblingsbeschäftigung wäre – es war vielmehr der Gedanke, meinen Begleitern dabei zuzusehen, wie sie es versuchten, bei dem sich ein Grinsen in meinem Gesicht ausbreitete.

„Wir müssen uns abwechseln“, verkündete ich und hüpfte bereits zur Tür des Supermobils. „Alle müssen mitmachen, sonst ist das Geburtstagskind traurig.“

„Das wollen wir auf keinen Fall, oder?“, meinte Ruse amüsiert.

Meine Forderung zeigte bei zwei Dritteln meiner Schattenwesen-Crew Wirkung. Omen ließ sich in einer Ecke des privaten Raums nieder, den Ruse gebucht hatte, und weigerte sich, irgendetwas anderes mit seinem Mund zu machen als die Mundwinkel nach unten zu ziehen. Doch es war ziemlich einfach, seine mangelnde Beteiligung zu ignorieren, als ich unter Ruse' begeistertem Gejohle und Thorns Applaus „I Love Rock 'n' Roll“ schmettern durfte, gefolgt von dem Inkubus, der mit dem Mikrofon herumstolzierte, während er „Don't you forget about me“ trällerte.

Der Höhepunkt war jedoch Thorns schroffe, aber leidenschaftliche Darbietung von „Sexual Healing“, während er das Mikrofon so hielt, als ob er jeden Moment damit rechnete, jemanden damit schlagen zu müssen. Es war die beste Performance, die ich je gesehen hatte.

Fast wäre ich in Gelächter ausgebrochen, doch als ich die Röte im sonnengebräunten Gesicht des Kriegers sah, beschloss ich, stattdessen lieber zu applaudieren und ihm einen Kuss auf die Lippen zu drücken, der lange genug dauerte, um ihm ein leises Stöhnen zu entlocken, bevor ich mein nächstes Lied aussuchte.

Als unsere Stunde vorbei war, stellte sich heraus, dass Ruse noch mehr in petto hatte. „Wir haben noch einen Halt vor uns", sagte er mit einem liebevollen Stupser gegen mein Kinn. „Aber du kannst dort so lange bleiben, wie du dich auf den Beinen halten kannst."

Ich begriff, was er meinte, als Omen das Wohnmobil vor einem Tanzclub parkte. Einem Tanzclub mit einem Schild im Fenster, das fröhlich verkündete, dass heute Abend *80ies Night* war. Das Lächeln, das sich auf meine Lippen schlich, wurde von einem bittersüßen Schmerz begleitet.

Es war unmöglich, meiner Liebe zu den 80er Jahren zu frönen, ohne dabei an die Frau zu denken, die mir diese Liebe vermittelt hatte. Lange Zeit hatte ich keine Freunde gehabt, da wir ständig von Stadt zu Stadt gezogen waren. Also hatte ich an meinen Geburtstagen Eistorte gegessen, die Tante Luna mit Glitzer bestreut hatte, und private Tanzpartys im Wohnzimmer unserer Wohnung veranstaltet, die sie in der jeweiligen Stadt für uns arrangiert hatte.

Sie hätte noch viel mehr Geburtstage mit mir feiern sollen – auch um die Frau zu sehen, die ich geworden war. Die Lichtarmee war schuld daran, dass ich sie nie wieder sehen würde.

Ruse schien nichts von meinen Gedanken zu ahnen. Sein Lächeln verblasste, als er meinen Blick sah, in dem sich meine Trauer vermutlich widerspiegelte.

„Das wär eine großartige Idee", versicherte ich ihm, bevor er dachte, ich wäre von seiner Wahl enttäuscht. „Es ist perfekt. Das 80er-Jahre-Motto weckt nur ein paar Erinnerungen."

Ich würde für Luna tanzen und mich auf den morgigen Schlag gegen die Armee vorbereiten, die ihren Tod verursacht hatte.

Zögerlich betrachtete Thorn die Fassade des Gebäudes. „Ich weiß nicht, ob es eine gute Idee ist, wenn ich dort ..."

„Nein, jetzt gibt es kein Zurück mehr – ich will euch *alle* auf der Tanzfläche sehen." Ich ergriff seine Hand und zog ihn in Richtung Tür. „Wenn du nicht weißt, was du tun sollst, dann wippe einfach ein bisschen hin und her. Niemand wird es wagen, dich zu kritisieren, das kann ich dir versprechen."

Omen streckte sich auf dem Fahrersitz. „Ich komme mit, aber nur, um euch Narren im Auge zu behalten."

„Der Narr ist oft derjenige, der die Dinge am klarsten sieht", teilte Ruse ihm mit einem breiten Grinsen mit und überquerte die Straße.

Obwohl es noch früh am Abend war, war der Club bereits voll. Ich drängte mich in die Mitte der Tanzfläche und genoss die vertrauten Töne, die mich umwehten. Ruse folgte mir und seine Hände streiften meine Taille, meine Hüfte und meine Arme, während er sich im gleichen Rhythmus mit mir bewegte.

Thorn, nun ja ... Thorn machte das mit dem Wippen ganz gut. Er bewegte sogar ein wenig den Kopf zum Bass auf und ab. Ich zeigte ihm einen Daumen nach oben, als ich seinen Blick bemerkte, da ich fand, dass er das für seine Mühe verdient hatte.

Unser trotziger Anführer und Höllenhund gab sich hingegen überhaupt keine Mühe. Als er nach ein paar Liedern immer noch an der Wand zwischen der rosa beleuchteten Bar und der Garderobe stand, ging ich zu ihm.

„Also", verkündete ich, „ab auf die Tanzfläche mit dir. Nach den zig Jahrhunderten, die du auf dem Buckel hast, musst du doch wenigstens ein paar Moves draufhaben."

Omen rührte sich nicht. „Es mag dich überraschen, aber nur weil du Geburtstag hast, bedeutet das nicht, dass du jetzt das Sagen hast."

„Vielleicht doch. Woher willst du das wissen? Schattenwesen haben doch keinen Geburtstag, oder? Vielleicht ist das eine Regel, von der du noch nie gehört hast." Ich stupste seinen Arm an und griff dann mit einem Anflug von Kühnheit, der durch den Synth-Pop-Beat noch verstärkt wurde, nach der Vorderseite seines Hemdes, wobei ich mich bemühte, seine Brustmuskeln unter meinen Fingern zu ignorieren, ebenso wie seine dominante Aura, die mich umgab.

Der Song, der aus den Lautsprechern tönte, lieferte mir die perfekte Textvorlage für mein Ziel. „Get up on your feet", sang ich mit neckischer Stimme und versetzte ihm einen Schubs. „Ja genau, steh auf, Junge, komm schon!"

Omens Augen blitzten auf, wobei ich mir nicht sicher war, ob das nun daran lag, dass ich ihn „Junge" genannt hatte, oder einfach an der Art und Weise, wie ich mit ihm umging. Er schubste mich ebenfalls leicht, folgte mir aber zum Rand der Menge.

Zufrieden mit diesem Sieg machte ich eine Drehung und einen Schritt zur Seite, wobei ich ihm mit einem Blick zu verstehen gab, dass er mir folgen sollte. Mit zusammengekniffenen Augen begann er, sich im Rhythmus zu wiegen. Als ich mich ihm wieder näherte, fasste er meinen Ellbogen, um mich erneut zu drehen. Bei seiner Berührung breitete sich eine prickelnde Hitze auf meiner Haut aus.

Es war ein Spiel mit einer völlig anderen Art von Feuer, doch das Anstacheln von Flammen, war mittlerweile eine meiner Lieblingsbeschäftigungen. Ich tänzelte um den Höllenhund-Wandler herum und fuhr mit den Fingern über seinen Rücken, um noch mehr Leidenschaft in ihm zu wecken. Wohin er diese Leidenschaft schließlich lenkte, nun, das würden wir noch herausfinden, oder?

„Gefällt dir, was du siehst?", fragte ich und wackelte mit den Augenbrauen, während ich mich um meine eigene Achse drehte, damit er mich von allen Seiten betrachten konnte. Mein Blick glitt über die überfüllte Tanzfläche – und fiel schließlich auf einem golden schimmernden Haarschopf. Mein Herz begann zu rasen.

Doch der Gefühlsausbruch hielt nur eine Sekunde lang an. Es war nicht Snap – natürlich nicht – sondern eine junge Frau mit einer glänzenden Lockenpracht, die doppelt so lang war wie die des Verschlingers. Dennoch ließ mich die flüchtige Ähnlichkeit durch meine Erinnerungen an die Nacht vor ein paar Wochen stolpern, als Ruse eine improvisierte 80er-Jahre-Tanzparty in meinem Wohnzimmer veranstaltet hatte.

Snap war damals zu uns gestoßen, mit seiner schwungvollen, unbefangenen Art, die perfekt zu seiner göttlichen Schönheit passte, doch bei jedem anderen unbeholfen wirken würde. Niemand um mich herum konnte es mit ihm aufnehmen, so viel war sicher.

All diese Leute tanzten hier, ohne zu ahnen oder sich darum zu kümmern, welche Qualen allen möglichen Wesen aus dem Jenseits zugefügt wurden …

Plötzlich durchzuckte mich ein viel schärferes Gefühl, angetrieben von meiner inneren Glut. Es überkam mich so plötzlich, dass mir der Atem stockte, meine Haut schien zu knistern – und ein Paar, das neben mir tanzte, sprang mit einem keuchenden Aufschrei auseinander, als ihre Kleidung in Flammen aufging.

Mein Herz raste, und meine Arme brannten von den Handgelenken bis zu den Ellbogen. Andere Tänzer begannen ebenfalls zu schreien, als sie das Feuer entdeckten. Das Mädchen schluchzte vor Schmerz, und plötzlich spürte ich Omens Arm an meiner Taille.

„Komm, wir kühlen dich ab", flüsterte er mir ins Ohr und zog mich zum Ausgang.

„Aber …", protestierte ich. Es war meine Schuld. Ich hätte

etwas tun sollen. Ich hatte nur keine Ahnung, was. In diesem Moment kam einer der Türsteher mit einem Feuerlöscher angerannt und kümmerte sich bereits um die Katastrophe, die ich fast ausgelöst hätte. Während sich das Zischen des austretenden Schaums mit der Musik vermischte, zerrte mich Omen aus dem Club.

Der Höllenhund-Wandler lockerte seinen Griff erst, als wir die Gasse neben dem Gebäude erreicht hatten. Dann ließ er mich so abrupt los, dass ich gegen die Wand stolperte. Als ich mich zu ihm umdrehte, brach er in eine Schimpftirade aus.

„Was für eine verrückte Aktion war das da drinnen?"

Ich starrte ihn an. „Ich habe das nicht mit Absicht gemacht. Hältst du mich für einen totalen Idioten? Es ist einfach so passiert. Keine Ahnung, warum." Ich hatte weder Angst noch Panik empfunden, die meine Kräfte normalerweise zum Vorschein brachten. „Genau deswegen will ich meine Kräfte nicht mehr benutzen. Mir passiert ständig so ein Mist."

Omen beugte sich vor, seine Nähe und der Schwefelgeruch ließen meinen Puls erneut in die Höhe schnellen. Als er mich mit seinem Blick fixierte, blitzten seine Augen wieder orangefarben auf. „Wenn das ein dummer Versuch ist, mich davon zu überzeugen, dass ich dich nicht dazu drängen soll, deine Fähigkeiten in den Griff zu bekommen …"

„Natürlich ist es das nicht", schnauzte ich. „Ich wollte niemanden in Brand setzen, verdammt noch mal."

„Nun, wenn wir nicht den ganzen Abend unsere Zeit mit unsinnigen sterblichen Beschäftigungen vergeudet hätten, hättest du dir deswegen vielleicht keine Sorgen machen müssen."

Wollte er mich verarschen? „Das alles war nicht meine Idee. Wenn du ein Problem mit heute Abend hast, beschwer dich bei Ruse."

Omen stieß ein Knurren aus, das meine Haut auf eine Art

und Weise kribbeln ließ, die mich gleichzeitig erregte und nervös machte. „Er hat sich den Arsch aufgerissen, um *dir* eine Freude zu machen. Du scheinst zu glauben, du könntest uns alle um den Finger wickeln und tun, was du willst, aber ich habe hier das Sagen, und du wirst dich nicht vor deinem Teil drücken."

Das Brennen war in meine Arme zurückgekehrt. Ich riss sie hoch und schob meine Unterarme zwischen unsere Gesichter. „Ich drücke mich vor gar nichts. Ich bin nicht absichtlich die verdammte *Chaos-Queen*, als die du mich ständig bezeichnest."

Selbst im schummrigen Licht konnte ich die Blasen auf meiner geröteten Haut erkennen und mir drehte sich der Magen um. Mir war nicht klar gewesen, dass ich mich diesmal so stark verbrannt hatte.

Der Anblick schien auch Omen aus dem Konzept zu bringen. Er hielt inne und betrachtete die Verbrennungen. Überraschend sanft legte er seine Finger um meine und senkte und drehte erst den einen und dann den anderen Arm, um sie von allen Seiten zu betrachten.

„Warum tust du dir das an?", fragte er, doch der anklagende Ton war aus seiner Stimme verschwunden. Er klang beinahe … besorgt. Meinetwegen? Let demons sing „Hallelujah".

„Ich weiß es nicht", antwortete ich. „Es passiert einfach immer wieder. Vielleicht … Vielleicht hätte ich diese Kräfte doch nicht wecken sollen."

„Nein. So eine Gabe bekommt man nur, wenn man sie auch benutzen soll." Er hob den Kopf und schaute mir wieder in die Augen. Ich war mir nicht sicher, wonach er suchte. Er war vielleicht nicht ganz so umwerfend wie mein ursprüngliches Trio, aber es ließ sich nicht leugnen, dass auch er ein Hingucker war – und das umso mehr, je mehr seine eisige Maske von ihm abfiel.

„Es wäre schön gewesen, wenn eine Gebrauchsanweisung

dabei gewesen wäre", hörte ich mich sagen, und wie durch ein Wunder zuckte etwas, das vielleicht ein Lächeln hätte sein können, um die Lippen des Höllenhund-Wandlers.

Er hielt immer noch meine Hand. Sein Daumen strich über meine Fingerknöchel. „Wir werden es herausfinden", sagte er. „Du hast Glück – du hast drei unglaublich fähigen Schattenwesen an deiner Seite, die dir mit ihrem Fachwissen dabei helfen, diese Schattenmächte zu lenken. Vier, wenn wir morgen unseren Verschlinger zurückbekommen."

„Vorausgesetzt, ich verbrenne uns nicht alle vorher."

„Ich denke nicht, dass du dir deswegen Sorgen machen musst."

Ich widerstand dem Drang, das Gesicht zu verziehen. „Weil du nicht glaubst, dass es so schlimm werden wird?"

„Nein, weil du nicht versuchen musst, sie zu benutzen. Betrachte es als einen direkten Befehl. Wir werden uns morgen an deine gewaltfreie Strategie halten, und wenn jemand vernichtet werden muss, kannst du das Thorn und mir überlassen."

„Oh." Ich hatte nicht damit gerechnet, dass er tatsächlich nachgeben würde, vor allem nicht nach diesem Vorfall. „Äh, danke."

Sein Mund zuckte. Das war jetzt eindeutig ein Lächeln. „Du kannst ja richtig höflich sein, wenn du deinen Willen bekommst."

Ich verzog das Gesicht, was jedoch nicht die seltsame Zuneigung minderte, die in mir aufstieg. „Ich meine es ernst. Ich …"

Mir fiel kein anderer Weg ein, meine Wertschätzung für diese weniger arschlochhafte Seite von ihm zum Ausdruck zu bringen, als mich von der Wand abzustoßen, und meine Lippen auf seine zu pressen.

Ich wusste nicht, was für eine Reaktion ich erwartet hatte. Omen griff in mein Haar, und ich machte mich darauf gefasst, dass er mich wegreißen würde – doch stattdessen zog er mich mit einem Ruck näher zu sich heran und ein Feuerwerk brach in mir los, als er den Kuss vertiefte.

Ein Feuer, gegen das ich nichts einzuwenden hatte, flammte in meinem Körper auf, als sich sein heißer Mund auf meinem bewegte. Ich hätte ebenfalls nach ihm gegriffen, wenn er sich nicht eine Sekunde später losgerissen hätte.

Das orangefarbene Glühen in seinen Augen verblasste, doch sein hellbraunes Haar stand vom Kopf ab, ohne dass ich es auch nur berührt hatte, und sein Kiefer war verkrampft. Da war der Eisklotz wieder.

Er drehte sich auf dem Absatz um, als wären wir nicht gerade eben noch wie ein Liebespaar umschlungen dagestanden. „Lass uns die anderen holen und von hier verschwinden. Das war genug Aufregung für eine Nacht. Morgen müssen wir ein Schuhmuseum aufmischen."

SECHS

Sorsha

Als wir lässig auf den Museumseingang zuschlenderten, bot mir Ruse seinen Ellbogen an, wie ein viktorianischer Gentleman. Ohne die alberne Baseballmütze, unter denen seine Hörner versteckt waren, hätte der Effekt vielleicht besser funktioniert.

„Mylady?", fragte er, wobei er Thorns tiefe Stimme nahezu perfekt imitierte.

Ich stieß ihn mit meinem Ellbogen an. Zum Glück waren die Verbrennungen an meinen Armen dank etwas Aloe Vera und der Heilkräfte, die mit meiner Fähigkeit, mich selbst zu grillen, einherzugehen schienen, schon so gut wie verschwunden. „Wir sollten uns die Witze lieber für später aufheben, *nachdem* wir Snap und die anderen hier rausgeholt haben."

„Mein Herz blutet", scherzte er, doch seine warmen Augen schweiften wachsam durch das Foyer. So verspielt er auch war, er nahm diese Aktion ernst.

Tatsächlich tummelten sich in den Museumsräumen überraschend viele Besucher, die die Vitrinen mit den verschiedenen Schuhmodellen begutachteten. Ein Touristenpaar knipste Fotos, während ihre beiden Kinder an ihnen zerrten und aussahen, als wären sie lieber woanders. Ein junger Mann in Turnschuhen, die so aufgeplustert waren, dass er eine hervorragende Donald-Duck-Imitation abgegeben hätte, erzählte einem Mädchen mit glasigen Augen von der Geschichte der Sportschuhe. Viel Glück bei deinem Date, Kumpel.

Wir kamen an Stiefeln vorbei, die von Soldaten getragen worden waren – die, dem tadellosen Zustand des Schuhwerks nach zu urteilen, nicht viel erlebt hatten – und an Hausschuhen, die angeblich Kaisern gehört hatten und mit einer obszönen Menge Goldfäden durchzogen waren. In dem Raum, in dem Schuhe von Berühmtheiten ausgestellt waren, konnte man diamantbesetzte Stilettos bewundern, die ein Popstar kürzlich auf einer Tournee getragen hatte. Ob sie sich den Knöchel verstaucht hatte, als sie diese Dinger auf der Bühne getragen hatte? Oder erblindet war? Denn sie glitzerten so hell, dass sie Luna auf jeden Fall gefallen hätten.

Wir entdeckten die Tür zu dem geheimen Mittelraum in einem kleinen Flur zwischen den Bereichen *Auf leisen Sohlen* und *Wasserspaß*, wo Bootsschuhe und Tauchflossen ausgestellt waren.

Ruse musste die Wachen, die er bezaubert hatte, gut instruiert haben. Eine muskulöse Frau in hellbrauner Uniform kam auf uns zu und senkte respektvoll den Kopf.

„Es ist alles in Ordnung, Sir", sagte sie. „Sagen Sie Bescheid, wenn Sie bereit sind, mit dem letzten Teil Ihrer Inspektion zu beginnen."

Ruse setzte eine professionelle Miene auf, durch die sein schelmisches Grinsen jedoch kurz hindurchblitzte. Ich verkniff mir ein Lächeln.

„Ich möchte zuerst die anderen Wachen kennenlernen, die

hier draußen Dienst haben", erwiderte er. „Alle außer Mack, mit dem habe ich schon gesprochen. Könnten Sie sie nacheinander in das Vestibül begleiten, damit wir die Angelegenheit diskret behandeln können?"

„Auf jeden Fall, Sir, selbstverständlich."

„Das Vestibül?", wiederholte ich mit einem weiteren Zucken meiner Lippen, als sie davoneilte.

Ruse grinste. „Eines meiner Lieblingswörter. Mit einem guten Vestibül kann man nichts falsch machen. Und jetzt lass uns da rübergehen, damit ich den Rest dieses Kontingents dazu bringen kann, ein Loblied auf uns zu singen."

Tagsüber patrouillierten nur zwei weitere Wachen durch die Ausstellungsräume – die Lichtarmee schien es für unwahrscheinlich zu halten, dass jemand einen Überfall wagen würde, wenn so viele Zeugen anwesend waren. Natürlich kam uns diese Tatsache jetzt zugute. Und wenn wir erst einmal hatten, was wir brauchten, konnten wir die unschuldigen Schaulustigen durch das Auslösen des Feueralarms vertreiben, bevor ein echtes Feuer ausbrechen würde.

Solange wir die Situation völlig unter Kontrolle hatten.

Ruse freundete sich innerhalb weniger Minuten mit den beiden anderen Wachen an – was einfacher war, da der Bann nur noch etwa eine Stunde anhalten musste. So sehr ich diese Leute auch hasste, die ihr Leben der Ausrottung der Schattenwesen gewidmet hatten, so war es doch ein wenig beunruhigend, dem Inkubus bei der Ausübung seines Charmes zuzusehen. Ich konnte ein Zittern nicht ganz unterdrücken, als ich mich an das andere Schattenwesen erinnerte, das seinen überzeugenden Voodoo bei mir angewendet hatte, als ich noch ein Kind war.

Luna hatte den Trottel damals verjagt, und ich war unversehrt davongekommen. Und Ruse war nicht so ein Arschloch. Ich konnte mir nicht vorstellen, dass er ein Kind belästigen würde, selbst wenn er im Umgang mit den Bösewichten oft seinen Sinn für Humor durchblicken ließ.

Er sah der zweiten Wache mit einem schelmischen Funkeln in den Augen hinterher. „Wenn ich wollte, könnte ich sie durch die Hallen marschieren und dabei Weihnachtslieder singen lassen."

Ich versetzte ihm einen weiteren Stoß mit dem Ellbogen. „So gern ich das auch sehen würde, das wird uns Snap nicht wiederbringen. Du kannst mit deiner Gesangsgruppe anfangen, sobald die Käfige offen sind."

„Na gut. Spielverderberin."

Er hauchte mir einen liebevollen Kuss auf die Schläfe mit einer Zärtlichkeit, die ich nicht erwartet hatte. Der Inkubus und ich waren so intim geworden, wie zwei Wesen nur sein konnten, doch in letzter Zeit war er mir gegenüber etwas abweisend gewesen. Selbst nach den Feierlichkeiten der letzten Nacht hatte er keinen einzigen Annäherungsversuch unternommen, um eine Einladung in mein Bett zu erhalten.

Ich war mir nicht sicher, was mit ihm los war, und auch nicht, was es mit dieser kurzen öffentlichen Zurschaustellung von Zärtlichkeit auf sich hatte, doch darüber würde ich mir später Gedanken machen.

Es war jetzt gerade fünf Minuten vor zwölf. Wir schlenderten zurück zur Tür, die in den Mittelraum führte, und um Punkt zwölf klopfte Ruse in einem eins, eins, zwei, eins-Takt an. Diesen Code hatte er mit seinem neuen Freund, dem Tigerkönig, abgesprochen. Einen Moment später öffnete der schlaksige Kerl knarrend die Tür. Heute trug er seine Rüstung nicht, da Ruse ihn angewiesen hatte, sie abzulegen, bevor er uns hereinließ.

„Ich habe zu niemandem ein Wort gesagt", murmelte er, als er uns in einen hell erleuchteten, weiß getünchten Raum voller gläserner Schreibtische und Computerausrüstung führte. Ruse erschauderte angesichts der Metalle, die in die Wände eingelassen waren. „Ein paar von den Jungs könnten

Ihnen Probleme machen – ich glaube nicht, dass ihnen das große Ganze klar ist. Ich werde sie herbringen, wie Sie es gewünscht haben, dann können Sie entscheiden ..."

Was genau er dachte, dass wir entscheiden würden, ging durch das Klicken der Tür am anderen Ende des Raumes unter. Ein schwacher Chemikaliengeruch wehte herein, und mein Körper verkrampfte sich, als mir klar wurde, dass dort das Labor – die Versuchsobjekte, die Gefangenen, *Snap* – sein mussten. Die beiden Gestalten, die in der Tür erschienen waren, stießen einen erschrockenen Schrei aus.

„Was machst du da, und wer sind diese Leute?", fragte einer und machte einen Schritt vorwärts. Beide zückten ihre Gewehre. Also gut. Der Plan, friedlich einzudringen war gerade den Bach hinuntergegangen.

„Hilfst du mir mit deinen Kollegen?", fragte Ruse den Wachmann, der noch immer unter seinem Einfluss stand. In seiner Stimme schwang neuer Eifer mit.

Der Mann stürzte sich mit einem Karateschlag auf den Wachmann, der auf uns zustürmte und schlug ihm die Waffe aus der Hand. Die Waffenhand des dritten Wachmanns zuckte, doch Thorn sprang in seiner ganzen bulligen Pracht aus dem Schatten und schlug mit seiner Faust so heftig auf den Arm des Mannes, dass ich ein Knacken hörte, als der Knochen splitterte.

Der bezauberte Wachmann, der seinen Kollegen mittlerweile zu Boden gerungen hatte, nahm dem Mann nun den Schutzhelm ab. „Es ist nur zu deinem Besten", erklärte er. „Es gibt so viel, was sie uns nicht gesagt haben – so viel, was wir nicht gesehen haben ..."

Zum Glück schien er zu sehr damit beschäftigt zu sein, an den Bändern der Weste des Mannes zu zerren, um den nächsten Schlag von Thorns Faust zu sehen, der die kristallinen Knöchel des Kriegers tief in die Unterseite des Kiefers des dritten Wachmanns trieb. Der Mann sackte mit einem blutigen Gurgeln auf dem Boden zusammen.

Sofort machte ich mich daran, der zweiten Wache die restliche Schutzausrüstung abzunehmen. Kaum war er von Silber und Eisen befreit, ertönte Ruse' beschwörende Stimme erneut.

„Es steht viel auf dem Spiel – wir müssen uns beeilen. Diese Monster sind giftig. Das Sonnenlicht wird sie jedoch verbrennen. Schnell, schnell, bevor die Leute, die sie hierbehalten und beschützen wollen, uns davon abhalten können, das Richtige zu tun."

Der Appell an seinen Hass auf die Schattenwesen funktionierte so gut, dass sich mir der Magen umdrehte. Sofort sprang der Mann auf und rannte ohne ein weiteres Wort zur Tür des Laborbereichs. Der Anblick des zerfetzten Fleisches der Leiche, die Thorn zur Seite gezerrt hatte, linderte meine Übelkeit nicht gerade, doch in diesem Moment fiel es mir nicht schwer, mich daran zu erinnern, warum ich keine Vorbehalte mehr hatte, ihnen die Schädel einzuschlagen.

Wir drängten uns in einen größeren Raum voller Stahltische und Regale mit Laborausrüstung. An einer Wand befanden sich mehrere silberne Eisenkäfige. Es mussten mindestens dreißig kleinere Käfige sein und dahinter noch einige größere. Sie alle waren mit künstlichem Licht beleuchtet, in dessen Schein dünne Schattengestalten zitterten.

Snap musste in einem der großen Käfige sein. „Macht sie auf!", befahl ich den Wachen. „Kommt schon, legt los!"

„Ihr habt sie gehört", fügte Ruse mit einem beschwörenden Tonfall hinzu. „Lasst alle Bestien raus. Anschließend treiben wir sie ans Tageslicht, um sie endgültig auszulöschen."

„Wir haben weder die Schlüssel noch die Codes", stammelte der Wächter und wies auf die Käfige. Die großen Käfige waren mit Tastenfeldern ausgestattet, die kleinen nur mit Vorhängeschlössern.

Ruse drehte sich zu seinem ursprünglichen Verbündeten um. „Sie meinten doch, sie hätten Zugang."

„Zu den Räumen! Sie haben nicht nach den Käfigen gefragt."

Er hatte nicht zu sehr ins Detail gehen wollen, falls einer der Wächter unsere Pläne vorzeitig ausplaudern sollte. Mist.

Omen trat aus dem Schatten hervor. „Wer hat sie dann?", fragte er, doch in diesem Moment überkam mich eine Welle von Wut und Frustration, die die Antwort auf diese Frage hinfällig machte.

„Das spielt keine Rolle", sagte ich mit fester Stimme und ignorierte das schmerzhafte Kribbeln, das meine Macht mit sich brachte. „Ich kann sie öffnen."

Ich griff nach einem der kleinen Käfige und Feuer loderte in meiner Handfläche auf. Das Metall verformte sich wie die Dose, die ich gestern Abend zum Schmelzen gebracht hatte. Mit einem Ruck zog ich die ineinandergreifenden Stäbe auseinander, sodass ein klaffendes Loch entstand.

Jetzt war genug Platz, um an den giftigen Metallen vorbeizukommen, und das Schattenwesen huschte ohne Dank an mir vorbei. Von mir aus. Ich brauchte keinen Dank. Mit zusammengebissenen Zähnen griff ich nach dem nächsten Käfig und ließ noch mehr von meiner feurigen Kraft in meine Hände fließen.

„Keine Ahnung, ob das bei den großen auch funktioniert", stieß ich hervor. Sie hatten massive Wände, keine Gitter. Und ich wusste nicht, wie dick das Metall war.

„Die Computer", sagte Ruse mit einer energischen Geste in Richtung des anderen Raums. „Ihr beide setzt euch an die Rechner und seht nach, was ihr finden könnt. Falls ihr nichts Brauchbares findet, dann ..."

Die Tür des größten Käfigs in der Reihe schwang mit einem mechanischen Surren auf. Dabei hatte keiner von uns auch nur in der Nähe gestanden. Ich öffnete den Käfig, den ich in der Hand hielt, und drehte mich ruckartig um, die

Hände erhoben, um einer potenziellen neuen Bedrohung entgegenzutreten. Doch die Gestalt war alles andere als eine Bedrohung.

Ein hochgewachsener, schlanker, verschwommener Schatten verwandelte sich in Snaps goldhaarige, grünäugige Gestalt. Benommen blickte er sich um. Mein Herz machte einen Sprung, und ich verspürte den Impuls, ihn zu umarmen. Aber er war frei, und da waren noch Dutzende weiterer Kreaturen, die gerettet werden mussten. Also begnügte ich mich damit, ihm ein erleichtertes Lächeln zu schenken, und machte mich an einem weiteren Käfig zu schaffen.

Omen wirbelte herum, sein Körper war angespannt und seine Lippen waren geschürzt. Das viele Metall zehrte an seinen Kräften. „Der Käfig wurde absichtlich geöffnet. Jemand weiß, dass wir hier sind. Sie beobachten uns." Er drehte sich zu den Wachen um. „Gibt es noch einen anderen Raum?"

„Ich … glaube nicht", antwortete der erste Mann unsicher.

Thorn runzelte die Stirn. „Dieser Raum entspricht nicht den Dimensionen, die ich von außen berechnet habe. Er ist kleiner. Das bedeutet, dass dort noch etwas sein müsste." Er deutete auf die Wand hinter den Labortischen, wo ein Kühlschrank und ein paar große Schränke standen. Sein Kiefer verkrampfte sich und seine Muskeln spannten sich an. Dann stürmte er direkt auf die Wand zu.

Ich hatte den Krieger schon öfter durch Beton und Ziegelsteine brechen sehen, doch das hier war eine völlig neue Dimension. Als seine massive Gestalt nicht nur durch Gips und Balken, sondern auch durch Silber- und Eisenplatten brach, zischte sein Fleisch. Rauch quoll aus seinen Wunden. Er stöhnte auf, doch er hatte es geschafft, ein so großes Loch in die Wand zu schlagen, dass wir in einen weiteren weißen Raum mit Schreibtischen, Computern, Tabellen und Karten an den Wänden blicken konnten. Zwei Gestalten in Laborkitteln starrten uns mit großen Augen an.

„Ihr solltet lieber von hier verschwinden", schnauzte eine von ihnen, die Hände zu Fäusten geballt. „Wir haben den Rest der Armee benachrichtigt. Gleich werden Dutzende von Leuten hier auftauchen, die euch vertreiben werden."

Es ging ihr also nur um ihre eigene Sicherheit, nicht darum, uns zu fangen? Hatten sie Snap deshalb befreit – in der Hoffnung, wir würden nur ihn mitnehmen und verschwinden, bevor wir sie fanden? Ich respektierte diesen Selbsterhaltungssinn zwar, doch das bedeutete nicht, dass ich ihnen deswegen entgegenkommen würde.

„Bestimmt haben sie die Schlüssel", sagte ich mit einer Geste in Richtung der Wachen. „Schnappt sie euch und helft mir, die restlichen Käfige zu öffnen."

Die beiden Männer stürmten durch das Loch in der Wand, um mir zu folgen. Während die Wissenschaftler aufschrien, öffnete ich einen weiteren Käfig. Wenige Augenblicke später hatte ich zwei Helfer, die sich darum bemühten, die Schlüssel in so viele Schlösser wie möglich zu stecken. Und das war auch gut so, denn die Hitze, die von meinen Händen ausging, begann mit beunruhigender Intensität auf den Rest von mir überzuspringen.

„Was ist das?", hörte ich Omen fragen. Ich blickte gerade lange genug über meine Schulter, um zu sehen, dass er in den verborgenen Raum getreten war und eine Weltkarte studierte. „Was bedeuten diese Markierungen?"

Einer der Wissenschaftler stieß einen zittrigen Atemzug aus. „Wir können nicht ... wir dürfen nicht ..."

„Zum Teufel damit. Ruse, sorg dafür, dass sie es mir verraten *wollen*."

Der Inkubus klatschte in die Hände. „Justin, mein lieber Freund, ich brauche deine Dienste mal einen Moment."

Der Tigerkönig-Wachmann reichte mir seinen Schlüsselring und ich zügelte meine Kräfte so schnell ich konnte, um das Ding nicht zu schmelzen. Dann beeilte er sich, seiner neuen Lieblingsperson zu helfen. Das Zerreißen von Stoff verriet mir, dass jemandem das Schutzabzeichen gewaltsam von der Kleidung gerissen worden war. Ich überprüfte die Nummern auf den Schlüsseln, steckte einen weiteren in ein Schloss und öffnete den Käfig so schnell ich konnte.

Snap war im Zimmer geblieben und beobachtete uns, seine Augen waren immer noch trüb. Ich warf ihm einen Blick zu und versuchte, ihn so gut es ging zu beruhigen. „Wir werden dich hier rausbringen, sobald wir alle anderen Schattenwesen befreit haben. Halte durch."

„Halte durch", wiederholte er mit schwacher Stimme.

„Bleib, wo du bist", wies ich ihn an. „Es ist sicherer für dich, wenn du das Gebäude mit uns verlässt."

Ruse redete beschwichtigend auf die Wissenschaftlerin ein, die von dem Wachmann entwaffnet worden war. Omen knurrte sie an: „Erklär mir die Karte. Was bedeuten diese blauen Markierungen?"

„Oh, dort befinden sich die Einrichtungen der Lichtarmee", antwortete die Frau, deren Stimme plötzlich deutlich heiterer klang. „Und die roten Punkte zeigen Gebiete an, in denen wir in letzter Zeit Aktivitäten von Schattenwesen festgestellt haben. Auf diese Weise können wir schnell Muster erkennen und entscheiden, wer Nachforschungen anstellen soll."

„Sie treiben nicht nur hier in den USA ihr Unwesen, sondern auch in Europa."

„Ja. Soweit ich weiß, wurde die Lichtarmee sogar dort gegründet. Der Präsident der Organisation leitet alles von Europa aus."

Moment, die Lichtarmee wurde von einem Ort in Übersee aus geleitet? Wir dachten, wir könnten in San Francisco mit dem obersten Chef verhandeln … Ich hatte nicht damit gerechnet, dafür nach Europa reisen zu müssen.

Omen offenbar auch nicht. In seiner Stimme schwang ein scharfer Hauch von Sarkasmus mit. „Wunderbar. *Wo* genau ,dort'?"

„Ich weiß es nicht. Ich habe nie direkt mit ihm gesprochen. Ich glaube, er reist viel. Wie könnte er bei einer so wichtigen Mission auch an nur einem Ort bleiben?"

Omen fluchte leise vor sich hin, während ich den letzten der kleineren Käfige aufriss. „Bist du fertig mit ihr?", rief ich. „Wir müssen die großen öffnen."

Die Wissenschaftlerin setzte sich in Bewegung, bevor Ruse sie dazu auffordern musste. Er schien mit seinem Hokuspokus ganze Arbeit geleistet zu haben.

„Ich kann die Schlösser über den Computer steuern", sagte sie und beugte sich über die Tastatur. Ihr Kollege, der auf dem Boden lag und auf dessen Rücken der verzauberte Wachmann Platz genommen hatte, gab einen undeutlichen Laut von sich.

Eine Käfigtür öffnete sich ächzend, gefolgt von einer weiteren. Thorn räusperte sich. Er wies mit der Hand auf eine Reihe von Monitoren, die weiter oben an der Wand angebracht waren. „Zeigen diese Monitore dort oben, was gerade passiert?"

Diesmal fluchte Omen noch lauter. Was auch immer er dort gesehen hatte, es gefiel ihm nicht. „Leider, ja. Du da, öffne die letzten beiden. Alle anderen, los geht's! Es sind mehr Idioten von der Armee im Anmarsch, als mir lieb ist."

Es war schwer zu sagen, ob alle Kreaturen geflohen waren oder sich nur in die Schatten zurückgezogen hatten. „Alle raus hier!", rief ich ihnen zu. Der Gedanke, dass unsere Feinde sich uns näherten, ließ das Feuer in meiner Brust erneut auflodern.

Ruse brüllte seine bezauberten Verbündeten an. „Ihr da, geht vor und lenkt die Angreifer ab, so gut ihr könnt!" Er packte Snap am Handgelenk, und einen Moment später waren sie in den Schatten verschwunden. Ich nahm an, dass sie alle Kreaturen, die sich dort aufhielten, zusammentreiben würden.

Die Wachen und der verhexte Wissenschaftler rannten zur Tür, die zum Museum führte. Ich sprintete hinter ihnen her, flankiert von Thorn und Omen. Wieder keimten Schuldgefühle in mir auf, weil ich die Einzige war, die sich nicht durch die Schatten fortbewegen konnte.

„Ihr könnt gehen", sagte ich. „Vielleicht kann ich ihnen ausweichen."

„Du hast die Überwachungsvideos nicht gesehen", murmelte Omen. „Wir lassen dich auf keinen Fall zurück, Chaos-Queen."

Wir stürmten in die Halle zwischen den Galerien. Schreie hallten von den Wänden wider, als unsere Feinde die Besucher aus dem Museum verscheuchten. Schritte polterten über den Boden. Zwei Wachtruppen stürmten von beiden Seiten auf uns zu.

Mein Puls stotterte, als ein Adrenalinstoß meinen Körper durchfuhr. Ich wollte hier nicht sterben, nicht jetzt, wo ich noch nicht einmal die Gelegenheit hatte, Snap zu begrüßen. Scheiß auf diese Arschlöcher und diese beschissene Aktion, die sie hier gerade abzogen.

Ohne dass ich es bewusst wollte, zischten die Flammen über drei der Gestalten hinweg, die auf uns zurannten. Ich blendete ihre Schreie aus und zuckte zusammen. Thorn stürzte sich unterdessen auf die anderen Angreifer zu unserer Rechten, und mein Blick blieb an einem breiten Fenster hängen, das direkt hinter ihnen auf die Straße hinausging.

„Thorn!", rief ich. „Wir können hier durch."

Vor nicht allzu langer Zeit wäre Thorn zu sehr in seinen eigenen Kampf vertieft gewesen, um auf meine Vorschläge zu hören. Inzwischen hatten wir uns jedoch bereits häufiger gegenseitig den Rücken freigehalten. Er folgte meiner Bewegung mit seinem Blick und nickte kurz zustimmend, bevor er zwei Wachen die Kehlen aufschlitzte. Dann schnappte er sich ein paar

Stahlkappenschuhe und schleuderte sie kräftig genug auf ein paar weiter entfernte Gegner, um ihnen die Nasen zu brechen.

Omen schlug sich durch eine Reihe von Wachen, die aus der anderen Richtung kamen, doch es waren viele. Sie trugen Schutzpanzer, und einige hielten laserähnliche Peitschen in den Händen, die den Körper von Schattenwesen auf eine Weise durchschlugen, wie es die meisten anderen Waffen nicht vermochten.

Ich biss die Zähne zusammen, und zwei weitere unserer Angreifer verschwanden in einer Flammenexplosion, zusammen mit ein paar Auslagen, die einen Geruch von verkohltem Leder verströmten. Meine Haut kribbelte, doch dieses Mal schien ich selbst kein Feuer gefangen zu haben. Die Tatsache, dass ich klarere Ziele hatte, die das Feuer mehr verdient hatten, schien mir dabei zu helfen, die brennende Energie von meinem eigenen Körper fernzuhalten – den Zehenschuhen sei Dank.

Der Geruch von brennendem Fleisch waberte durch den Rauch. Galle stieg in meiner Kehle auf, doch ich ignorierte mein Unbehagen. Ich musste nur zum Fenster gelangen, dann konnten wir von hier verschwinden.

Sollen sie doch alle verbrennen. Warum zur Hölle auch nicht, wenn es genau das war, was sie mit den Schattenwesen machen wollten?

Thorn schlug ein paar weitere Wachen nieder und stürzte an ihnen vorbei zu dem Fenster, auf das ich hingewiesen hatte. Auf einen Schlag seiner Faust hin, prasselten Glasscherben auf den Boden. Ich sprintete darauf zu.

Eine Bewegung an einer der Vitrinen neben dem Fenster ließ meine Wut erneut auflodern. Ich holte mit der Hand aus, und ein Paar alter Bergmannsstiefel verwandelte sich in einen Feuerball, der …

Einen kleinen Jungen traf, den Sohn eines Touristen: ein Kind mit runden Augen und feinem Haar, das nicht älter als sieben Jahre alt sein konnte. Er kauerte zitternd neben einer Vitrine, als mein Feuerball auf ihn zuflog. Ein entsetzter Blick trat in seine Augen, und ein Schrei brach über meine Lippen. *Nein, nein.* Das hatte ich nicht gewollt!

Die plötzliche Panik brachte etwas in mir in Wallung, und die brennenden Stiefel schwenkten gerade weit genug zur Seite, dass sie die Beine des Jungen streiften, anstatt sein Gesicht zu treffen. Er quietschte und schlug auf seine Jeans.

Ich hatte ihn trotzdem verletzt. Was, wenn er …

Leider hatte ich keine Gelegenheit mehr zu sehen, ob ich das Kind flambiert hatte oder, ob es mir gelungen war die Flammen weit genug abzulenken, denn in diesem Moment packte Thorn mich an der Taille und zerrte mich durch das zerbrochene Fenster. Die frische Luft schlug mir entgegen und riss mich aus meinem inneren Dilemma.

Ich musste zum Wohnmobil. Zu Snap. Dann würde alles vorbei sein.

Ich rannte neben dem Krieger um die Ecke. Omen tauchte kurz auf, bevor er wieder verschwand. Seine Höllenhund-Gestalt blitzte gerade lange genug auf, um uns wissen zu lassen, dass er bei uns war. Als das Supermobil in Sicht kam, riss Ruse die Tür auf und sprang auf den Fahrersitz. Thorn verschwand in den Schatten um die Stufen herum, während ich hinaufstürmte und die Tür hinter mir zuschlug. Einen Augenblick später fuhr das Wohnmobil mit quietschenden schlingernden Reifen los.

Mein Herz pochte immer noch. Ich schwankte zum Sofa hinüber und ließ mich darauf nieder. „Wo ist – wo ist Snap?", stieß ich hervor.

Als Antwort auf meine Frage tauchte der Verschlinger am anderen Ende des Sofas auf. Erleichterung stieg in mir auf. Ich konnte gerade genug Kraft aufbringen, um zu ihm zu taumeln und ihn in eine Umarmung zu schließen. Sein herrlicher, intensiver und mittlerweile vertrauter Duft, der mich an eine sonnige Wiese und Moos erinnerte, stieg mir in die Nase. Ich spürte einen Stich in meinem Herzen.

„Ich bin so froh, dass wir dich da rausgeholt haben", sagte ich und wich etwas zurück, um ihm in die Augen sehen zu können.

Snap musterte mich und legte seinen hübschen Kopf schief. „Ich auch", antwortete er strahlend. „Das war sehr nett von euch." Sein Blick wanderte von mir zu Ruse und dann zu Thorn und Omen, die auf der anderen Seite des Tisches aus dem Schatten getreten waren. „Ihr habt so viel riskiert, um mir zu helfen … Wer *seid* ihr?"

SIEBEN

Sorsha

Thorn schwang die Frucht, als wäre sie ein Schwert. „*Das* ist eine Banane."

Snap nahm ihm die gelbe halbmondförmige Frucht ab und hielt sie an seine Nase. Er atmete ein, und ein verträumtes Lächeln umspielte seine Lippen. „Das riecht köstlich. Kann man das essen?"

Ruse, der neben Thorn in der Küche des Wohnmobils stand, gluckste, doch es klang ein wenig angestrengt. „Natürlich! Du hast eine gegessen, als wir das erste Mal in Sorshas Wohnung waren. Erinnerst du dich?"

Snap hob die Banane an seine Lippen und biss in die Schale, so wie er es schon beim ersten Mal vor einer gefühlten Ewigkeit getan hatte. Ich beobachtete ihn mit angehaltenem Atem. Zwar glaubte ich nach all den gescheiterten Versuchen, seinem Gedächtnis auf die Sprünge zu helfen, nicht daran, ein wiedererkennendes Funkeln in seinen Augen zu sehen, doch die Hoffnung starb bekanntlich zuletzt.

Er kaute nachdenklich, und bewegte sich dabei genauso wie das Schattenwesen, das ich kennengelernt und schneller ins Herz geschlossen hatte, als es normalerweise meine Art war. Dann schüttelte er wie immer bedauernd den Kopf, weil er uns auf eine Weise im Stich gelassen hatte, die er nicht einmal verstand. „Ich glaube nicht, dass ich schon einmal so etwas gegessen habe. Aber es schmeckt fantastisch!"

Mein Magen verkrampfte sich erneut. Seit Snap erwähnt hatte, dass er sich nicht an uns erinnerte, wurde ich das flaue Gefühl nicht los. *Er* war derselbe Mensch, das gleiche Monster, was auch immer. Es war, als wären Monate, vielleicht sogar Jahre, aus seinem Gedächtnis gelöscht worden.

Während der Verschlinger den Rest der Banane mit dem gleichen Enthusiasmus verschlang, wie er es damals in meiner Küche getan hatte, wechselten Ruse und ich einen Blick. Er wirkte genauso angespannt, wie ich mich fühlte. Omen war einige Wochen länger als Snap von der Lichtarmee gefangen gehalten worden, und sein Gedächtnis war dadurch nicht beeinträchtigt worden. Doch wer wusste schon, welche neuen Foltermethoden sich die Wissenschaftler ausgedacht hatten? Es könnte eine neue Taktik in ihrem Plan sein, die Schattenwesen mit einer tödlichen Seuche zu infizieren, oder eine unbeabsichtigte Nebenwirkung eines ihrer Experimente.

Ich streichelte Pickles Rücken, der auf meinen Schoß gehüpft war, und versuchte, die quälende Frage zu ignorieren, der ich mich nicht stellen wollte: Was, wenn Snaps Erinnerungen nie wieder zurückkehren würden? All die Arbeit, die er geleistet hatte, um die Lichtarmee zu Fall zu bringen ... All die Intimitäten und die Zuneigung, die wir geteilt hatten ...

Als ich ihn kenngelernt hatte, war ihm nicht einmal bewusst, welche Freuden ihm sein Körper bereiten konnte. Ich war mir nicht sicher, ob er jemals etwas anderes für mich empfunden hatte als Dankbarkeit, weil ich ihn befreit hatte –

und selbst *daran* erinnerte er sich jetzt nicht mehr. Ich war eine völlig Fremde, die ihm nichts bedeutete, und es gab keine Möglichkeit, die Szenarien zu wiederholen, die zu unserer unerwartet leidenschaftlichen Vereinigung geführt hatten.

„Wenn die Pferdewandler uns etwas Spülmittel hiergelassen hätten, würde ich dir einen Seifenblaseneintopf machen", scherzte Ruse. „Von denen warst du früher auch begeistert."

Snap fuhr sich mit seiner gespaltenen Zunge über die Lippen. „Ist dieser ‚Seifenblaseneintopf' genauso lecker wie die Banane?"

„Nein, den kann man nicht essen, nur anschauen. Das sind kleine glänzende Kugeln, die durch die Luft schweben."

Der Verschlinger lachte. „Auch wenn es im Reich der Sterblichen keine Magie gibt, scheint es hier viele andere wunderbare Dinge zu geben! So viele verschiedene Geschmacksrichtungen und Farben ... So viele lebendige Klänge. Dieser Wagen, der uns über große Entfernungen trägt, ohne dass wir unseren Körper bewegen müssen." Er klopfte mit ehrfürchtiger Miene auf den Tisch des Wohnmobils.

Im Moment trug uns das Supermobil nirgendwo hin. Wir hatten es auf dem Parkplatz eines heruntergekommenen Einkaufszentrums abgestellt, während wir überlegten, wie es weitergehen sollte. Omen trat an den Tisch heran, die Arme vor der Brust verschränkt.

„Es ist bedauerlich, dass du dich weder an unsere Mission noch an alles andere erinnerst, aber wir müssen weitermachen. Unsere Feinde wissen, dass wir in Chicago sind. Als ich dich im Schattenreich aufgesucht habe, hast du zugestimmt, mir zu helfen, das Verschwinden unserer Leute zu untersuchen. Jetzt wissen wir, wer dahintersteckt – dieselben Leute, die dich eingesperrt haben. Wirst du uns beistehen und sie dafür bezahlen lassen?"

Ein Anflug von Unbehagen huschte über Snaps Gesicht, bevor er ebenso schnell wieder verschwand. Womöglich hatte er sich an seine erste Verschlingung erinnert, über die er so entsetzt gewesen war, dass er sich geschworen hatte, diese Kraft nie wieder einzusetzen. Sein Verhalten ließ es vermuten, doch er verlor kein Wort darüber.

„Natürlich", sagte er jetzt mit seiner hellen, eifrigen Stimme. „Diese Sterblichen haben die Schattenwesen an diesem Ort schrecklich behandelt. Da war so viel Schmerz …" Ein Schaudern durchfuhr seine schlanke Gestalt.

Ich musste dem Drang widerstehen, seine Hand zu nehmen. Würde ihn die Geste einer Frau trösten, die er wahrscheinlich eher mit den sterblichen Schurken in Verbindung brachte, die ihn gefangen genommen hatten, als mit seinen Schattenwesen-Kameraden? Ein wütendes Flattern machte sich in meiner Magengegend breit.

Snap richtete sich mit einem Schulterzucken auf. „Wir müssen sie aufhalten. Ich werde mein Bestes tun, um dabei zu helfen. Allerdings kann ich euch im Moment nicht viel sagen. Bei all dem Metall in diesem Gefängnis konnte ich meine Kräfte nicht anwenden, um ihre Ausrüstung zu testen."

„Das ist schon in Ordnung", erwiderte Omen so schroff, dass ich ihn am liebsten geschlagen hätte. Zu dumm, dass ich auf der anderen Seite des Tisches saß und einen kleinen Drachen auf meinem Schoß hatte. „Ich sage dir Bescheid, wenn wir dich brauchen." Er drehte sich um und musterte den Rest von uns mit einem eindringlichen Blick. „Also. Uns steht eine noch größere Herausforderung bevor, als wir erwartet haben. Offenbar treibt die Lichtarmee nicht nur in diesem Land ihr Unwesen, sondern auch auf der anderen Seite des Ozeans."

„Das bedeutet, es gibt verdammt viele von ihnen", murmelte Thorn.

„Ganz genau." Omen hielt inne. „Ich denke, dass unsere Chaos-Queen hier bei unseren vergangenen Operationen die richtige Idee hatte. Ohne Hilfe wären wir jetzt nicht hier. Ich hätte nie erwartet, dass wir es mit einer Organisation dieses Ausmaßes zu tun haben, und ich glaube nicht, dass wir fünf genug sind, um sie ein für alle Mal auszuschalten. Mehr Fähigkeiten, mehr Einsicht und einfach mehr Wesen werden es uns ermöglichen, eine komplexere Strategie zu entwickeln. Wir müssen uns mehr Verbündete suchen. Wir haben es schon einmal geschafft, daher bin ich optimistisch und gehe davon aus, dass wir noch mehr Helfer finden können, die bereit sind, uns zumindest kurzzeitig zu unterstützen."

Ich hätte mich freuen sollen, dass er offen zugab, dass ich mit etwas recht gehabt hatte. Er hatte oft genug über meine Ideen gemeckert. Doch jegliche Freude, die ich angesichts seiner Anerkennung hätte empfinden können, wurde von dem überwältigenden Gefühl verschluckt, dass es auf dem ganzen Planeten so viele Psychos gab, die Schattenwesen quälten. So viele verdammte Sterbliche, die so entschlossen waren, alles zu zerstören, was sich ihnen in den Weg stellte – durch Mord und Totschlag und was immer sie Snap angetan hatten.

Da war so einiges, wofür sie bezahlen mussten. Und ich wollte dabei sein, um diese Bezahlung entgegenzunehmen.

Das Feuer in mir wurde innerhalb eines Augenblicks von einem Kribbeln zu einer Flamme. Ein Brennen flammte in meinen Gliedern auf, und Pickle zuckte so heftig zusammen, dass er von meinem Schoß auf die Sofakissen purzelte.

Mein Herz raste. Meine Handflächen kribbelten von der Hitze, die aus ihnen herausgebrochen sein musste. Pickle schnupperte an seiner Seite – oh, Gott, waren seine glänzenden grünen Schuppen etwa angesengt?

„Hey", sagte ich leise und streckte die Hand nach dem kleinen Drachen aus, in der Hoffnung, er würde meine Entschuldigung annehmen. Er sprang mit aufgerissenen Augen zurück. Ich hatte einen Kloß im Hals. „Pickle?"

Er starrte mich an und wiegte den Kopf auf seinem

schlanken Hals hin und her, dann sprang er vom Sofa und huschte den Flur entlang in Richtung der Schlafzimmer.

So fest sich mein Magen auch zusammenzog, die Wahrheit war nicht zu leugnen. Er hatte *Angst* vor mir gehabt.

Meine Hände verkrampften sich an meinen Seiten. Ruse und Thorn hatten sich darüber unterhalten, an wen wir uns zuerst wenden könnten, doch als ich aufblickte, war Omens Blick auf mich gerichtet, seine eisblauen Augen waren so durchdringend wie immer.

„Sie könnten zumindest ein paar ihrer Untergebenen beisteuern", erklärte Ruse abschließend. „Dieser Talon schien nicht der Typ zu sein, der seine heimische Basis für längere Zeit unbeaufsichtigt lässt."

Omen nickte. „Ja, wir werden noch einmal mit ihm sprechen. Vielleicht ist er ja bereit, uns in irgendeiner Form zu unterstützen." Er winkte in meine Richtung. „Chaos-Queen, auf ein Wort nach draußen? Ihr zwei, versucht unterdessen, ein oder zwei Erinnerungen im Kopf unseres Verschlingers wachzurütteln."

Es war klar, dass dieses Gespräch alles andere als angenehm werden würde. Gab es in diesem Wohnmobil einen Notausgang?

Selbst falls es einen gäbe, würde ich unserem Anführer nicht die Genugtuung geben, zu glauben, er hätte mich eingeschüchtert. Ich hatte es gestern Abend geschafft, den großen bösen Höllenhund auf die Tanzfläche zu locken. Ich hatte ihn geküsst und überlebt.

Und er konnte nichts sagen, was schlimmer wäre als das, was mir ohnehin schon durch den Kopf ging.

Thorn warf mir einen besorgten Blick zu und ich drückte beruhigend seinen Arm, als ich an ihm vorbeiging. „Ist das ein supergeheimes Treffen, um Strategien für Sterbliche zu besprechen?", fragte ich Omen und folgte ihm in die kühle Abendluft hinaus.

Der Höllenhund-Wandler machte nicht nur die Tür zu,

sondern überquerte auch den gesamten Parkplatz, damit die anderen uns nicht hören konnten. Ich folgte ihm mehr als nur ein wenig nervös, bis er vor einem Friseursalon zum Stehen kam. Die breite Schaufensterfront war mit Plakaten von Menschen zugepflastert, die aufgrund ihrer Frisuren ihren persönlichen Stil überdenken sollten. Eine zerdrückte Shampooflasche, die auf dem Gehweg vor dem Salon lag, verströmte einen sauren Geißblattduft. Eine tolle Kulisse.

Ich verschränkte die Arme, um Omens typische autoritäre Haltung zu imitieren. „Was gibt's? Hat es nicht gereicht, dass du endlich mein Potenzial erkannt hast?"

Omen verdrehte die Augen. „Ich bin nur froh, dass du dich nicht damit brüstest."

„Ach, keine Sorge, das kommt vielleicht später. Ich warte auf den richtigen Moment."

„Sorsha."

Die Tatsache, dass er meinen Namen sagte, und das auch noch so scharf und ernst, ließ mein Grinsen verblassen. Wann hatte er mich jemals mit meinem Namen angesprochen und nicht mit „Sterbliche" oder „Chaos-Queen" oder, wenn er einen besonders unkreativen Tag hatte, mit „Du"? Mir lief ein Schauer über den Rücken, doch ehrlich gesagt war mir das lieber als die Flammen, die ich scheinbar nicht im Griff hatte.

„Was?", fragte ich, jetzt mit ernster Stimme. „Ich bin ganz Ohr."

Er musterte mich noch ein wenig länger. Sein kühler Blick war so eindringlich, dass er sich in meinen Schädel zu bohren schien. „Du verlierst wirklich die Kontrolle über deine Kräfte, oder? Mehr als du zugeben willst. Und zwar nicht nur, wenn du versuchst, sie zu benutzen. Vorhin ist etwas passiert, das deinen Drachen erschreckt hat, stimmt's?"

Ich konnte nicht umhin, meine Arme, die ich vor meiner Brust verschränkt hatte, um meinen Körper zu schlingen, als ich ihm antwortete. „Ich habe ihn nicht nur erschreckt. Ich habe ihn verbrannt – ich habe ihn verletzt. Und nein, ich wollte ihm nichts tun. Das habe ich dir schon zigmal versucht zu erklären. Ich habe mehr Feuer in mir, als ich gebrauchen oder eindämmen kann, und manchmal bricht es einfach hervor. Selbst wenn ich *kämpfe*, kommt es mir zuvor."

Ich zögerte, und Omens Blick wurde schärfer. „Was?"

„Ich hätte fast ein kleines Kind im Museum gebraten", gab ich zu, und die Worte kratzten in meinem Hals.

„Das war mitten in einem Kampf. Du kannst nicht erwarten, dass du in einer solchen Situation die volle Kontrolle über deine Kräfte hast."

Ach, dachte er jetzt, es sei an der Zeit, nachsichtig mit mir zu sein? Ich zog die Augenbrauen hoch. „Würdest du es dir verzeihen, wenn du so die Kontrolle verlierst?"

Doch der Gestaltwandler ließ sich nicht beirren. „Ich würde mir keine Gedanken darüber machen, ob ein Sterblicher durch mich zu Schaden kommt, egal, wie alt er ist."

„Du weißt, dass ich das nicht so gemeint habe." Ich stieß einen rauen Seufzer aus. „Mir ist klar, dass es dir schwerfällt zu glauben, dass ich genug Macht habe, um eine Gefahr für jemanden zu sein, ohne es zu beabsichtigen. Vermutlich fällt es dir immer noch schwer, zu glauben, dass eine Sterbliche überhaupt irgendwelche Kräfte hat. Aber ich habe sie, und im Moment fühle ich mich nicht wohl damit. Es ist kein wundervolles Talent, das ich mir nach meinem Belieben zunutze machen kann. Manchmal kommen die Flammen aus dem Nichts, und ich werde den Eindruck nicht los, dass sie irgendwann einfach explodieren könnten. Dass ich die ganze Stadt niederbrennen könnte, wenn ich es nicht schaffe, das Feuer rechtzeitig zu kontrollieren."

Omen widerrief seine vorherige Skepsis nicht, doch wenigstens diskutierte er nicht mit mir. „Wie oft hat dir der Einsatz deiner Kräfte Schmerzen bereitet?"

„In letzter Zeit meistens. Und selbst, wenn ich sie nicht einsetze, sind da manchmal diese Schübe. Wenigstens heilen die Verbrennungen schnell." Ich rieb mir die Unterarme, auf denen letzte Nacht Blasen zu sehen gewesen waren, an die jetzt nur noch der leichte Rosastich meiner Haut erinnerte. „Der Junge hätte sich nicht erholt. Pickle auch nicht, wenn ich ihn stark genug verbrannt hätte."

Der Höllenhund-Wandler holte tief Luft. Mit konzentrierter Miene begann er, auf dem Bürgersteig auf und abzuschreiten. „Das gefällt mir nicht", sagte er schließlich. „Es steht zu viel auf dem Spiel, als dass wir einen destruktiven Joker einsetzen könnten."

Mein Rücken versteifte sich. „Wenn du mir damit sagen willst, dass ich verschwinden soll …"

Er hielt seine Hand hoch. „Ganz ruhig, Chaos-Queen. Ich habe dich dazu gedrängt, diese Kraft einzusetzen, dessen bin ich mir völlig bewusst. Und du trägst viel zu unserer Sache bei, das kann ich nicht leugnen. Doch bevor diese ungewöhnlichen Reaktionen weiter um sich greifen, sollten wir dafür sorgen, dass du sie in den Griff bekommst, damit du sie nutzen kannst, um unsere Feinde zu vernichten, und nicht dich selbst. Dazu müssen wir sie erst einmal verstehen. Genauso wie wir dich verstehen müssen. Und wir müssen herausfinden, was du bist. Weißt du, wo du angeblich geboren wurdest?"

Dieses Gespräch schien eine unerwartete Wendung zu nehmen. „Ich weiß nicht genau. Ich war drei, als Luna mit mir geflohen ist, und sie wollte mir nicht viel erzählen. Auf jeden Fall wollte sie nicht, dass ich dorthin zurückkehre. Sie war wohl der Meinung, dass die Jäger, die meine Eltern ermordet hatten, nach mir suchen könnten. Aber an ein paar Dinge erinnere ich mich. Vielleicht können wir es herausfinden."

„Gut. Dann können wir das auf unsere To-do-Liste setzen, neben der Rekrutierung von Verbündeten. Es muss doch jemanden geben, der mehr über diese Feenfrau und deine Eltern weiß, und somit auch darüber, wie du entstanden bist.

Bestimmt finden wie diese Antworten an deinem Geburtsort."

„Okay." Bei dem Gedanken, in meiner Geschichte zu graben, begann mein ganzer Körper zu kribbeln. Ich empfand Aufregung und Unbehagen zugleich. Selbst wenn ich Antworten bekäme, hieß das noch lange nicht, dass sie mir auch gefallen würden.

„Schön, dass wir uns einig sind", meinte Omen trocken. Er war eigentlich ziemlich … rücksichtsvoll, was die ganze Sache anging. Und das war ein Wort, von dem ich nie gedacht hätte, dass ich es mit dem Höllenhund-Wandler in Verbindung bringen würde, zumindest nicht in Bezug auf seine Haltung mir gegenüber. Doch mittlerweile hatten wir eine Menge durchgemacht. Wir hatten sogar ziemlich gut zusammengearbeitet, bis meine Kräfte mich in eine Pyromanin verwandelt hatten.

Mein Blick war zu seinem Mund und seinen perfekt geschwungenen Lippen gewandert. Den Lippen, die meine mit einer Hitze gebrandmarkt hatten, dass ich bei der Erinnerung daran immer noch weiche Knie bekam.

Er wandte sich ab, um zum Supermobil zurückzugehen. „Omen", sagte ich schnell. „Wegen gestern Abend vor dem Club …"

Sein Blick schoss mit einem orangefarbenen Feuerblitz zu mir zurück, der ganz und gar nicht freundlich aussah. Vielleicht hätte er mich zum Schweigen bringen sollen, doch er sollte inzwischen wissen, dass den Mund zu halten, nicht gerade eine meiner Stärken war.

„Ich nehme an, du willst so tun, als wäre es nie passiert", fuhr ich fort.

Er drehte sich komplett zu mir um. Seine Augen hatten wieder ihren üblichen kühlen Farbton angenommen, doch ich spürte eine Hitze in mir, von der ich ziemlich sicher war, dass sie durch seinen gut gebauten Körper ausgelöst wurde. Wenn er mir weismachen wollte, dass er bei unserer sekundenschnellen Begegnung nichts empfunden hatte, dann wäre er ungefähr so überzeugend wie ein Hund, der beim Anblick eines verbotenen Knochens sabberte.

Nur, dass ich nicht verboten war. Was genau war also das Problem?

„Hast du einen anderen Vorschlag?", fragte er. „Denn wenn du glaubst, dass du mich genauso einwickeln kannst, wie du es mit meinen Kameraden gemacht hast, kannst du diese Idee verbrennen. Selbst wenn irgendetwas zwischen uns passieren *sollte* – was nicht der Fall sein wird –, wirst du dir dadurch keinen besonderen Vorteil verschaffen können."

Ich blinzelte. „Moment mal. Wie kommst du darauf, dass ich mir einen Vorteil verschaffen will, sei es ein besonderer oder ein anderweitiger?"

Er zuckte mit den Schultern. „Du scheinst es dir zur Gewohnheit zu machen, mächtige Schattenwesen zu verführen. Brauchst du wirklich noch einen, oder macht es dir einfach Spaß?"

Er hatte Glück, dass ich *ihn* für seine Andeutungen nicht verbrannte. Ich funkelte ihn an. „Ich habe dich nicht geküsst – oder all die *vielen* Dinge mit den anderen gemacht –, um mir einen Vorteil zu verschaffen, außer vielleicht ein paar schöne Momente zwischen den Laken zu verbringen. Das ist kein Plan. Es ist einfach … passiert. Und ich bereue nichts, deswegen habe ich nichts dagegen, falls noch mehr passieren sollte, wenn sich die Gelegenheit ergibt. Diese Situation ist schon verrückt genug. Ist es da wirklich falsch, einen Teil dieser Verrücktheit ab und zu in eine angenehme Richtung zu lenken?"

„Wahrscheinlich nicht. Was war das dann gestern Abend?"

„Ich weiß es nicht. Manchmal bist du auf eine sehr nervige Art und Weise anziehend. Tut mir leid, wenn dich das stört. Ich habe dich geküsst, weil ich es wollte, so einfach ist das. Wenn du auf der Suche nach einer großen Verschwörung bist, dann wirst du sie hier nicht finden. Doch wenn es für dich so unangenehm war, kann ich mich in Zukunft sicher zurückhalten. Wie du schon sagtest, habe ich genug andere übernatürliche Wesen, die ich küssen kann, wenn mir danach ist."

Omens Mundwinkel zuckten. Und schon starrte ich wieder auf diese verdammten Lippen. Als ich stattdessen in seine Augen blickte, war das orangefarbene Schimmern wieder da.

„Ich habe nicht gesagt, dass es mir unangenehm ist", erwiderte er mit verhaltener Stimme, die die Vielzahl von Emotionen erkennen ließ, die er unterdrückte. „Wenn du dir allerdings Sorgen machst, wie viele Feuer du entfachst, solltest du dir deine Tanzpartner möglicherweise mit mehr Bedacht aussuchen. Wir sollten das Ganze dort enden lassen, wo wir gestern Abend aufgehört haben."

„Gut", antwortete ich. Ich war definitiv nicht enttäuscht. Na gut, vielleicht ein klitzekleines Bisschen. „Ich dachte nur, wir sollten das klären. Und sieh an! Alles glasklar. Und jetzt zurück zu unserem Plan."

Seine Mundwinkel zuckten erneut, und vielleicht hätte er tatsächlich gelächelt, wenn Ruse nicht genau in diesem Moment aus dem Wohnmobil gestürmt und zu uns herübergeeilt wäre. Das Feuer in Omens Augen erlosch.

„Kein Glück mit Snap?", fragte er und musterte den Inkubus eindringlich.

„Nicht wirklich." Ruse fuhr sich mit der Hand durch sein zerzaustes Haar. „Ich wollte es nicht vor ihm sagen, um es nicht noch schlimmer zu machen."

Mir rutschte das Herz in die Hose. Stimmte abgesehen von dem Gedächtnisverlust noch etwas nicht mit Snap?

Ruse sah erst mich und dann wieder Omen an. „Ich habe seinen inneren Zustand so gut wie möglich erfasst. Es ist nicht so einfach, Emotionen von Schattenwesen aufzunehmen – die meisten von uns halten ihr Innenleben gut unter

Verschluss. Doch wie ihr wisst, ist unser Verschlinger ein offenes Buch. Ich glaube … Ich glaube, die Erinnerungen sind noch da. Die Idioten von der Lichtarmee haben die Erinnerungen nicht aus ihm herausgebrannt. Er hat sie nur so tief vergraben, dass er sie nicht wieder allein hervorholen kann, aus welchem Grund auch immer."

„Warum sollte er das tun?", fragte ich.

„Ich weiß es nicht. Möglicherweise hat er versucht, die Qualen aus seinem Bewusstsein zu verdrängen, und ist dabei etwas zu weit gegangen?" Ruse stieß ein humorloses Lachen aus. „Im Grunde genommen könnte man sagen, er hat sich selbst verschlungen."

ACHT

Thorn

Wenn Talons zappeliger Kollege nicht aufhörte, Sorsha zu verhöhnen, würde ich ihm meine Faust ins Gesicht schlagen und mich an seiner entweichenden Essenz laben. Unserer Lady würde das zwar nicht gefallen, doch ich hatte das Gefühl, dass es sich lohnen könnte, ihre Enttäuschung zu ertragen.

Auch der Boss des Syndikats stand nicht gerade in meiner Gunst. Er hatte das Gesicht verzogen und geseufzt, als Omen ihm erklärt hatte, was wir brauchten. Jetzt bewegte er nachdenklich seinen Kiefer hin- und her, wobei seine Basiliskenaugen wie immer hinter den dunklen Brillengläsern verborgen waren.

Einem Wesen, das einem nicht in die Augen schaute, war nicht zu trauen – auch nicht, wenn es einen mit seinem Blick töten konnte. Er musste ziemlich viel von sich halten, wenn er glaubte, er könnte eines der anwesenden Schattenwesen umbringen.

Natürlich war eine von uns kein Schattenwesen und daher körperlich nicht so widerstandsfähig. Und Jinx hatte seine helle Freude daran, uns immer wieder daran zu erinnern. Aufgrund seiner hektischen Bewegungen und der unruhigen Energie, die mit einem leichten Zitronengeruch von ihm ausging, war ich mir zunehmend sicher, dass er ein Poltergeist war.

„Ich verstehe nicht, wozu ihr Verbündete wie uns braucht, wenn ihr die hier habt", spottete er und winkte mit der Hand in Sorshas Richtung. „Interessante Strategie, einen Menschen mitzunehmen, um gegen Feinde zu kämpfen, die sogar höhere Schattenwesen zu Fall bringen können. Ich frage mich, was für Schrauben ihr da oben sonst noch locker habt."

Jetzt hatte er es geschafft, sowohl meinen Kommandanten als auch meine Lady zu beleidigen. Es wäre interessant, zu sehen, wie amüsant er die Situation finden würde, wenn sein ganzes Clubhaus in Flammen stand.

Als ich einen Schritt nach vorn machte, und meine Hand zur Faust ballte, fasste Sorsha mich am Arm. Sie schenkte mir ein kleines Lächeln, in dem eine Schärfe lag, die, wie ich annahm, dem Schattenwesen galt. „Lass ihn. Er ahnt nicht, wie wenig er weiß."

Jinx zuckte angesichts der Beleidigung seiner Intelligenz zusammen, hielt jedoch den Mund. Das genügte mir für den Moment, auch wenn seine Zurückhaltung vermutlich eher Talons strengem Blick geschuldet war. Wahrscheinlich wäre Omen ohnehin nicht sonderlich erfreut, wenn ich einen unserer potenziellen Verbündeten während der Verhandlungen verprügeln würde.

Vielleicht waren wir aber auch schon am Ende dieser Verhandlungen angelangt. Der Basilisk drehte sich wieder zu uns um, den Mund immer noch wenig verheißungsvoll verzogen.

„Ich verstehe euer Anliegen", sagte er. „Doch ich habe bereits reichlich innerhalb der Stadtgrenzen geholfen. Meine Machtbasis ist hier – ich kann nicht behaupten, dass ich auf der anderen Seite des Ozeans über Ressourcen verfüge. Ich werde weder meine Operationen hier unbeaufsichtigt lassen noch die Mitarbeiter, die ich entbehren kann, bitten, sich auf eine möglicherweise selbstmörderische Mission zu begeben."

„Wenn wir die Lichtarmee *nicht* so schnell wie möglich aufhalten, könnte das sogar noch selbstmörderischer sein", entgegnete Omen, doch an seinem müden Tonfall war zu erkennen, dass sein ohnehin schon kaum vorhandener Optimismus mit jedem Augenblick weniger wurde.

Als er uns zusammengebracht hatte, hatte er behauptet, dass wir vier ausreichen würden, um seine Mission zu Ende zu bringen. Und dass alle Schattenwesen, die sich weigerten, die bevorstehende Katastrophe zu erkennen, uns nur im Weg stehen würden. Mich überkam der Drang, zu sagen, dass wir keinen dieser Dummköpfe brauchten, und dass wir einfach weitermachen sollten wie bisher. Der Vorschlag, weitere Verbündete zu rekrutieren, war mir von Anfang an unangenehm gewesen. Ich hatte mich nur deswegen entschieden, Omen auf diesem Weg zu folgen, weil ich darauf vertraute, dass er uns gut führen würde.

Und ich wusste nur zu gut, welche Konsequenzen es hatte, seinen Vorgesetzten infrage zu stellen. Nur weil ich entgegen dem Befehl der geflügelten Generäle losgezogen war, um eine andere Lösung für den Konflikt zu suchen, war ich nicht dabei gewesen, als meine geflügelten Brüder im Krieg niedergemetzelt worden waren. Ich war der Hoffnung auf eine bessere Lösung hinterhergejagt, anstatt meinen Kameraden beizustehen. Und sie waren gestorben, während ich mit ein paar Narben davongekommen war. Wäre es anders gelaufen, wenn ich die Befehle befolgt hätte?

Ich hatte meinen Fehler wiedergutmachen wollen, indem ich mich an die Anweisungen von jemandem hielt, der klug und stark genug war, um meines Vertrauens würdig zu sein. Doch dieses Unterfangen hatte sich als viel komplizierter erwiesen, als ich erwartet hatte.

„Du könntest deine Untergebenen zumindest über das Problem aufklären und herausfinden, ob einige von ihnen bereit wären, uns freiwillig zu unterstützen", sagte Sorsha. „Oder hast du deine Operationen so schlecht im Griff, dass du nicht einmal ein paar Schattenwesen entbehren kannst, um sicherzustellen, dass ihr nicht alle in Käfigen landet?"

„Mich wird *niemand* in einen Käfig sperren", erwiderte Talon, wobei sich ein bedrohliches Zischen in seine Stimme schlich. „Ihr könnt eure Einladungen ruhig aussprechen. Ich habe Besseres zu tun, als mich mit eurem Kreuzzug zu befassen."

„Gut", erwiderte Omen barsch. „Kannst du mir wenigstens eine Frage beantworten, bevor wir dich mit deinen ach so wichtigen Angelegenheiten allein lassen? Ich habe gehört, dass die Obersten vor etwa zwanzig oder dreißig Jahren Erkundigungen bei Schattenwesen eingeholt haben, die in der Welt der Sterblichen leben, um ein mächtiges und möglicherweise gefährliches Wesen zu finden. Möglicherweise mit dem Namen Jaspis oder Granat oder so? Hast du davon etwas mitbekommen?"

Talon runzelte die Stirn, während er zu überlegen schien. „Da klingelt etwas bei mir. Da gab es Gerüchte. Soweit ich mich erinnere, hat sich die Suche hauptsächlich auf den Süden beschränkt."

„Weißt du, ob das Wesen gefunden wurde?"

„Nein, ich weiß nur noch, dass sie mir ein paar Fragen gestellt haben. Was wollt ihr denn von ihm?"

Omens Lippen verzogen sich zu einem leicht spöttischen Grinsen. „Ich frage mich, ob es den Mut hätte, sich gegen ein Konglomerat von Sterblichen zu stellen, im Gegensatz zu einigen anderen, die ich nicht nennen will."

Er machte auf dem Absatz kehrt und schritt ohne ein

weiteres Wort hinaus. Sorsha und ich folgten ihm, wobei unsere Lady Talon noch einen spöttischen Blick zuwarf. Als wir zum Fahrzeug zurückgingen, in dem Ruse mit unserem verwirrten Snap geblieben war, schüttelte sie sich ein wenig, als wollte sie die Anspannung der Begegnung loswerden. Ihr Haar schimmerte im Sonnenlicht.

Die Anstrengungen unserer Mission schienen unserer Lady in den letzten Tagen mehr als sonst zuzusetzen. Und zwar noch bevor wir die unerwartete Notlage des Verschlingers entdeckt hatten. Ich wollte ihre Ehre nicht verletzen, indem ich verriet, dass es mir aufgefallen war, obwohl sie offensichtlich versuchte, ihre Sorgen allein zu bewältigen. Ich war froh, dass sie seit ihrem Gespräch mit Omen heute Morgen ruhiger geworden war.

„Wer – oder was – sind die Obersten?", fragte sie ihn jetzt.

„Die ältesten Schattenwesen", antwortete er. „Manche sagen, sie waren die Ersten, die Einzigen, die von Anfang an existiert haben. Es gibt nicht viele von ihnen, und sie haben im Allgemeinen nicht viel mit uns anderen zu tun. Sie mischen sich nur ab und zu ein, wenn sie den Eindruck haben, dass jemand mehr Ärger macht, als ihnen lieb ist."

„Ich bin noch nie einem von ihnen begegnet", fügte ich hinzu. Wir wussten alle, vermutlich instinktiv, dass es am besten war, sich nicht zu weit in die tiefsten Tiefen unseres Reiches zu wagen. Die alten Wesen dort zogen es vor, nicht gestört zu werden.

„Darüber solltest du froh sein", meinte der Höllenhund-Wandler düster.

Sorsha brummte vor sich hin. „Warum interessierst du dich wirklich für das Schattenwesen, das sie gesucht haben?"

„Im Grunde genommen aus demselben Grund, den ich auch dieser aufgeblasenen Echse genannt habe. Wenn die Obersten mit dem Verhalten dieses Wesens nicht einverstanden waren, muss es sich um einen Rebellen handeln. Das bedeutet zwar nicht, dass er sich deswegen für unsere Sache interessiert, doch ich bezweifle, dass er kneifen würde, weil er Angst hat, den Status quo zu stören." Omen holte tief Luft. „Wie wir wieder einmal gesehen haben, sind die meisten unserer Artgenossen nutzlos, wenn es um etwas anderes als ihre eigenen Interessen geht."

„Wir haben schon einmal Verbündete gefunden", betonte Sorsha. „Es muss doch jemanden geben, der sich für unsere Sache interessiert."

Sie stellte ihn immer infrage, und zwar ohne auch nur einen Hauch von Angst zu zeigen. Und bisher *hatte* sie recht damit gehabt. Ohne die Hilfe, die sie sich oft gegen Omens direkten Befehl erkämpft hatte, wäre es uns womöglich nicht gelungen, die Einrichtung in der letzten Stadt zu zerstören.

Bisher hatte ich meine eigene Tapferkeit nie angezweifelt, doch diese Sterbliche schaffte es tatsächlich, mich in den Schatten zu stellen. Wenn ich sie beobachtete, fragte ich mich, ob das Problem vor all den Jahrhunderten nicht darin bestanden hatte, dass ich es gewagt hatte, unser Tun infrage zu stellen, sondern vielmehr darin, dass meine Kameraden es *nicht* getan hatten. Deshalb kam mir meine Bemerkung auch leicht über die Lippen: „Ich glaube auch, dass es da draußen potenzielle Verbündete gibt, so schwierig es auch sein mag, sie zu finden."

Omen warf mir einen fragenden Blick von der Seite zu, doch er schien mit der Sichtweise unserer Lady in dieser Angelegenheit einverstanden zu sein, auch wenn er ab und zu vor sich hingrummelte. Er machte sich nicht die Mühe, zu diskutieren. „Dann ist es ja gut, dass wir viel Zeit haben, uns umzuhören, während wir uns um unser Ablenkungsmanöver kümmern. Wir müssen uns genau überlegen, wohin wir als Nächstes fahren, um deine mysteriöse Herkunft zu enträtseln, Chaos-Queen. Hoffen wir, dass es nicht allzu katastrophal wird."

Sorsha verzog das Gesicht und stieg ins Wohnmobil. „Du kannst das natürlich nicht nachvollziehen, aber die

Erinnerungen eines dreijährigen Menschen sind ziemlich vage. Wir können die Bruchstücke durchgehen, an die ich mich erinnere, und …"

Sie blieb zwischen Fahrersitz und Wohnbereich stehen. Ruse war gerade aus dem Schatten am Ende des Flurs getreten, Snap tauchte hinter ihm auf, doch Sorshas Blick galt nicht den beiden.

Als ich über ihre Schulter spähte, sah ich drei Paar Schuhe auf dem Boden neben den Schränken stehen. Aufgrund der Größe und der Neonfarben vermutete ich, dass die Einhornwandlerin sie zurückgelassen hatte.

Ich wollte Sorsha gerade fragen, was sie an den Schuhen beunruhigt hatte, als zwei der Schuhe in die Luft sprangen und die Plätze tauschten. Dann fingen drei von ihnen an, tanzend herumzuhüpfen. Sie überschlugen sich, sprangen in einem rhythmischen Takt auf den Boden, und plötzlich flogen alle sechs Schuhe paarweise in die Luft und stapelten sich zu einem wackeligen Turm. Der Turm schwankte ein paar Sekunden lang, bevor die Schuhe wieder auf den Boden fielen.

Eine Gestalt von der Größe eines Menschenkindes tauchte neben ihnen auf. Orangefarbenes, stacheliges Haar stand von ihrem runden Kopf ab, und sie griff mit ihren dünnen Ärmchen nach den Schuhen. Ihre Stimme klang dünn und piepsig. „Verflixt, verflixt. Das mit der Balance kriege ich einfach nicht hin." Sie blickte zu uns auf – vor allem zu Sorsha – und grinste breit. „Ich hoffe, ihr fandet es trotzdem unterhaltsam."

„Ähm", sagte Sorsha, die offenbar Schwierigkeiten hatte, passende Worte zu finden.

Ich hatte nicht vor, meine Fäuste gegen eine so erbärmliche Gestalt zu erheben, doch es war meine Aufgabe, die Lady zu beschützen. Ich trat neben Sorsha und räusperte mich. „Wer bist du, und was machst du in unserem Fahrzeug?"

„Ach, ich …" Das Wesen fummelte an den Schuhen herum und verstaute sie dann mit einem übertriebenen Seufzer der Resignation in einem der Schränke. Sie richtete sich zu ihrer vollen Größe auf, sodass sie Sorsha etwa bis zur Taille reichte. Immer noch grinsend, salutierte sie eifrig vor uns. „Antic, zu euren Diensten. Ich bin hier, um zu helfen, wo immer ich kann."

„Eine Koboldin", sagte Omen hinter mir angewidert.

Uff. Kobolde waren Unruhestifter, die immer auf die widerwärtigste Weise die Aufmerksamkeit der Menschen suchten. Da sie gerne auf der Seite der Sterblichen herumhüpften und ich die Grenze seit Jahrhunderten nur selten überquerte, hatte ich bisher zum Glück wenig mit ihnen zu tun gehabt.

„Du hast die zweite Frage nicht beantwortet", sagte ich. „Warum bist du hier? Unser Mensch braucht deine Version von ‚Unterhaltung' nicht."

Die Koboldin hob ihr spitzes Kinn. „Ich habe geantwortet. Ich bin hier, um zu helfen. Ihr braucht doch Hilfe, oder? Ich habe gehört, wie ihr darüber gesprochen habt. Und ihr wisst offensichtlich, was ihr tut, so wie ihr in diesen schrecklichen Raum hineinmarschiert seid, in dem sie mich eingesperrt hatten. Wenn ihr es noch mehr von diesen furchtbaren Menschen zeigen wollt, bin ich voll dabei."

„Ich glaube nicht, dass deine Art von Hilfe …", begann Omen.

Sorsha hob ihre Hand. „Moment mal. Hast du dich nicht gerade darüber beklagt, wie wenig Schattenwesen sich die Hände schmutzig machen wollen? Sie hat gerade bewiesen, dass sie Dinge unsichtbar bewegen kann, auch wenn es ihren Schuhtürmen noch ein wenig an Standfestigkeit mangelt. Es *muss* doch eine Möglichkeit geben, wie sie etwas beitragen kann."

Ruse war neben uns getreten. Er blickte grinsend auf das

kleine Wesen hinab. „Ich habe nicht das Gefühl, dass hinter ihrem Angebot niedere Beweggründe stecken."

„Die Frage ist, ob sie tatsächlich etwas beitragen, oder nur dafür sorgen wird, dass wir uns nach einem schnellen Schwertstich in die Brust sehnen", wiederholte Omen meine Bedenken.

„Ach halt die Klappe", sagte die Koboldin, als ob sie nicht mit einem Höllenhund-Wandler sprechen würde, der mehr als doppelt so groß und ungefähr tausendmal stärker war als sie selbst. Sie hüpfte auf das Sofa und ließ ihre dürren Beine hinunterbaumeln. „Die Menschenfrau will, dass ich bleibe, das reicht mir."

„Niemand hat dich nach deiner Meinung gefragt", murmelte Omen. „Ist das dein Ernst, Chaos-Queen?"

Sorsha warf ihm einen strengen Blick zu. „Ja. Du kannst dich nicht beschweren, dass wir nicht genug Hilfe bekommen, und dann herumjammern, dass die Hilfe, die wir bekommen, nicht perfekt ist." Sie wandte sich wieder der Koboldin zu. „Danke. Wir wissen dein Angebot wirklich zu schätzen."

Die Koboldin strahlte sie an. „Wie wollen wir es ihnen zuerst zeigen?"

Sorsha ließ sich ihr gegenüber auf das Sofa sinken. „Erst einmal müssen wir uns überlegen, wohin wir als Nächstes fahren. Das ist eine Art Nebenmission. Vielleicht kannst du uns sogar dabei helfen. Ich werde alles aufzählen, was mir einfällt, und wenn ihr meint, dass ihr schon mal an diesem Ort gewesen seid, dann sagt es mir."

Ich stützte mich an der Theke neben dem Waschbecken ab, ohne die Koboldin aus den Augen zu lassen, für den Fall, dass sie doch bösartige Absichten hegte.

Sorsha fuhr sich mit der Hand über den Mund.

„Also gut. Da war eine Eisdiele mit einem leuchtend roten Schild, wo wir ein paar Mal Eis geholt haben. Es gab immer eine lange Schlange und ich wurde ungeduldig. Außerdem erinnere ich mich an die Einrichtung unseres Hauses, aber das hilft uns nicht weiter. In der Nähe gab es einen Park mit einer Rutsche, von der meine Mom sagte, sie sei noch zu hoch für mich. Einmal waren wir auf einem Festival mit Musik, im Sommer, glaube ich – meine Haare waren ganz verschwitzt. Und es gab eine große Brücke, die mir gut gefiel … irgendetwas ist dort nachts passiert, als würde Rauch in den Himmel steigen?" Sie legte die Stirn in Falten. „Ich weiß, das ist alles unglaublich vage. Ansonsten habe ich noch das Kästchen mit dem Brief, den meine Eltern mir hinterlassen haben."

Sie griff nach ihrer Handtasche, doch Omen ging an mir vorbei und fasste sie an der Schulter. „Moment mal. Erzähl noch mal, was du auf der Brücke gemacht hast. Alles, an was du dich erinnern kannst."

Sorsha runzelte konzentriert die Stirn. „Sie war auf jeden Fall groß, obwohl es schwer zu sagen ist, da ich damals noch ein Vorschulkind war. Ich erinnere mich nur daran, dass es dunkel war. Vielleicht nicht Nacht, aber Abend. Und an den Rauch, der in den Himmel stieg."

„Da." Seine Finger gruben sich fester in ihre Schulter. „Dein Gedächtnis ist mit einem Verschleierungszauber belegt. Das kann ich spüren, wenn du versuchst, die Szene in Worte zu fassen. Das muss das Werk deiner Fee sein."

„Warum hätte Luna *diese* Erinnerung aus meinem Gedächtnis löschen sollen?"

„Das ist die Frage, nicht wahr? Vielleicht, um sicherzugehen, dass du nicht dorthin zurückgehst. Umso mehr ein Grund, den Zauber zu brechen. Ein fast fünfundzwanzig Jahre alter Verschleierungszauber sollte nicht allzu schwer zu brechen sein. Konzentriere dich weiter auf das Bild."

Sorsha verkrampfte sich. „Was hast du vor? Ist das ein Trick, um meine Gedanken zu lesen?"

Omen schüttelte den Kopf. „Keine Sorge, Chaos-Queen.

Ich habe kein Interesse daran, den gesamten Inhalt deines Kopfes zu entschlüsseln. Ich kann die Magie einfach spüren, wenn du dich auf die Erinnerung konzentrierst, auf die der Zauber angewendet wurde. Und ich kann ihn brechen, wenn du mich lässt."

Sie atmete langsam aus. „Also gut."

Sie schloss die Augen und rief sich die Erinnerung erneut ins Gedächtnis, während Omen das Gleiche tat. Der Rest von uns sah schweigend zu – sogar die verdammte Koboldin, auch wenn sie aufgeregt zappelte.

Die Hand unseres Kommandanten zupfte leicht an Sorshas Schulter, und ihre Augen weiteten sich. Dann lachte sie. „Es war kein Rauch. Es waren *Fledermäuse*. Ein ganzer Schwarm ist an der Brücke vorbeigeflogen."

Ruse schnippte mit den Fingern. „Ich weiß, wo das ist. Natürlich kommst du aus einer Stadt, in der es viele Schattenwesen gibt." Er stupste den Verschlinger an. „Wir fahren nach Austin."

„Austin", wiederholte Sorsha, als würde sie das Wort testen. Sie lächelte zögernd. Vielleicht fragte sie sich dasselbe wie ich.

Wenn die Feenfrau, bei der sie aufgewachsen war, diese Erinnerung manipuliert hatte, was könnte sie dann noch alles aus dem Gedächtnis unserer Lady weggezaubert haben?

NEUN

Sorsha

Da es eine lange Fahrt von Chicago nach Austin war, beschloss ich, die Zeit sinnvoll zu nutzen. Allerdings nur, weil ich so fleißig war, und keineswegs, um mich von der Tatsache abzulenken, dass die Frau, bei der ich aufgewachsen war, meine Erinnerungen verfälscht hatte, ohne es mir zu sagen, versteht sich.

Warum hatte Luna nicht gewollt, dass ich in meine Geburtsstadt zurückkehrte? Sie hatte mir nie Gründe genannt, sondern nur diese Erinnerung verschleiert, sodass ich keine Wahl hatte, da ich gar nicht wusste, wohin ich gehen sollte. Hätte sie mir *jemals* davon erzählt, wenn sie nicht gestorben wäre, als ich noch zu jung war? Oder hatte sie vorgehabt, dieses Geheimnis mit ins Grab zu nehmen?

Ich konnte sie nicht mehr fragen, und ich glaube nicht, dass es Omen gefallen würde, wenn ich ihn bitten würde, sich meine gesamte Lebensgeschichte bis zu meinem sechzehnten

Lebensjahr anzuhören, um herauszufinden, ob sie weitere Lücken in meinen Erinnerungen geschaffen hatte. Also dachte ich einfach nicht darüber nach. Was für ein Kinderspiel. Ha.

Ich freute mich nicht wirklich auf den Anruf, den ich gleich tätigen würde. Vivi hatte mir erzählt, dass Ellen aus dem Krankenhaus entlassen worden war, also müsste ich sie unter ihrer normalen Nummer erreichen. Das bedeutete jedoch nicht, dass die Co-Leiterin der örtlichen Zweigstelle des Schutzbundes für Schattenwesen sich freuen würde, von mir zu hören. Da ich schuld daran war, dass die Schläger der Lichtarmee sie angegriffen hatten, weil ich die Aufmerksamkeit auf den Bund gelenkt hatte, nahm ich an, dass sie nicht sonderlich gut auf mich zu sprechen war.

Andererseits hatte Ellen mir die Hand gereicht, als sie erfahren hatte, dass ich in Gefahr war. Und das, obwohl sie damals noch im Krankenhaus lag. Vielleicht war der Gedanke, dass sie uns wieder helfen könnte, also nicht völlig abwegig.

Ich hatte mich auf der Sofabank in eine Ecke verkrochen und die Beine angezogen, während ich mir mein Handy ans Ohr hielt. Auf der anderen Seite des Sofas inspizierte Snap einen Kaffeebecher, den Ruse ihm gereicht hatte. Ein weiterer der vielen Versuche, seinem Gedächtnis auf die Sprünge zu helfen, die den ganzen Tag erfolglos geblieben waren. Anstatt über den naiven Ausdruck der Belustigung im Gesicht des Verschlingers nachzudenken, blickte ich aus dem Fenster. Die blitzenden Lichter entlang der Autobahn zogen in der Dämmerung vorbei.

Zu meiner Erleichterung nahm Ellen nach dem zweiten Klingeln ab. „Hallo?", sagte sie mit einer ungewöhnlichen Zurückhaltung, die mich innerlich zusammenzucken ließ.

„Hallo, Ellen", sagte ich, plötzlich selbst ganz zaghaft. „Hier ist Sorsha. Es tut mir leid, dass ich mich nicht früher bei dir gemeldet habe. Verdammt, es tut mir alles leid. Die ganze Sache ist ziemlich verrückt geworden."

Die Untertreibung des Jahrhunderts.

Ellen gab einen abweisenden Laut von sich. „Ich weiß, dass du nicht wolltest, dass jemand von uns verletzt wird. Diese Gruppe, auf die ihr da gestoßen seid, ist offensichtlich eine viel größere Bedrohung, als wir es bisher gewohnt waren. *Keiner* von uns hätte damit gerechnet." Sie hielt inne. „Hast du meine Warnung vor Leland rechtzeitig erhalten? Er ist bei der letzten Sitzung nicht aufgetaucht. Ich bin mir nicht sicher, ob er sich endgültig auf die Seite dieser Lichtarmee geschlagen hat."

Ich hatte ihre Warnung *nicht* rechtzeitig erhalten – jedenfalls nicht rechtzeitig, um zu verhindern, dass wir von einem gepanzerten Lastwagen gerammt wurden. Und mein Ex-Freund war nicht aufgetaucht, weil er wohl immer noch in seinem Stadthaus festsaß, Boxershorts auf dem Kopf trug und kalten, abgestandenen Kaffee trank, wie Ruse es ihm zu seinem „Schutz" aufgetragen hatte. Ich hielt es für besser, diese beiden Tatsachen nicht zu erwähnen. Die erste Ellen und die zweite mir zuliebe.

„Wer weiß das schon bei ihm?", erwiderte ich mit einem gestelzten Kichern. „Ich bin dir wirklich dankbar, dass du mich gewarnt hast, besonders wenn man bedenkt, in welchem Zustand du warst. Geht es dir besser?"

„Oh ja, ich habe keine bleibenden Schäden. Ich bin aus härterem Holz geschnitzt, als diese Verbrecher gedacht haben."

Im Hintergrund war ein Knistern zu hören. War das ... Popcorn? Trotz meiner Schuldgefühle breitete sich ein Lächeln auf meinen Lippen aus. Wenn Ellen wieder mit Popcorngeschmacksrichtungen experimentierte, konnte es ihr nicht allzu schlecht gehen.

Wer weiß, wann ich mal wieder in den Genuss einer ihrer neuen Kombinationen kommen würde. Wann würde ich wohl wieder bei einem Treffen des Bundes willkommen sein?

Vorausgesetzt, ich schaffte es überhaupt jemals wieder nach Hause …

Ich schüttelte den düsteren Gedanken ab und konzentrierte mich auf mein eigentliches Ziel. „Wir haben herausgefunden, dass diese Kriminellen viel weiter verstreut sind, als wir vermutet hatten: im ganzen Land und sogar in Übersee. Ich weiß, dass viele Mitglieder des Bundes mir oder dieser Sache im Moment nicht gerade freundlich gesinnt sind, doch wenn *jemand* von euch bereit wäre, uns zu helfen, und sei es auch nur ein klitzekleines Bisschen … Wir würden natürlich sicherstellen, dass niemand in die Schusslinie gerät.“

Kaum hatte ich die Worte ausgesprochen, fühlte ich mich wie ein Miststück. Sie war gerade zusammengeschlagen worden, und jetzt bat ich sie um einen weiteren Gefallen. Was hatte ich mir nur dabei gedacht?

Nun, ich hatte gedacht, dass Ellen so ziemlich die einzige Verbündete war, die noch über Ressourcen verfügte, auf die ich zurückgreifen konnte, doch das machte es nicht zu einem Akt des Mitgefühls.

Ellen schwieg einen Moment lang. Ich überlegte schon, ob ich Ruse bitten sollte, eine Pause einzulegen. Er war gerade damit beschäftig, Snap verschiedene Utensilien vor die Nase zu halten. Vielleicht könnte er die Leiterin des Bundes bezirzen, damit sie vergaß, dass ich das Thema jemals angesprochen hatte, doch dann räusperte sie sich. „Ihnen muss Einhalt geboten werden. Ich weiß nicht, inwiefern wir euch unterstützen können, aber ich werde darüber nachdenken und ein paar diskrete Erkundigungen anstellen.“

„*Sehr* diskrete“, betonte ich. „Ich will nicht, dass dir noch einmal etwas zustößt. Erwähne die Lichtarmee nicht und geht nicht gegen sie vor. Noch nicht. Sag mir einfach Bescheid, wenn du jemanden gefunden hast, der etwas unternehmen will. Ich kümmere mich dann um den Rest.“

Trotz dieser Ermahnung und Ellens Bereitschaft beendete ich den Anruf mit einem flauen Gefühl im Magen.

Ruse tauchte seine Finger in eine Tasse mit Wasser und besprenkelte Snaps Kopf mit ein paar Tropfen. „Einmal fing es an zu regnen, und du warst so überrascht, dass du einfach mitten im Regen stehengeblieben bist, anstatt wie ein vernünftiges Wesen im Schatten zu verschwinden."

Snap schüttelte lachend den Kopf, als die Tropfen seine Locken trafen. „Ich wünschte, ich könnte mich daran erinnern. Das Wasser fällt also direkt vom Himmel?"

„Leider", murmelte Thorn. Ich konnte nicht sagen, ob seine Grimmigkeit auf die anhaltende Vergesslichkeit des Verschlingers oder auf seine Abneigung gegen das Wetter im Reich der Sterblichen zurückzuführen war. Vermutlich ein wenig von beidem.

Hinter ihm, in der Nähe des Fahrersitzes, wo Omen am Steuer saß, hüpfte Antic, die Koboldin, von einem Fuß auf den anderen, wie ein Kind, das versuchte, den Harndrang zu unterdrücken. Sie drehte eine Karte in ihren Händen. „Die nächste Ausfahrt", sagte sie entschlossen mit ihrer piepsigen Stimme. „Du solltest die 24 nehmen. Die ist schön."

„Es ist mir egal, wie sie aussieht, solange sie uns nach Austin bringt", knurrte Omen.

Ich hatte keine Ahnung, wo Pickle war. Seit der versehentlichen Verbrennung heute Nachmittag war er nicht mehr zu mir gekommen, um sich streicheln zu lassen. So dankte er mir also zwei Jahre Rückenmassagen und Speck.

Mein Handy, das ich immer noch in der Hand hielt, piepte, als eine Nachricht darauf einging. Sie war von Vivi. *Ich weiß, dass du wahrscheinlich sehr damit beschäftigt bist, die Welt zu retten, aber könntest du mir eine kurze Nachricht schicken, damit ich weiß, dass es dir gut geht? Dito!* Kuss-Emoji.

Als ich die Worte las, schnürte sich mir die Kehle zu. Die unbeschwerte Heiterkeit meiner besten Freundin fühlte sich weit entfernt von allem an, was mein Leben in diesem

Moment ausmachte. Was könnte ich *ihr* wohl aus Versehen antun, falls wir uns jemals wiedersehen sollten? Das Bild eines ihrer charakteristischen weißen Outfits, das mit braunen und schwarzen Brandspuren befleckt war, schoss mir durch den Kopf, und ein Gefühl der Beklemmung breitete sich in meiner Brust aus.

Das war also jetzt der Inhalt meines Lebens: Monster und Chaos … und vielleicht hätte es schon die ganze Zeit so sein sollen. Ich wusste nicht, was ich ihr noch sagen sollte.

Ich rang mich dazu durch *Ich lebe noch*, zu antworten, denn eine beruhigte Vivi war besser als eine in Panik geratene. *Alles einigermaßen okay. Es gibt noch nicht viel zu berichten. Halte durch. Dito.* Die Verabschiedung war unsere Hommage an einen unserer liebsten kitschigen Liebesfilme, und ich konnte es nicht *nicht* schreiben, nachdem sie es getan hatte. Es war ein heiliger Pakt, egal wie weit ich ins Monsterdasein abrutschte.

„Und dann bei den Lichtern rechts", antwortete Antic auf Omens wortloses Grummeln.

Ruse ließ sich neben Snap auf das Sofa sinken und strich dem Verschlinger liebevoll über die Haare. „Du weißt, dass du jetzt in Sicherheit bist, oder? Wir werden dafür sorgen, dass diese Arschlöcher dich nie wieder in die Finger bekommen. Du musst dich nicht verstecken."

Snap blinzelte ihn mit einem dieser verwirrten Blicke an, die mir das Herz zerrissen. „Wer versteckt sich? Ich bin doch hier." Er breitete die Arme aus.

Mein lieber, süßer Snap. Wenn Ruse recht hatte und Snap seine Erinnerungen verschlungen hatte, konnte er sie dann überhaupt wieder ausspucken? Was war dazu nötig? Wenn ich ein großes Musical aufführen oder eine Krähe opfern oder anderweitigen Hokuspokus veranstalten müsste, sollte mich besser schnell jemand aufklären.

Der Inkubus schaute über den Tisch und fing meinen Blick auf. Was auch immer er in meinem Gesicht sah, seine Miene wurde genauso grimmig wie die unseres Krieger-Gefährten. Er öffnete den Mund, als wollte er etwas sagen, doch im selben Moment ertönte Omens Stimme von vorne.

„Auf dem Schild steht, dass wir nach Atlanta fahren. Ich bin zwar kein Geografie-Experte, doch ich bin mir ziemlich sicher, dass das viel weiter östlich als Texas liegt."

Antic stieß einen entschuldigenden Schrei aus und drehte die Karte herum. „Ich glaube, ich glaube – *Texas*. Ja. Aha. Ich habe sie falsch herum gehalten. Wir sollten gar nicht auf *dieser* Straße sein."

Omens Knurren klang, als würde er bald ihre Knochen aus seinen Zähnen pulen müssen, wenn ihm die Koboldin noch eine weitere Anweisung geben würde. Ruse zog die Augenbrauen hoch und seine Miene war noch ernster als sonst, als er zu mir herüberkam, um ihnen zu helfen.

„Wir sind gar nicht so falsch", sagte er und schnappte sich Omens Handy vom Armaturenbrett. „Doch auch wenn wir keinen Schlaf brauchen, könnten wir eine Pause vom Highway gebrauchen. Es war ein anstrengender Tag. Ich werde uns ein Zimmer in einem Luxus-Hotel besorgen. Das wird vielleicht sogar *dich* beruhigen, Luzi."

Er grinste seinen Boss an, der bedrohlich die Zähne fletschte. Der Inkubus antwortete mit einer Geste, die ich nicht erkennen konnte, doch wie ich ihn kannte, war es vermutlich eine obszöne.

Der Höllenhund-Wandler seufzte. „Gut. Aber nur, weil *Darlene* wahrscheinlich eine Pause gebrauchen könnte. Ich erwarte, dass wir bei Sonnenaufgang wieder auf den Beinen sind und weiterfahren." Er warf mir einen Blick über die Schulter zu. „Wenn *du* dir jemals die Mühe gemacht hättest, Autofahren zu lernen, hätten wir anderen schon längst durch die Schatten huschen und am Ziel sein können."

Ich streckte ihm die Zunge heraus, doch leider entging ihm die Demonstration meiner immensen Reife, da er seinen Blick bereits wieder auf die Straße gerichtet hatte. „Als ob du

‚Darlene' mir und meinen unheilbringenden Händen anvertrauen würdest."

„Gutes Argument", sagte er, wobei er jedoch eher amüsiert als verärgert klang. „Setz deine Magie ein, Inkubus. Wenn du es schaffst, unsere Sterbliche für ein oder zwei Minuten sprachlos zu machen, betrachte ich das als Sieg."

100 EVA CHASE

‚Darlene' mir und meinen unheilbringenden Händen anvertrauen würdest."

„Gutes Argument", sagte er, wobei er jedoch eher amüsiert als verärgert klang. „Setz deine Magie ein, Inkubus. Wenn du es schaffst, unsere Sterbliche für ein oder zwei Minuten sprachlos zu machen, betrachte ich das als Sieg."

ZEHN

Sorsha

Ich würde nicht sagen, dass ich sprachlos war, doch Ruse hatte nicht gelogen, als er gesagt hatte, dass er uns ein Luxus-Zimmer besorgen würde. In dem Hotel, in das er uns eine halbe Stunde später führte, gab es Treppen mit Samtteppichen, die sich um Marmorsäulen wanden, die so breit waren, dass die alten Mammutbäume neidisch gewesen wären. Ich widerstand dem Drang, den Concierge zu fragen, ob sie die Möbel in der Lobby aus dem Schloss von Versailles gestohlen hatten.

Auch die Penthouse-Suite, die uns der Inkubus besorgt hatte, war nicht gerade der Inbegriff von Zurückhaltung. Der Hauptwohnbereich war breiter als meine gesamte Wohnung – bevor ich sie niedergebrannt hatte –, und die Ledermöbel waren butterweich. Im Badezimmer befand sich ein kleines, marmorgefliestes Schwimmbecken, das niemand, der bei klarem Verstand war, als „Badewanne" bezeichnen würde. Und das Schlafzimmer …

„Wo Träume wahr werden", sagte Ruse mit seinem typischen Grinsen und wies mit seinem Arm auf das Kingsize-Himmelbett, das mit hauchdünnen Seidenlaken bezogen war. Davor lag ein Perserteppich, der so dick war, dass man Gefahr lief, darin zu versinken. Heilige Mutter Majestät, wir residierten heute Abend wie die Oberschicht der Oberschicht.

Pickle, der sich in meiner Handtasche hereintragen lassen hatte, flitzte über den rot-goldenen Teppich und geriet prompt ins Stolpern, als seine winzigen Füßchen tiefer einsanken, als er es erwartet hatte. Mit einem empörten Schnauben änderte er seinen Kurs und machte sich auf den Weg ins Badezimmer, um sich ein edles Nest aus zerfetzten Designer-Handtüchern zu bauen.

„Gute Nacht!", rief ich ihm nach, doch der kleine Drache blickte nicht zurück. Offenbar hatte er mir noch immer nicht verziehen.

Snap ließ seinen Blick durchs Zimmer schweifen und strahlte. „Was für eine fantastische Unterkunft. In der Welt der Sterblichen ist alles viel heller und bunter als im Schattenreich. Ich denke, ich werde den Rest dieses … ,Hotels' aus den Schatten heraus erkunden." Er hielt inne und warf den anderen einen bekümmerten Blick zu. „Es sei denn, ihr braucht mich."

Wie immer war er darauf bedacht, allen zu helfen. Wieder wurde mir schwer ums Herz.

„Nein, nein, du hast schon viel getan, ob du dich erinnerst oder nicht", sagte Omen, deutlich sanfter als sonst. Manchmal vergaß ich, dass ihm die Mitglieder des Teams trotz seiner kalten Fassade am Herzen lagen. Er gab dem Verschlinger einen unbeholfenen Klaps auf die Schulter und ging mit ihm zur Tür. „Da wir dich nicht wieder verlieren wollen, sollte ich dich vielleicht begleiten. Es kann nicht schaden, nach verdächtigen Aktivitäten Ausschau zu halten."

„Ja, wir können beides miteinander verbinden! Erkunden und Ausschau halten." Snap strahlte noch mehr.

Mein Herz hätte genauso gut in Stücke gebrochen und an einen Teich voller Kois verfüttert werden können. „Seid vorsichtig", sagte ich, da ich mich nicht zurückhalten konnte.

„Natürlich", antwortete Snap fröhlich und verschwand in den Schatten.

Vielleicht war es leichter für ihn, alles zu vergessen, was geschehen war, seit er sich zum ersten Mal unter Sterbliche gewagt hatte. Nicht nur mich und seine ursprünglichen Gefährten, sondern auch die Art und Weise, wie er seine Macht eingesetzt hatte. Mir wurde schwer ums Herz und ein Liedtext schwirrte mir durch den Kopf. Als ich ihn in etwas abgewandelter Form vor mich hinsang, klang er schwermütig. „You were always in a bind. You were always far too kind."

Antic war auf das Bett gesprungen und hüpfte nun auf der Matratze, wobei die Satinlaken unter ihren Füßen raschelten. Sie griff nach den Seidenvorhängen des Baldachins. „Was soll ich für dich machen? Einen Clown auf einem Surfbrett? Einen Fisch, der von einem Wolkenkratzer fällt?" Sie verschwand hinter dem Stoff, während sie ihn in eine Form brachte, die irgendwie an Letzteres erinnerte.

„Äh, ich glaube, ich möchte mich einfach nur entspannen, so wie wir es geplant haben", sagte ich. „Ich brauche keine Show."

Die Koboldin brummte und tauchte wieder auf. „Dann werde ich mal sehen, ob sich vielleicht jemand anderes an diesem Ort über ein paar Possen von Antic freuen würde." Sie deutete mit dem Finger in Thorns Richtung, als sie an uns vorbeilief. „Ich bin im Morgengrauen zurück, wenn wir weiterfahren!"

Thorn schaffte es, nicht das Gesicht zu verziehen, bis sie aus dem Blickfeld verschwunden war. Er warf mir einen bösen Blick zu. „Und Ihr glaubt, dass sie eine wertvolle Bereicherung für unser Vorhaben sein wird?"

Ich warf meine Hände in die Luft. „Ich habe keinen blassen Schimmer. Im schlimmsten Fall können wir ihr sagen, dass der Bau von Schuhtürmen ein wesentlicher Bestandteil unseres Plans ist, und sie in einem Einkaufszentrum absetzen, während wir die eigentliche Arbeit machen, oder?"

„Wer braucht schon Feinde, wenn er solche Verbündeten hat?", stichelte Ruse. Sein Blick verweilte auf dem Bett und bei dem Gedanken an all die Möglichkeiten, wie er mir helfen könnte, mich zwischen den Laken zu „entspannen", lief mir ein heißer Schauer über den Rücken. Doch stattdessen drehte er sich um, und machte Anstalten, den Raum zu verlassen.

„Ruse", sagte ich. Als er mich ansah, waren seine Augen warm und vielleicht sogar neugierig, doch irgendwie wirkte er unsicher. Ich wusste nicht, wie ich darauf reagieren sollte, und zwar nicht nur, weil sein hübsches Gesicht mir den Atem raubte.

Eine intensivere, süßere Emotion als bloßes Verlangen stieg in mir auf. Auch wenn er nicht in meinen Kopf geschaut hatte, bezweifelte ich, dass ihm entgangen war, dass ich während der Fahrt mürrisch geworden war. Keines der Schattenwesen brauchte wirklich einen Boxenstopp. Er hatte sich diesen Plan nur meinetwegen ausgedacht, genauso wie das Unterhaltungsprogramm, das er gestern Abend für meinen Geburtstag geplant hatte. Aber warum?

Ich war mir nicht ganz sicher, doch ich wollte ihm auf jeden Fall zeigen, dass ich es bemerkt hatte und dass es mir etwas bedeutete. Und, wie viel *er* mir mittlerweile bedeutete. Ich hätte ihn in mein Bett einladen können, doch das war Arbeit für einen Inkubus, oder? Er hatte schon früher angedeutet, dass alle sterblichen Frau ihn *ausschließlich* wegen seines Talents im Bett gewollt hatten.

Vielleicht war es an der Zeit, dass er erfuhr, wie es war,

diese Art von Aufmerksamkeit zu erhalten. Also konnte ich ihn doch ins Bett einladen.

Ich reichte ihm die Hand. „Komm her. Du hast das alles arrangiert – ich denke, du solltest es genauso genießen wie alle anderen."

Er legte den Kopf schief. „An was genau hast du da gedacht, Flamme?"

Der anzügliche Tonfall, den er bei seinem Spitznamen anschlug, löste ein Kribbeln bis in meine Zehenspitzen aus. Auch wenn ich mich auf ihn konzentrierte, würde ich das hier selbst durchaus genießen. „Komm her, dann wirst du es herausfinden."

Thorn hustete. „Wenn das so ist, sollte ich vielleicht …"

Ruse fasste den Krieger am Arm. „Ich sehe keinen Grund, warum du irgendwo hingehen solltest, mein Freund. Unsere Sterbliche hier ist bekannt dafür, dass sie nichts gegen, sagen wir mal, zusätzliche Dienste hat." Er zwinkerte mir zu.

Er wirkte etwas entspannter, als er das sagte – genauso wie er sich entspannt hatte, als ich ihn letzte Woche gefragt hatte, ob er Snap und mir Gesellschaft leisten wollte. Wenn er diese Gesellschaft bevorzugte, würde ich ganz bestimmt nicht nein sagen. Ich schaute Thorn durch meine Wimpern hindurch so schüchtern wie möglich an. „Je mehr, desto lustiger?"

Die dunkle Haut des Kriegers errötete leicht. Er blickte zwischen uns hin und her, als ob er darauf wartete, dass einer von uns lachte und sagte, dass alles nur ein Scherz war. Als wir das nicht taten, trat er einen Schritt näher. Seine Stimme klang so rau, dass jeder Teil meines Körpers, der nicht ohnehin schon kribbelte, damit anfing. „Wenn Mylady das wünscht …"

Ruse lachte. „Beweg deinen mittelalterlichen Arsch hierher, mein Freund."

Ich versetzte dem Inkubus einen Stoß gegen seine

wohlgeformte Brust und schubste ihn in Richtung Bett. „Ich fange mit dir an. Zieh dich aus."

„Oh, übernimmst du jetzt das Sagen?" Er machte sich an den Knöpfen seines Hemdes zu schaffen, und das Funkeln in seinen Augen wurde immer heißer.

Für meinen Geschmack bewegte er sich nicht schnell genug. Noch bevor er sein Hemd aufgeknöpft hatte, griff ich nach dem Reißverschluss seiner Hose. Ruse ließ mich gewähren und stieg bereitwillig aus seiner Hose. Dann zog er sein Hemd aus, sodass nahezu alle muskulösen Stellen seines Körpers zu sehen waren.

„Das ist aber nicht ganz fair", bemerkte er, als ich ihn die letzten paar Schritte zum Bett schob, doch als er nach meiner Bluse griff, schüttelte ich den Kopf. Hilfesuchend blickte er an mir vorbei zu seinem Kameraden. „Thorn, kannst du mal anfangen, dich um sie zu kümmern?"

Hinter mir stieß Thorn ein leises, grollendes Kichern aus. Er lachte nur selten und das Geräusch verwandelte das Kribbeln in meinem Körper in ein begieriges Verlangen.

„Ich glaube nicht, dass du hier das Kommando hast, Inkubus", sagte der Krieger.

Ich lächelte. Das hatte er tatsächlich nicht. „Runter mit dir", wies ich Ruse an.

Der Inkubus lag völlig entblößt auf dem Bett. Er trug nur noch seine Boxerhorts, unter denen sich eine Beule abzeichnete, und hatte eine so sinnliche Pose eingenommen, dass ich allein bei dem Anblick fast einen Orgasmus bekam. Er wandte sich erneut an Thorn. „*Willst* du diese reizende Figur denn nicht in ihrer vollen Pracht sehen? Ich bezweifle, dass du hier bist, um *mich* anzustarren."

Da hatte er nicht unrecht. Thorn legte seine breiten Hände auf meine Taille und griff nach dem Saum meines Oberteils. „Darf ich?", murmelte er. Seine heisere Stimme war verheißungsvoll. Wie könnte ich ihm da widersprechen?

Ich hob meine Arme, damit er mir die Bluse ausziehen

konnte, und schlüpfte dann aus meinem Unterhemd, an dem mein Schutzanstecker befestigt war, bevor er ihm Unbehagen bereitete. Ich hielt lange genug inne, damit Thorn meine Brüste durch den BH hindurch streicheln und mir einen Kuss auf die Schulter drücken konnte. Mit einem ermutigenden Brummen sog ich die Kraft auf, die von seiner muskulösen Gestalt ausging. Doch ich hatte noch einen weiteren Liebhaber, um den ich mich kümmern wollte.

Ich kroch zu Ruse ins Bett, und Thorn ließ sich an meiner anderen Seite nieder. Der Inkubus fuhr mit seinen Fingern durch mein Haar, als wollte er mich an sich ziehen, doch ich wusste, wie leicht es war, sich in seinen geschickten Küssen zu verlieren. Stattdessen fuhr ich mit meinem Mund an seinem Kiefer und seitlich an seinem Hals entlang. Der bittersüße Kakaoduft seiner Haut überflutete meine Sinne.

Während ich mir einen Weg über Ruse' anbetungswürdige Brust bahnte, öffnete Thorn meinen BH und umfasste meine Brüste. Seine rauen schwieligen Hände verliehen der liebevollen Berührung einen zusätzlichen Reiz. Ich seufzte glücklich an dem straffen Bauch des Inkubus und hob meinen Kopf, um an seinen Boxershorts zu zerren. „Die muss auch weg."

Ruse hob seine Hüften an, um mir zu helfen, die Unterwäsche auszuziehen. Dann stützte er sich auf die Ellbogen und griff nach meiner Jeans, doch ich schlug seine Hand weg, um selbst ein wenig zu gaffen. Sein Schwanz ragte in einem begierigen Winkel wie ein glorreicher, schiefer Turm der Lust hervor. Ich konnte es kaum erwarten, heute Abend diejenige zu sein, die seine Lust noch steigerte.

Der Inkubus sah mich aufrichtig verwirrt an. „Was wird das, Flamme?"

Ich senkte meinen Mund auf seine Hüfte, dann auf seinen Oberschenkel und fuhr mit den Fingern über seine pralle Erektion. „Ich kümmere mich um *dich*, so wie du dich immer um mich gekümmert hast. Es wird Zeit für einen kleinen Rollentausch, meinst du nicht auch?"

Bevor er antworten konnte, ließ ich meine Fingerspitzen an seinem Schwanz entlanggleiten und umschloss seine Eichel mit meinen Lippen. Sein Kakaogeschmack war an dieser empfindlichen Stelle noch intensiver, und leicht salzig, als ich mit meiner Zunge über die Spitze fuhr.

Er holte tief Luft. „Du musst das nicht tun."

Ich blickte zu ihm auf, während ich mit meiner Hand meinen Speichel und einen Tropfen seines Spermas auf seinem Schwanz verteilte. „Ich weiß. Ich *möchte* es tun. Und auch wenn ich nicht die talentierteste Frau bin, mit der du je zusammen warst, glaube ich, dass ich es einigermaßen befriedigend hinbekomme."

„Das ist nicht ..." Sein Mund verzog sich zu einem schiefen Grinsen. „Du musst dir keine Sorgen machen, verglichen zu werden. Nicht viele der Frauen, mit denen ich zusammen war, wären auf die Idee gekommen, das hier für mich zu tun. Aber warum solltest du auf dein eigenes Vergnügen verzichten?" Mit einem verschmitzten Funkeln in den Augen winkte er mich zu sich. „Dreh dich um, dann können wir ein Liebesfest daraus machen."

Die Tatsache, dass die meisten seiner früheren Geliebten nur an ihr eigenes Vergnügen gedacht hatten, bestärkte mich nur noch in meiner Absicht. Ich rieb seinen Schwanz so fest, dass er in meiner Hand zuckte. „Es macht mich an, zu sehen, wie viel Lust ich dir bereite. Und ich bin sicher, dass Thorn sich um mich kümmern kann, wenn er will. Ausnahmsweise wirst *du* nichts tun, außer dich zurückzulehnen und zu genießen."

Ich beugte mich wieder über ihn und nahm ihn so tief wie möglich in meinen Mund. Thorn war zurückgewichen, um mir Platz zu machen, und streichelte meinen nackten Rücken mit rhythmischen Berührungen. Auf meine Aufforderung hin beugte er sich noch weiter vor. Er bedeckte meine Wirbelsäule mit heißen Küssen und streichelte mit einer Hand meine Brüste, während die andere über meinen Bauch glitt. Die Lust, die er in mir auslöste, ließ mein Verlangen nur noch heißer auflodern.

Ich ließ meine Zunge um Ruse' Schwanz kreisen, umfasste seine Eier, und er stöhnte auf. Als ich einen Blick auf sein Gesicht warf, flackerten seine Augen zwischen ihrer haselnussbraunen Farbe und ihrem natürlichen Goldglanz. Ein schwacher Schimmer desselben Glanzes flackerte über seine Haut, als ob es ihm schwerfallen würde, sich zurückzuhalten.

„Mach weiter", sagte ich. „Lass deinen Glanz heraus. Du weißt, dass ich darauf stehe."

Sein Körper spannte sich an, sein Inkubus-Glühen erleuchtete jeden Teil von ihm, sogar seinen Schwanz, den ich jetzt wieder mit meiner Zunge bearbeitete. Das beste Stück des Inkubus war in einem ganz bestimmten Winkel gewölbt, und sein Schambein ragte weiter hervor, um seinen Partnerinnen die größtmögliche Befriedigung zu verschaffen. In den letzten Wochen hatte er sich von mir ernährt. Er hatte seinen Hunger gestillt – jetzt hatte er sich eine Belohnung verdient.

Sein übernatürliches Glühen brachte eine schwindelerregende Wärme mit sich. Das Gefühl breitete sich in meinem Mund und in allen meinen Gliedern aus, während mein Kopf über Ruse' Schenkeln wippte. Thorn fachte die Flammen mit dem Druck seiner Hände und seines Mundes weiter an. Seine Finger wanderten nach unten, um meinen Kitzler zu stimulieren. Ich keuchte an dem Schwanz des Inkubus und streichelte gleichzeitig den Arm des Kriegers.

Dann beschleunigte ich meinen Rhythmus und Ruse stieß in meinen Mund. Ich schloss meine Lippen um ihn und saugte fester, bis er mit einer Flut aus bittersüßer Hitze kam, die ich hinunterschluckte. Bevor ich mehr tun konnte, als ein letztes Mal mit meiner Zunge über seinen Schwanz zu lecken, setzte er sich auf und zog mich an sich, um seinen Mund endlich auf meine Lippen zu pressen.

Thorn knöpfte unterdessen meine Jeans auf. Während ich mich weiterhin dem Kuss hingab, zog ich die Jeans und mein Höschen aus. Mein Krieger schien zu denken, dass seine Arbeit damit getan war. Ich fasste ihn am Arm und zog ihn zurück. Dann löste ich meine Lippen kurz von Ruse', um sie auf den Mund des Geflügelten zu pressen, während ich mit meinen Fingern durch sein weißblondes Haar fuhr.

„Ich will dich", keuchte ich, als Ruse in einen meiner Nippel kniff. „Ich brauche dich." Mein Inneres pochte jetzt, und sehnte sich danach, ausgefüllt zu werden – und niemand konnte mich so ausfüllen wie Thorn.

„Ich glaube, du solltest dich jetzt um unsere Lady kümmern", bemerkte Ruse. In seiner rauchigen Schattenwesen-Stimme schwang ein amüsierter Unterton mit.

Thorn tauchte seine Finger von hinten zwischen meine Beine und stöhnte, als er spürte, wie feucht ich war. Er machte sich an seiner Hose zu schaffen. „Wie Mylady es wünscht."

Und wie ich mir das wünschte, ich begehrte jeden Zentimeter seiner massigen Gestalt. Er beugte sich über meinen Rücken und drang mit seinem dicken Schwanz in mich ein. Ich spürte ein Brennen, als er mich ausdehnte, und mein ganzer Körper bebte vor Glückseligkeit. Ich stöhnte.

Eines Tages würde ich ihn in seiner kompletten Schattengestalt nehmen, die noch gewaltiger war, doch ich wusste, dass er nicht wollte, dass Ruse sah, was er war.

Während Thorn in mich hineinstieß, presste Ruse seinen Mund auf meine Lippen. Ich drückte meinen Rücken durch, um dem Krieger entgegenzukommen, und meine Finger wanderten nach oben, um eines der Hörner des Inkubus zu umfassen. Ich war zwischen ihnen gefangen, zwischen der gewaltigen Kraft über mir, und dem schwindelerregenden Glühen unter mir. Und trotzdem konnte ich mir nicht vorstellen, mich freier zu fühlen. Der pulsierende Rausch der Lust trieb mich höher und höher.

Mit einem noch heftigeren Schwall von Ekstase und einem Schrei, den ich nicht unterdrücken konnte, erreichte ich den Höhepunkt. Mein Unterleib zog sich um Thorn herum zusammen, und sein Arm, den er um meine Taille geschlungen hatte, spannte sich an. Wieder stieß er in mich hinein. Ruse' Zunge verschlang sich mit meiner, und ich kam erneut, als auch der Krieger seine eigene heiße Erlösung fand.

Als Thorn neben mir zusammensackte, drehte ich mich um, um ihn zu küssen. Er strich mit seinen Fingern über mein Gesicht, und die Sanftheit dieser Berührung bildete einen perfekten Kontrast zu der Kraft seines Mundes auf meinem.

Ruse schlang seinen Arm um mich und küsste meine Schulter. Ich kuschelte mich zwischen meine beiden Liebhaber und klammerte mich an diesen Moment der Glückseligkeit, bevor sich der Gedanke an den Liebhaber, den ich verloren hatte, wieder einschleichen konnte.

ELF

Nach der kurzen Zeit, die ich in der Welt der Sterblichen verbracht hatte, musste ich zugeben, dass es ein spektakulärer Ort war. Warum sollte jemand ins Schattenreich zurückkehren, wenn er all das hier haben konnte? Die leuchtenden Farben und die weiche Textur des großen Zimmers, das der Inkubus für uns beschafft hatte … Die berauschende Mischung der Düfte von den Tellern mit den Dingen, die ein sogenannter „Zimmerservice" vor wenigen Augenblicken gebracht hatte … Das alles war eine ganz eigene Art von Magie.

Ich gebe zu, dass die ersten Erfahrungen, an die ich mich erinnerte, nämlich das Eingesperrtsein in grellem Licht und das Prickeln der giftigen Metalle um mich herum, ziemlich verstörend gewesen waren. Doch wenn ich das nicht ertragen hätte, wäre ich nie in den Genuss dieses wundersamen Objekts gekommen, bei dem es sich laut Thorn um eine Frühstückswurst handelte.

Ich kaute auf der fleischigen Textur herum, Salz und pikante Säfte vermischten sich auf meiner Zunge, und mein Lächeln wurde breiter. Ja, diese Welt war ein Paradies für einen Verschlinger.

Bei diesem Gedanken lief mir ein kühler Schauer über den Rücken, der so schnell wieder verschwand, dass ich ihn nicht hätte untersuchen können, selbst wenn ich es gewollt hätte. Doch warum sollte ich mich mit diesem Unbehagen beschäftigen? Es fühlte sich nicht so an, als sollte ich dem Eindruck nachgehen. Außerdem wollte ich noch mehr frühstücken.

„Und das?", fragte ich und deutete auf einen Haufen klumpiges gelbes Zeug, das viel verlockender roch als es aussah.

Ruse folgte meinem Blick und kicherte. „Rührei. Ich glaube, das wird dir auch schmecken."

Die kleine Koboldin, die wir aufgegabelt hatten, bevor wir die letzte Stadt verlassen hatten, hüpfte um den Tisch herum. „Gibt es irgendetwas, das er *nicht* mag? Als Nächstes wird er sich noch über den Tisch hermachen."

„Wenn er das möchte, kann er das ruhig tun", erklärte der Inkubus.

Die Sterbliche kam herüber, immer noch an ihrem roten Haar zupfend, das mir jedes Mal ins Auge fiel. Es glänzte sogar noch mehr als das Mobiliar dieses extravaganten Zimmers. Ich vermutete, dass sie daran zupfte, weil sie aufgewacht war und festgestellt hatte, dass die Koboldin es zu mehreren kleinen Zöpfen geflochten hatte, während sie geschlafen hatte.

Antic beobachtete, wie sie die Strähnen genervt entwirrte. „*Ich* fand die Frisur schön!"

„Es ist einfach nicht mein Stil", meinte Sorsha. Ich hatte den Eindruck, dass sie Rücksicht auf die Gefühle der Koboldin nahm, was sie ziemlich oft zu tun schien, obwohl ich mir nicht sicher war, warum. Die beiden schienen sich gar nicht zu kennen. Die Sterbliche hatte offensichtlich eine gewisse Liebenswürdigkeit an sich. Das gefiel mir – und auch ich fand ihr Haar schöner, wenn es ihr in sanften Wellen über die Schultern fiel.

Sie ließ die Strähnen lange genug los, um die Auswahl auf dem Tisch zu begutachten. „War da nicht auch ein Obstsalat? Da ist er ja. Den darfst du dir auf keinen Fall entgehen lassen, Snap."

Sie schob mir die glänzende Schale mit den schillernden regenbogenfarbenen Stücken hin, und in ihren Augen lag eine Emotion, die ich oft darin bemerkte, wenn sie mich ansah. Ein gewisses Zögern, aber auch Hoffnung, als ob sie auf etwas wartete, von dem sie eigentlich nicht erwartete, dass es eintreten würde. Ich wusste noch nicht, was es war, doch es schien sie traurig zu machen.

Sie alle wollten etwas von mir, was ich ihnen bisher nicht geben konnte. Sie kannten mich schon lange, ich hingegen kannte sie erst, seit sie mich aus diesem Gefängnis befreit hatten.

Ich runzelte die Stirn, als ob das die Erinnerungen an die Oberfläche bringen könnte, doch da war nichts. Nichts außer der Fahrt in dem großen, glänzenden Fahrzeug und davor die grellen Lichter in dem ungemütlichen Käfig – und *davor* ein paar verschwommene Bilder aus dem Schattenreich, durch das ich gewandert war, ohne zu wissen, welche Freuden ich verpasste.

Es musste noch mehr Erinnerungen geben, die aus meinem Gedächtnis verschwunden waren. Ruse und Thorn hatten mir so viele faszinierende Dinge gezeigt und erzählt, von denen ich keine Vorstellung hatte, die mir aber offenbar schon begegnet waren. Ich nahm an, dass ich alles, was sie mir nicht erzählen konnten, noch einmal erleben musste. Das klang nicht nach einer allzu großen Last.

Ich steckte mir ein Stück Banane in den Mund und freute mich über die weiche Süße, die ohne Schale noch besser schmeckte. Oh ja, ich freute mich darauf, alles wiederzuentdecken, was mir entfallen war. Auch wenn dieser physische Körper seine Tücken hatte. Mein Unterarm kribbelte und ich kratzte mich abwesend, während ich nach einer perfekten Weintraube griff.

Eine kleine grüne Gestalt sprang auf den Tisch, flatterte mit schwachen Flügeln und schrammte mit den Krallen über das polierte Holz. „Pickel!", rief Sorsha und stürzte sich auf den kleinen Drachen. Er schnappte sich ein Stück Speck, bevor sie ihn packen konnte. „Du hast schon genug gefressen. Lass uns auch noch etwas übrig."

Das Schattenwesen stieß ein missbilligendes Schnauben aus und verzog sich unter den Tisch, sobald sie ihn abgesetzt hatte. Wieder trat ein trauriger Blick in ihre Augen. Nein, dieser Blick gefiel mir überhaupt nicht.

„Möchtest du Eier?", fragte ich. Ich war mir nie sicher, was ich zu ihr sagen sollte, denn es schien sie sowohl zu erheitern als auch zu entmutigen, wenn ich sprach. Ich war mir nicht sicher, ob sie schon etwas gegessen hatte, während sie mit ihren Haaren beschäftigt gewesen war, da ich zu sehr in mein eigenes Essen vertieft war, um darauf zu achten.

„Nein, ich stehe mehr auf Würstchen", meinte sie, spießte eines davon mit ihrer Gabel auf und grinste Ruse an. Der Inkubus lachte, als hätte sie etwas Lustiges gesagt, was für mich jedoch keinen Sinn ergab.

„Ich stehe auch auf Würstchen", sagte ich, woraufhin Ruse in einen regelrechten Lachanfall ausbrach. Sorsha fuhr sich mit der Hand über den Mund, als ob auch sie sich ein Kichern verkneifen müsste.

Ich richtete meinen Blick auf Thorn, der mit einem resignierten Kopfschütteln die Schultern zuckte. Ich konnte nicht sagen, ob das bedeutete, dass er den Witz auch nicht verstand oder ob er ihn einfach nicht guthieß. Nach allem, was ich bisher gesehen hatte, schien es eine ganze Reihe von Dingen zu geben, die das große Schattenwesen nicht guthieß.

„Würstchen, Würstchen", trällerte die Koboldin mit ihrer zwitschernden Stimme, was dem Drachen unter dem Tisch ein leises Knurren entlockte, was wiederum mich zum Lachen brachte.

In diesem Moment betrat Omen den Raum und musterte uns mit verkniffener Miene. Wie immer umgab ihn eine Aura von Macht und Autorität, die mich sofort vor Respekt verstummen ließ. Ich wusste, dass er ein Gestaltwandler war, doch bisher hatte ich nicht herausgefunden, was für einer. Und ich wollte nicht unhöflich sein und direkt danach fragen. Aus irgendeinem Grund schienen ihn die anderen jedenfalls als Anführer zu betrachten.

Und er hatte *mich* in seinem Team gewollt. Ich wusste zwar nicht, inwiefern ich für ihn von Nutzen sein sollte, doch ich hoffte, dass ich das noch herausfinden würde. Es musste eine Ehre sein, von einem so mächtigen Wesen ausgewählt zu werden.

„Die Sonne geht auf", bellte er. „Lasst uns aufbrechen. Ihr habt lange genug gefaulenzt."

„Ich glaube nicht, dass Austin irgendwo hingeht, während wir frühstücken", antwortete Ruse spöttisch, erhob sich jedoch trotzdem eilig.

Sorsha griff seufzend nach ihrer Handtasche. Sie kniete sich neben den Tisch und schnalzte mit der Zunge, um Pickle hineinzulocken. Da ich nichts von dem köstlichen Essen vergeuden wollte, schnappte ich mir die Schüssel mit dem Obstsalat und schüttete mir den Inhalt in den Mund.

Ich war gerade dabei, den letzten Rest dieses Geschmacksrausches hinunterzuschlucken, als die Tür mit einem lauten Knall aufflog.

Eine Horde von Gestalten mit glänzenden Helmen und Westen stürmte in den Raum, Waffen blitzten in ihren Händen auf. Die Metalle erfüllten die Luft mit Vibrationen, die sich durch meine Haut bis in meine Knochen bohrten. Schmerz durchzuckte meinen Körper.

Ein Instinkt, der sich mit einem unheilvollen Schaudern in mir meldete, ließ mich ruckartig aufspringen, während mich ein anderer Impuls zurückriss. Ein Frösteln erfasste mich, das noch stärker war als die giftigen Energien dieser Metalle.

Ich stürzte mich in den nächstgelegenen Schatten – weg von den klirrenden Kampfgeräuschen, weg von den Wesen, die sich wie meine Freunde benommen hatten, *weg* … Denn tief in meinem Inneren, an einem kalten, dunklen Ort, war die Gewissheit, dass meine Anwesenheit für die Menschen um mich herum nur noch mehr Schmerz bedeuten würde.

Sie waren sicherer, wenn ich mich in der fernen Dunkelheit aufhielt, als wenn ich bei ihnen blieb.

ZWÖLF

Sorsha

Als die Söldner der Lichtarmee in das Hotelzimmer stürmten, übernahm mein Kampfgeist die Oberhand. Mit klopfendem Herzen schnappte ich mir zwei der Messingtabletts, auf denen unser Frühstück geliefert worden war, wobei ich kurz bedauerte, wie schade es um das köstliche Essen war, und schlug sie den Männern, die sich auf mich stürzten, ins Gesicht.

Metall klirrte und Eier wurden zerdrückt. Eine unsichtbare Kraft, von der ich annahm, dass es sich um Antic handelte, folgte meinem Beispiel und begann ebenfalls, Geschirr auf unsere Angreifer zu schleudern. Zarte Porzellantassen zerbrachen links und rechts von mir. Tee und Butter befleckten den prunkvollen Teppich.

Tja, was konnte man erwarten, wenn man eine Horde Monster in ein Penthouse ließ?

Einen Augenblick später gesellte sich ein Schwall Blut zu

dem Tee und der Butter auf dem Teppich. Thorn bohrte eine kristalline Faust in den Hals eines Soldaten und schlug die andere in das Gesicht eines zweiten Mannes. Omen fegte in der Gestalt seines brutalen Höllenhundes durch das Zimmer, wobei er mit seinen Klauen über Schenkel und Waden fuhr und seine Reißzähne im Bauch einer Frau versenkte. Die magmaähnlichen Schlieren, die sein dunkelgraues Fell durchzogen, schienen vor Wut zu glühen.

Möglicherweise würden unsere Bemühungen jedoch trotzdem nicht ausreichen. Als ich mich duckte und einem Bewaffneten mit einem Tritt die Füße wegriss, erhaschte ich einen Blick auf weitere Gestalten, die durch die Tür stürmten. Einer von ihnen hob ein metallenes Netz, um es über die kämpfenden Schattenwesen zu werfen.

Sofort spürte ich ein knisterndes Feuer in meinem Inneren. Ich wollte nicht riskieren, das Hotel – und all die anderen, völlig unschuldigen Gäste – in Brand zu setzen, doch die Flammen leckten am Hemd des Mannes, bevor ich die Chance hatte, sie zu bremsen. Seine Kollegen schubsten ihn zu Boden, und einer von ihnen riss ihm das Netz aus der Hand.

Mist. Wenn ich noch mehr Flammen herausließ, würden an diesem schönen Morgen womöglich nicht nur die Arschlöcher der Lichtarmee zu Asche verbrennen.

Als ich die Messingplatten erneut durch die Luft schwang, um die teuflische Hitze in mir zu dämpfen, schweifte mein Blick durch den Raum. Am anderen Ende wehten die hauchdünnen Vorhänge in der kühlen Brise, da wir die Balkontür offengelassen hatten. Ein Geistesblitz schoss mir durch den Kopf.

Ausnahmsweise brauchte ich meine übernatürlichen Verbündeten einmal nicht, um sicherzustellen, dass mein sterbliches Ich das hier lebend überstand.

„Macht, dass ihr hier rauskommt!", rief ich. „Wartet nicht

auf mich. Ich habe meinen eigenen Fluchtweg; wir treffen uns bei Darlene."

Nicht, dass ich den neuen Namen des Supermobils guthieß, nur um das klarzustellen – es war nur eine Möglichkeit, zu verhindern, dass unsere Feinde erfuhren, wohin wir wollten.

„Mylady", protestierte Thorn, der meine Anweisung anzuzweifeln schien. Doch für Zweifel war jetzt keine Zeit.

„*Geht* einfach!", rief ich, schnappte mir meine Handtasche mit dem zitternden Pickle darin und rannte zum Balkon.

Gut, dass unsere Angreifer durch den Haupteingang gekommen waren und sich offenbar dafür entschieden hatten, uns niederzumetzeln, anstatt uns zu umzingeln. Ich musste nur ein paar Fäusten und einer Leuchtpeitsche ausweichen, bevor ich zwischen den Vorhängen hindurch in die frische Morgenluft sprang. Hoffentlich hörten meine Schattenwesen-Kameraden auf mich und flüchteten in die Schatten.

Den Balkon zu verlassen, schien etwas schwieriger zu sein als aus dem Zimmer zu kommen. Unser schönes Penthouse war im zwölften Stock, und ich hatte weder meinen Enterhaken noch mein Seil dabei. Notiz an mich selbst: Ab jetzt immer die Einbrecherausrüstung mitnehmen.

Das Donnern der herannahenden Schritte sagte mir, dass ich mich auf jeden Fall beeilen sollte. Ich blickte nach unten und versuchte, das Kribbeln in meinem Magen zu ignorieren. Ich hatte zwar keine Höhenangst, doch für gewöhnlich balancierte ich nicht auf *so* hohen Gebäuden herum.

Die Gitterstäbe fest umklammert, schwang ich meine Beine über das Geländer und sprang auf den kleineren Balkon eine Etage tiefer. Blieben nur noch elf. Nur blöd, dass auf den restlichen Balkonen unter mir ausschließlich Julia Platz gehabt hätte – wer, der noch bei klarem Verstand war, würde diesen kleinen Vorsprung überhaupt als Balkon bezeichnen?

Die Balkontür des unteren Penthouses war verschlossen, doch selbst in einem so schicken Hotel waren diese Dinger nicht wirklich geeignet, um zu verhindern, dass jemand von außen hineingelangte. Wer rechnete schon damit, dass Einbrecher vom Himmel herabstiegen? Ich versetzte der Klinke einen geübten Tritt und grinste, als das Schloss knackte. Als ich die Tür aufstieß, hörte ich von oben her Schreie.

Ich sprintete durch das Zimmer eines Hotelgastes, der das Glück hatte, um diese Zeit noch zu schlafen – zumindest, bis meine Verfolger hereinstürmten. Dann rannte ich über den Flur zur Treppe, da mir der Aufzug zu riskant erschien. Meine Füße waren noch nie so schnell gelaufen. Im Erdgeschoss angekommen, spähte ich durch das Fenster und entdeckte die metallbehelmten Gestalten an der Eingangstür, die von den Angestellten angestarrt wurden. Ich öffnete die Tür gerade weit genug, um mich in die Küche zwängen zu können.

Das Personal, das uns das köstliche Frühstück serviert hatte, wuselte herum und erfüllte die Wünsche anderer Gäste. „Danke für das tolle Frühstück!", rief ich ihnen zu, als ich an ihnen vorbeisprintete. Wie ich gehofft hatte, gelangte ich durch eine Tür am anderen Ende des Zimmers in eine Gasse, in der sich nur ein Müllcontainer und kein einziges Arschloch der Lichtarmee befand. Vorerst zumindest.

Zum Glück hatten wir vorsichtshalber das Supermobil, getarnt als Lieferwagen, ein paar Blocks vom Hotel entfernt geparkt. Rasch lief ich darauf zu, bevor unsere Angreifer merkten, wohin ich verschwunden war.

Als unser Fahrzeug in Sichtweite kam, kribbelten meine Muskeln. Die Schattenwesen waren doch aus dem Penthouse geflüchtet, als ich abgehauen war, oder? Ich konnte mich nicht daran erinnern, Snap in dem Getümmel gesehen zu haben. Wenn wir ihn wieder verloren hatten, oder einen der anderen …

Die Tür wurde aufgerissen. Thorn stand auf der anderen Seite und winkte mich hastig herein. Ruse saß auf dem Fahrersitz hinter ihm, sein Fuß schwebte über dem Gaspedal.

Den heiligen Hamburgern sei Dank. Ich griff nach Thorns Hand, ließ mich von ihm in den Wagen ziehen. Kaum war die Tür hinter mir zugefallen, setzte sich das Wohnmobil in Bewegung.

„Haben wir es alle geschafft?", fragte ich, nur für den Fall.

„Alle anwesend", ertönte Omens schroffe Stimme aus der Küche. Snap saß mit einem leicht verwirrten Gesichtsausdruck auf der Sofabank, und Antic … hüpfte auf dem Tisch herum.

Sie schenkte mir ein eifriges Grinsen, als sie meinen Blick bemerkte. „Ich habe ihnen eine gute Lektion mit diesen Teetassen erteilt, oder?"

„Du warst großartig", versicherte ich ihr. Es war nicht nötig, genau aufzuschlüsseln, wie viel jeder von uns zu dem Scharmützel beigetragen hatte. Ich ließ mich gegenüber von Snap aufs Sofa fallen und holte Pickle aus meiner Handtasche.

Omen runzelte die Stirn. „Hey", sagte ich und versetzte ihm einen neckischen Tritt gegen die Wade. „Wir haben es gerade geschafft, einem brutalen Angriff zu entkommen, und sind wohlbehalten und unversehrt. Was kann man sich mehr wünschen?"

Er strich sich mit der Hand über sein schmales Kinn. „Ich mache mir mehr Sorgen darüber, wie diese Mistkerle uns überhaupt gefunden haben. Sie konnten doch auf keinen Fall wissen, dass wir auf dem Weg von Chicago nach Austin waren. Und selbst wenn, waren wir nicht einmal auf der richtigen Straße." Er warf der Koboldin einen besonders eisigen Blick zu.

Ich hatte noch nicht genug Zeit gehabt, mich von meiner Flucht zu erholen, um über den Angriff nachzudenken. „Das stimmt. Ich habe Ellen und Vivi nicht gesagt, wo wir hinwollen, also kann es keine von ihnen gewesen sein."

Ruse warf uns einen Blick zu. „Das Hotel war der erste Ort, an dem wir uns länger aufgehalten haben, seit wir das Museum gestürmt haben und losgefahren sind. Könnte es sein, dass die Lichtarmee dein Telefon geortet hat, Sorsha?"

Ich schüttelte den Kopf. „Ich habe es ausgeschaltet, außer wenn ich es unterwegs benutzt habe."

„Möglicherweise haben sie uns über etwas anderes geortet." Omens Blick fiel auf Snap. „Fandet ihr es nicht auch seltsam, dass der Käfig unseres Verschlingers von selbst aufgegangen ist? Die Wissenschaftler der Lichtarmee hatten bereits Verstärkung angefordert. Warum sollte es ihnen *lieber* sein, dass wir mit ihm verschwinden, anstatt gefangen zu werden?"

„Ich dachte, sie hätten Angst, dass wir sie finden würden, bevor die Verstärkung eintrifft", sagte ich. „Dabei hatten sie zu diesem Zeitpunkt eigentlich keinen Grund zur Sorge. Wir sind nur misstrauisch geworden, weil sich sein Käfig geöffnet hat."

Snap versteifte sich auf seinem Ledersitz. „Ich hätte den Leuten nicht geholfen, die mich, Antic und die anderen in diese Metallboxen gesperrt haben."

„Natürlich hättest du das nicht getan, zumindest nicht mit Absicht", sagte Omen wieder in diesem unerwartet sanftmütigen Ton. Er machte einen Schritt auf den Verschlinger zu und musterte Snaps schlanke Gestalt von Kopf bis Fuß. „Womöglich hast du es getan, ohne dir dessen bewusst zu sein. Es gibt da einen Trick, den ich bei Jägern gesehen habe, wenn sie viele kleine Schattenwesen auf einmal einfangen wollen. Einige der niederen Schattenwesen neigen dazu, sich zusammenzuschließen. Also fangen die Jäger eines von ihnen und versehen es mit einer Art Fährtenzeichen, bevor sie es wieder freilassen, damit es sie zu den anderen führt."

Davon hatte ich auch schon gehört. Sie markierten die Körper der Kreaturen mit einer silbernen Tinte, die auch dann nicht verschwand, wenn die Kreaturen in die Schatten hinein- und wieder herausschlüpften, und die eine Resonanz erzeugte, die sie mit einem speziellen Gerät aufspüren konnten. Ich erschauderte. „Glaubst du, die Wissenschaftler haben Snap mit einem Peilsender versehen? Hätte er das nicht bemerkt?" Niedere Schattenwesen würden das Unbehagen vor Erleichterung, frei zu sein, vielleicht nicht bemerken, aber Snap würde das doch bestimmt auffallen.

„Nicht, wenn die Markierung klein genug ist. Er hat noch nicht genug Zeit in einem physischen Körper verbracht, um überhaupt zu wissen, was normal ist." Der Höllenhund-Wandler gab Snap ein Zeichen, aufzustehen. „Lass dich mal durchchecken. Wir wollen schließlich nicht, dass sie uns noch mal aufspüren."

Snap stand auf, die Augen weit aufgerissen. „Sie haben uns meinetwegen angegriffen? Ich hätte nie gedacht – hätte ich gewusst, dass ..."

„Das wissen wird doch." Ich rückte nahe genug heran, um seine Hand zu nehmen, obwohl ich nicht wusste, wie viel Trost ihm das wirklich spenden würde. Dennoch strich ich mit dem Daumen über seine Knöchel, so beruhigend wie es mir möglich war, während Omen sich vorbeugte und den Verschlinger mit seiner Hundenase beschnüffelte.

„Hier", verkündete er abrupt, griff nach Snaps anderem Arm und drehte ihn, um eine Stelle knapp unterhalb seines Ellbogens zu berühren. „Da ist ein ganz schwacher Hauch." Er verzog das Gesicht. „Nicht auf der Haut, aber hier ist eine kleine Narbe zu sehen. Vermutlich haben sie dich aufgeschnitten und es direkt den Knochen markiert."

Snap erschauderte. „Da ist etwas – es juckt ein bisschen. Ich dachte, das wäre normal." Ruckartig hob er den Kopf. „Ich kann nicht bei euch bleiben. Ihr werdet ohne mich weitermachen müssen. Ich könnte in das Schattenreich zurückkehren – dorthin können sie mir nicht folgen. Dann wärt ihr alle in Sicherheit."

Wie damals, als er vor uns weggelaufen war, weil er Angst gehabt hatte, was wir – was *ich* – von ihm denken könnte, nachdem er den Mann vor unseren Augen verschlungen hatte? Panik breitete sich in meiner Brust aus, und mein Griff um seine Hand wurde fester. „Nein. Es muss einen Weg geben, den Peilsender loszuwerden." Ich wollte lieber nicht daran denken, wie blutig dieser Weg sein könnte.

Omen sah Thorn an. „Du kennst dich doch mit Klingen aus."

Der Krieger senkte den Kopf. Während er die Schubladen unter dem Küchentisch öffnete, zog ich Snap zu mir herunter. Er drehte sich zu mir um. „Ich hatte so ein Gefühl im Hotelzimmer – ich *wusste*, dass es für mich gefährlich war, mit euch zusammen zu sein. Ihr hättet alle gefangen genommen oder getötet werden können, und es wäre meine Schuld gewesen."

„Das wäre nicht deine Schuld", entgegnete ich entschlossen. Als er seinen Blick von mir abwandte, berührte ich seine Wange, um seine Aufmerksamkeit wieder auf mich zu lenken. „Hey. Es wäre die Schuld der Arschlöcher, die dir diesen Peilsender verpasst haben. Ich weiß, dass du dich nicht daran erinnerst, aber du hast uns schon so viel geholfen. Wir brauchen dich. Willst du nicht die Chance haben, sie völlig auszuschalten?"

„Ich weiß nicht, ob ich überhaupt noch etwas tun kann."

„Ich schon." Ich blickte in seine moosgrünen Augen. „Und selbst wenn du nicht bei uns bleiben würdest, würdest du wirklich wollen, dass sie dich aufspüren können, wann immer du dich in der Welt der Sterblichen befindest? *Du* wärst hier nie wieder sicher." Ich konnte mir nicht vorstellen, wie es wäre, wenn Snap alles aufgeben müsste, was ihn in dieser Welt so faszinierte. Er würde dieses Opfer bringen, wenn er glaubte, dass wir dadurch in Sicherheit wären, denn so war er nun einmal. Doch er würde die Farben und die Geschmäcker immer vermissen, die es in der Schattenwelt nicht gab.

Genauso wie ich vermutlich immer die leidenschaftliche Hingabe vermissen würde, die er in mein Leben gebracht hatte.

Bei diesem Gedanken bildete sich ein Kloß in meinem Hals, doch ich wandte meinen Blick nicht von ihm ab. „Angenommen, wir finden eine Möglichkeit, diese Markierung zu entfernen, glaubst du, dass du die Schmerzen ertragen kannst?"

Er zögerte und fuhr sich mit seiner gespaltenen Zunge über die Lippen. „Ja", antwortete er leise. „Ja, denn ich will hierbleiben. Um die Mission fortzusetzen. Und um all die fantastischen Dinge zu erleben, die ich noch nicht kennengelernt habe."

„Gut. Dann denk an all die fantastischen Dinge, die du schon erlebt *hast*, und ich werde deine Hand halten. Wir tun einfach so, als wäre Thorn gar nicht da."

Snap holte tief Luft und drückte meine Hand. Seine Augen weiteten sich, als er an einige der neuen Erinnerungen dachte, die er in den letzten Tagen gesammelt hatte – das luxuriöse Hotel? Der Rausch der Geschwindigkeit des Wohnmobils? Oder womöglich an den köstlichen Obstsalat, so wie ich ihn kannte.

Während ich sein Gesicht betrachtete, nahm ich aus dem Augenwinkel wahr, wie Thorn mit einem Tranchiermesser in den Unterarm des Verschlingers schnitt. Ich bemühte mich, nicht zusammenzuzucken, als der Schnitt zu rauchen begann. Snap blinzelte, und sein Kiefer verkrampfte sich – ansonsten ließ er sich jedoch nicht anmerken, dass er etwas gespürt hatte. Er konnte so stoisch wie ein Krieger sein, wenn es sein musste.

„Erzähl mir, was dir hier am besten gefällt", sagte er abrupt.

Was mir in letzter Zeit am besten gefallen hatte? *In einem engen Etagenbett in deinen Armen zu liegen. Zu sehen, wie der Geschmack von Honig dein Gesicht zum Strahlen bringt.* Ich schluckte schwer. Und noch einige andere Dinge.

„Ich höre gern Musik", antwortete ich. „Ich mag es, wie der Beat durch meinen Körper vibriert. Und ich singe gerne mit und verdrehe die Liedtexte. Du hast bisher noch nichts davon getan. Außerdem befreie ich gerne eingesperrte Kreaturen und brenne die Gebäude dieser Mistkerle nieder."

Der Schnitt, den Thorn gemacht hatte, war mittlerweile so groß, dass der Rauch nun in die Luft stieg. In seinem Blick lag die gleiche Qual, die ich beim Zusehen empfand.

„Da ist die Markierung", sagte er. „Kaum größer als ein Stecknadelkopf. Ich glaube, ich kann das Silber mit der Klinge abkratzen."

Er spannte sich an, und Snap zuckte zusammen. Zischend schloss der Verschlinger die Augen. Seine Finger umklammerten meine so fest, dass meine Hand schmerzte, jedoch nicht halb so sehr wie mein Herz.

Dann warf der Krieger das Messer in die Spüle. Omen stand mit einer Rolle Gaze bereit, die sie vor Tagen für *meine* Verletzungen besorgt hatten. Er hatte etwas von der grünen Paste auf den hellen Stoff gestrichen, die dafür sorgte, dass die Essenz der Schattenwesen nicht entwich.

Während er Snaps Arm verband, sanken die Schultern des Verschlingers nach unten. Er neigte seinen Kopf zu mir. „Danke", murmelte er.

Ich wünschte, ich könnte ihn küssen. Ich wünschte, er würde sich immer noch über meine Zärtlichkeiten freuen. „Jederzeit", sagte ich mit gezwungener Heiterkeit.

„Du solltest dich ausruhen", befahl Thorn unwirsch. „Du hast viel von deiner Essenz verloren."

„Ja." Snap stand auf und schwankte, als er einen Schritt nach vorne machte. Ich folgte ihm und führte ihn durch den Flur in das Hauptschlafzimmer des Wohnmobils.

Er setzte sich auf die Bettkante und schien nicht recht zu wissen, was er mit sich anfangen sollte. Ein Impuls überkam mich, und er war so stark, dass ich ihn nicht ignorieren konnte.

Ich setzte mich neben ihn, schlang meine Arme um ihn und legte meine Beine auf seinen Schoß. Fast wie damals auf dem Rücksitz des Geländewagens, als ich mich während unserer Flucht an ihn geschmiegt und dadurch seine fleischliche Lust geweckt hatte. Sein frischer, moosiger Duft erfüllte meine Nase.

Obst und Schmeicheleien hatten seine Erinnerungen nicht geweckt. Würde diese Umarmung vielleicht etwas bewirken?

Snap blickte auf mich herab und strich über mein Haar, doch die Geste wirkte eher abwesend als liebevoll. „Geht es *dir* gut?", fragte er mich.

So viel zu dieser Idee. Ich würde mich ihm auf keinen Fall weiter an den Hals werfen.

Ich zog mich zurück und drückte seine Hand ein letztes Mal. „Ich wollte nur sichergehen, dass es dir gut geht. Leg dich hin – so ist es einfacher, sich auszuruhen. Und rühr dich nicht vom Fleck."

„Natürlich nicht", erwiderte er entschlossen. „Ich kann hier auf jeden Fall viel mehr tun, als dort, wo ich herkomme."

Eigentlich wollte ich noch nicht zu den anderen zurückkehren. Thorn würde mich wahrscheinlich mitleidig ansehen, und nur der Teufel wusste, wie Omen auf meine Gefühlsduselei reagieren würde. Also zog ich mich in das zweite Schlafzimmer zurück, das schon fast mein eigenes geworden war, und ließ mich auf die lila Wolkendecke fallen. Sie *fühlte* sich gar nicht so wolkenartig an. Nach der himmlischen Bettwäsche im Hotel empfand ich den Stoff als kratzig.

Verdammt! Es war gar nicht so einfach, nach ein paar Stunden in einem Penthouse ins einfache Leben zurückzukehren.

Jemand klopfte an die Tür. „Lebst du noch, Chaos-Queen?"

Ich verdrehte die Augen. „Ja, *Luzi*, so sehr du dir auch etwas anderes erhoffen magst."

Omen machte sich nicht die Mühe, die Tür zu öffnen. Stattdessen schlüpfte er durch die Schatten hinein, und sein gut gebauter Körper tauchte neben dem Bett auf. Ich sollte wohl froh sein, dass er sich überhaupt die Mühe gemacht hatte, anzuklopfen. Ich schaute ihn an, ohne den Kopf aus den Kissen zu heben, was meine Augäpfel anstrengte, um ehrlich zu sein. Doch ich hatte keine Lust, ihm die Ehre zu erweisen, mich aufzusetzen.

„Ich dachte, wir hätten inzwischen geklärt, dass ich nicht will, dass du stirbst", bemerkte er mit einer kühlen Lässigkeit.

„Eher, dass du denkst, ich sei zu nützlich, um mich loszuwerden, egal, was dir persönlich lieber wäre."

Daraufhin schnaubte er nur leise, widersprach jedoch nicht. Er stand einfach nur da, als würde er darauf warten, dass *ich* erriet, warum zum Teufel er hereingekommen war.

„Bist du aus einem bestimmten Grund hier?", fragte ich.

Er verschränkte die Arme vor der Brust. Ich machte mich auf Kritik gefasst, doch stattdessen sagte er: „Du hast dich bei dem Angriff gut geschlagen. Und bei Snap auch. Du weißt, wie du ihn … beruhigen kannst und dafür sorgst, dass er einen kühlen Kopf bewahrt."

Bei diesem Eingeständnis konnte ich nicht anders, als mich auf die Ellbogen zu stützen, um den Höllenhund-Wandler ansehen zu können, ohne Kopfschmerzen zu bekommen. „Es ist einfacher, wenn deine oberste Priorität nicht darin besteht, der eiskalteste Bastard im Raum zu sein."

War das ein Zucken, das er durch das Zusammenpressen seiner Lippen zu verbergen versuchte? „Das mag stimmen", sagte er gleichmütig.

Vielleicht war ich ihm gegenüber nicht ganz fair. Schließlich hatte ich mitbekommen, wie sehr er sich bemüht hatte, mit dem geistig verwirrten Verschlinger freundlich umzugehen. „Zu Snap warst du nicht ganz so gemein, wie du es sonst zu allen anderen bist", räumte ich ein. „Und ich weiß es zu schätzen, dass du meine vielen Talente zu würdigen weißt."

Diesmal war ich mir sicher, dass er sich ein Lächeln verkneifen musste. „Eiskalte Bastarde bringen Dinge zu Ende. Besser einer als gar keiner." Er wandte sich zum Gehen.

„Omen", sagte ich, bevor ich mir sicher war, was ich eigentlich fragen wollte. Er hielt inne, und ich drückte mich hoch, um mich im Schneidersitz auf meine Füße zu hocken.

Er war aus einem bestimmten Grund hierhergekommen. Nur um mir ein Kompliment zu machen? Ich wusste nicht genau, warum, doch der Moment fühlte sich lebenswichtig und gleichzeitig zerbrechlich an, wie eine Chance, die ich nicht ungenutzt verstreichen lassen sollte.

Was *wollte* ich ihn fragen? Ich dachte über die verschiedenen Möglichkeiten nach, bevor ich mich auf eine Frage festlegte.

„Warum hast du eigentlich beschlossen, dass du eiskalt werden musst? Offensichtlich warst du nicht von Geburt an kalt – neulich hast du erwähnt, wie viel Mühe es dich gekostet hat. Und nachdem, was die anderen so erzählt haben, weiß ich, dass du vor vielen Äonen viel lockerer mit deinen Fähigkeiten umgegangen bist."

„Der Inkubus und seine lose Zunge."

Ich konnte mir ein Grinsen nicht verkneifen, auf das Ruse stolz gewesen wäre. „Oh, nichts gegen seine Zunge. Er kann wunderbare Dinge damit anstellen."

Omen warf mir einen bösen Blick zu, trat jedoch von der Tür weg und stützte sich am Fußende des Bettes ab. „Ich habe mir die Entscheidung nicht leicht gemacht", gab er zu. „Früher bin ich *tatsächlich* viel sorgloser mit meinen Kräften umgegangen und habe aus reinem Vergnügen mit Sterblichen gespielt." Er hielt inne und fixierte die Wand mit einem distanzierten Blick. „Ich hatte eine Menge Macht, mit der ich arbeiten konnte, und einen Partner, der sich noch mehr an den Schrecken erfreute als ich und immer neue Intrigen schmiedete."

„Nicht Thorn." Der Krieger war das einzige Schattenwesen, von dem ich wusste, dass Omen schon seit langer Zeit mit ihm zu tun hatte, doch ich konnte mir nicht vorstellen, dass der unerschütterliche Geflügelte so etwas tun würde.

Omen schnaubte. „Nein. Es war eine Partner*in*, um genau zu sein. Und du musst dir keine Sorgen machen, ihr zu begegnen. Letztendlich hielt Tempest sich für klüger, als gut für sie war. Sie war eine Sphinx, doch die Sterblichen mit Rätseln zu verhöhnen war ihr nicht aufregend genug. Deswegen hat sie ihre Gestalt gewechselt. Als Nachtstute ritt sie Menschen in den Tod, führte die sogenannte Wilde Jagd an und was weiß der Oberste noch alles. Und genau das war das Problem. Die Obersten merkten, was für einen Ärger sie anrichtete, und schickten ein Rudel Geflügelter los, um sie auszuschalten. Damals gab es noch genügend Geflügelte, um Rudel zu bilden."

„Und du hast beschlossen, dass du lieber nicht von einem Hagel von Kristallknöcheln aufgeschlitzt werden möchtest, und dich geändert?"

„Nicht ganz. Ich war nicht ganz so aufbrausend wie sie. Ich dachte, ich könnte unbemerkt bleiben. Doch eines Nachts ..."

Er hielt inne, als hätte er mit der Erinnerung zu kämpfen. Ich ließ ihm eine lange Pause, bevor mich die Ungeduld übermannte und ich fragte: „Eines Nachts?"

„Ich hatte mich mit ein paar Sterblichen in einer Siedlung angelegt, die auf Vergeltung aus waren. Anstatt mich zu finden, stießen sie auf eine Ansammlung niederer Schattenwesen, die von meinen Energien angezogen worden waren. Ohne zu zögern, schlachteten die Menschen jede

Kreatur dort ab. Da wurde mir klar, dass die Obersten mit den wenigen Maßnahmen, die sie auf der anderen Seite der Schwelle ergriffen, recht hatten."

Sein Blick war immer noch auf die Wand gerichtet, und sein Tonfall war gelassen wie immer, doch die Knöchel der Hand, die auf dem Bettgestell ruhte, waren blass geworden, da er sie zu einer Faust zusammengeballt hatte. Ich wartete noch einen Moment, bevor ich fragte: „Wie das?"

„Es war mein Werk", antwortete Omen. „Die Sterblichen waren dreiste Narren, wie so viele von ihnen, und sie verdienten all das Unheil, das ich in ihr Leben brachte, doch durch dieses Unheil schürte ich ihr Misstrauen und ihren Hass auf die Schattenwesen. Wie viele Jäger haben mit der Jagd begonnen, weil ich sie oder die ihren verletzt habe? Wie viele Menschen haben in einem Anfall von Wut ein Massaker angerichtet, wie ich es in jener Nacht erlebt habe? So viele niedere Kreaturen und zweifellos auch einige höhere haben für meine Verbrechen mehr bezahlt als ich."

Ah. Ich versuchte mir vorzustellen, wie es wohl war, zu einer Selbsterkenntnis in diesem Ausmaß zu gelangen, konnte es jedoch nicht. Seine Stimme wurde mit jedem Wort flacher, doch ich kannte Omen gut genug, um zu wissen, dass das bedeutete, dass er die Emotionen zurückhielt, die aus ihm hervorzubrechen drohten.

„Das ist also deine Buße?", sagte ich. „Indem du als Vorbild der Selbstbeherrschung fungierst und alle herumkommandierst, während du so viele Schattenwesen wie möglich rettest?"

„So ähnlich." Omen sah mich an. „Ich war selbstsüchtig, undiszipliniert und tollkühn – all die schlimmsten Eigenschaften, die Sterbliche im Überfluss haben. Indem ich sie provozierte, habe ich mich auf ihr Niveau herabgelassen. Ja, ich habe einiges wiedergutzumachen, doch vor allem möchte ich so wenig wie möglich wie diese Arschlöcher sein."

Ich nahm an, dass das der Grund dafür sein könnte, warum so viele Teile meines sterblichen Ichs – abgesehen von den unfassbaren übernatürlichen Kräften – ihn so höllisch auf die Palme brachten.

Wie auch immer. Ich blickte auf meine Hände hinunter und dann wieder zu ihm. Er hätte mir seine Geschichte nicht erzählen müssen. Vielleicht bedauerte er bereits, dass er es getan hatte. Ich könnte dieses Bedauern lindern.

„Ich verstehe, was du meinst", sagte ich. „Das Wesen, das ich unter dem Eis gesehen habe, als du es hast brechen lassen, ist allerdings *nicht im Geringsten* mit den schlimmsten Menschen vergleichbar, denen ich je begegnet bin. Meinst du, du könntest nach all der Zeit etwas weniger streng zu dir selbst sein?"

Seine Augen blitzten auf. „Und als natürliche Konsequenz auch etwas weniger streng mit euch umspringen?"

Ich breitete meine Hände aus. „Das hast du gesagt, nicht ich."

Er lächelte. Obwohl es sich auf eine Hälfte seines Mundes beschränkte, wertete ich das Lächeln trotzdem als Sieg. In diesem Moment fühlte sich die Stimmung zwischen uns fast kameradschaftlich an. Dann richtete er sich auf.

„Ruh dich aus. Ich habe den Eindruck, dass du letzte Nacht in dem großen Hotelbett nicht allzu viel *geschlafen* hast."

Der Gedanke, dass er etwas von meinem Liebesspiel mit Ruse und Thorn mitbekommen hatte, löste in mir eine Hitze aus, die zwar nicht angenehm, aber auch nicht völlig unangenehm war. „Du hast uns nachspioniert?"

Er schnaubte. „Es ist nicht besonders schwierig, sich bestimmte Szenarien zusammenzureimen."

Ich stützte mich wieder auf die Ellbogen. Mein ganzer Körper kribbelte. „Vielleicht solltest du nächstes Mal mitmachen."

Auch wenn das in erster Linie ein Scherz sein sollte,

wünschte sich ein kleiner Teil von mir, er würde das tatsächlich tun. Und der orangefarbene Blitz, der in Omens Augen aufflackerte, bevor er seinen Blick abwandte, war definitiv kein Scherz.

„Weniger schnacken und mehr schlafen", sagte er bestimmt. „Du musst fit sein, wenn wir in Austin ankommen."

DREIZEHN

Ruse

Wenn die chaotischen Ereignisse der letzten vierundzwanzig Stunden irgendetwas deutlich gemacht hatten, dann, dass der Verschlinger, wie viel er auch von sich selbst verschluckt haben mochte, immer noch die rätselhafte und zugleich tapfere Angewohnheit hatte, sich mehr um das Wohlergehen anderer zu sorgen als um sein eigenes. Und das, obwohl er uns, soweit er sich erinnern konnte, gerade einmal vierundzwanzig Stunden kannte.

Bei dieser Feststellung hatte ich einen Geistesblitz. Keiner der Gegenstände, die ich ihm bisher angeboten hatte, hatte Erinnerungen geweckt. Meine Beteuerungen, dass er unter Freunden sei, hatten sein altes Selbst nicht freigesetzt. Doch wenn er glaubte, dass unser Leben davon abhing, dass er die Vergangenheit ausgrub, würde es vielleicht aus ihm hervorbrechen.

Einen Versuch war es jedenfalls wert. Jedes Mal, wenn Sorsha ihn mit diesem traurigen Glanz in den Augen ansah, wollte ich ihn schütteln, bis er wieder zu sich kam. Ich hätte es auch getan, wenn ich geglaubt hätte, dass diese Taktik funktionieren könnte. Ich hatte den Verschlinger immer gemocht, doch mit seinem naiven, altklugen Wesen noch einmal von vorne anzufangen, ging mir ziemlich auf die Nerven.

Als wir kurz hinter der texanischen Grenze an einer Tankstelle mit Burgerladen anhielten, um sowohl das Wohnmobil als auch unsere Sterbliche mit Brennstoff zu versorgen, bot sich mir die Gelegenheit, meine neue Strategie auszuprobieren. Meine Aufgabe war es natürlich, den Tankstellenwart davon zu überzeugen, kein Geld zu verlangen. Snap stieg mit Sorsha und mir aus dem Wohnmobil aus und legte seinen Kopf zurück, um sich die Mittagssonne ins Gesicht scheinen zu lassen.

„Warte hier", wies ich ihn an. „Ich besorge dir einen leckeren Snack."

Er strahlte mich an, als hätte ich ihm ein Zehn-Gänge-Menü auf einer einwöchigen Karibik-Kreuzfahrt versprochen. Er war schon immer leicht zufriedenzustellen gewesen.

Doch es ging mir nicht darum, ihn zufriedenzustellen. Ich unterhielt mich ein wenig mit dem Mann an der Theke, sah zu, wie er dem Küchenpersonal eifrig unsere Bestellung zurief, und ließ Sorsha im Restaurant zurück, um das Essen in Empfang zu nehmen. Als ich die Tür erreichte, stürmte ich auf den Parkplatz.

Als Snap mich zum Wohnmobil sprinten sah, richtete er sich ruckartig auf, und sein Körper spannte sich an. „Was ist los?", fragte er und fiel auf mein Spielchen herein, bevor ich überhaupt richtig losgelegt hatte.

„Sorsha", keuchte ich. „Die Schläger der Lichtarmee haben uns aufgelauert. Sie haben sie geschnappt, und sie werden jeden Moment kommen, um uns zu holen."

Der Verschlinger war starr vor Schreck. „Was sollen wir tun?"

Ich winkte ihm verzweifelt zu. „Schnell! Du hast mal etwas über einen Kerl namens Freudenhöhle aufgeschnappt. Wenn wir ihnen beweisen, dass wir ihn kennen, könnten wir sie dazu bringen, sich zurückzuziehen."

Es musste eine Tatsache sein, sonst würde es nicht mit seinen unterdrückten Erinnerungen übereinstimmen. Ein gequälter Ausdruck huschte über das hübsche Gesicht des Verschlingers. Er öffnete den Mund und schloss ihn dann wieder. Seine Hände bewegten sich seitlich an seinem Körper, als würde er in der Luft nach einer Antwort suchen.

Fast dachte ich, ich wäre zu ihm durchgedrungen, als er einen erstickten Laut des Entsetzens ausstieß. „Ich weiß es nicht. Freudenhöhle, Freudenhöhle – da ist nichts."

„Versuch es weiter. Die Erinnerung muss doch irgendwo da drin sein."

„Ich weiß es nicht." Die Furchen in seiner Stirn wurden mit jeder Sekunde tiefer. Er schüttelte den Kopf und drehte sich zum Wohnmobil um. „Wir müssen es Thorn und Omen sagen. Sie werden wissen, wie sie diese Leute fertigmachen und Sorsha befreien können."

Die ganze Gruppe in Panik zu versetzen, würde nichts bringen. Ich griff nach Snaps Arm, bevor er die Tür erreichte. „Wir haben keine Zeit. Selbst wenn du nur den Hauch einer Ahnung hast – sag mir alles, was dir einfällt. Es könnte entscheidend sein, um sie zu retten."

„Wen wovor zu retten?"

Das Restaurant hatte schneller gearbeitet, als ich gedacht hatte. Sorsha kam auf uns zu. Mit einer Papiertüte in der Hand und einer Falte auf der Stirn blickte sie von mir zu Snap. Ihr Griff um die Tüte wurde fester. „Was ist passiert? Müssen wir von hier verschwinden?"

Snaps Lächeln war so strahlend, dass mir die Augen brannten. „Es ist alles in Ordnung! Haben die Leute von der

Armee dich gehen lassen? Hast du das Essen …" Er brach ab und sah mich unsicher an.

Obwohl das Lügen für mich normalerweise zur Tagesordnung gehörte, verspürte ich bei dem misstrauischen Blick in seinem Gesicht einen Anflug von Schuldgefühlen. Ich gab ihm einen zaghaften Klaps auf den Arm. „Nur ein kleiner … Streich. Ich hatte gehofft, es würde deinem Gedächtnis auf die Sprünge helfen. Sie war nie in Gefahr."

„Natürlich nicht." Sorsha verzog das Gesicht. „Du hast ihn nur erschreckt. Das Letzte, was er nach diesem Morgen braucht, ist noch mehr Stress."

Das Schuldgefühl wurde noch intensiver. Obwohl von der Wunde, wo Thorn die silberne Markierung von Snaps Arm gekratzt hatte, kein Rauch mehr aufstieg, waren die Ereignisse des heutigen Morgens für den Verschlinger alles andere als ein angenehmer Spaziergang im Park gewesen. Und der Blick, den mir unsere feurige Sterbliche zuwarf, war das genaue Gegenteil von dem, was ich in ihr hervorbringen wollte.

Auch *sie* brauchte nicht noch mehr Stress in ihrem Leben.

Ich machte eine kleine entschuldigende Verbeugung. „Tut mir leid. Ich wollte nur alle Möglichkeiten ausschöpfen, und wir scheinen nicht mehr viele zu haben." Ich warf einen Blick auf Snap. „Wir wünschen uns alle, dass dein Gedächtnis zurückkehrt."

„Ich bin sicher, dass wir Möglichkeiten haben, die nicht dazu führen, dass er eine Panikattacke bekommt", meinte Sorsha und schenkte Snap das sanfte Lächeln, das ausschließlich für ihn reserviert zu sein schien.

Snap senkte den Kopf. „Ich bin mir nicht sicher, ob das, wonach ihr sucht, noch da ist und gefunden werden kann. Ich habe es versucht … wirklich."

„Ich weiß." Sie schluckte hörbar und bemühte sich dann um einen heiteren Tonfall. „Gut, dass ich nicht einfach so aufgebe." Ihr Blick kehrte zu mir zurück. „Schluss mit der

Inszenierung vermeintlicher Angriffe. Wir hatten in letzter Zeit genug echte."

„Worauf wartet ihr?", bellte Omen aus dem Inneren des Wohnmobils. „Los geht's!"

„Schon gut, schon gut", brüllte Sorsha zurück – und eine kleine Flamme leckte von ihrer Handfläche bis zu ihrem Ellbogen.

Sie verbarg ihren Schreck so schnell, dass ich es vielleicht gar nicht bemerkt hätte, wenn ich sie nicht so genau beobachtet hätte. Sie zog ihren Arm an den Oberkörper, um die Flamme zu löschen, und alles, was übrigblieb, war eine dünne rosa Linie auf ihrer zarten Haut. Ich hätte ihr einen Kuss angeboten, wenn ihr verkrampfter Kiefer mich nicht von jeglichen neckischen Bemerkungen abgehalten hätte.

„Reiß dich einfach eine Weile zusammen", brummte sie mir zu und reichte Snap seinen Bacon-Cheeseburger, bevor sie einstieg.

Der Verschlinger und ich folgten ihr, wobei Snap sein Mittagessen in ein paar schnellen Bissen hinunterschlang und dann traurig dreinschaute, weil er so schnell aufgegessen hatte. Er leckte sich über die Lippen. „Die Kombination der verschiedenen Fleischsorten ist hervorragend, besonders zusammen mit dem Käse und dem fluffigen Brot."

Ich klopfte ihm auf die Schulter. „Bald kannst du deinen eigenen Food-Blog schreiben."

„Block? Wie ein Häuserblock? Warum sollte jemand darauf schreiben?"

Der gute alte Snap. „Mach dir keine Gedanken darüber."

Wir blieben im Küchenbereich stehen. Sorsha ging weiter und ich sah ihren scharlachroten Haarschopf in ihrem Schlafzimmer verschwinden. Ich unterdrückte einen erneuten Anflug von Schuldgefühlen. Wenn mein Trick funktioniert *hätte*, wäre sie überglücklich gewesen. Es war das Risiko wert gewesen. Snap war offensichtlich nicht nachhaltig traumatisiert.

Snap musterte *mich* aufmerksam. „Du magst sie", stellte er mit seiner direkten, wohlwollenden Art fest. „Sehr sogar."

Mein Blick huschte wieder zurück zu ihm. „Du mochtest sie auch mal", fühlte ich mich bemüßigt zu betonen. „Du und sie ..." Ich wusste nicht, wie ich diese Beziehung beschreiben sollte, die sich zwischen den beiden entwickelt hatte. Einerseits, weil diese Art von zärtlichen Gefühlen nicht meine Domäne war, und zweitens, weil die Erinnerung an diese Tatsache ein unangenehmes Ziehen in mir auslöste.

„Komm schon", sagte ich, um ihn abzulenken. „Ich zeige dir, wo man die beste Aussicht von diesem Ding aus hat." Ich bedeutete ihm, mir zu folgen, und sprang in den Schatten. Das Mindeste, was ich nach meinem Trick tun konnte, war, ihm als Wiedergutmachung eine angenehmere Erfahrung zu bieten.

Snap folgte mir in den Schatten des kleinen Sonnendachs, das über der Tür angebracht war. Vom Dach des Wohnmobils konnten wir die Vorstadtlandschaft überblicken, durch die wir fuhren, ohne uns auch nur einen Zentimeter bewegen zu müssen. Der klare blaue Himmel und das Rauschen des Windes verblassten, als sie durch den dunklen Schatten unsere Sinne erreichten, doch diese getrübte Sicht war mir lieber als bei Omens halsbrecherischem Tempo einen Sturz meines physischen Körpers zu riskieren.

Snap, eine schlangenhafte, schlanke Gestalt neben mir, gab einen bewundernden Laut von sich. Ein paar Minuten lang hockten wir einfach nur da und ließen die Welt der Sterblichen auf uns wirken, während die Farben des Frühherbstes an uns vorbeirasten und der schwache Benzingeruch von der Autobahn aufstieg.

„Wie schade, dass die Sterbliche sich uns hier oben nicht anschließen kann", sagte Snap. Ich spürte, wie sich seine Aufmerksamkeit auf mich richtete. „Warum bedeutet sie dir so viel?"

Ich vermutete, dass er in Wirklichkeit fragen wollte,

warum sie *ihm* so viel bedeutet hatte. War das der Weg, zu ihm durchzudringen – ihn an die Leidenschaft zu erinnern, die sie in ihm entfacht hatte?

„Sie hat bewiesen, dass sie ein fantastisches Wesen ist", erklärte ich. „Sie hat den Leuten, die Jagd auf Schattenwesen machen, jahrelang die Stirn geboten und sie bekämpft. Selbst als wir aus dem Nichts in ihrem Haus aufgetaucht sind, hat sie sich nicht einschüchtern lassen. Und wie du gerade gesehen hast, lässt sie sich auch von mir nichts gefallen."

Snap nickte. „Sie beschützt uns alle auf jede erdenkliche Weise."

„So kann man es auch ausdrücken. Und trotzdem ist sie nicht so streng wie Thorn. Sie hat auch eine verspielte Seite. Außerdem ist sie witzig und man kann eine Menge Spaß mit ihr haben ..." Ein Lächeln umspielte meine Lippen, als ich an ihre absurden verrückten Lieder dachte, und an all die Neckereien. An die Leidenschaft, die sie im Schlafzimmer ausstrahlte, begierig darauf, Lust zu bereiten und zu empfangen ...

Vielleicht hatte ich die Frage, die er eigentlich gestellt hatte, auch beantwortet.

„Es ist schwer, nichts für sie zu empfinden, auch wenn es nicht die klügste Idee ist", beendete ich meine Ausführungen.

Snap schwieg einen Moment lang. „Was ist daran unklug? Nach allem, was du erzählt hast, klingt sie wie eine würdige Gefährtin. Ist es nicht üblich, dass Schattenwesen Beziehungen mit Sterblichen eingehen? Ich dachte, ich hätte schon von solchen Paaren gehört, aber vielleicht habe ich das falsch verstanden."

„Das ist es nicht", erwiderte ich automatisch. „*Ich* bin einfach nicht für diese Art von Beziehung geschaffen. Es liegt in meiner Natur, mich auf die körperliche Befriedigung zu konzentrieren."

„Nun, damit kenne ich mich nicht aus, aber ihre Worte und Gefühle scheinen dich zu berühren."

„Das spielt keine Rolle. *Sie* will kein Wesen wie mich haben.“

Ich hatte das Gefühl, dass Snap mich verwirrt anblinzelte. „Wie kommst du darauf? Mir ist nicht aufgefallen, dass sie dich anders behandelt. Hat sie das zu dir gesagt?“

„Nun, nein, ich habe nur …“

Ich hielt inne und kam mir ein wenig lächerlich vor, weil ich es nicht schaffte, mich ausgerechnet in einer Debatte mit *Snap* zu behaupten. Ich konnte sogar seine Gegenargumente in meinem Kopf durchspielen. *Es gab da eine andere Frau,* würde ich sagen, woraufhin er antworten würde: *Was hat das mit Sorsha zu tun? Haben sie denselben Geist?* Und ich würde ihn darauf hinweisen, dass …

Ich wusste nicht einmal, worauf. Die Wahrheit war, dass Sorsha mich wegen meiner Neigungen *nie* anders behandelt hatte. Letzte Nacht … Sie hatte mir eine Erfahrung beschert, bei der es um meine Befriedigung gegangen war. Und das, ohne auch nur eine Sekunde zu zögern. Und sie schien die Glückseligkeit genossen zu haben, die sie mir bereitet hatte.

Allein bei der Erinnerung daran loderte eine Hitze in mir auf, die nicht ausschließlich aus Lust bestand.

Wie konnte ich denken, dass sie nur eine weitere sterbliche Frau war, die in mir nicht mehr als einen extravaganten Vibrator sah, wo sie doch bereits bewiesen hatte, dass ihr so viel mehr an mir lag? Es war nicht lächerlich, dass ich Snap nicht überzeugen konnte, mir zu glauben. Es war lächerlich, dass ich mir eingeredet hatte, dass ich die Zärtlichkeit unterdrücken musste, die mit jeder Stunde, die ich in ihrer Gegenwart verbrachte, in mir gewachsen war.

War ich wirklich so ein Feigling, dass ich die einzige Frau, die meine Gesellschaft außerhalb des Schlafzimmers mindestens genauso genossen hatte wie im Bett, wegstieß – und das nur wegen einer Begegnung mit einer Hure von vor mehr als einem Jahrhundert, die Sorsha ohnehin nicht das

Wasser hätte reichen können? Warum war ich so versessen darauf, genau das wegzuwerfen, was ich vor all den Jahren so sehr gewollt hatte, jetzt, wo ich es haben konnte?

Dabei wäre es eine unglaubliche Erleichterung, diese unerwarteten Gefühle nicht mehr unterdrücken zu müssen und … sie einfach zu lieben.

Schon jetzt breitete sich ein Gefühl der Erleichterung in mir aus und löste Spannungen, derer ich mir nicht einmal bewusst gewesen war. Ja. Scheiß auf alle, die dachten, sie könnten entscheiden, wozu ein Inkubus fähig war oder was er verdiente. Wenn Sorsha sich nicht den Regeln unterwarf, die festlegten, wie Sterbliche und wie Schattenwesen zu sein hatten, dann konnte ich verdammt noch mal auch vom typischen Kubi-Pfad abweichen. Einfach im Namen einer anderen Art von Befriedigung.

„Weißt du", sagte ich mit einem breiten Lächeln im Gesicht, „du könntest tatsächlich recht haben."

Wenn wir jetzt nur den Verschlinger dazu bringen könnten, sich daran zu erinnern, wie sehr auch er sich in diese Frau verliebt hatte.

VIERZEHN

Sorsha

„Erinnere mich noch einmal daran, wozu diese erbärmlichen Möchtegern-Helden gut sein sollen?", sagte Omen, als ich mich in dem schmalen Spiegel im Flur des Wohnmobils betrachtete.

Soweit ich das beurteilen konnte, sah ich in der schlichten Bluse und der Jeans, die Ruse für mich besorgt hatte, einigermaßen zivilisiert aus. Allerdings konnte ich nicht behaupten, dass ich meiner Urteilsfähigkeit in diesen Tagen völlig traute. Nicht, dass ich Omen fragen könnte – seiner Einschätzung vertraute ich nämlich noch weniger.

Ich fuhr mir ein letztes Mal durchs Haar, um einen widerspenstigen Wirbel zu glätten, und wandte mich zu unserem Anführer um. „Ich verstehe, dass du Sterbliche nicht magst, und wir hatten ein paar Probleme mit meiner Zweigstelle des Bundes, doch letztendlich *haben* uns meine Freunde dort geholfen. Verdammt, sogar mein Arschloch-Ex hat Informationen geliefert, die uns geholfen haben, die

Machenschaften der Lichtarmee zu vereiteln. Ich will diese Leute ja nur fragen, ob sie etwas über meine Eltern wissen."

„Und du bist dir sicher, dass sie Informationen haben, und uns nicht einfach nur verarschen?"

„Sie haben keinen Grund, uns zu verarschen", sagte ich. „Denn zum Glück habe ich *niemanden* von diesem Haufen verarscht. Auch wenn sie keine Superhelden sind, ist davon auszugehen, dass sie verhindern wollen, dass Schattenwesen verletzt werden, sonst wären sie nicht im Bund. Und ja, das ist die beste Chance, etwas über meine Eltern herauszufinden. Sie wären nicht von Jägern ermordet worden, wenn sie nicht gegen die Trottel vorgegangen wären, und das klingt so, als wären sie beim Bund aktiv gewesen. Wahrscheinlich haben sie sich dort sogar kennengelernt."

Vorausgesetzt, die Menschen, die mich in meinen ersten Lebensjahren aufgezogen hatten, waren wirklich meine Eltern gewesen. Doch selbst, wenn sie es nicht waren, wollte ich trotzdem wissen, wer die Mom und der Dad aus meinen vagen Erinnerungen und dem Zettel in meiner Schmuckschatulle waren. Mit Hilfe dieser Information sollte ich herausfinden können, woher ich stammte, wie ich zu magischen Kräften gekommen war und wieso ich Rauch blutete, wenn mein Adrenalinspiegel in die Höhe schoss.

Ruse trat von hinten an mich heran und zupfte an meinem Pferdeschwanz. „Wehe dem, der dir keine Antworten gibt. Ich habe gesehen, wie schnell du die Wahrheit ausgraben kannst, Flamme. Und ich werde in den Schatten in deiner Nähe sein und zuhören, was für Geheimnisse ans Licht kommen."

„Wage es ja nicht, jemandem ein Bein zu stellen", mahnte ich. Nicht dass es mir etwas ausgemacht hatte, dass mein treuloser Ex bei dem ersten Treffen des Bundes, zu dem mir meine Schattenwesen-Gefährten gefolgt waren, auf dem Hintern gelandet war.

„Ich werde versuchen, mich zu benehmen … zumindest,

solange wir dort sind." Schmunzelnd legte er seine Hände auf meine Taille und beugte sich vor, um mir einen Kuss auf die Kieferbeuge zu drücken. Süßer, seidiger Champagner, der Inkubus wusste, wie er jeden Zentimeter meines Körpers mit einer kleinen Berührung zum Glühen bringen konnte.

Die zärtliche Geste ließ ein warmes Gefühl in meiner Brust aufsteigen, bei dem es sich nicht nur um Lust handelte. Eigentlich hatte ich gedacht, unser Intermezzo mit Thorn im Hotel hätte nichts geändert, doch heute war Ruse wieder der liebevolle und einfühlsame Mann, an den ich mich aus den ersten Tagen unserer ... Zusammenarbeit erinnerte.

Womöglich sogar noch liebevoller, oder einfach auf eine Art und Weise, die sich eher wie ein Ausdruck seines eigenen Glücks anfühlte, als der Versuch, seinen Charme spielen zu lassen. Ich war mir nicht sicher, was der Grund für diese Veränderung war, doch ich würde mich nicht beschweren.

„Ich werde den Inkubus im Auge behalten", sagte Thorn grollend, wobei in seinem sonst so düsteren Tonfall ein Hauch von Belustigung mitschwang. „Und werde außerdem dafür sorgen, dass die Sterblichen Sorsha keinen Ärger machen."

„Also bitte", sagte ich zu Omen und verschränkte meine Arme vor der Brust – und schmiegte mich vielleicht ein klein *wenig* in Ruse' Arme. „Ich bin bestens versorgt."

„Man könnte sogar sagen ... sie ist in guten Händen", murmelte Ruse und fuhr mit seinen Fingern meine Seiten hinauf, wobei eine erneute Welle der Wärme meinen Körper durchströmte. Er küsste mich noch einmal, diesmal auf die Seite meines Halses, bevor er sich zurückzog. „Natürlich darf ich nicht zulassen, dass diese Hände dich von deiner Mission ablenken."

Ich warf ihm einen Blick durch meine Wimpern zu. „Heb dir das für später auf."

Antic hüpfte den Gang zwischen uns entlang, wobei sie abwechselnd sichtbar und unsichtbar wurde. „Ich will diese

Sterblichen auch kennenlernen! So viele neue Menschen, mit denen man spielen kann. Wenn ich sie unterhalte, werden sie vielleicht freundlicher?"

„Ähm ..."

Omen bewahrte mich davor, antworten zu müssen, schlug jedoch einen schärferen Ton an, als ich es getan hätte. Er fixierte die Koboldin mit seinem kühlen Blick. „Haben deine ‚Spiele' *jemals* jemanden in eine bessere Stimmung versetzt? Denk mal scharf nach."

Sie zog einen Schmollmund. „Ich tue mein Bestes. Manchmal wissen die Leute einen guten Scherz einfach nicht zu schätzen."

„Ich denke, wir sollten uns die Witze für später aufheben, wenn ich sie ein wenig besser kennengelernt habe", sagte ich und knüpfte an diese Ausrede an. „So können wir sicherstellen, dass du ihren speziellen Sinn für Humor triffst."

Omen zog eine Augenbraue hoch, als würde er sich fragen, warum ich mich überhaupt mit dem Schattenwesen abgab, das er als Plage betrachtete, doch er widersprach mir nicht.

Antic seufzte und ließ sich mitten auf den Boden plumpsen. „Wahrscheinlich hast du recht. Ich habe nur das Gefühl, dass ich meine Talente nicht optimal ausschöpfe."

Mir schoss ein Geistesblitz durch den Kopf. „Warum erkundest du nicht ein wenig die Stadt, sprichst mit den Schattenwesen, die du hier triffst, und schaust, ob du jemanden findest, der vor fünfundzwanzig Jahren hier war und vielleicht von den Morden gehört hat?"

„Das könnte ich tun!" Sie sprang wieder auf und salutierte vor mir. „Ich werde dich nicht enttäuschen."

Der Höllenhund-Wandler sah ihr nach, als sie davonhuschte. „Bist du sicher, dass du es *ihr* überlassen willst, welchen ersten Eindruck die Schattenwesen hier von uns bekommen?"

„Wenigstens werden die Schattenwesen bei ihrem Anblick

nicht vor Angst fliehen, wie sie es bei dir tun würden." Ich knuffte ihn neckisch in den Bizeps, als ich an ihm vorbei zur Tür ging. „Ich werde versuchen, es kurz zu machen."

Die Stadt jenseits des Supermobils kam mir nicht wirklich vertraut vor. Ich konnte mich nur auf die wenigen Erinnerungsfetzen aus meiner Kindheit stützen, und zweifellos hatte sich der Ort in den fünfundzwanzig Jahren, seit ich das letzte Mal hier gewesen war, stark verändert. Als ich die belebte Straße entlanglief, vorbei an den Cafés und den vielen Läden hatte ich trotzdem das Gefühl, nach Hause zu kommen, als ob mein Körper wüsste, dass ich hierhergehörte. Vielleicht bildete ich mir das alles auch nur ein, weil ich wusste, dass mein sterbliches Leben hier begonnen hatte, dennoch war es ein angenehmes Gefühl.

Nachdem sich die Angelegenheit mit der Lichtarmee erledigt hatte, würde ich vielleicht einige Zeit damit verbringen müssen, die Stadt, in der ich angeblich geboren wurde, neu kennenzulernen.

Wenn man nach einigen Jahren der aktiven Mitgliedschaft sein Engagement beim Schutzbund für Schattenwesen unter Beweis gestellt hatte, erhielt man eine Liste mit allen Mitgliedern des Bundes. Auf dieser Liste hatte ich die Kontaktinformationen eines Mitglieds der Austin-Zweigstelle ausfindig gemacht. Ich hatte die Frau gestern Abend auf der Fahrt hierher angerufen, und sie hatte mir gesagt, dass das nächste Treffen in dem Spieleladen stattfinden würde, auf den ich gerade zuging. Die Orks- und Troll-Plastikfiguren im Schaufenster sahen aus wie Karikaturen der echten „Monster", die unter uns lebten.

Ich betrat den Laden, als ob ich hierhergehörte, und lächelte den Mann hinter dem Tresen an. Er sah kräftig genug aus, um auch im wirklichen Leben ein Schwert schwingen zu können. „Ich bin wegen des 16-Uhr-Spiels hier. Das Passwort ist Drachenlanze."

Der Kerl zeigte mir einen Daumen nach oben und deutete auf eine Tür hinter einem Regal mit LARP-Anleitungen. „Geh durch. Die meisten sind schon da."

Ich straffte meine Schultern und stieß die Tür auf. Ich hatte meiner Kontaktperson – nur „Monica", da der Kontaktbogen keine Nachnamen enthielt – nichts über mich erzählt, außer dass ich glaubte, dass meine Eltern vor einiger Zeit beim Austin-Bund aktiv gewesen waren. Meine Zweigstelle zu Hause hatte keinen Grund anzunehmen, dass ich die Stadt verlassen hatte, geschweige denn, dass ich hierhergekommen war. Ich konnte mir nicht vorstellen, dass sie eine allgemeine Warnung herausgegeben hatten. Außerdem, soweit die Leute dort wussten, war das Schlimmste, was ich getan hatte, mich mit brutalen lokalen Schattenwesen einzulassen. Doch wenn unsere Erfahrungen mit der Lichtarmee mich etwas gelehrt hatten, dann, dass Vorsicht besser als Nachsicht war.

Der Größe des Raums und der geringen Anzahl an Teilnehmern nach zu urteilen, die aufblickten, als ich hereinkam, war diese Niederlassung nicht so aktiv wie die, die ich hinter mir gelassen hatte. In dem Zimmer gab es zwei Tische. Einer sah aus wie ein Esstisch mit acht Stühlen drum herum, der andere war ein kleiner Kartentisch an der Seite, auf dem verschiedene Limonadendosen und ein paar Schalen mit Chips standen, die die Luft mit einem salzigen Kartoffelduft erfüllten. Nur vier der Stühle an dem größeren Tisch waren besetzt.

Die Frau am Kopfende des Tisches musste Monica sein … denn sie war die einzige Frau in dieser Runde. Sie blinzelte mich durch eine Eulenbrille an und sprang dann mit einem Grinsen auf. Ob sie erleichtert war, dass sie eine Pause von dem Testosteron bekam, das den Raum dominierte?

„Du musst Sorsha sein!", sagte sie eifrig. „Komm rein kein Grund, schüchtern zu sein."

Es war offensichtlich, dass sie mich noch nicht kannte.

Die drei Kerle, die langsam aufstanden, hätten ebenso gut die Verkörperungen einiger aktueller sterblicher Legenden sein können. Der Erste trug einen schwarzen Anzug, eine Sonnenbrille und blickte so grimmig drein, als würde er für eine Rolle bei *Men in Black* vorsprechen. Ihm gegenüber saß ein kleiner, stämmiger Kerl mit wildem, lockigem Haar, der in seinem karierten grünen Hemd auch als Weihnachtswichtel hätte durchgehen können … was besonders auffällig war, da der stämmige Mann neben ihm mit seinem weißen Rauschebart einen hervorragenden Weihnachtsmann abgegeben hätte.

Meine Hoffnung schwand, bevor ich ein Wort gesagt hatte. Mit Ausnahme von Santa Claus sahen alle Anwesenden aus, als wären sie unter vierzig – zu jung, um zur selben Zeit wie meine Eltern im Bund aktiv gewesen zu sein.

Ich winkte ihnen zu. „Hey. Freut mich, euch kennenzulernen. Ist das die ganze Truppe?"

Monica drehte ihre Hände, die sie vor sich gefaltet hatte. „Ich weiß, dass unsere Niederlassung nicht besonders beeindruckend ist. Da sind noch ein paar Leute, die vielleicht einmal im Monat kommen. Sie sind nicht ganz so engagiert. In letzter Zeit war es hier ziemlich ruhig. Es gibt nicht viele Menschen, die mit Schattenwesen in Berührung kommen und sich dann mit uns in Verbindung setzen."

Der Mann mit dem Bart lachte leise. „Früher war es eine kleine Gruppe, wenn zehn Leute gekommen sind. Aber die Dinge ändern sich." Er neigte sein kahles Haupt in meine Richtung. „Willkommen in unserer bescheidenen Residenz. Ich heiße Klaus."

Natürlich. Ich konnte mir vorstellen, wie Ruse in den Schatten kicherte. Ich bemühte mich, eher freundlich als ungläubig zu lächeln.

„Wenn mir hier jemand weiterhelfen kann, dann

wahrscheinlich du", sagte ich. „Ich weiß nicht, wie viel Monica euch erzählt hat, aber ich glaube, meine Eltern waren schon vor meiner Geburt beim Schutzbund für Schattenwesen aktiv. Vielleicht auch noch eine Zeit lang danach. Das wäre dann fast dreißig Jahre her. Bist du auch schon so lange dabei?"

„Ich bin schon Mitglied, seit ich zweiundzwanzig bin. Und das ist jetzt ganze fünfundvierzig Jahre her, was du bitte nicht weitersagen solltest." Er strich sich nachdenklich über den Bart, was ihn nur noch mehr nach Weihnachtsmann aussehen ließ. „Wie heißen deine Eltern?"

Ich biss mir auf die Lippe. „Das weiß ich nicht … Sie starben, als ich drei war. Soviel ich weiß, wurden sie von Jägern ermordet, vermutlich aus Rache. Ansonsten weiß ich nicht viel über sie, doch ich glaube, dass sie mit dem Bund zusammengearbeitet haben. Warum hätten die Jäger hinter ihnen her sein sollen, wenn nicht, weil sie ihnen in die Quere gekommen sind, indem sie den Schattenwesen geholfen haben?"

Ein paar Sekunden lang starrten mich die vier Menschen einfach nur an. Ich vermutete, dass die Ermordung von Kollegen kein Thema war, das häufig zur Sprache kam. Um ehrlich zu sein, war in den elf Jahren, in denen ich für den Bund tätig war, niemand für die Sache gestorben. Ich hatte nicht einmal gehört, dass jemand im Dienst verletzt worden war, bis die Lichtarmee Ellen angegriffen hatte.

Plötzlich weiteten sich Klaus' Augen. „Dann ist Philip etwas *zugestoßen*. Mein Gott! Das wäre mir nie in den Sinn gekommen! Möglicherweise bin ich tatsächlich ein wenig naiv."

Mein Puls stotterte. „Du kanntest sie?"

„Ich kannte *ihn*." Er lehnte sich gegen den Tisch, als hätte er Probleme, sich aufrechtzuhalten, während er sich zurückerinnerte. „Er war etwa fünf Jahre lang beim Bund, wenn ich mich recht erinnere. Gegen Ende kam er immer seltener. Er erwähnte mal, dass er eine Frau kennengelernt hatte und dass es ernst zwischen ihnen wurde. Ich habe sie einmal von weitem gesehen, als sie ihn nach einer Benefizveranstaltung abgeholt hat. Sie hatte rote Haare wie du. Diese Haarfarbe ist selten. Sie muss deine Mutter gewesen sein."

„Sie war also nicht beim Bund?"

Er schüttelte den Kopf. „Und deinen Angaben zufolge deckt sich deine Geburt mit der Zeit, als er nicht mehr zu den Treffen kam. Wir hielten noch etwas telefonischen Kontakt, doch als ich ihn das letzte Mal anrief, war seine Nummer nicht mehr erreichbar. Damals waren Festnetzanschlüsse noch üblich ... Ich nahm an, er sei weggezogen. Wenn ich geahnt hätte, dass er *ermordet* wurde ..."

Dann hatte es wohl in den Nachrichten keine große Berichterstattung über das Gemetzel gegeben. Möglicherweise hatte niemand mitbekommen, was geschehen war. Die Jäger hatten ihre Spuren verwischt. Das tat die Lichtarmee regelmäßig und äußerst effektiv.

Und nach allem, was ich wusste, waren nicht irgendwelche Jäger, sondern die Armee selbst hinter meinen Eltern her gewesen. Luna hatte befürchtet, dass wir das nächste Ziel der Mörder meiner Eltern sein könnten, und wenn meine Erinnerung stimmte, war sie ebenfalls von Söldnern der Lichtarmee angegriffen worden.

„Hast du eine Ahnung, ob sie außerhalb des Bundes in etwas hineingeraten sein könnten, was die Jäger oder andere Leute, die Schattenwesen schaden wollen, verärgert haben könnte?", fragte ich.

„Das kann ich mir nicht vorstellen. Philip war definitiv kein gewalttätiger Typ. Ich weiß noch, wie sehr er sich beschwert hat, wenn er sich mal an einem Stück Papier geschnitten und etwas geblutet hat. Da er sich sehr auf die Forschung konzentriert hat, waren Papierschnitte keine

Seltenheit. Was deine Mutter angeht, habe ich keine Ahnung. Und vielleicht hat er nach seinem Ausstieg beim Bund ein stärkeres Verlangen nach Konfrontationen entwickelt."

Nun, das beantwortete eine weitere Frage, die ich vielleicht gestellt hätte: Ob er ein Mensch gewesen war. Wenn Santa Claus hier gesehen hatte, wie mein Dad blutete, konnte er jedenfalls kein typisches Schattenwesen gewesen sein.

„Sich an Papier zu schneiden, ist so ziemlich das Schmerzhafteste, was einem widerfahren kann", sagte ich.

„Das hätte er bestimmt auch gesagt." Klaus blinzelte mich an. „Jetzt sehe ich eine gewisse Ähnlichkeit in dir. Du hast zwar die Haarfarbe deiner Mutter, aber die Nase und deine Kieferpartie … Ich muss mal nachsehen, ob ich Fotos habe, die ich dir geben kann. Wir zeichnen unsere Aktivitäten nicht so detailliert auf, wie du sicher verstehst."

„Natürlich nicht." Eine Mischung aus Aufregung und Unsicherheit überkam mich. Ich hatte bereits eine Spur gefunden. Jetzt kannte ich den Namen meines Vaters. Doch was brachte mir das eigentlich? Klaus wusste offensichtlich nichts über die Umstände meiner Geburt. Er hatte nicht einmal gewusst, dass ich existierte.

Und wenn ich nach meiner Mutter *und* diesem Philip kam, dann war ich wirklich ein Mensch. Oder zumindest war ich das am Anfang gewesen. Mir war schon klar gewesen, dass ich kein Schattenwesen sein konnte, da mir Silber und Eisen nichts anhaben konnten. Außerdem blutete ich für gewöhnlich Menschenblut.

Hatte einer meiner Eltern oder jemand anderes diese Kraft in mir geschaffen?

Der gute alte Nikolaus hier hatte vermutlich keinen Schimmer. Außerdem würde ich diesem Haufen ganz sicher nicht von meinem feurigen Voodoo zu erzählen. Das würde keinen guten ersten Eindruck machen.

Monica warf Klaus einen Blick zu. „Stehst du noch mit jemand anderem aus dieser Generation in Kontakt? Vielleicht ist ja jemand enger in Kontakt mit Philip geblieben und kann Sorsha mehr darüber erzählen, was passiert ist, nachdem er den Bund verlassen hat."

„Mir fällt niemand ein. Er hat sein Leben außerhalb unserer Sache immer für sich behalten. Ich wusste wie gesagt nicht einmal, dass er sich noch für die Schattenwesen eingesetzt hat, nachdem er nicht mehr zu den Treffen gekommen ist. Doch wenn die Jäger hinter ihm her waren, muss das wohl so gewesen sein. Wir haben nie etwas getan, die sie so provoziert hätte. Niemand, der im Moment für den Bund tätig ist, wurde jemals angegriffen."

Vielleicht war das der Grund für Dads Weggang. Er hatte eine verwegene Seite unter seinem Bücherwurm-Dasein und war zur Selbstjustiz übergegangen, weil er wusste, dass der Bund es nicht gutgeheißen hätte, härter gegen die Feinde der Schattenwesen vorzugehen. Genauso wie ich meine Einbrüche zur Befreiung der Sammler-Menagerien immer geheim gehalten hatte. Wie der Vater, so die Tochter?

Ich schluckte schwer. „Was wäre, wenn ich euch sagen würde, dass ich glaube, dass die Leute, die ihn und meine Mutter ermordet haben, immer noch unter uns sind? Dass sie seither noch viel mehr Menschen – und Schattenwesen – Schaden zugefügt haben?"

Der Mann in Schwarz richtete sich auf. „Nun, dann müssen wir natürlich etwas gegen sie unternehmen. Allerdings haben wir hier noch keine nennenswerten Vorfälle bemerkt. Glaubst du, sie haben es geschafft, das heimlich zu tun?"

„Ich bin mir nicht sicher, wie viel sie im Moment in Austin tun", sagte ich und wog ab, wie viel ich ihnen verraten sollte. „Die Leute, von denen ich glaube, dass sie dafür verantwortlich sind, haben ein ziemlich großes Netzwerk in mehreren Städten aufgebaut. Ich glaube, ich weiß, wo sie hier in den USA am aktivsten sind. Ein paar von uns können dorthin reisen und versuchen, sie aufzuhalten."

Der grüngekleidete Elfenjunge runzelte die Stirn. „Wie sollen wir sie denn aufhalten? Wenn sie sich bereits so sehr etabliert haben …"

„Wir müssen es auf jeden Fall versuchen!" Klaus richtete sich auf. „Wir hatten in den letzten Jahren nur mit kleineren Zwischenfällen zu tun, und das waren auch nicht viele. Da könnten wir doch mal eine weitere Fahrt machen, wenn es einem höheren Zweck dient, oder, Monica?"

Die Frau blinzelte, und ihr Eifer verblasste, doch dann hob sie das Kinn. „Ich wüsste nicht, was dagegen sprechen sollte … zumindest nicht theoretisch. Aber es muss doch etwas geben, was wir unternehmen können, ohne großes Aufsehen zu erregen."

Genau. Denn wie zu Hause, war es auch hier wichtiger, kein Aufsehen zu erregen, als die Schattenwesen tatsächlich zu schützen.

Die Anspannung in meiner Brust verfestigte sich zu einem Klumpen. Ich war ein Mensch – und in diesem Moment konnte ich nur daran denken, wie recht Omen mit der Herabwürdigung meiner Art hatte. Sie hatten nicht einmal bemerkt, dass eines ihrer Mitglieder direkt vor ihrer Nase *ermordet* worden war. Und jetzt, wo sie es wussten, überlegten sie sofort, wie sie das Problem lösen konnten, ohne ihr eigenes Leben oder das der Verbrecher allzu sehr zu beeinträchtigen.

Ich hatte im letzten Monat mehr für den Schutz der Schattenwesen getan, als diese Leute in ihrem ganzen Leben tun würden.

Trotzdem waren sie bereit, auf die eine oder andere Weise mitzuhelfen, und wenn das gut genug war, um Antic ins Boot zu holen, dann war es auch gut genug für unsere menschlichen Verbündeten. Ich musste das Glas als halb voll betrachten.

„Gut", sagte ich. „Ich werde noch ein wenig durch die Stadt streifen und versuchen, etwas über meine Eltern herauszufinden. Sobald wir einen Plan haben, wie wir gegen ihre Mörder vorgehen können, melde ich mich bei euch."

Vielleicht würden sie sich weniger für den Aufruhr und mehr für Gerechtigkeit interessieren, wenn sie sich erst einmal an den Gedanken gewöhnt hatten.

FÜNFZEHN

Sorsha

Die vielen Fragen, die noch über mir schwebten, warfen einen bedrückenden Schatten auf mich. Trotzdem bemühte ich mich, optimistisch zu wirken, als Omen einen Bericht über das Treffen verlangte. Gleiches galt für alle anderen Gespräche, die darauf folgten, sowohl mit meinen Schattenwesen-Kameraden als auch mit den verschiedenen Sterblichen, denen ich begegnete. Ich versuchte, so viel wie möglich aus Klaus' Angaben zu machen.

Leider brachten mich diese Gespräche nicht weiter. Klaus schickte mir Bilder von ein paar alten Fotos, die er gefunden hatte. Sie zeigten einen schlanken Mann in meinem Alter mit struppigem blondem Haar und Sommersprossen. Der Anblick meines Dads verriet mir nicht viel über ihn, geschweige denn über mich. Santa Claus konnte sich nicht einmal an Philips Nachnamen erinnern.

Ich prüfte die öffentlich zugänglichen Unterlagen der

Stadtverwaltung, doch da war nichts über eine Sorsha oder überhaupt ein Kind zu finden, das an dem Tag oder um den Tag herum geboren worden war, den ich für meinen Geburtstag gehalten hatte. War das auch eine Lüge, oder hatten meine Eltern meine Geburt einfach nicht dokumentiert?

In Anbetracht dessen, was ich war, erschien mir Letzteres nicht völlig abwegig. Doch es bedeutete auch, dass ich keinen Anhaltspunkt mehr hatte. Keine Möglichkeit, Verwandte ausfindig zu machen oder Fragen zu stellen.

Nach dem Abendessen lastete die Ungewissheit schwer auf mir. Ich zog mich in mein Schlafzimmer zurück, um mich zu sammeln.

Pickle hatte mir inzwischen verziehen, dass ich versehentlich seine Schuppen gegrillt hatte, doch wir waren immer noch nicht wieder die dicksten Freunde. Als ich ihn auf den Arm nahm, um mit ihm zu schmusen, wand er sich aus meinem Griff, huschte ein paar Mal über das Bett und durch das Zimmer und verschwand schließlich unter dem Bett, wo er sich ein Nest aus einem Haufen durchsichtiger Gardinenstoffe gebaut hatte, die die Pferdewandler dort unten aufbewahrt hatten.

Ich legte mich hin und versuchte, einen klaren Kopf zu bekommen, doch der kleine Drache hatte mich mit seiner Unruhe angesteckt. Nachdem ich mich einige Minuten herumgewälzt und keine Position gefunden hatte, die sich entspannend anfühlte, stand ich auf und ging zurück in den Gemeinschaftsbereich des Wohnmobils.

Ruse und Snap saßen am Tisch. Beide hielten Spielkarten in den Händen. Der Inkubus hatte beschlossen, dem Verschlinger das Pokern beizubringen, da seine Versuche, Snaps Erinnerungen auszugraben, nicht gefruchtet hatten. Sie platzierten ihre Einsätze in Form von Blaubeeren aus kleinen Schälchen, die neben ihren Ellenbogen standen. Vermutlich waren die Beeren für Snap als Gewinn ohnehin attraktiver als Geld.

„Ich sehe deine drei und erhöhe um fünf", sagte Ruse. Er wedelte mit seinen Karten und schaute zu mir auf.

„Wo sind denn alle hin?", fragte ich. „Oder sind sie in den Schatten?" Selbst nach all der Zeit, die ich in der Gesellschaft der Schattenwesen verbracht hatte, war es ein wenig beunruhigend zu wissen, dass sie in der Nähe sein und uns beobachten könnten, ohne dass ich es merkte.

Der Inkubus schüttelte den Kopf. „Thorn ist losgezogen, um zu patrouillieren. Die Koboldin ist unterwegs, um in dem Vorort, an dem wir auf dem Weg hierher vorbeigekommen sind, nach Schattenwesen zu suchen. Und Omen wollte selbst ein paar Nachforschungen anstellen. Ich weiß nicht genau, wo er hingegangen ist. Er war nicht besonders auskunftsfreudig."

„Typisch."

„Allerdings." Ruse wies auf den Tisch. „Willst du mitspielen?"

Ich zögerte, denn ich war mir nicht sicher, ob ich jetzt in der Stimmung für Geplänkel war. „Ich denke, ich mache einen kleinen Spaziergang. Ich werde nicht weit gehen."

„Bleib nicht zu lange weg, sonst kriegt Thorn einen Wutanfall."

Meine Mundwinkel zuckten. „Ich werde mein Bestes tun, um das zu verhindern."

Wir hatten am Stadtrand in einem abgelegenen, bewaldeten Gebiet unweit des Flusses geparkt. Ich schlenderte an einer Picknickbank vorbei, die aufgrund ihrer abgesplitterten Kanten und schmutzverkrusteten Bretter vermutlich schon seit Jahren nicht mehr benutzt worden war, und folgte einem überwucherten Pfad hinunter zum Flussufer.

Die Brise rauschte durch die belaubten Äste und wehte mir kühle Luft ins Gesicht. Der frische, erdige Duft des

Herbstes durchdrang bereits die letzten Ausläufer des Sommers. Alles war friedlich, bis ein Chor von Fröschen ertönte, der sowohl keuchend als auch heiser klang. Ausgezeichnete Stimmungsmusik.

Die Sonne war schon fast hinter den fernen Gebäuden im Westen verschwunden. Ich ging in die andere Richtung, wobei ich herabgefallenen Ästen und Büschen auswich, sodass ich mich ausnahmsweise einmal auf etwas anderes konzentrieren musste als auf die Frage, wie genau ich zu dem unmöglichen Wesen geworden war, das ich war. Als die Brise so kühl wurde, dass ich mir wünschte, ich hätte eine Jacke über mein dünnes T-Shirt angezogen, drehte ich mich um und ging den Weg zurück, den ich gekommen war.

Ich hatte den Weg schon fast erreicht, als die letzten Sonnenstrahlen auf einen blonden Lockenschopf fielen, der sich auf mich zubewegte. Snaps Gesicht erhellte sich, als er mich sah, doch es lag auch etwas Zögerliches in seinem Ausdruck. Kein typischer Ausdruck für ein Wesen, das sich gerne kopfüber in alles stürzte, was sein Interesse weckte.

Ihm gegenüber fiel es mir schwerer als bei den anderen, meine lässige Fassade aufrechtzuerhalten. Jedes Mal, wenn ich so tat, als wären wir nur zufällige Bekannte, verkrampfte sich mein Magen. Doch das war nicht seine Schuld.

„Wolltest du dir auch etwas die Beine vertreten?", fragte ich mit meinem besten, ungezwungenen freundlichen Lächeln.

Der Verschlinger erwiderte das Lächeln, doch seine Scheu blieb bestehen. Nur wenige Meter von mir entfernt blieb er stehen. „Ich wollte nach dir sehen. Du warst schon eine Weile weg."

„Oh." Ich hätte nicht gedacht, dass dieser Snap mir genug Aufmerksamkeit schenkte, um sich Sorgen zu machen, doch vielleicht war das unfair von mir gewesen. Ich streckte meine Arme aus. „Mir geht's gut. Ich brauchte nur etwas frische Luft."

„Gehst du zurück zum Supermobil?"

Eigentlich hatte ich das vorgehabt, doch meine Beine sträubten sich. Irgendwie war die Dunkelheit hier draußen nicht so bedrückend. Ich hatte es nicht eilig, zum Wohnmobil zurückzukehren. „Vielleicht setze ich mich noch eine Weile an den Fluss."

Snap hielt inne. „Ich könnte mich zu dir setzen, wenn dir nach Gesellschaft ist."

Bei seiner Anwesenheit verspürte ich eine andere Art von Schwermütigkeit, doch ich konnte mich nicht dazu durchringen, ihn wegzuschicken, nachdem er mir seine Gesellschaft angeboten hatte. „Ja. Danke."

Wir ließen uns bei den Resten einer Betonmauer im Gras nieder, lediglich ein paar Setzlinge trennten uns vom plätschernden Wasser. Ich lehnte mich gegen die zerbröckelte Mauer. Snap berührte eine stachelige Blüte, die in der Nähe wuchs, wobei er sorgfältig darauf achtete, sie nicht vom Stiel zu lösen.

„Ich schätze, du brauchst manchmal eine Pause von uns anderen, was?", fragte ich, als mir die Stille unangenehm wurde. „Ständig nerven wir dich mit Dingen, an die du dich nicht erinnern kannst."

„Ich würde mich gerne erinnern", antwortete Snap. „Und ich nehme es euch nicht übel, dass ihr mir helfen wollt. Es macht euch eben auch zu schaffen." Er blickte zu mir auf. „Besonders dir, glaube ich."

Obwohl es keine Frage war, hatte ich das Bedürfnis, mich zu der Bemerkung zu äußern. „Wir ... standen uns vor diesem Vorfall sehr nahe. Du bist immer noch *du*, doch die Art und Weise, wie wir uns nähergekommen sind – ich weiß nicht, ob sich das wiederholen lässt. Vielleicht wird es zwischen uns nie wieder so sein. Aber das ist in Ordnung. Es ist nicht deine Schuld. Wenn überhaupt, dann ist es meine."

Er blinzelte. „Was meinst du?"

„Na ja, ich ..." Ich wandte meinen Blick ab und zupfte an

ein paar Grasbüscheln in der Nähe meines Knies. „Für das Schlimmste können wir natürlich die Arschlöcher von der Lichtarmee verantwortlich machen. Das ist mir klar. Allerdings haben sie dich nur gefangen genommen, weil du auf eigene Faust losgezogen bist. Und wenn ich in einer bestimmten Situation anders reagiert hätte, hättest du das womöglich nicht getan."

„Ich bin mir sicher, dass ich aus freien Stücken gegangen bin. Du hast mich bestimmt nicht dazu gezwungen."

„Natürlich nicht, aber – es ist schwer zu erklären." Wie sollte er verstehen, wie sehr wir emotional miteinander verbunden gewesen waren, wenn er jetzt wieder das Wesen war, das keine Ahnung von intimen Beziehungen hatte? „Im Moment haben wir jedoch größere Probleme, um die wir uns kümmern müssen. Es wird alles so kommen, wie es kommen soll."

Snap musterte mich nachdenklich. „Ich weiß nicht, was ich früher getan oder gesagt hätte, doch ich weiß, dass ich es nicht mag, wenn du traurig bist." Er rückte ein wenig näher an mich heran. Mit einer Behutsamkeit, die mich vermuten ließ, dass er sich daran erinnerte, dass Ruse oder Thorn das Gleiche getan hatten, und Angst hatte, es falsch zu machen, nahm er meine Hand in seine.

Bei dieser einfachen Geste, die noch vor einer Woche so viel mehr bedeutet hätte, bildete sich ein Kloß in meinem Hals. Ich schluckte. Vielleicht war es in Ordnung, wenn ich meinen Kopf sanft auf seine Schulter legte.

Snap wich nicht zurück, zog mich aber auch nicht näher zu sich heran, wie er es früher getan hätte. Ich schloss die Augen und atmete seinen Duft ein, süßer Klee mit einem leicht moosigen Aroma. Meine Brust zog sich schmerzhaft zusammen. Machte das hier die Sache zwischen uns besser oder schlechter?

„Ich vermisse dich", sagte ich, weil ich nicht anders konnte. Die Worte waren zu wahr, um sie zurückzuhalten.

Ich nahm an, dass Snap mit seinem wörtlichen Verstand auch nicht anders konnte, als zu antworten. „Ich bin hier."

Ja, die wesentlichen Bestandteile seiner Persönlichkeit waren noch da: die Sanftheit, das Staunen und das Mitgefühl. Nur nicht der Mann, der mich für sich haben wollte, der in mir eine strahlende Heldin sah, der in seiner Hingabe so leidenschaftlich und gleichzeitig so zärtlich war. Der Mann, mit dem ich angefangen hatte, mir ein gemeinsames Leben vorzustellen, wenn das alles vorbei war, egal, aus welchem Reich er kam.

Ich hatte Lust und Leidenschaft in ihm geweckt, gewiss, doch hatte er nicht auch eine Menge in mir geweckt? Ich hatte angefangen, Dinge zu sehen, Dinge zu genießen, Dinge zu wollen, an die ich vorher nie gedacht hatte … oder an die ich vielleicht einfach nicht zu denken *gewagt* hatte.

Der Schmerz breitete sich in meinem Bauch und in meiner Kehle aus, als mir eine Wahrheit bewusst wurde, die noch schmerzhafter war als mein erstes Geständnis. Doch warum sollte ich sie aussprechen? Dies war meine Chance, von jetzt an so zu tun, als ob es nicht wahr wäre. Die Gelegenheit, den Weg zu verlassen, den ich eingeschlagen hatte, und auf dem mein Leben mit meinen Schattenwesen-Liebhabern weit über die Mission hinaus verflochten war.

Wäre es nicht besser, diese Verbindung zu lösen und so schnell wie möglich zu meinem normalen menschlichen Dasein zurückzukehren?

Während mir diese Frage durch den Kopf ging, verkrampfte sich mein gesamter Körper vor Widerstreben. Ich war *kein* normaler Mensch – und was auch immer ich war, es war in Ordnung. Es war mir lieber, als einer der Menschen zu sein, die so viel Angst vor Risiken und Konsequenzen hatten.

Eins konnte ich mir eingestehen: Auch wenn ich Snap nicht so haben konnte wie früher, wünschte ich mir, ich könnte es.

Ich öffnete meinen Mund, doch die Worte blieben mir im Hals stecken. Seit Malachi hatte ich sie zu niemandem mehr gesagt – seit der Mann, dem ich nicht einmal ein Gespräch wert war, sich selbst aus unserem gemeinsamen Leben entfernt hatte. Der Bruchteil eines Songtextes kam mir über die Lippen. Und leicht abgewandelt entsprach er in etwa dem, was ich sagen wollte.

„Somehow I've stayed like glue-ue-ue", sang ich leise, während ich den Fluss durch die Bäume hindurch betrachtete. „Full of snow and frost I was until I found you."

„Sorsha?", fragte Snap, ohne sich zu rühren, da mein Kopf noch immer auf seiner Schulter ruhte. Das Mondlicht schimmerte auf den Wellen des Wassers, und ich hatte ein flaues Gefühl im Magen.

Abgewandelte Texte genügten nicht. Sag es einfach. Einmal, laut und deutlich. Er hatte es verdient zu wissen, auch wenn er es nicht wirklich verstehen konnte.

Meine Finger schlossen sich um seine. Meine Lippen öffneten sich, und schließlich verließen die Worte meinen Mund. „Ich liebe dich. So wie du bist, auch das, was dich als Verschlinger ausmacht. Ich hätte es dir schon damals sagen sollen, aber ... da ich die Zeit nicht zurückdrehen kann, kann ich nicht mehr tun, als es dir jetzt zu sagen. Ich liebe dich."

Snap war neben mir erstarrt. Mist, wahrscheinlich hatte ich ihn mit dieser scheinbar unbedachten Erklärung erschreckt. Er ließ meine Hand los, und ich hob den Kopf von seiner Schulter. Sollte ich mich entschuldigen? Und *wie* sollte ich mich dafür entschuldigen? Doch noch bevor ich etwas sagen konnte, schlang er seine Arme um mich und zog mich in eine feste Umarmung.

Mein Herz setzte einen Schlag aus. Ich wollte zu ihm aufschauen, um sein Gesicht zu sehen, doch ich wollte die Umarmung nicht unterbrechen und den Moment zerstören.

Sein Kinn ruhte in einer vertrauten Position auf meinem Kopf. Ein schwacher Schauer lief durch seinen Körper, während er mich fest an sich drückte. Sein nächster Atemzug war stockend. Dann sprach er und seine helle Stimme klang so schwach, als käme sie aus einer tiefen, dunklen Höhle in ihm.

„Mein Pfirsich?"

Mein Herz machte einen Sprung. Hatte ich richtig gehört? Das konnte nicht sein – es sei denn, jemand hatte ihm von dem Spitznamen erzählt, den er mir gegeben hatte?

Es gab nur eine mögliche Antwort. „Mein Verschlinger?"

Er erschauderte erneut, dann zog er mich unvermittelt auf seinen Schoß und drehte mich gleichzeitig so, dass ich ihn ansehen konnte. „Sorsha", sagte er. Seine Stimme war immer noch angespannt, doch zum ersten Mal seit seiner Rettung schwangen Emotionen darin mit. Eine Art Forderung. Ein Anspruch.

Meine Augen begannen zu brennen. „Snap? Erinnerst du dich …?"

Trotz meiner Befürchtung, den Moment zu zerstören, zwang ich mich, den Kopf zu heben. Ein sehnsüchtiger Blick lag ins Snaps Augen. In diesem Moment überflutete mich die Hoffnung, die ich bisher nicht zuzulassen gewagt hatte.

Ich berührte seine Wange, und er schmiegte sich an meine Hand und lehnte schließlich seinen Kiefer an meine Schläfe. Sein stockender Atemzug strich warm über eine Hälfte meines Gesichts. Seine Umarmung wurde fester.

„Dein Blick", murmelte er. „Ich …" Plötzlich zuckte er zurück und ließ die Arme sinken. Ein angespannter Ausdruck trat in sein Gesicht und ein neonartiger Schimmer blitzte in seinen moosgrünen Augen auf. „Ich bin ein Monster."

Dieses Geständnis traf mich wie ein Schlag ins Gesicht. Ich drehte mich auf seinem Schoß herum und umfasste sein Gesicht mit beiden Händen, als er Anstalten machte, sich noch weiter zu entfernen. Das war also der Grund, nicht die

Folter der Lichtarmee, obwohl sie zweifellos dazu beigetragen hatte.

Er hatte sich nicht selbst verschlungen, um ihren Experimenten zu entkommen. Er hatte den Moment verschlungen, in dem er zu dem wurde, was er an sich selbst hasste, und dabei versehentlich alles andere mitgenommen, was in den letzten Monaten passiert war.

„Ja", sagte ich und sah ihm direkt in die Augen. „Du bist ein Monster. Genau wie Ruse, Thorn und Omen. An manchen Tagen bin ich es auch. Ich liebe dich mit all deiner Ungeheuerlichkeit. Ich habe nicht … ich habe mich nur erschrocken. Ich wusste nicht, was ich erwarten sollte. Es hat nichts daran geändert, wie viel du mir bedeutest, kein bisschen."

„Ich habe diesen Mann nicht einfach nur getötet", sagte Snap. „Ich habe seine Seele Stück für Stück zerfetzt, und jeder Moment davon war eine Qual für ihn."

Ich schenkte ihm ein grimmiges Lächeln. „Und ich habe mehr Menschen bei lebendigem Leib verbrannt, als ich zählen kann. Ich glaube nicht, dass das besonders angenehm für sie war."

„Ich habe es *genossen*, all die Teile seines Lebens zu verzehren. Ich …" Seine Stimme wurde leiser. „Einen Moment lang wollte ich *dich* verschlingen."

Dadurch hätte er mich endgültig zu seinem Eigentum gemacht, oder? Obwohl ich nicht vorhatte, mich freiwillig zu melden, löste das Geständnis nicht das Entsetzen aus, das er erwartet zu haben schien.

Wieder strich ich mit den Fingerspitzen über seine Wange und sein goldenes Haar. „Aber das hast du nicht. Hast du eine Ahnung, wie viele schreckliche Dinge *ich* in meinem ganzen Leben schon tun wollte? Niemand hat die Kontrolle darüber, welche Ideen oder Gefühle in seinem Kopf auftauchen. Wir sind das, was wir sagen und tun, nicht das, was wir nicht tun. Die Tatsache, dass du es wolltest und es nicht getan hast, zeigt, was dir wirklich wichtig ist. Noch mehr sogar, als wenn du es nie gewollt hättest."

„Es könnte wieder passieren. Ich dachte, ich würde diesem Hunger nie wieder nachgeben, doch ich habe mich geirrt. Aufgrund der Erinnerungen dieses Mannes, die ich verschlungen habe, dachte ich, die Armee wüsste vielleicht, wie sie die gefährlichen Anteile meines Wesens zerstören kann. Deshalb bin ich zu ihnen gegangen, doch sie haben mir keine Chance gelassen, etwas zu sagen."

Seine Worte machten mich wütend, auch wenn mein Herz voller Mitleid für ihn war. „Natürlich nicht. Sie *wollen* nicht glauben, dass einer von euch etwas anderes sein könnte als ein mörderisches Biest."

„Das weiß ich jetzt. Sie haben mich in einem dieser stechenden Netze gefangen und mich in diese gleißende Box gesperrt. Als sie mich herausholten, gab es nur noch mehr Schmerzen, und …" Er zuckte bei der Erinnerung zusammen. „Ich wollte einfach nur weg von dort, und von dem, was ich getan hatte, von allem. Ich wollte nicht alles vergessen. Ich weiß nicht einmal genau, was ich getan habe. Es ist einfach passiert."

„Ich mache dir keinen Vorwurf, weil du das getan hast, um ihre Folter zu überstehen. Und auch nicht dafür, was du mit diesem Arschloch gemacht hast. Wenn mich noch mal irgendein Mistkerl ausweiden will, hoffe ich, dass du seine verdammte Seele in so viele kleine Stücke wie möglich zerfetzt."

Das neonfarbene Flackern kehrte in Snaps Augen zurück. Seine gespaltene Zunge schnalzte zwischen seinen Lippen hervor. Er sah aber immer noch nicht ganz überzeugt aus.

Ich erhob mich von seinem Schoß und zog ihn mit mir. Bei seiner schlanken Gestalt und himmlischen Schönheit vergaß ich oft, wie groß er war, bis er über mir aufragte und sein Kinn über meiner Stirn schwebte. Doch er war hier. Mein Verschlinger. Er war hier bei mir, und das, obwohl ich angefangen hatte zu glauben, dass ich ihn nie wieder haben würde. Es fühlte sich an wie ein kleines Wunder.

Ich trat einen Schritt zurück, um seinem Blick erneut zu begegnen. „Du hast gesehen, wie ich dich angeschaut habe, weil ich von der Verwandlung überrascht war. Warum siehst du dir nicht an, wie ich jetzt auf dich reagiere? Bring deine Verschlingergestalt hervor. Ich weiß, dass du mir nicht wehtun wirst."

„Sorsha ..."

Ich fuhr mit den Fingern über seine schlanke Brust. „Bitte, mein Verschlinger?"

Ich wusste nicht, ob es die Bitte oder die Forderung in meiner Stimme war, die ihn zu einer Entscheidung bewog, doch er atmete scharf ein und wich zurück, um mehr Platz zu haben. Seine Schultern versteiften sich. Eine Sekunde lang sah er so verunsichert aus, dass ich die Bitte fast zurückgenommen hätte. Dann breitete sich das unheimliche grüne Schimmern, das ich vorhin in seinen Augen gesehen hatte, auf seinen gesamten Körper aus.

Sein Körper verlängerte sich nach oben hin, so wie ich es in Erinnerung hatte, bis er mich um gut einen Meter überragte. Auch sein Gesicht wurde länger, um Platz für den monströsen Kiefer zu schaffen, der sich weit genug öffnen konnte, um einen ganzen menschlichen Kopf zu umschließen. Seine Pupillen hatten sich zu Schlitzen verengt, die von dem neonfarbenen Glühen in seinen Augen umgeben waren. Seine langen spinnenartigen Finger bewegten sich unruhig an seinen Seiten.

Vielleicht hätte ich entsetzt sein sollen. Doch er hatte immer noch seine goldenen Locken, und auch die Konturen seines Gesichts erinnerten noch an einen atemberaubenden Sonnengott, wenn auch in einer bösartigeren Version. Selbst in seiner Schattengestalt konnte ich immer noch meinen Snap erkennen, auch wenn er diese Seite von sich am liebsten ausgelöscht hätte. Er sah brutal, furchteinflößend und beängstigend aus, aber auch unbestreitbar hinreißend.

Nicht euer Typ? Kein Problem. Er gehörte sowieso mir. Sollte ruhig jemand versuchen, mir dieses Monster wegzunehmen.

Ich fuhr mit meinen Fingern an seinem gefährlichen Kiefer entlang. „*Mein* Verschlinger", sagte ich wieder. Und dann, leiser, denn irgendwie fiel es mir immer noch schwer, es auszusprechen: „Mein Liebster."

Snaps Augen blitzten. Mit einem Atemzug zog er sich in sich zusammen, und sobald sein Körper wieder in seinen menschenähnlichen Zustand zurückgekehrt war, schloss er mich in seine schlanken Arme.

Er küsste mich, als ob er am Ersticken und ich sein nächster Atemzug wäre. Bei all der Leidenschaft, die er mir zuvor gezeigt hatte, war er noch nie so intensiv gewesen. Ich fuhr mit meinen Fingern durch sein weiches Haar, während ich den Kuss erwiderte.

„Mein Pfirsich", sagte er an meinen Lippen. „Meine Sorsha." Dann senkte er seinen Kopf wieder und küsste mich erneut.

Ich ließ eine meiner Hände über seine Brust wandern, und ein wilder Laut hallte in seiner Kehle wider. Ohne seine Lippen von meinem Mund zu lösen, wirbelte er mich herum und presste mich an einen Baumstamm. Ich spürte die raue Rinde durch mein T-Shirt und schlang meine Beine um die Taille des Verschlingers.

Snap drückte mich an sich, seine Hände lagen auf meinen Schenkeln, während er seinen Mund zu meinem Hals führte. Meine Haut brannte, als er mit seiner gespaltenen Zunge dagegen schnalzte. Ich spürte eine unverkennbare Beule, als er seinen Unterleib an meine Mitte presste, und eine prickelnde Hitze stieg in mir auf.

„Zu lange", murmelte er. „Ich habe in diesem schrecklichen Gefängnis zu viele Tage mit dir verloren und dann vergessen. Ich möchte dich wieder überall schmecken und dich auf die verschiedensten Arten zum Keuchen bringen, doch im Moment muss ich einfach in dir sein."

„Bitte", raunte ich und bereits die Reibung seiner Erektion, die sich zwischen meinen Beinen durch die Stoffschichten drückte, entlockte mir ein Keuchen.

Seine flinken Hände machten kurzen Prozess mit meiner Hose. Er musste sich zurückziehen, damit ich sowohl sie als auch mein Höschen ausziehen konnte, doch sobald die Klamotten auf den Boden fielen, drückte er mich wieder gegen den Baum. Während er mit einer Hand meinen Po umfasste, schob er die schlanken Finger seiner anderen Hand in meinen Schlitz. Sie krümmten sich in meinem glitschigen Kanal, um den Punkt der intensivsten Lust darin zu ertasten. Als sie über die Stelle strichen, stöhnte ich unter der Flut der Glückseligkeit auf.

Snap bewegte seine Hand in meinem Inneren und brachte alle anderen Laute, die ich von mir gegeben hätte, mit einem weiteren heißen Kuss zum Verstummen. Es fühlte sich so verdammt gut an, doch es war nicht das, was er mir versprochen hatte.

„Snap", raunte ich, als er meine Lippen losließ, und ein bedürftiges Wimmern schlich sich in meine Stimme.

Er verstand. Mit einem Blinzeln ließ er seine Kleidung verschwinden. Da er seine Klamotten mithilfe seiner Schattenwesen-Magie schuf, konnte er sie genauso leicht ablegen. Er umfasste meine Hüften und drang in mich ein, nicht langsam und zögernd wie bei unserem ersten Mal, sondern in einem Zug bis zum Anschlag. Der Stoß löste eine neue Welle der Lust in meinem Körper aus, und ich warf meinen Kopf nach hinten gegen den Baumstamm.

Sobald wir vereint waren, schien die Dringlichkeit des Verschlingers für einen Moment nachzulassen. Er summte fröhlich vor sich hin, und der Klang drang von seiner Brust in meine ein, während seine Zunge eine schwindelerregende Spur entlang meines Kiefers hinterließ.

„Meine Sorsha. Ich liebe dich auch. Mehr als jeden Pfirsich."

Mir entwich ein Lachen, obwohl sich mein Körper danach sehnte, bis zur Erlösung von ihm vernascht zu werden. „Das ist ziemlich beeindruckend, aber nur Pfirsiche? Was ist mit Bananen? Erdbeeren? Mang…"

Er stieß einen rauen Laut aus, der fast wie ein Knurren klang, und stieß tiefer in mich hinein, genau so, wie ich es mir gewünscht hatte. „Mehr als jede Frucht. Mehr als alles andere. Du gehörst mir, und ich gehöre dir."

„Mmm." Als er erneut in mich hineinstieß, durchströmte mich eine noch intensivere Lust, und ich konnte mich nicht mehr darauf konzentrieren, ihn weiter zu necken. Doch ein weiterer Punkt, den ich ansprechen musste, drang durch den ekstatischen Dunst, der meinen Verstand vernebelte. „Du darfst nie wieder weggehen. Egal, wie besorgt du bist. Du musst hierbleiben und darüber reden. Versprich es mir."

„Ich werde nicht weggehen", stimmte er zu. „Ich schwöre es." Dann bedeckte er meinen Mund mit seinem und unsere Atemzüge und Zungen vermischten sich. Das Gespräch war für uns beide beendet.

Ich hob meine Hüften, um Snaps Stößen entgegenzukommen. Mein Po wurde von der Baumrinde aufgerieben, doch das war mir völlig egal. Ich spürte nichts als die Glückseligkeit, die meinen Körper mit jedem Stoß überschwemmte, und umklammerte seine Schultern, während ich schneller als ein Hurrikan auf meinen Höhepunkt zuraste.

Mein ganzer Körper bebte, als ich kam, und ein elektrischer Impuls der berauschendsten Art durchzuckte mich. Der Schrei, der meiner Kehle entwich, war bestimmt bis zum Wohnmobil zu hören. Scheißegal. Sie sollten ruhig wissen, dass unser Verschlinger wieder er selbst war.

Er war er selbst und gehörte mir.

Snap folgte mir mit einem zufriedenen Stöhnen in die Erlösung. Seine Finger umklammerten meine Schenkel, als er sich in mir ergoss. Er drückte mich noch eine Minute länger an den Baum und knabberte an meiner Wange, genauso sanft, wie er vorhin noch begierig gewesen war.

„Ich glaube, wir sollten zurückgehen", sagte er bedauernd, als er mich so weit herunterließ, dass meine Füße den Boden berührten. „Die anderen machen sich bestimmt schon Sorgen."

„Sowohl um dich als auch um mich." Ich richtete mich auf, um ihm einen letzten schnellen Kuss zu geben, und tastete nach meiner Hose. „Wir wollen doch nicht, dass sie eine Panikattacke bekommen. Außerdem habe ich ein Zimmer im Wohnmobil, und wir haben heute Nacht nichts mehr vor, also …"

Snap strahlte mich an, sein Grinsen war etwas verschlagener als sonst. „Wir haben eine Menge Zeit aufzuholen."

„Allerdings." Eine Welle der Dankbarkeit und Zuneigung erfasste mich, die zu stark war, um sie zu ignorieren, und ich umarmte ihn erneut. Meine Augen füllten sich mit Tränen, diesmal waren es jedoch Freudentränen. „Falls ich es noch nicht deutlich genug gemacht habe, ich bin so froh, dich wiederzuhaben."

Und wer wusste schon, wie viel Zeit wir haben würden, um das Versäumte nachzuholen, bevor die Lichtarmee oder eine neue Katastrophe über uns hereinbrach.

SECHZEHN

Omen

Da ich viel Zeit auf der Seite der Sterblichen verbracht hatte, war mir bewusst, wie trist und farblos das Schattenreich war. Wie konnte ein Schauplatz in einer Welt, in der sich Interaktionen auf vage Eindrücke und flüchtige Empfindungen beschränkten, dieselbe Wirkung entfalten wie selbst profanere Orte der sterblichen Welt?

Aus diesem Grund mochte es schon etwas heißen, dass die tiefe, weitläufige Höhle, in der die Obersten residierten, imposant auf mich wirkte. Die Schatten der Finsternis schienen dort dichter und schwärzer zu sein als in jedem anderen Teil des Reiches. Die schattigen Ebenen schienen über einem zu schweben und gleichzeitig zu drohen, einen in die Tiefe zu reißen. Der Geruch, der die dunstige Luft erfüllte, erinnerte an einen verrottenden alten Ozeanriesen: eine Mischung aus Salz und Rost und Schlick, die an die Unermesslichkeit des Meeres erinnerte.

War dieses Gebiet auf natürliche Weise entstanden, oder hatten sich die Schatten aufgrund der uralten Natur der hier lebenden Wesen dichter und penetranter angesammelt? Möglicherweise hatten die Obersten die Atmosphäre absichtlich so gestaltet, weil sie es genossen, in ihrer Selbstherrlichkeit zu schwelgen.

Ich wartete am Rande der Tiefe, die angeborene sengende Hitze meines Schattenwesens verhinderte, dass ich in der Dunkelheit fröstelte. Der dämliche dämonische Lakai, der losgelaufen war, um die Obersten über meine Ankunft zu informieren, brauchte so lange, dass ich in Erwägung zog, ihn zum Abendessen zu verspeisen, sollte er jemals zurückkehren. Die Obersten hatten so viele Gefolgsleute, dass sie das Fehlen eines niederen Dieners gar nicht bemerken würden.

Ich war versucht, mich umzudrehen und zu der Kluft zurückzukehren, durch die ich geschlüpft war – zurück in die klare Luft und zu den bunten Farben und lauten Geräuschen, die ich diesem Ort zugegebenermaßen oft vorzog, auch wenn ich den meisten Sterblichen nichts abgewinnen konnte. Doch wenn Sorsha ihren Stolz hinunterschlucken und Antworten bei ihrem Bund einholen konnte, und selbst die verdammte *Koboldin* bereit war, stundenlang die Straßen nach einem Schattenwesen zu durchkämmen, das Informationen haben könnte, wie konnte ich mich dann davor drücken, wenigstens diesen einen Versuch zu unternehmen, für mein wichtigstes Anliegen zu kämpfen?

Es war eine Frage der Würde.

Der unscheinbare Dämon kehrte nicht zurück. Vielleicht hatte einer der Obersten beschlossen, dass er einen guten Snack abgeben würde. Anstelle eines Lakaien, der mich abholen kam, ertönte eine Stimme, die ich mehr fühlte als hörte.

„Höllenhund, du kannst kommen."

Wie nett von ihnen, diesem Treffen zuzustimmen. Auf

dem Weg nach vorne verkniff ich mir die bissige Bemerkung, die mein altes Ich gerne gemacht hätte. Ich war mir nicht sicher, ob ich sie gemacht *hätte*, selbst damals nicht, als ich darauf aus war, Unruhe zu stiften. Jedenfalls nicht nach meinem ersten Treffen mit den Obersten. Ich war schon damals klug genug gewesen, meine Spielchen nur mit Wesen zu treiben, die mich nicht in zwei Teile reißen konnten.

Die Haltung, die ich einnahm, als ich die gewaltige, imposante Präsenz der Obersten vor mir spürte, war jedoch eher von kluger Vorsicht geprägt. Von Würde war da nicht viel zu spüren.

Ich hatte gehört, wie einer der Menschen, die ich vor langer Zeit hereingelegt hatte, davon sprach, wie er in seine kindlichen Verhaltensweisen zurückfiel, wenn er seine Eltern besuchte. So als ob ihre ehemalige Autorität seinen jetzigen Status als Erwachsener herabsetzen könnte. Auch wenn ich nie ein Kind gewesen war und die Obersten nichts mit meiner Existenz zu tun hatten, schrumpfte ich angesichts ihrer Ungeheuerlichkeit instinktiv in mich zusammen, als wäre ich nicht eines der ältesten Wesen in diesem Reich. Meine höllische Hitze zog sich unter meiner Haut zusammen, meine gekrümmten Klauen gruben sich in meine Handflächen. Ich zog meinen Schwanz nicht ganz zwischen die Beine, auch wenn ein peinlich großer Teil von mir es wollte.

Ich konnte nicht umhin, mir vorzustellen, welche Bemerkungen Sorsha dazu gemacht hätte. Der Gedanke ärgerte mich, obwohl sie nicht einmal hier war. Vermutlich lag das vor allem an den anderen Emotionen, die mich überkamen, wenn ich an das Funkeln in ihren hellen Augen dachte, wenn sie mich neckte.

Unsere sterbliche Verbündete war viel zu präsent in meinen Gedanken.

„Du bist zurückgekehrt, Höllenhund", polterte einer der Obersten. Sie standen so dicht beieinander, dass ich mir nie ganz sicher war, wie viele es waren. „Hast du genug von deiner Mission?"

Ich richtete mich mit so viel Selbstvertrauen auf, wie ich ausstrahlen konnte, ohne die Grenze zur Aufmüpfigkeit zu überschreiten. „Ganz und gar nicht. Eigentlich bin ich gekommen, um mit euch darüber zu sprechen."

Ein paar der Wesen murmelten sich etwas zu – ein Chor der Unzufriedenheit. Dann meldete sich ein anderer zu Wort.

„Als wir dir die Erlaubnis erteilten, das Schattenreich zu verlassen, um dich diesem Unterfangen zu widmen, geschah dies in dem Wissen, dass wir selbst kein Interesse daran hatten."

Das Wort „Erlaubnis" stieß mir sauer auf, auch wenn es theoretisch korrekt war. „Ich weiß", sagte ich. „Trotzdem dachte ich, es würde euch interessieren, jetzt, wo ich mehr herausgefunden habe. Der Schaden, der unserer Art zugefügt wird, ist viel gravierender und umfangreicher, als ich angenommen hatte."

Ein anderer Oberster gab einen Laut von sich, den man nur als Grunzen bezeichnen konnte und den selbst der Widerhall ihrer Stimmen nicht unheilvoll erscheinen ließ. „Gibt es wieder solche Hetzer wie dich, die die Flammen des Zorns schüren? Wir könnten ein Heer schicken, um ihnen Einhalt zu gebieten ..."

„Nein", unterbrach ich ihn und spannte mich instinktiv an. Aus gutem Grund, denn einen Augenblick nach meinem Fehlverhalten schoss ein Schmerz durch meine Kehle, der sich wie ein ruckartiges Ziehen an einer Würgekette anfühlte – eine Würgekette, die in meinem Fleisch steckte.

Ich fuhr fort. „Soweit ich weiß, wurde der Konflikt von keinem von uns angezettelt. Die Angriffe werden von Sterblichen verübt. Es gibt ein großes Kollektiv von Menschen, das sich über das ganze Reich der Sterblichen verteilt und entschlossen ist, nicht nur jedes Wesen unserer

Art auf ihrer Seite zu vernichten, sondern das gesamte Schattenreich."

„Pfff. Kein Wunder, nach allem, was du und deinesgleichen in der Vergangenheit getan habt, um diese Feindseligkeiten zu schüren."

Mein Kiefer verkrampfte sich. Ich brauchte ihre Erinnerung nicht, um zu wissen, dass ich mitschuldig an dem Problem war. Genau deshalb konnte ich mich jetzt nicht zurückziehen und die Lichtarmee ihr Unwesen treiben lassen. Ich hatte ihnen den Weg bereitet, und ich würde ihn verdammt noch mal wieder zuschütten, wenn ich konnte.

„Was diese Sterblichen vorhaben, geht weit über den Schaden hinaus, den die Schattenwesen ihnen je zugefügt haben. Ihr Ziel ist es, uns komplett auszurotten. Und soweit wir wissen, sind sie kurz davor, das auch zu erreichen. Sie arbeiten sogar daran, ihren Einfluss bis ins Schattenreich auszuweiten. Sie wollen uns *alle* tot sehen."

Euch eingeschlossen, dachte ich, was ich jedoch für mich behielt. Die Obersten konnten zwischen den Zeilen lesen. Das Letzte, was sie gutheißen würden, wäre ein Wesen, das in der Hierarchie unter ihnen stand, und ihnen suggerierte, sie seien in irgendeiner Weise verletzlich.

Einer von ihnen stieß ein grollendes Glucksen aus. „Sie könnten niemals ins Schattenreich vordringen. Du magst die Kreaturen verachten, Höllenhund, doch du zollst ihnen zu viel Respekt. Sie sind zerbrechliche, sterbliche Wesen, die kaum leben, bevor sie ihren letzten Atemzug nehmen."

Natürlich kam es den Obersten so vor. Schließlich waren sie schon wer weiß wie viele Jahrtausende auf der Welt. Als ob ein Menschenleben nicht ausreichen würde, um großes Unheil anzurichten.

Ein Teil von mir wünschte sich plötzlich, Sorsha wäre hier, nur um zu sehen, was sie zu diesen schwerfälligen Obersten sagen würde. Doch es war besser, dass sie nicht hier war. Ich würde ihre Unverfrorenheit und ihr flammend rotes Haar etwa zwei Sekunden lang bewundern können, bevor sie in einem der Schlünde dieser Leviathane landen würde.

Eine andere Antwort hatte ich eigentlich nicht erwartet. Doch um wenigstens so unerschrocken zu sein wie unsere Sterbliche, versuchte ich es ein letztes Mal. „Ich denke, sie könnten einen Weg finden. Doch selbst wenn nicht, quälen und töten sie alle möglichen Arten von Schattenwesen im Reich der Sterblichen."

Die erhabene Präsenz der Obersten erhob sich noch weiter über mich. „Das ist nicht unsere Angelegenheit. Wir reglementieren *euch*, wenn es sein muss. Wir kümmern uns nicht um die Sterblichen. Wenn einer von uns das Problem verschärft hat, dann würden wir vielleicht eingreifen, so wie wir es bei dir und deinen Kameraden getan haben. Ansonsten müssen diejenigen, die sich dafür entscheiden, die Schwelle zu überqueren, dieses Risiko selbst tragen."

Natürlich. Sie überwachten ihre Artgenossen und würden sie sogar abschlachten, wenn andere Kreaturen sich beschwerten. Sie beschützten sogar die Sterblichen vor *uns*. Doch sie darum zu bitten, uns vor einem direkten, organisierten böswilligen Angriff von eben diesen Sterblichen zu schützen …

Was wussten diese alten Goliaths überhaupt von alledem? Soweit ich wusste, hatte sich keiner von ihnen je in die Welt der Sterblichen gewagt. Sie legten Gesetze und Strafen für eine Welt fest, die sie selbst nie erlebt hatten.

Ich war einfach nur dankbar, dass sie mir eine günstige Gelegenheit boten, das andere Thema anzusprechen, das ich mit ihnen erörtern wollte und von dem ich glaubte, dass ich damit weiterkommen würde.

Ich wählte meine Worte mit Bedacht. „Apropos Probleme, die von unseren Artgenossen verursacht werden: Ich habe gehört, wie sich einige über ein Wesen unterhalten haben, das ihr vor nicht allzu langer Zeit gesucht habt. Ein Schattenwesen, über das ihr Berichte wolltet. Außerdem habt ihr andere wohl dazu angehalten, sich von ihm fernzuhalten, weil ihr es für gefährlich hieltet. Sein Name könnte Jaspis oder Granat gewesen sein … ein roter Stein?"

Diese Frage löste ein noch energischeres Grummeln aus. Meine Kehle kribbelte, als sich mehrere Sinne aufmerksam auf mich konzentrierten. Ihre Stimmen vermischten sich miteinander.

„Was hast du gehört? Hat jemand dieses Wesen ausfindig gemacht? Welche Zerstörung hat es angerichtet?"

Dieses rebellische Schattenwesen bereitete ihnen definitiv Sorgen. Und offensichtlich hatten ihre Lakaien es noch nicht gefunden.

„Soweit ich weiß nichts", erwiderte ich schnell. „Und niemand, mit dem ich gesprochen habe, hatte eine Ahnung, wo sich das Wesen aufhält. Ich wollte einfach nur mehr Informationen, damit ich Hinweise gegebenenfalls erkennen und an euch weitergeben kann."

Einen Moment lang herrschte Schweigen, das einen skeptischen Beigeschmack hatte. Dann antwortete einer der Obersten. „Es hielt sich in der Region auf, die die Sterblichen ‚Amerika' nennen, als wir das letzte Mal davon hörten, doch das ist nach sterblicher Zeitrechnung schon eine Weile her. Der Name, auf den du achten solltest, lautet Ruby. Und selbst du solltest dich nicht mit ihr anlegen. Wenn du einen Hinweis entdeckst, dann komm damit sofort zu uns."

„Wie ihr wünscht. Ich will nichts mit jemandem zu tun haben, der euch so sehr erzürnt hat. Was hat das Wesen getan, wenn ich fragen darf? Damit ich besonders vorsichtig bin."

„Das geht dich nichts an." Die Aufmerksamkeit aller richtete sich auf mich, und ich spürte erneut einen Schmerz in meinem Nacken. „*Du* hast die Sterblichen während deiner Suche doch nicht wieder belästigt, oder, Höllenhund?"

Mochte die Dunkelheit meine Seele retten, sollten sie jemals herausfinden, wie viel sterbliches Blut in den letzten Wochen über meine Hände – und meine Klauen und

Reißzähne – geflossen war. Nicht so viel, dass es für sie eine Rolle gespielt hätte, wäre da nicht meine Vergangenheit gewesen …

Ich rang mir ein Lächeln ab, von dem ich mir nicht sicher war, ob sie es zur Kenntnis nahmen, und log mit zusammengebissenen Zähnen. „Natürlich nicht, Oberste. Ich halte mich an meine Grenzen. Also gut, ich werde mich wieder meiner Mission widmen und mein Bestes tun, um sicherzustellen, dass keines der Schattenwesen, die diesen bösartigen Operationen zum Opfer fallen, jemals eure Hilfe in Anspruch nehmen muss."

„Gut. Sehr zufriedenstellend."

Ich hatte den Eindruck, dass sie mir den Rücken zukehrten, und die Anspannung fiel langsam von mir ab. Ich atmete wieder gleichmäßiger und verließ ihre Höhle so schnell ich konnte, ohne dass es aussah, als würde ich fliehen.

Trotz all ihrer Macht war das das Einzige, was den Obersten in ihrem Alter wirklich wichtig war: in Ruhe gelassen zu werden. Selbst ihren Lakaien zu sagen, wie sie ihre Befehle auszuführen hatten, war für sie eine Zumutung. Umso besser für mich, dass sie im letzten Jahrhundert die Überwachung der sterblichen Welt größtenteils aufgegeben hatten.

Natürlich war klar, dass wir unter ihnen keine weiteren Verbündeten gegen die Lichtarmee finden würden. Wir konnten nur hoffen, dass wir diesen „Ruby" aufspüren konnten – und dass der Feind meiner Feinde sich als unser Freund erweisen würde.

SIEBZEHN

Sorsha

Ich glaubte nicht, dass ich Antic jemals so munter gesehen hatte. Und das mochte etwas heißen, denn sie war das lebhafteste Wesen, dem ich je begegnet war. Sie hüpfte auf ihren kleinen Füßchen auf und ab, während sie uns durch das dünn bewaldete Gebiet führte, das an einen Golfplatz grenzte. Aus dem Handy des pubertierenden Sohnes eines der Spieler tönte etwa eine Minute lang eine flotte Ska-Melodie, bevor die Angestellten herbeieilten, um ihn zurechtzuweisen. Die beschwingte Melodie passte perfekt zu der Ausgelassenheit der Koboldin.

„Der Gnom meinte, er lebe schon seit fast fünfzig Jahren in dieser Stadt", berichtete sie atemlos. „Er muss schon hier gewesen sein, als du geboren wurdest, Sorsha. Vielleicht weiß er etwas über die Jäger, die deine Eltern ermordet haben!"

Ich hatte auch noch nie jemanden so fröhlich über einen Doppelmord sprechen hören. „Vielleicht", sagte ich und zupfte am Saum der gestärkten Bluse, die ich für dieses Abenteuer hatte anziehen müssen. Meine Schattenwesen-Begleiter hatten sich im Schutz der Bäume unbemerkt über das Gelände geschlichen. Ich hingegen hatte mich als Angestellte verkleidet, um lästigen Fragen zu entgehen. Solange mich niemand nach dem Unterschied zwischen einem Putter und einem Driver fragte, war alles in Ordnung.

Dank des Blätterdaches war dieser Teil des Geländes kühler und schattiger als der grasbewachsene Abschnitt, der von der Morgensonne beschienen wurde. Ich schob einen tief hängenden Ast beiseite, der mir den Weg versperrte, während ich nachdachte. „Oder er könnte zumindest Luna gekannt haben. Vielleicht hat sie ihm etwas über meine Eltern oder mich erzählt, oder …"

Oder darüber, wie ich der einzige Mensch mit magischen Kräften geworden war, von dem ich je gehört hatte.

„Wenn er Antworten hat, werden wir sie aus ihm herausholen", versicherte Omen mir. Die Worte hätten bedrohlich klingen können – normalerweise klang alles, was er sagte, bedrohlich – doch sein Ton war mild, fast so, als wollte er mich beruhigen. Ich traute meinen Ohren nicht. Wurde der eiskalte Höllenhund etwa doch noch weich?

Inzwischen erschien es mir nicht mehr fair, ihn scherzhaft mit diesen Begriffen zu beschreiben. Er hatte diesen Umweg nur in Kauf genommen, damit ich meiner Vergangenheit auf den Grund gehen konnte. Natürlich lag das auch zum Teil daran, dass er nicht wollte, dass seine Geheimwaffe sich selbst verbrannte, bevor wir die Bösewichte vernichtet hatten. Trotzdem war ich ihm dankbar.

„Sind Gnome gefährlich?", fragte Snap auf meiner anderen Seite. „Ich glaube nicht, dass ich schon mal einem begegnet bin." Sein Griff um meine Hand wurde fester und unsere Finger verschränkten sich. Alle freuten sich, dass er wieder ganz der Alte war, und er wich mir seit gestern Abend nicht mehr von der Seite, was mir jedoch nichts ausmachte. Ich konnte immer noch nicht glauben, dass ich meinen Verschlinger wiederhatte und dass die Intimität, die wir geteilt hatten, vielleicht doch nicht so flüchtig gewesen war.

„Das Schlimmste, was er tun könnte, ist, ihr in die Knie zu beißen", meinte Omen mit einem schiefen Lächeln.

Snap drückte meine Hand. „Das werde ich nicht zulassen!"

Der Höllenhund-Wandler schüttelte verärgert den Kopf. „Ich glaube nicht, dass wir uns deswegen Sorgen machen müssen, es sei denn, unsere Sterbliche benutzt *ihn* als Fußball. Doch wenn er besonders tollwütig ist, denke ich, dass wir es schaffen können, sie zu retten."

„Ich werde mich hüten, mit unserem Informanten Kontaktsport zu betreiben", sagte ich.

Wir hatten beschlossen, nicht die ganze Gruppe zu dieser Exkursion mitzunehmen, um den Gnom nicht zu sehr einzuschüchtern, doch unser Boss konnte natürlich nicht zulassen, dass irgendetwas passierte, ohne dass er dabei war, und Snap ließ mich keine Sekunde aus den Augen. Thorn und Ruse patrouillierten in etwas größerem Abstand an den Seiten des Golfplatzes. Ich hatte nicht das Gefühl, dass von dem Wesen, das wir treffen wollten, eine Gefahr ausging.

Antic blieb an einem alten Baumstumpf stehen, der mir etwa bis zur Taille ging, und klopfte dagegen. Dem Klopfen nach zu urteilen, war das Ding hohl. „Hallo, du!", zwitscherte sie. „Ich habe meine Freunde mitgebracht, von denen ich dir erzählt habe."

Omens Lippen verzogen sich verächtlich, weil die Koboldin ihn als ihren „Freund" bezeichnet hatte, doch er setzte eine Miene auf, die zwar nicht freundlich, aber zumindest ausdruckslos und nicht offenkundig feindselig war.

Ein kleiner Mann wankte aus dem Schatten des

Baumstumpfs. Und „klein" bedeutete in diesem Fall *winzig*. Der Kerl reichte mir kaum bis zu den Knien. Obwohl das die perfekte Größe wäre, um hineinzubeißen, falls er das doch für einen unterhaltsamen Zeitvertreib hielt.

Bis auf die Tatsache, dass er keine Zipfelmütze trug, hatte er eine beunruhigende Ähnlichkeit mit Gartenzwergen. Also mit den Keramikzwergen, mit denen ich besser vertraut war als mit den echten. Die Pausbacken über seinem silbrigen Bartbüschel waren rosig, seine Augen funkelten, und sein kleiner Körper war unter der hellblauen Jacke und der smaragdfarbenen Hose gedrungen und mollig.

Trotz des Funkelns in seinen Augen, von dem ich annahm, dass es sich um ein permanentes Merkmal und keinen Ausdruck von Freude handelte, blickte er finster drein. „Was gibt's?", nuschelte er mit näselnder Stimme. „Ich zeige mich nicht gerne, wenn Sterbliche in der Nähe sind."

Es war also unwahrscheinlich, dass er mit meinen Eltern befreundet gewesen war. Ich ging in die Hocke, damit ich ihn nicht ganz so sehr überragte, und schenkte ihm ein Lächeln. „Es tut mir wirklich leid. Wir wollten nur ein paar Fragen über etwas stellen, das schon vor langer Zeit passiert ist. Es gibt nicht viele Schattenwesen, die dieser Stadt mit so viel Hingabe treu geblieben sind wie du."

Die Schmeichelei funktionierte tatsächlich. Die Brust des kleinen Mannes blähte sich auf, und er blickte etwas weniger finster drein. „Ich weiß eben, wenn ich etwas Gutes gefunden habe. Also, was wollt ihr wissen?"

„Vor etwa dreißig Jahren hat eine Feenfrau hier in der Gegend gelebt. Ihr Name war Luna. In ihrer Schattenwesen-Gestalt hatte sie hauchdünne Flügel und glitzerte … nun ja, wie eine Fee eben. Ich nehme nicht an, dass du ihr mal zufällig begegnet bist?"

Der Gnom rieb sich das Kinn. „Luna. Luna. Der Name kommt mir nicht bekannt vor."

Mir wurde schwer ums Herz, doch dann fuchtelte er

plötzlich mit einem Finger in der Luft herum. „Ich weiß, wen du fragen könntest. Sie ist zwar ziemlich wankelmütig, wie Feen eben so sind, aber sie bleiben oft unter sich. Da ist eine Fee namens Daisy, die sich oft in dem Beleuchtungsgeschäft dort drüben herumtreibt. Es ist schon eine Weile her, dass ich dort war, aber sie ist schon fast so lange in dieser Stadt wie ich, also glaube ich nicht, dass sie irgendwo anders hingegangen ist. Du könntest es mal bei ihr versuchen."

Er deutete nach Osten auf das besagte Beleuchtungsgeschäft. Nun, das war zumindest der Anfang einer Spur.

Als ich mich aufrichtete, räusperte Omen sich. *Er* machte sich nicht die Mühe, sich auf die Augenhöhe des Gnoms zu begeben. „Noch eine Sache. Mindestens vor ein paar Jahrzehnten könnten ein paar mächtige Schattenwesen in die Stadt gekommen sein. Sie waren auf der Suche nach einem Wesen, das sie für gefährlich hielten – ein Wesen namens Ruby."

Der Gnom hielt inne, dann weiteten sich seine Augen. Die Erinnerung brachte ihn leicht ins Schwanken. „Oh ja, sie haben Fragen gestellt. Ich mochte sie nicht. Dreimal haben sie mich belästigt. Sie waren viel unhöflicher als ihr."

„Dreimal?", wiederholte Omen. „Wusstest du etwas über Ruby?"

„Nein, nichts. Doch sie schienen immer wieder die Runde zu machen, weil sie wohl dachten, sie würden auf etwas Neues stoßen. Keine Ahnung, warum. Sie müssen mindestens einen Monat hier gewesen sein."

„Wie lange ist das her?"

„Wie ihr schon sagtet, viele Jahre." Der kleine Mann schnitt eine Grimasse. „Ich würde es mir aus dem Kopf schlagen."

„Na gut. Das ist hilfreich zu wissen." Omen nickte dem Gnom dankend zu.

„Dann hoffen wir mal, dass die Fee vielleicht etwas weiß",

sagte ich, als wir in die Richtung gingen, in die er gezeigt hatte.

Snap neigte den Kopf zur Seite. „Wie verkaufen Menschen *Beleuchtung*?"

Ich wollte nicht näher darauf eingehen, um einer Diskussion über die Wissenschaft der Elektrizität zu entgehen. „Sie verkaufen nur ausgefallene Methoden, um das Licht für unsere Häuser zu erzeugen. Lampen und Deckenbefestigungen und all das."

„Ah, ja! Im Hotel gab es viele dieser leuchtenden Dinger. Die waren sehr hübsch." Der Verschlinger strahlte bei der Erinnerung so sehr, dass er sich in dem Beleuchtungsgeschäft wahrscheinlich gut verkauft hätte.

Omen runzelte hingegen die Stirn, als wäre der Gesichtsausdruck des Gnoms ansteckend gewesen. „Wir wissen mehr als zuvor. Es muss einen Grund geben, warum sich die Lakaien der Obersten mehr auf diese Stadt konzentriert haben als auf andere. Wenn ‚Ruby' hier tatsächlich gesichtet wurde, oder mehr als nur gesichtet wurde, können wir vielleicht auch dieser Spur nachgehen, während wir hier sind."

Ich wusste nicht, warum er so finster dreinblickte, wenn er über das Schattenwesen sprach, von dem er annahm, dass es uns helfen könnte, doch bei Omen war es manchmal besser, nicht zu fragen.

Das Beleuchtungsgeschäft war leicht zu finden. Es war ein großes Gebäude, in dessen breiten Fenstern Unmengen von Kristallleuchten schimmerten. Als Snap aus den Schatten auftauchte, entwich ihm beim Anblick dieser Pracht ein ehrfürchtiger Seufzer, wobei er darauf achtete, dass niemand einen Blick auf seine gespaltene Zunge erhaschte.

Auf dem Golfplatz war Antic mit den anderen aus dem Blickfeld verschwunden. Als wir um die Ecke zur Rückseite des Ladens gingen, tauchte sie wieder auf und deutete auf ein kleines Haus, das eigentlich eher eine Hütte war und sich zwischen zwei anderen Läden befand. Die Farbe auf der Schindelfront und dem schrägen Dach war verblasst, man konnte jedoch erkennen, dass es einmal intensive Rosa- und Blautöne gewesen waren. Das würde tatsächlich für die Farbvorlieben einer Fee sprechen.

„Ist sie hier?", fragte ich, ohne die Frage zu Ende zu denken.

„Ich kann ja mal nachsehen", bot die Koboldin an und sprang zur geschlossenen Tür.

„Warte!", sagte ich schnell. Ich hätte daran denken sollen, dass sie keinen Sinn für Grenzen hatte. „Ich denke, es macht einen besseren Eindruck, wenn wir höflich anklopfen, anstatt einfach hineinzuplatzen."

Antic zuckte mit den Schultern, als ob es ihr egal wäre, und klopfte mit ihrer kleinen Faust an die Tür. „Daisy?"

Omen trat näher heran. Obwohl nichts von seiner Schattenwesen-Gestalt zu sehen war, war die Aura der Macht, die ihn umgab, so stark, dass meine Haut kribbelte. „Wir wissen, dass du da bist, und du weißt, dass wir Schattenwesen sind", sagte er in die Schatten um das Haus herum. „Wir haben nur ein paar Fragen. Ich möchte lieber nicht noch aufdringlicher werden müssen."

Ich schlug ihm auf den Arm. „Was habe ich gerade über Höflichkeit gesagt?"

Er warf mir einen bösen Blick zu. „Ich habe diese Drohung sehr höflich formuliert." Er richtete seinen Blick wieder auf das Haus. „Um eins klarzustellen, mir wäre es viel lieber, wenn alles friedlich ablaufen würde."

Was wollte er tun, wenn die Feenfrau nicht auftauchte – in die Schatten abtauchen und sie mit Gewalt herausreißen? Bestimmt würde sie unsere Fragen dann liebend gerne beantworten.

Ich verzog das Gesicht und versuchte es selbst mit einer

Bitte. „Wir würden nicht fragen – oder so grob sein, wie jemand, dessen Namen ich nicht nennen will – wenn es nicht wichtig wäre. Es geht um eine Fee namens Luna, die vor langer Zeit in Austin gelebt hat. Ein Gnom meinte, du könntest sie gekannt haben."

Einen Moment lang geschah nichts. Dann tauchte eine schimmernde Gestalt vor uns auf.

Auch wenn die Feenfrau nicht Lunas Zwillingsschwester war, hätte man sie aufgrund ihres feenhaften Aussehens zumindest für Cousinen halten können. Ihr helles schimmerndes Haar war zu Zöpfen geflochten, in das sie glitzernde rosa Fäden mit eingearbeitet hatte, und auch ihr Rüschenkleid glitzerte und funkelte. Um den Hals trug sie eine opulente Kette aus mehreren Strängen Kristallglas, die aussahen, als könnten sie von den Kronleuchtern im Laden stammen. Ihre Gesichtszüge waren zart, und ihre Augen, die ein wenig zu groß waren, um menschlich zu wirken, waren auf mich gerichtet.

„Du kennst Luna?", fragte sie mit einer hellen Stimme, die mich so sehr an meine Adoptivmutter erinnerte, dass sich ein Kloß in meiner Kehle bildete. „Es ist so lange her! Trotzdem habe ich nie die Hoffnung aufgegeben, dass sie irgendwann zurückkehren wird."

Der Kloß in meinem Hals schwoll an. Sie wusste nicht, dass Luna nie wieder zurückkommen konnte. „Luna ... hat sich um mich gekümmert, als ich noch ein Kind war. Vor einigen Jahren wurde sie jedoch von ein paar Jägern ermordet. Es tut mir leid. Habt ihr euch nahegestanden, als sie hier gewohnt hat?"

„Oh, nein. Sie ist tot?" Das Gesicht der Frau verfinsterte sich für einen Moment, bevor sie sich zu sammeln schien. Ihr improvisiertes Gewand klirrte, als sie ihr Gewicht verlagerte. „Ich kann nicht behaupten, dass wir uns *wirklich* nahestanden, aber, weißt du ..."

Sie legte ihren Kopf schief und schenkte mir ein

verträumtes Lächeln, das eine weitere Welle der Erkenntnis in mir auslöste. Ich hatte noch nie mit anderen Feenfrauen als Luna gesprochen, deswegen war mir nicht klar gewesen, wie sehr sie ihre Art repräsentiert hatte und nicht ihre einzigartige Lebenseinstellung. Offenbar war Schüchternheit ein weiterer typischer Charakterzug dieser Spezies.

„Ich habe mir immer gewünscht, die Freundschaft zu vertiefen", fuhr die Fee fort. „Sie hatte so viel Energie; es war schön, in ihrer Nähe zu sein. Allerdings war sie sehr beschäftigt …"

Ich versuchte, mich nicht von der unheimlichen Ähnlichkeit irritieren zu lassen und mich auf meine Suche nach Antworten zu konzentrieren. „Weißt du, wer noch zu ihren Bekannten gehörte? War da jemand Bestimmtes?"

„Mal sehen, mal sehen … Es ist so lange her!" Sie schürzte die Lippen und neigte erneut ihren Kopf, wobei ihre Zöpfe wippten. „Sie hat sich hauptsächlich in der Innenstadt aufgehalten. Mir fällt niemand ein, der … oh. Da war der Elf. Ich habe mich immer gefragt, warum sie sich mit *ihm* abgibt. Mit ihm habe ich sie ein paar Mal gesehen."

Ich war für jeden Hinweis dankbar. „Ist dieser Elf noch in der Stadt? Wo können wir ihn finden?"

„Oh, er kam von dem schlimmsten Ort. Ich gehe nicht mehr in diese Richtung, doch soweit ich weiß, ist er nie umgezogen. Es könnte sein, dass er immer noch dort ist."

„*Wo*?", fragte Omen, und der bedrohliche Unterton kehrte in seine Stimme zurück.

Die Feenfrau stieß ein leises Schnauben aus, und ich fürchtete schon, sie würde eher verschwinden, als seinen Tonfall zu tolerieren. Doch sie wollte ihren Klatsch und Tratsch weiterverbreiten. „Er lebte in der *Kanalisation*. In der Nähe der Stelle, wo die stark befahrene Straße den Fluss kreuzt." Sie schauderte. „Das eine Mal, als ich mit ihm sprach, sagte er, dass kein Sterblicher ihn dort je verjagen würde. *Ich* persönlich würde es dort nicht aushalten."

„Danke", sagte ich. Da der Höllenhund-Wandler auf seine anmaßende Art wenigstens versucht hatte, mich zu unterstützen, fügte ich noch hinzu: „Ich nehme nicht an, dass du jemanden namens Ruby kennst? Vor einiger Zeit waren ein paar Schattenwesen hier, die sich nach diesem Namen erkundigt haben."

„Ruby … Ruby … Der Name kommt mir bekannt vor. Sie haben mich tatsächlich nach ihr gefragt, aber ich behalte nicht jedes Wesen in der Stadt im Auge."

Sie wusste also nicht mehr, als der Gnom uns schon erzählt hatte. Eigentlich sogar noch weniger. „Danke", sagte ich trotzdem noch einmal.

Sie wippte mit dem Kopf, blinzelte und warf Omen einen kurzen Blick zu, bevor sie verschwand. Er verdrehte nur die Augen.

„Ich frage mich, warum sie sich so für diese Ruby interessiert haben", sagte Snap, als wir zum Supermobil zurückgingen. „Es klingt nicht so, als ob die einheimischen Wesen überhaupt von Ruby wussten, bevor die Obersten ihre Untergebenen losgeschickt haben, um sich nach ihr zu erkundigen."

Ich legte meine Stirn in Falten. „Das ist ein gutes Argument. Wenn dieses Wesen etwas so Schlimmes verbrochen hat, dass die Obersten es ins Schattenreich zurückholen wollten, hätte dann nicht jemand von seinen *Taten* gehört?"

„Ich glaube, du übersiehst das Offensichtliche", bemerkte Omen mit düsterer Stimme.

„Was meinst du?"

Er betrachtete mich mit einem grimmigen, wenn auch nicht kalten Blick. „Die Suche nach dieser Ruby muss etwa zur gleichen Zeit wie deine Geburt stattgefunden haben. Wir wissen noch nicht, wie du diese Kräfte bekommen hast, die Sterbliche eigentlich nicht haben sollten. Womöglich hat Ruby Menschen Schattenwesen-Fähigkeiten verliehen."

Ein eisiger Schauer lief mir den Rücken hinunter. „Du meinst also …"

„Ich meine, dass es einen Zusammenhang zwischen unseren beiden Fragen geben könnte. Ansonsten wäre es schon ein schrecklich großer Zufall. Wer auch immer diese Ruby ist, vielleicht bist du ihretwegen so, wie du bist."

ACHTZEHN

Sorsha

Wir nahmen an, dass es sich bei der „stark befahrenen Straße", von der die Feenfrau gesprochen hatte, um die Autobahn handelte, die durch die Stadt führte. Zumindest hofften wir das, denn sonst würden wir tagelang in den Abwasserkanälen unterwegs sein. Während Ruse in Richtung Fluss fuhr, hielt ich nach vielversprechenden Gullys Ausschau. Eine Mischung aus Nervosität und Aufregung hatte mich so fest im Griff wie ein Kleinkind seine Kuscheldecke.

Wir wollten mit einem Schattenwesen sprechen, das Lunas engster Freund gewesen sein könnte. Zumindest sofern Schattenwesen Freundschaften knüpften. Wenn jemand hier mehr über sie und das, was mit meinen Eltern geschehen war, wusste, dann er.

Das bedeutete jedoch auch, dass die Spur völlig kalt werden könnte, wenn er es *nicht* wusste.

Ruse meldete sich vom Fahrersitz aus zu Wort. „Sollen wir dem Elfen Fragen stellen oder ihn festhalten?"

„Wenn wir Omen das Reden überlassen, könnte es eine Kombination aus beidem werden."

Antic, die auf der Tischkante hockte, unterdrückte ein Kichern.

Omen fletschte die Zähne, wenn auch nur ganz leicht. Das war ein Fortschritt. „Ihr geht also davon aus, dass ich mit euch an diesen feuchten Ort komme."

Ich zog die Augenbrauen hoch. „Du würdest mich also tatsächlich von der Leine lassen, damit ich die Dinge selbst in die Hand nehmen kann?", stichelte ich. „Hast du keine Angst vor dem Chaos, das ich da unten anrichten könnte?"

„Gelegentlich gelingt es dir, dich einigermaßen akzeptabel zu verhalten."

„Ich glaube, du hast ‚unglaublich' falsch ausgesprochen. Jedenfalls verpasst du eine hervorragende Gelegenheit, deine Autorität unter Beweis zu stellen."

„Vielleicht würde ich diese Autorität lieber nutzen, um die Kanalisation nicht betreten zu müssen." Seine Augen funkelten. „Man könnte fast meinen, du hättest Angst, allein da hinunterzugehen, so wie du versuchst, mich zu überreden, mitzukommen."

Oh, er dachte, er könnte den Spieß einfach umdrehen? Ich widerstand dem Drang, ihm die Zunge herauszustrecken. Dieses eine Mal würde ich mich etwas erwachsener verhalten.

„Ich werde nicht allein sein. Ich werde von Schattenwesen begleitet, die es für wichtiger halten, Antworten zu bekommen, um die Lichtarmee zu Fall zu bringen, als sich nicht schmutzig zu machen." Ich tätschelte Snaps Oberschenkel, der neben mir saß, und Thorns Ellbogen, der zu meiner anderen Seite neben dem Sofa stand. „Vielleicht bedeutet ‚Boss' nicht mehr dasselbe wie früher."

„Ich bin mir ziemlich sicher, dass Delegation schon immer Teil der Stellenbeschreibung war." Er warf einen Blick zum vorderen Teil des Wohnmobils, als Ruse langsam zum Stehen kam. „Keine Sorge, Chaos-Queen. Da dir mein Schutz so wichtig ist, werde ich den Gestank ein paar Minuten in Kauf nehmen."

„So habe ich das nicht gemeint", knurrte ich – und, heilige Höllenhunde, war das etwa der Anflug eines Grinsens in seinem Gesicht?

„Dann *muss* ich ja nicht mitkommen", erwiderte er und stieß sich von der Theke gegenüber vom Tisch ab. „Darlene braucht meinen Schutz dringender als du."

„Oh, nein." Ich gab ihm einen leichten Schubs in Richtung Tür. „Du hast gesagt, du würdest mitkommen, und du bist ein Mann, der sein Wort hält. Komm schon. Unterwegs wirst du noch so oft böse schauen und knurren können. Wahrscheinlich vor allem meinetwegen. Das wird ein Spaß."

Er hielt meine Hand fest, die noch immer auf seinem Rücken verweilte, und stieß sie in meine Richtung – nicht grob, aber schwungvoll. Die Hitze seiner Finger hinterließ ein Glühen auf meiner Haut, und unser Geplänkel schien plötzlich elektrisch geladen zu sein. „Da, wo wir hingehen, solltest du lieber auf deine Finger aufpassen."

„Ein Gentleman würde mir seinen Arm anbieten", teilte ich ihm mit.

„Dann ist es ja gut, dass ich nie so getan habe, als wäre ich einer."

„Mylady", sagte Thorn, der mir *seinen* Arm anbot und aussah, als würde er die ganze Sache mit dem Gentleman ebenso ernst nehmen wie die meisten anderen Themen auch.

Ich lächelte zu ihm auf und stellte mich auf die Zehenspitzen, um ihm einen Kuss auf die Wange zu drücken. „Ich weiß bereits, dass du sehr ritterlich bist. Allerdings solltest du lieber im Schatten bleiben, es sei denn, wir müssen uns verteidigen. Es wird so schon schwer genug sein, da hinunterzukommen, ohne dass jemand fragt, warum wir in städtisches Eigentum eindringen."

Ruse erschien auf den Stufen neben der Tür, offenbar hatte er die Gegend bereits ausgekundschaftet. „In einer der ruhigeren Straßen gibt es einen Zugang zur Kanalisation", sagte er. „Wir können durch die Schatten hineingelangen und den Kanaldeckel für dich öffnen. Außerdem sind gerade keine Leute in der Nähe. Wenn du dich beeilst, sollte dich also niemand bemerken."

„Klingt nach einem Plan."

Die anderen Schattenwesen verschwanden, bis auf Snap, der seine Hand auf meine Hüfte und seinen Arm um meine Schultern legte. Ich beugte meinen Kopf nach hinten, um mein Gesicht in den perfekten Winkel für einen Kuss zu bringen, und er enttäuschte mich nicht.

„Ich komme schon klar", versicherte ich ihm. „Ihr werdet alle in meiner Nähe sein, und ich muss nur die Straße entlanggehen." Und in irgendeinem Gully verschwinden, doch darüber wollte ich lieber nicht weiter nachdenken. Unbemerkt durch den Gully zu schlüpfen, sollte nach meiner langjährigen Erfahrung als Einbrecherin kein Problem sein.

„Natürlich wirst du das", sagte Snap, zuversichtlich wie immer. „Ich habe mich nur gefragt ..."

Als sich seine Pause in die Länge zog, stupste ich ihn am Arm an. „Was? Du hast dich schon vieles gefragt, und ich antworte immer gern."

Er befeuchtete seine Lippen mit seiner verführerischen Zunge. „Seid du und Omen euch nähergekommen? So wie wir beide? Und so wie du mit Ruse und Thorn?"

Die Erinnerung an die glühenden Finger des Höllenhund-Wandlers gerade eben – und daran, wie er vor ein paar Tagen meinen Kuss erwidert hatte – durchzuckte mich. „Nicht so", antwortete ich. „Warum?"

„Manchmal ist da diese Energie zwischen euch, die Ruse als ‚Anziehung' bezeichnet." Der Verschlinger schaute plötzlich hinreißend unbeholfen drein. „Es würde mir nichts ausmachen. Er ist ... völlig anders als ich, und sehr mächtig, und er tut so viel für die Schattenwesen. Ich könnte nicht behaupten, dass ich deiner Zuneigung würdig bin und er nicht."

Ich schenkte ihm ein schiefes Lächeln. „Ich denke, die Frage ist eher, ob er *mich* seiner für würdig erachtet. Aber das ist schon in Ordnung. Mit euch dreien bin ich ohnehin gut beschäftigt. Und er ist mindestens genauso oft ein Idiot, wie er anziehend ist."

Snap brummte. „Er trägt eine große Last auf seinen Schultern. Das hat ihn hart gemacht. Trotzdem ist er gut zu mir gewesen." Er küsste meinen Scheitel. „Ich muss los. Und du solltest dich auch lieber beeilen."

Ich schloss die Tür des Wohnmobils, das zurzeit als Reisebus unterwegs war, hinter mir und ging auf die Metallklappe zu, die sich vom Asphalt auf der Straße abhob. Als ich den Gully erreichte, bewegte sich die schwere Abdeckung. Darunter kamen ein Spalt Dunkelheit und der schwache Schimmer von Thorns weißblondem Haar zum Vorschein.

Ein paar Jugendliche schlenderten die Straße entlang auf mich zu. Ich gab dem Krieger ein Zeichen, einen Moment zu warten, und tat so, als würde ich fasziniert das vergitterte Schaufenster neben mir betrachten. Kaum waren die Jugendlichen weg, machte ich eine Aufwärtsbewegung mit meiner Hand.

Sobald er den Deckel angehoben hatte, zwängte ich mich durch den Spalt und fand mich in Thorns Arm wieder, mit dem er mich an seinen muskulösen Oberkörper drückte. Er ließ den Metalldeckel sinken, und ich sah, dass sein Körper zwischen den Tunnelwänden eingeklemmt war, wobei Rücken und Füße sich jeweils an den gegenüberliegenden Seiten befanden.

„Ich werde Euch hinunterbringen, Mylady."

„Vielen Dank", sagte ich mit einem Grinsen.

Es war schwer, meine gute Laune beizubehalten, als sich

die Gerüche der Kanalisation in der Dunkelheit um mich herum verdichteten. Nur ein paar dünne Lichtstrahlen drangen durch die kleinen Löcher im Gullydeckel. Thorn setzte mich auf einem dreckigen Betonblock ab. Sein Gesicht war angewidert verzogen. „Ab hier ist es sehr dunkel. Die anderen sind vorausgegangen, um den Elfen zu suchen."

„Hoffentlich finden sie ihn bald." Ich rümpfte die Nase und atmete durch den Mund, um den Gestank zu mindern. Dann zückte ich mein Handy und schaltete die Taschenlampe ein. Ich hatte keine Angst, durch diese Tunnel zu stapfen, doch wenn ich es vermeiden konnte, in einen Graben voller Scheiße zu treten, wäre mir das lieber.

Vor uns befand sich einer dieser Gräben, durch den ein Schwall trübes Wasser floss. Nun, Wasser und einige andere Dinge, die weit weniger angenehm waren als H2O. War das da etwa der Schwanz eines Krokodils?

Ich beschloss, lieber nicht genauer hinzusehen.

Ich folgte dem Weg daneben, und mir wurde flau im Magen, was nichts mit meinen Nerven zu tun hatte. Nach gefühlten Hunderten von Jahren tauchte eine Gestalt vor mir auf: Omen, der sich durch sein magmaartiges Höllenhund-Glühen von der Dunkelheit abhob. „Da ist er", sagte er in einem trockenen Ton, bei dem ich keine Ahnung hatte, was mich erwartete.

Der hagere Mann, der neben ihm hervortrat, ließ sich am besten mit „trübsinnig" beschreiben. Alles an ihm schien erschlafft zu sein, angefangen bei seinem herabhängenden schwarzen Haar, den Tränensäcken unter seinen Augen und dem eingefallenen Kiefer bis hin zu den schlaffen Laschen seiner erstaunlich sauberen Turnschuhe. Wie es sich für einen Elfen gehörte, hatte er spitze Ohren. Falls wir dieses Treffen an einen öffentlicheren Ort verlegen mussten, konnte Ruse ihm vielleicht ein paar Tipps hinsichtlich einer Kopfbedeckung geben.

„Er sagt, sein Name sei Gloam", erklärte Ruse, der sich

direkt hinter mir materialisierte. Er legte seine Hand auf meine Taille und fuhr zärtlich mit seinem Daumen darüber.

„Eine Feenfrau im Lampenladen hat uns erzählt, dass du mit Luna befreundet warst."

Der Elf stieß einen schwermütigen Seufzer aus. Man könnte meinen, wir hätten ihm gerade mitgeteilt, sein Haus sei abgebrannt und sein Auto explodiert. Obwohl, wenn man bedachte, wo er wohnte, war das vielleicht schon passiert.

„Luna", sagte er mit brüchiger Stimme. „Ich dachte, ich hätte ihr etwas bedeutet. Doch dann ist sie einfach abgehauen und hat mich *im Stich gelassen*. Wer weiß, wohin sie verschwunden ist."

Antic tauchte aus der Dunkelheit auf und schnalzte mit der Zunge. „Sie ist tot, Elf. Also ist es vielleicht besser, dass du sie nicht begleitet hast, hm?" Sie zupfte an seinem schlaffen Hemdsärmel und schenkte mir ein Lächeln, als wollte sie meine Zustimmung zu ihrer Aussage einholen.

Gloam sah so niedergeschlagen aus, dass es schwer zu sagen war, ob ihn diese Neuigkeit überhaupt berührte. „Manche Sterbliche sagen, dass man nach dem Tod an einen besseren Ort kommt. Vielleicht stimmt das ja."

„Hoffentlich", sagte ich, um die Sache zu beschleunigen. „Und sie ist so überstürzt von hier abgehauen, weil sie dachte, dass die Jäger, die ihre Freunde abgeschlachtet haben, sie auch ermorden würden. Ich nehme an, du hast sie ziemlich gut gekannt?"

„Wir haben zusammen das menschliche Nachtleben erkundet. Sie meinte, ich wäre der Einzige, mit dem sie reden könne, und der sie nicht für seltsam hielt." Er seufzte wieder. „Mich halten auch alle für seltsam. Wie könnte ich da über andere urteilen? Nicht, dass es sie davon abhalten würde."

Ich war mir nicht sicher, ob „seltsam" das richtige Wort war, um den Elfen zu beschreiben, doch mich auf eine Debatte darüber einzulassen, schien mir keine sinnvolle Verwendung meiner Zeit zu sein. „Es tut mir leid, das zu hören. Du weißt nicht zufällig, ob sie noch andere Freunde hier in der Stadt hatte, oder? Vielleicht einen Mann namens Philip … einen Menschenmann?"

„Oh ja!", antwortete Gloam, als ob dies allgemein bekannt wäre. „Der Menschenmann. Sie hat mir von ihm erzählt. Mit ihm war sie öfter tagsüber unterwegs, da meine Gesellschaft dann zu nichts taugt."

Er senkte den Kopf noch tiefer. Wie hatte die aufgeweckte Luna nur mit *diesem* Kerl befreundet sein können?

Omen sah aus, als würde er gegen den Drang ankämpfen, den Elfen an der Schulter zu packen und die Antworten aus ihm herauszuschütteln. „Was hat sie über ihn gesagt? Hat sie seine Frau mal erwähnt?"

„So hat sie ihn überhaupt erst kennengelernt, durch seine Frau. Obwohl sie eigentlich gar nicht seine Frau war. Wer hätte das gedacht? Doch manchmal ist es seltsam …" Der Elf schüttelte niedergeschlagen den Kopf. „Bei Luna klang es wie die wunderbarste Erfahrung überhaupt, nicht dass ich sie jemals machen werde."

Antic stupste ihm mit dem Finger in den Bauch. „Welche Erfahrung?" Sie warf mir einen Blick zu. „Ich glaube, er will nur, dass es uns allen genauso miserabel geht wie ihm."

„Nein. Nein, niemand sollte sich jemals so fühlen müssen, wie ich gerade." Er fuhr sich mit der Hand über den Mund. „Ember war Lunas *beste* Freundin. Wie hätte ich gegen eine Ifrita ankommen sollen? Und dann war sie auch noch mit einem Menschenmann zusammen, was Luna unglaublich faszinierend fand. Irgendwann haben wir uns kaum noch gesehen, weil sie so damit beschäftigt war, *den beiden* zu helfen …"

Mein Herz machte einen Sprung. „Warte, du meinst also, Lunas Freund Philip hat eine Ifrita geheiratet? Ein Schattenwesen?"

„Das kommt schon mal vor", sagte Gloam, als könne er sich kein tragischeres Schicksal vorstellen. Oder rührte sein

Elend aus dem Mangel an Romantik in seinem eigenen Leben? In der allgemeinen Melancholie war das schwer zu erkennen. „Alles still und heimlich, natürlich. Luna hat sogar mit mir kaum darüber gesprochen. Ups, vielleicht hätte ich es nicht einmal euch erzählen dürfen." Er hielt sich die Hände vors Gesicht.

Mein Herzschlag beschleunigte sich wieder, allerdings immer noch stotternd. Natürlich war es der stets neugierige Snap, der die Frage stellte, die wir uns wohl alle in diesem Moment gestellt hatten. Vielleicht war ihm nicht einmal bewusst, wie lächerlich sie für jemanden klang, der mit den Beziehungen zwischen Schattenwesen und Menschen besser vertraut war. Er legte eine Hand auf meine Schulter und beugte sich über mich. „Könnten der Menschenmann und die Ifrita ein Kind bekommen haben?"

Gloam lachte, doch irgendwie schaffte er es, selbst dieses Geräusch niedergeschlagen klingen zu lassen. „Jeder weiß, dass Schattenwesen keine Kinder zeugen können. Doch es ist witzig, dass du fragst. Luna hat sich einmal näher mit den Legenden beschäftigt und dabei scheinbar herausgefunden, dass sich die Feen angeblich mit Sterblichen vermischt haben. Vermutlich hat dieses Paar nach einer Möglichkeit gesucht, ich bezweifle allerdings, dass sie eine gefunden haben."

Ich schluckte schwer, ohne meinen Blick von ihm abzuwenden, da ich noch nicht bereit war, meine Gefährten anzuschauen und zu sehen, was sie von dieser Offenbarung hielten. Im Gegensatz zu ihm hatte ich keine Zweifel. Was er gesagt hatte, war zwar kein endgültiger Beweis, doch die Teile passten unbestreitbar zusammen.

Ich blutete sowohl Blut als auch Rauch. Ich konnte Eisen und Silber berühren, und ich konnte allein durch reine Willenskraft Feuer erzeugen. Ich war sowohl Mensch als auch Schattenwesen.

Meine Eltern und Luna hatten einen Weg gefunden.

Ich hatte meine Antwort – und alles war genauso

rätselhaft wie vor dem Beginn meiner Suche. Wer konnte mir sagen, was es bedeutete, ein Hybrid aus Mensch und Schattenwesen zu sein, oder wie ich mit meinen Kräften umgehen sollte? Selbst dieser Elf, der anscheinend das einzige noch lebende Wesen war, das dieses Geheimnis kannte, tat meine Existenz als völlig unmöglich ab.

NEUNZEHN

Snap

Wie hatte ich nur je die verlockende, würzige Süße von Sorshas Haut vergessen können? Der Gedanke an jene Tage, an denen mir alles und jeder in der Welt der Sterblichen so fremd gewesen war, sandte einen Schauer durch meinen Körper.

Ich verdrängte die Erinnerung und konzentrierte mich auf das weitaus angenehmere Gefühl, das ich empfand, während ich meine Zunge über den Nippel meiner Geliebten gleiten ließ.

Sorshas Atem stockte, und ihre Finger griffen nach meinem Haar. Ich knabberte an dem steifen Nippel, da ich herausgefunden hatte, dass ich ihr dadurch noch entzücktere Laute entlocken konnte. Anschließend presste ich meinen Mund wieder auf ihre Lippen.

Meine Hand wühlte sich durch das Lakengewirr auf ihrem Bett, um die Stelle zwischen ihren Schenkeln zu streicheln. Als ich den Schlitz berührte, der uns beiden so viel Vergnügen bereitete, spürte ich, dass sie feucht und bereit war. Mmm, ich sollte unsere Tage öfter auf diese Weise beginnen.

Sorshas Knie drückte gegen meine Hüfte, bevor sie sich mit einem rauen Atemzug von mir löste. „Snap, ich glaube, wir müssen etwas vorsichtiger sein."

Ich konnte nicht widerstehen, einen meiner Finger in ihren heißen Schlitz zu tauchen. Als ich sah, wie sie sich auf die Lippe biss, wollte ich sie am liebsten sofort wieder küssen, doch ich war mir nicht sicher, was sie gemeint hatte. „Vorsichtig, inwiefern?"

„Na ja, so wie es sich anhört, haben meine Eltern einen Weg gefunden, ein Kind zu bekommen, obwohl mein Vater ein Mensch und meine Mutter ein Schattenwesen war. Auch wenn es vielleicht nicht einfach war, wissen wir nicht, ob ich nicht doch schwanger werden könnte. Also sollten wir es lieber nicht riskieren."

Richtig. Die Menschen schufen durch diesen Akt der körperlichen Verschmelzung neues Leben. Könnte das, was wir hier taten, was wir bereits getan hatten, als wir uns so eng und leidenschaftlich vereinigt hatten, ein Wesen hervorbringen, das eine Kombination aus ihr und mir war?

Bei dieser Vorstellung durchlief mich ein wohliger Schauer. Sie war meine Geliebte, in jeder Bedeutung des Wortes, die ich verstand. Sie hatte mir gesagt, dass sie mich liebte, selbst in meiner monströsesten Form, selbst, nachdem ich zugegeben hatte, wie hart und egoistisch der Hunger in mir sein konnte. Und dann war da noch dieser andere Hunger, der zärtliche und selbstlose Hunger, sie besitzen zu wollen, allerdings nur in dem Maße, wie sie es auch wollte.

Das Wort Liebe schien nicht bedeutsam genug zu sein, um das Gefühl zu beschreiben, das mich jedes Mal mit einem warmen Leuchten erfüllte, wenn ich sie ansah.

Ich küsste ihre Schläfe und ließ meine Lippen weiter nach

unten gleiten, um an ihrem zarten Ohrläppchen zu knabbern. „Wäre es denn so schrecklich, wenn wir ein Kind bekämen, Pfirsich?"

Sorsha lachte und zog mich zu einem Kuss heran. „Vielleicht nicht. *Irgendwann* einmal", sagte sie. „Du hast keine Ahnung, wie Babys sind, oder? Sie machen einen Haufen Arbeit und brauchen viel Aufmerksamkeit und Geborgenheit. Das lässt sich wohl kaum mit unserem derzeitigen Lebensstil vereinbaren."

„Hmm. Aber vielleicht später. Wenn wir uns keine Sorgen mehr um die Lichtarmee machen müssen?"

„Wir werden sehen. Ich habe nie wirklich darüber nachgedacht, eine Familie zu gründen, zumindest nicht in letzter Zeit. Doch mittlerweile erscheint mir der Gedanke gar nicht mehr so abwegig. Vorausgesetzt, wir überleben diesen Krieg, in dem wir gelandet sind."

„Das werden wir", sagte ich und wünschte, ich wäre mir dessen genauso sicher wie meiner Bewunderung für die Frau neben mir. Ich schob einen weiteren Finger in sie hinein und ließ ihn über das empfindliche Fleisch ihres Inneren gleiten, auf der Suche nach der Stelle, die sie am stärksten erschaudern ließ. „Wie können wir in der Zwischenzeit ‚vorsichtig' sein?"

Sorsha stemmte sich gegen meine Hand. Als sie es schaffte zu sprechen, war ihre Stimme voller Verlangen. „Im Moment sollten wir uns lieber auf Hände oder Münder beschränken. Was du übrigens *sehr* gut machst. Ich werde Kondome besorgen, die ziehen wir dir über." Sie strich mit ihrer Hand über meine Erektion, die dadurch noch steifer wurde. „Dann brauchen wir uns keine Sorgen mehr um Babys zu machen."

Diese Regeln konnte ich befolgen. Womöglich könnte ich sie sogar etwas anpassen, um ihr ein noch lustvolleres Erlebnis zu bereiten. Ich wanderte an ihrem Körper nach unten, während ich sie weiterhin zwischen ihren Beinen streichelte. „Wie wäre es dann mit Händen *und* Mündern?"

„Dagegen ist sicherlich nichts einzu…"

Ich fuhr mit meiner Zunge über den sensiblen Lustknoten direkt über ihrem Schlitz, woraufhin sie ihren Satz mit einem Keuchen abbrach. Ich verwandelte das Keuchen in ein Stöhnen, indem ich den Druck meiner Lippen verstärkte.

Ihr Geschmack erfüllte meinen Mund. Hier unten schmeckte sie besonders feurig. Es war das Köstlichste, was ich je gekostet hatte.

Ein Klirren ertönte aus dem Küchenbereich am Ende des Flurs und Ruse' Stimme drang durch die Wand. „Frühstück ist fertig! Wer möchte etwas essen?"

Ich war zu sehr damit beschäftigt, diesen Leckerbissen zu genießen, um mich für sein Angebot zu interessieren. Doch Sorsha musste ihren Magen füllen, um bei Kräften zu bleiben. Also würde ich sie nicht zu lange von ihrer Stärkung fernhalten.

Ich saugte fester, während ich immer wieder meine Finger in sie hineinstieß und sogar einen dritten hinzufügte. Sorsha stieß einen gutturalen Laut aus. Ihr Körper zog sich zusammen, bevor er mit einem Schaudern der Erlösung zusammensackte. Noch mehr Feuchtigkeit sickerte über meine Finger, als ich sie aus ihr herauszog. Ich leckte sie ab und lächelte. „Das beste Frühstück, das ich je hatte."

Sorsha lachte wieder und zog mich neben sich. Ihre Hand glitt über meine Brust zu meinem immer noch steifen Schwanz. Als sie ihn mit ihren Fingern umschloss, kam ein Stöhnen über meine Lippen. Ich hätte diesen wundersamen Teil meines Körpers so gerne in ihr versenkt. Vielleicht hatte Ruse ein paar dieser ‚Kondome' dabei. Sexuelle Begegnungen waren schließlich seine Spezialität.

Dieser Gedanke führte mich zurück zu den Gründen, warum wir diesen Schutz brauchten, und zu den Möglichkeiten, wie Sorsha gezeugt worden war. Selbst trotz der Lust, die sich in mir ausbreitete, blieb mein Verstand an einer Erinnerung hängen, die aus der Zeit stammte, bevor wir intim geworden waren.

Ich hielt ihre Hand fest, bevor mir der Gedanke im Dunst des Verlangens entwischen konnte. Sorsha sah mich fragend an.

„Jetzt ergibt das alles einen Sinn", sagte ich.

„Wie schön, dass mein Handjob dich erleuchtet hat. Was genau ergibt einen Sinn?"

„Die Eindrücke, die ich von diesem hübschen Kästchen gewonnen habe, das deine Eltern dir hinterlassen haben." Schon damals hatte ich mich geehrt gefühlt, weil sie mir die Schätze ihrer Vergangenheit anvertraut hatte. „Das stärkste Gefühl war, dass sie eine Menge Risiken auf sich genommen hatten, um dich in ihr Leben zu holen – dass es fast gar nicht möglich gewesen wäre. Weil es für die beiden so schwierig gewesen sein muss, dich überhaupt zu empfangen."

„Das ist wahr. Ich hatte ganz vergessen, dass du das Kästchen untersucht hast." Sie hielt inne. „Und du hattest nicht den Eindruck, dass noch jemand an diesem Prozess beteiligt war? Jemand, dem sie etwas schuldeten oder von dem sie sich gewünscht hätten, dass ich ihn kennenlerne?"

„Du meinst, ob sie in irgendeiner Weise mit Ruby in Verbindung standen?" Ich schüttelte den Kopf. „Nein, alles hat sich um dich und ihre Verbindung zu dir gedreht Aber das heißt nicht, dass Ruby nicht involviert war. Da es schon so lange her ist, waren die Eindrücke recht vage."

„Verstehe." Sie verzog das Gesicht. „Wenn ich mich recht erinnere, hast du mir auch erzählt, dass Luna jemanden aus ihrer Vergangenheit vermisst. Ich frage mich, ob das die Fee aus dem Lampenladen oder der missmutige Elf gewesen sein könnte. Mir ist nie in den Sinn gekommen, sie zu fragen, was sie zurückgelassen hat. Irgendwie habe ich es für selbstverständlich gehalten, dass ich der Mittelpunkt ihres Lebens war."

Ich strich mit meiner Hand über Sorshas Haar. „Nach

allem, was ich über Schattenwesen weiß, glaube ich nicht, dass sie dieses Opfer gebracht hätte, wenn du ihr nicht *viel* wichtiger gewesen wärst als alles, was sie aufgegeben hat."

Der Gedanke an den Verlust, den sie erlitten hatte, versetzte meiner Lust einen Dämpfer. Außerdem könnten wir es beide ohnehin mehr genießen, sobald sie geschützt war. Ich setzte mich auf und zog sie mit mir. „Du solltest dein Frühstück essen, bevor es kalt wird."

Sorsha zog eine Augenbraue hoch. „Bist du sicher?"

Ich hauchte ihr einen Kuss auf die Lippen. „Ich bin rundum zufrieden. Vorerst."

Als wir aus dem Schlafzimmer kamen, breitete Ruse gerade seine Beute auf dem Tisch aus. Auch Omen war inzwischen zurückgekehrt. Der Höllenhund-Wandler war wieder allein losgezogen, nachdem wir Gloam befragt hatten, der auch keinen Kontakt zu dem Schattenwesen namens Ruby gehabt hatte. Zumindest hatte er das behauptet. Der ernsten Miene unseres Anführers nach zu urteilen, vermutete ich, dass auch seine Suche keine neuen Erkenntnisse geliefert hatte.

Sorsha war wohl zu demselben Schluss gekommen. „Keine Spur von unserer geheimnisvollen Ruby?", fragte sie und ließ sich auf die Sofabank sinken. Ich setzte mich neben sie und schnappte mir ein besonders köstlich duftendes Gebäck mit siruphaltigen Kirschen.

Omen seufzte. „Soweit ich das beurteilen kann, hat keines der Schattenwesen in der Stadt sie jemals zu Gesicht bekommen, geschweige denn eine von ihr verursachte Katastrophe bemerkt. Möglicherweise haben die Lakaien der Obersten alle anderen Wesen, die in ihre Machenschaften verwickelt waren, aus dem Weg geräumt. Dennoch hätte ich erwartet, dass es zumindest Gerüchte gibt."

„Vielleicht war es ein falsches Gerücht, das die Obersten überhaupt hierhergebracht hat", schlug Thorn vor. „Oder eine Information, von der sie dachten, dass sie mit diesem Wesen zusammenhängt, was jedoch gar nicht der Fall war. Wir wissen nicht, in wie vielen Städten sie eine intensivere Suche durchgeführt haben. Die Tatsache, dass sie es hier getan haben, wo Sorsha geboren wurde, ist womöglich kein Zufall."

„Das stimmt. Soweit wir wissen, haben sie Schattenwesen in allen Großstädten dieser Landeshälfte belästigt." Der nächste Atemzug des Höllenhund-Wandlers wurde von einem Schnauben begleitet. „Ich nehme an, es hat keinen Sinn, weiter nach Ruby zu suchen. Selbst, wenn es hier eine Spur gegeben hat, ist sie längst kalt. Wir müssen uns mit dem begnügen, was wir haben. Laut Rex' Hacker befindet sich die Kommandozentrale der Lichtarmee in San Francisco. Wir werden sie ausfindig machen und dann entscheiden, wie wir weiter vorgehen."

Sorsha, die gerade einen mit Käse-Rührei gefüllten Wrap an ihren Mund führen wollte, hielt mitten in der Bewegung inne und spannte sich an, bevor sie laut schluckte. „Wollt ihr jetzt sofort los?"

Omen blickte sie über den Tisch hinweg an. „Wie es scheint, haben wir hier alles getan, was wir konnten. Wir wissen, wie du zu dem wurdest, was du bist. Was die Details betrifft, kommen wir jedoch nicht weiter. Hast du wirklich geglaubt, wir würden unsere Hauptmission vergessen, während wir Nachforschungen über einen Vorfall anstellen, von dem kein Schattenwesen je gehört hat?"

„Es dürfte nicht so schwer sein, *das* herauszufinden. Wie viele Schattenwesen wollen überhaupt Kinder haben? Ich wollte zumindest noch einmal mit der örtlichen Zweigstelle des Bundes sprechen. Vielleicht erinnert sich Klaus ja noch an etwas, wenn ich ihm ein paar gezielte Fragen stelle. Außerdem könnten wir *auch* bei der Hauptmission ihre Hilfe gebrauchen."

Omen schnaubte. „Es war schon schwer genug, die Menschen, die dich kannten, dazu zu bringen, etwas beizutragen, als wir in ihrer Stadt waren, Chaos-Queen. Was werden diese Sterblichen schon tun, wenn es um San Francisco geht?"

„Ich weiß es nicht. Trotzdem ist es einen Versuch wert. Versuche haben uns schon mehr als einmal weitergebracht, wie du ja selbst zugegeben hast." Sie wedelte mit dem Wrap durch die Luft.

„Hoffentlich muss ich das nie wieder tun", erwiderte er trocken. „Sie haben doch deine Kontaktdaten, falls sie den Wunsch verspüren, etwas zu unternehmen, oder?"

„Nun, ja, aber ..." Sorsha zögerte und der wilde Blick in ihren Augen wurde etwas sanfter. Ich wollte gerade mein Gebäckstück weglegen und ihr die Hand reichen, als sie ihre Stimme wiederfand. „Wir wissen immer noch nicht, warum meine Kräfte verrücktspielen. Ich weiß nicht, wie hilfreich *ich* sein werde, solange ich nicht sicher sein kann, dass ich die richtigen Leute verbrenne".

Omen lehnte sich an den Küchentisch und blickte vollkommen gleichgültig drein. „Ich denke, darauf haben wir schon eine Antwort. Offensichtlich haben deine menschlichen Anteile Schwierigkeiten, die Schattenwesen-Anteile zu akzeptieren. Das ist der immerwährende Konflikt unserer Spezies."

„Was für eine wunderbare Erklärung! Leider hilft sie mir nicht dabei, mich nicht in Brand zu setzen."

„Sorsha." Omen sah mich mit einem eindringlichen Blick an und sein Tonfall war so ernst, dass ich ihm noch aufmerksamer zuhörte. „Die Narren vom Bund werden dir nicht helfen können. Du kannst es schaffen. *Wir* können es schaffen. Ich werde dein unmögliches Ich so lange trainieren, bis du dich besser unter Kontrolle hast. Ich werde nicht zulassen, dass du in Flammen aufgehst, klar? Ich möchte nur, dass wir die Trainingseinheiten in die Richtung unseres ultimativen Ziels lenken, um mehr als eine Fliege mit einer Klappe zu schlagen."

Sorsha blinzelte ihn an. „Oh. Okay." Ihr Lächeln kehrte in

ihr Gesicht zurück. „Solange diese Trainingseinheiten nicht darin bestehen, dass du mich zu Brei schlägst, wie du es in der Vergangenheit versucht hast."

Omen verdrehte seine Augen gen Himmel. „Ich denke, ich kann dich auch vor dieser Gefahr bewahren."

Ich atmete langsam ein und schmeckte die Energie, die zwischen ihnen in der Luft vibrierte. Es war eine seltsame Mischung aus Feindseligkeit, Kameradschaft und Belustigung, und ich hatte keine Ahnung, was ich davon halten sollte. Es war ganz und gar nicht vergleichbar mit der beständigen Atmosphäre der Zuneigung und Unterstützung, die zwischen Sorsha und Thorn herrschte, oder mit der sinnlichen Hitze, die sie und Ruse mit einem Blick entfachen konnten. Dennoch war da ein Hauch dieser beiden Elemente, gemischt mit vielen anderen.

Vielleicht wussten die beiden selbst nicht, wie sie mit diesem Gefühlschaos umgehen sollten.

„Ich würde mich trotzdem gerne mit den Leuten vom Bund in Verbindung setzen, auch wenn es nur kurz ist", sagte Sorsha gerade, als ihr Handy piepte. Sie nahm es in die Hand und las etwas auf dem Bildschirm. Als ihre Gesichtszüge entgleisten, rutschte mir das Herz in die Hose.

„Was ist los?", fragte ich.

„Es ist nur ..." Sie fuhr sich mit der Hand über den Mund, wie um ihre finstere Miene wegzuwischen, was ihr jedoch nicht gelang. „Es sollte eigentlich keine Rolle spielen. Ich hatte ohnehin keine Erwartungen. Ellen hat mir gerade eine Nachricht geschickt. Sie hat beschlossen, dass der Bund und sie sich komplett aus dem Konflikt mit der Lichtarmee heraushalten werden."

ZWANZIG

Sorsha

Aus dem Ball, der auf mich zuraste, loderte eine Stichflamme auf. Gleichzeitig strömte eine knisternde Hitze über meine Hand. Ich wich dem feurigen Geschoss aus und drückte meine Finger an mein Oberteil, wobei ich mich bemühte wegen des brennenden Schmerzes nicht zusammenzuzucken.

„Du bist unkonzentriert", sagte Omen, der ein paar Meter entfernt an der Wand des Schlagkäfigs lehnte. „Du kannst nicht erwarten, dass du die Kontrolle behältst, wenn du nicht aufpasst."

„Entschuldigung, dass ich an dem Tag, an dem ich erfahren habe, dass ich eine noch nie dagewesene Verschmelzung von Mensch und Schattenwesen bin, etwas abgelenkt bin", schnauzte ich ihn an und wedelte mit der Hand durch die Luft, um die Hitze zu vertreiben.

„Wenn du keine Lust hast, weiterzumachen, können wir das Training auch beenden."

„*Das* habe ich doch gar nicht gesagt." Nicht auszudenken, was für eine Party er schmeißen würde, wenn ich zugeben würde, dass ich einer seiner Herausforderungen nicht gewachsen war. Oh nein, mit mir nicht. Auch wenn ich mir nicht ganz sicher war, wie ich diese Sache durchstehen sollte. Vermutlich, indem ich mich nicht aus Versehen grillte.

Die Trainingseinheit im Schlagkäfig war anfangs eigentlich ganz gut gelaufen. Als Omen den Ballwerfer so eingestellt hatte, dass er Bälle in die ungefähre Richtung meines Gesichts schoss, waren die anderen Schattenwesen herausgekommen, um zuzusehen. Unter Antics eifrigem Anfeuern, Ruse' verschmitztem Lob und Thorns und Snaps leiser, aber kraftvoller Unterstützung war es mir gelungen, Ellens Absage und das, was ich über mich erfahren hatte, aus meinem Kopf zu verdrängen.

Es wurde immer dunkler. Die Zeit bis zu der Sitzung des Bundes, an der Omen mich widerwillig teilnehmen ließ, rückte immer näher, und es wurde immer schwieriger, die quälende Ungewissheit auszublenden.

Und man sieht ja, was mir das eingebracht hat. Versengte Finger. Toll gemacht, Sorsha!

Ich straffte die Schultern und bereitete mich auf den nächsten Ball vor. Die Maschine schleuderte ihn mit der Intensität eines Atomraketenstarts auf mich.

Ich kniff die Augen zusammen, und das Leder ging in Flammen auf. Der Ball flog wie ein Meteorit durch die Luft und löste sich unmittelbar vor mir in Asche auf. Als die verkohlten Überreste qualmend zu Boden rieselten, rechnete ich mit einem entsprechenden Brennen, doch es kam nicht. Ausnahmsweise konnte sich mein Trainer nicht beschweren.

„Besser", sagte Omen. „Du *kannst* es – jetzt musst du nur noch dranbleiben."

„Danke für die hervorragende Anleitung, Boss. Was würde ich nur ohne deine Weisheit tun?"

Seine Mundwinkel zuckten leicht. „Dich selbst in Brand setzen, soweit ich das beurteilen kann."

Bevor mir eine schlagfertige Antwort einfiel, trat Thorn aus dem Schatten, der von einer kurzen Patrouille durch die Gegend zurückkam. Seinem Gesichtsausdruck nach zu urteilen, schienen wir vor Jägern sicher zu sein. Seine Miene war zwar nicht gerade *glücklich* – wobei man jedoch berücksichtigen musste, dass Thorn selten nicht ernst dreinblickte – aber zumindest halbwegs entspannt.

„Vielleicht hat unsere Sterbliche für heute genug trainiert", sagte er milde. „Niemand kann sich gut konzentrieren, wenn er erschöpft ist."

Ich holte tief Luft und stellte fest, dass meine Muskeln von der Anstrengung der letzten Stunden zu zittern begannen. „Da hast du recht. Außerdem will ich für dieses Treffen fit sein." Ich warf Omen einen Blick zu und zog die Augenbraue hoch. „Es sei denn, du hast etwas dagegen, Höllenhündchen?"

Der Gestaltwandler schenkte mir ein dünnes Lächeln, doch sein Blick war nicht annähernd so eisig wie noch vor ein paar Wochen, als er zum ersten Mal versucht hatte, mich zu trainieren. Er war vielleicht sogar ein kleines bisschen freundlich. „Dann gönn dir eine Pause, Chaos-Queen. Aber erwarte nicht, dass ich mit deiner menschlichen Seite nachsichtig bin."

Er schlenderte zurück zum Supermobil. Ich ließ meine Schultern kreisen und lief eine Runde um die Arena, um mir die Beine zu vertreten. Als ich wieder zurückkam, stellte ich fest, dass Thorn auf mich gewartet hatte.

„Die jüngsten Ereignisse belasten Euch", sagte er.

Bei dem leicht besorgten Unterton, der in seiner tiefen Stimme mitschwang, wurde mir warm ums Herz. Es gab nichts Schöneres als daran erinnert zu werden, dass eine meiner größten Errungenschaften darin bestand, dass ich die strenge Haltung dieses Kriegers zum Schmelzen gebracht hatte.

„Es war etwas viel auf einmal", stimmte ich zu. „Vor allem, da ich jetzt nur noch mehr Fragen habe. Wenn sich herausgestellt hätte, dass meine Eltern ein Schattenwesen damit beauftragt haben, einen Zauber auf mich anzuwenden, wäre das etwas leichter für mich zu verstehen gewesen. Und die Sache mit dem Bund …" Ich rieb mir die Arme und stieß ein leises Lachen aus. „Ich schätze, ich habe diese Brücken wirklich bis auf den Grund niedergebrannt. Vielleicht ist es gut, dass ich mich heute an Leute wende, die mich kaum kennen."

Thorn gab einen grollenden Laut von sich. „Ich glaube nicht, dass Euer Verhalten die Reaktion Eurer ehemaligen Kollegen auf Euer Hilfegesuch beeinflusst hat, Mylady."

„Ach nein? So kommt es mir aber vor."

„Ich habe beobachtet, dass alle Wesen in gewisser Weise dazu neigen …" Er hielt inne und sah sich um. Die anderen Schattenwesen hatten sich entfernt, soweit ich das beurteilen konnte, doch entweder war hier noch jemand in den Schatten oder Thorn war der Meinung, dass wir zu nahe an unserer Heimatbasis waren. Er gab mir ein Zeichen, ihm zu folgen.

Wir gingen um den rostigen Zaun herum, der die heruntergekommene Anlage umgab, und weiter zum Fluss. Ich hob einen Kieselstein vom Wegrand auf und warf ihn ins Wasser. Er schaffte einen ganzen Sprung, bevor er in einem Ring aus Wellen versank.

Nachdenklich betrachtete Thorn das gegenüberliegende Ufer mit der Betonbarriere. „Ich habe das während der Kriege oft beobachtet", sagte er. Sein Gesichtsausdruck und sein Tonfall verrieten mir, dass er von den grausamen Schlachten vor mehreren Jahrhunderten sprach. Die Geflügelten hatten sich damals aufgespalten, um gegnerische Menschenfraktionen zu unterstützen und sich gegenseitig bekämpft. „Wir haben immer versucht, andere Schattenwesen für unsere Sache zu begeistern, genauso wie wohl auch unsere feindlich gesinnten Brüder. Doch nur wenige haben sich uns angeschlossen, obwohl sie ihre Zustimmung bekundeten."

„Um fair zu sein, sind bei dieser Auseinandersetzung mehr Menschen *ums Leben gekommen* als bei unserem bisherigen ‚Krieg' gegen die Lichtarmee", merkte ich an.

„Mag sein. Doch eine Wahrheit, die ich im Laufe meiner Zeit erkannt habe, ist, dass sich Wesen fast immer vor einem Kampf drücken, es sei denn, sie haben eine viel tiefere Motivation, zu kämpfen. Der Appell an ihre Großzügigkeit reicht meist nicht aus. Ich habe gekämpft, weil ich mich nicht von meinen Brüdern abwenden konnte, als sie mich riefen. Weil ich zumindest eine Zeit lang dachte, dass weniger von uns sterben würden, wenn ich gut genug kämpfe …"

Als er verstummte, griff ich nach seinem starken Arm. Ich hatte schon öfter mitbekommen, dass der Krieger sich Vorwürfe machte, weil er nicht für seine Kameraden da gewesen war. Heute fiel mir jedoch zum ersten Mal der zweifelnde Unterton in seiner Stimme auf.

„Denkst du, dass du dich vielleicht geirrt hast?", fragte ich.

Thorns Kiefer verkrampfte sich. „Alles, was ich in den letzten Wochen gesehen und gelernt habe, hat mich vieles infrage stellen lassen, einschließlich meiner eigenen Urteile über die Vergangenheit. Ich beginne mich zu fragen, ob wir vielleicht alle besser dran gewesen wären, wenn wir nicht so schnell zu den Waffen gegriffen hätten, sondern uns stattdessen die Zeit genommen hätten, darüber zu diskutieren, ob der Krieg überhaupt notwendig war."

Ich beugte mich vor und drückte ihm einen kurzen Kuss auf die Schulter. „Du wirst ja noch ein richtiger Pazifist. Ich bin schockiert."

„*Ganz* so weit würde ich nicht gehen." Er legte seinen Arm um mich und ließ seine Finger an meiner Seite auf und ab gleiten. „Ich werde Euch und den Rest unserer Gefährten mit allen Mitteln verteidigen. Wisst Ihr … ich war mir nie sicher, *wofür* wir kämpften, oder warum unsere Brüder, die sich gegen uns erhoben hatten, so überzeugt davon waren, uns angreifen zu müssen. Wie viele haben sich wohl ebenso unwissend in den Kampf gestürzt? Was, wenn die meisten dieser Todesfälle hätten vermieden werden können?" Er schüttelte sich. „Doch wir schweifen vom Thema ab."

„Das ist schon in Ordnung. Ich darf mir auch mal Sorgen um dich machen. Und es klingt ganz so, als wäre es gut, dass du die Vergangenheit hinterfragst. Besser jetzt als nie. Ich bin immer noch der Meinung, dass der Bund keine Entschuldigung hat, sich aus unseren Kämpfen herauszuhalten. Ihr einziges Ziel besteht darin, Schattenwesen zu helfen, und sie wissen mittlerweile, warum wir die Lichtarmee bekämpfen."

„Nun, es gibt auch andere, weniger ehrenhafte Gründe, warum man sich vor einem Konflikt drücken könnte." Thorns Hand hörte auf, sich zu bewegen. „Als ich zum ersten Mal hörte, dass die Lichtarmee auch in Europa aktiv ist, hat sich zugegebenermaßen etwas in mir gesträubt. Der Gedanke, auf den Kontinent zurückzukehren, wo ich früher gekämpft habe … dabei ist es ja nicht so, dass von dieser Zeit viel übriggeblieben wäre. Das Unbehagen ist nur in meinem Kopf. Die wenigen Geflügelten, die noch übrig sind, haben sich nach dem Gemetzel in alle Himmelsrichtungen zerstreut. Sogar jetzt sind wir einem meiner früheren Gefährten näher, als ich es möglicherweise in Übersee der Fall ist."

Ich hob den Kopf. „Hier gibt es noch einen Geflügelten? Wo hast du den denn versteckt?"

Thorn stieß ein grimmiges Glucksen aus. „Da es nur noch so wenige von uns gibt, spüren wir die Anwesenheit unserer Artgenossen. Ich weiß nicht, wie viele es auf der ganzen Welt gibt, doch ein paar Stunden, bevor ich in dieser Stadt ankam, habe ich gespürt, dass es in einiger Entfernung im Westen einen weiteren meiner Art gab. Womöglich sogar in San Francisco."

Ich wollte gerade darauf hinweisen, wie nützlich das sein könnte, als Ruse uns vom Wohnmobil aus zurief. „Sorsha! Du hast Herrenbesuch."

Thorn runzelte die Stirn. Ich zog an seinem Arm. „Komm, lass uns nachsehen, wovon er spricht."

Es dauerte nicht allzu lange, das herauszufinden. Als wir das Supermobil erreichten, stand der Rest unserer Gruppe in einem Kreis um eine schlaksige Gestalt mit schwarzem Haar und spitzen Ohren herum. Gloam, der Elf, war zu Besuch gekommen.

Wären da nicht die Haare und die Ohren gewesen, hätte ich ihn möglicherweise nicht erkannt. Obwohl es bereits zu dämmern begonnen hatte, blickte Gloam sich mit mehr Elan um, als ich ihm zugetraut hätte. Sein Haar hing nicht mehr herab, sondern schwang mit der Bewegung seines Kopfes mit. Er rieb seine Hände aneinander und schenkte mir ein breites Grinsen.

Hatte ich Halluzinationen? Doch Omen, Ruse und die anderen starrten den Elfen mit dem gleichen Maß an Belustigung an.

„Ich bin gekommen, um mich eurer Mission anzuschließen", erklärte Gloam mit einer spielerischen Verbeugung. „Ihr habt erwähnt, dass ihr noch Schattenwesen sucht, die euch helfen, diese Feinde zu bekämpfen, die es auf uns alle abgesehen haben. Wie kann ich mich verstecken, wenn das Abenteuer ruft?"

Ich konnte mich gerade noch zurückhalten, ihn nicht anzustarren. Antic hüpfte um ihn herum, zupfte an seinen Kleidern und stupste ihn hier und da an, wobei sie ihn verdutzt musterte.

„Was ist denn mit dir los?", fragte sie. „Bist du zwei Wesen in einem Körper?"

„Nein, ich bin nur einer." Auch er lächelte sie an, als würde er ihr Stupsen nicht bemerken.

Sie drehte sich zu uns anderen um und zeigte mit dem Daumen auf ihn. „Das ist auf keinen Fall derselbe Typ, den wir in der Kanalisation getroffen haben. Vielleicht ist durch den Giftmüll ein mutierter Zwilling entstanden!"

„Oh!", sagte Gloam mit einem beschwingten Lachen. „Ich verstehe eure Verwirrung. Es tut mir leid, dass ich gestern einen so niedergeschlagenen Eindruck auf euch gemacht habe. Ihr müsst wissen, dass ich ein *Nacht*elf bin. Sobald die Sterne und der Mond aufgehen, werde ich verjüngt. Bei Tageslicht habe ich nicht die Energie, um mich von meiner besten Seite zu präsentieren."

Das war die Untertreibung des Jahres. Doch nachdem ich jetzt die muntere Version von Gloam kennengelernt hatte, konnte ich mir schon eher vorstellen, dass Luna mit ihm befreundet gewesen war.

„Ich nehme an, du bringst keine besonderen Kampffähigkeiten oder mächtige Zauberkräfte mit?", fragte Omen.

Gloam zuckte mit den Schultern, immer noch mit demselben heiteren Grinsen. „Ich kann meine eigene Dunkelheit zaubern."

„In mehr als einer Hinsicht", bemerkte Ruse schmunzelnd.

„Wir freuen uns, dich an Bord zu haben", sagte ich, halb in der Befürchtung, dass die Skepsis der anderen ihn wieder in seinen früheren depressiven Zustand versetzen könnte. „Du kommst gerade noch rechtzeitig. Wir wollten eben aufbrechen."

Antic beäugte den Elfen misstrauisch, bevor sie mit den Fingern schnippte und auf das Wohnmobil zustürmte. „Komm mit. Ich zeige dir, wo *du* dich einrichten kannst. Aber vergiss nicht, ich habe hier das Sagen, was Streiche angeht."

Omen warf mir einen Blick zu, als der Rest von uns sich in

Bewegung setzte, um ihnen zu folgen. Seine Stimme war kühl, doch er konnte die Belustigung darin nicht ganz verbergen. „Wie schaffst du es nur immer wieder, die nutzlosesten Wesen für unsere Sache zu gewinnen, Chaos-Queen?"

Ich hob abwehrend die Hände. „Schieb das nicht auf mich, Boss. Du warst derjenige, der ihm von unserem Kreuzzug erzählt hat."

Omen zuckte zusammen, als ihm klar wurde, dass ich recht hatte. „Ich habe ihn nicht *eingeladen*", erwiderte er. „Doch ich nehme an, ich kann dir keinen Vorwurf machen, da er sich selbst eingeladen hat. Abgesehen davon, dass dein Optimismus mich vielleicht dazu gebracht hat, es überhaupt zu erwähnen."

Ich knuffte ihn. „Klar, ich nehme die Schuld auf mich, solange ich auch die Lorbeeren ernte, wenn er am Ende die Lichtarmee in unserem Namen fertigmacht."

„Anstatt darauf zu warten, solltest du lieber weiter an deiner Selbstbeherrschung arbeiten. Schließlich sollte auch ein wenig von mir auf *dich* abfärben."

„Hey, meine erstaunlichen Fähigkeiten verdanke ich ganz allein mir."

„Und dafür sind wir alle unglaublich dankbar", murmelte Omen und stieg die Stufen hinauf, doch ich glaubte, ein Lächeln in seinem Gesicht aufblitzen zu sehen.

Er hätte heute nicht mit mir üben müssen. Er hätte mir nicht helfen müssen, meine Kräfte zu kontrollieren. Ich hätte nicht erwartet, dass es ihm etwas ausmachte, wenn sich ein Mensch – oder besser gesagt ein Halbmensch – in die Luft sprengte, solange ich dabei die Bösewichte niederbrannte. Doch anscheinend war es ihm nicht egal, und das entschärfte jede bissige Erwiderung, die ich ihm vielleicht an den Kopf geworfen hätte.

So sehr er meinen Beitrag auch zu schätzen gelernt hatte, hielt es Omen nicht davon ab, noch ein wenig mehr zu schimpfen, als Ruse in der Nähe des Spieleladens parkte. „Halte dein Plädoyer und sei in zehn Minuten wieder hier, sonst lassen wir dich bei diesen Idioten."

„Dann solltest Darlene ebenfalls zurücklassen, denn ohne meinen sterblichen Hintern wirst du sie nicht mehr brauchen", erwiderte ich auf dem Weg nach draußen.

Ich hatte Monica eine Nachricht geschickt, um ihr mitzuteilen, dass ich vorbeikommen würde. Anscheinend war die Zweigstelle des Bundes in Austin besonders vorsichtig, was das Eindringen von Leuten in ihren geheimen Unterschlupf betraf: Das Passwort hatte sich bereits geändert und lautete nun „Yoshitaka". Nachdem ich es dem Kerl hinter dem Schalter genannt hatte, machte ich mich auf den Weg zum Treffen.

Diesmal waren ein paar mehr Leute gekommen: eine schlanke Frau mittleren Alters mit einem Tinkerbell-Pixie-Haarschnitt und ein junger Mann, dessen nicht ganz gelungener Versuch, sich einen Schnurrbart wachsen zu lassen, aussah wie Grasbüschel, die aus einer Wüstenebene ragten. Klaus stand am Kopf des Tisches und fuchtelte nachdrücklich mit den Armen, während er eine Ausführung mit „… könnte die einzige echte Chance sein, die wir bekommen." beendete.

Alle sahen mich an, als ich den Raum betrat, und Klaus lächelte. „Ich glaube, wir haben uns entschieden", verkündete er, bevor er sich wieder zu den anderen umdrehte. „Oder?"

Monica nickte langsam, der Mann in Schwarz und der Kerl mit dem schütteren Schnurrbart nickten etwas nachdrücklicher. Klaus strahlte, und die Röte in seinen runden Wangen ließ ihn noch mehr wie den Heiligen Nikolaus aussehen.

„Das ist großartig", sagte ich. „Äh … Was genau habt ihr denn entschieden?"

„Du hast uns deutlich gemacht, dass es eine Bedrohung gibt, die sowohl für die Schattenwesen als auch für uns, die wir versuchen, ihnen zu helfen, eine Gefahr darstellt. Wir können nicht einfach wegschauen. Sagt uns, wo ihr uns braucht und was wir tun können, und wir werden helfen, wo wir können."

Ich hatte mit einer Debatte gerechnet, doch anscheinend hatte die schon ohne mich stattgefunden, angeführt vom Weihnachtsmann persönlich. Und es war noch nicht einmal der 25. Dezember. Ich würde dieses Geschenk trotzdem annehmen, vielen Dank.

Ich grinste ihn wieder an. "Okay, ich nehme mein ‚großartig' zurück und steigere es auf ‚fantastisch'. Wir werden definitiv jede Hilfe brauchen, die wir bekommen können. Ich kann nicht lange bleiben, weil wir gleich losfahren, doch wir werden uns in San Francisco neu gruppieren. Wenn jemand von euch bereit ist, die Reise auf sich zu nehmen und uns vor Ort zu helfen, vielleicht sogar nur bei der Koordinierung mit der dortigen Niederlassung des Bundes, wäre das großartig. Ansonsten wäre auch das Sammeln von Informationen oder Ähnliches nützlich. Das könnte auch von hier aus erledigt werden."

Klaus rieb seine Hände aneinander. "Ich war seit Jahren nicht mehr an der Westküste. Urlaub und ein Feldzug der Gerechtigkeit in einem klingt perfekt. Ich muss mich nur um einen Flug kümmern." Er blickte sich zu seinen Kameraden um. "Wer kommt mit? Um die Anreise müsst ihr euch selbst kümmern, aber ich kann eine Unterkunft buchen, die groß genug für uns alle ist."

"Ich habe mir schon freigenommen", sagte der Mann in Schwarz. "Ich bin dabei."

Die Frau mit dem Pixie-Harrschnitt hob ihre Hand. "Ich glaube, ich kann auch. Ich muss nur ein paar Anrufe erledigen."

"Ich auch", meinte Monica und wandte sich zu mir um. "Halte mich auf dem Laufenden, wie es weitergeht und was ihr herausfindet. Es wäre toll, wenn du mir per E-Mail einen

Überblick schicken könntest, wie ihr bisher gegen diese Leute vorgegangen seid, damit wir unsere eigene Strategie entwickeln können."

Ich war mir nicht sicher, ob ich wirklich wollte, dass sie wussten, dass unsere bisherige Strategie eine Menge abgerissener Köpfe, ausgeweideter Torsos und verkohlter Leichen beinhaltet hatte. Während mir die Erinnerungen durch den Kopf schossen, breitete sich eine schwelende Hitze über meine Arme aus, und eine Flamme loderte am Knöchel meiner rechten Hand auf.

Es war nur ein kurzer Lichtblitz, der sofort wieder verschwand, als ich meine Hand gegen meine Seite schlug. Ich biss mir auf die Zunge, als ich das Brennen spürte, konnte mir jedoch einen Aufschrei verkneifen. Dennoch ist es schwierig, zu verbergen, dass man spontan Feuer fängt. Als ich aufblickte, hatten sich einige der Augen, die mich beobachteten, geweitet.

Ich musste ihre Aufmerksamkeit schnell auf etwas anderes lenken! „Natürlich", sagte ich schnell und schlug die Hände vor mir zusammen, als ob nicht gerade Flammen aus ihnen hervorgelodert wären. „Es wird ein ganzer Roman werden, aber ich kann euch das Wichtigste in Stichpunkten aufschreiben."

„Ausgezeichnet." Monica lächelte, was hoffentlich bedeutete, dass alles in Ordnung war. Ich hatte das Gefühl, eine Entschuldigung für meine Beinahe-Verbrennung würde alles nur noch schlimmer machen.

„Dann fange ich damit an und melde mich, sobald wir in San Francisco sind, um ein Treffen zu vereinbaren. Verliert bloß nicht meine Nummer." Ich wackelte mit meinem Zeigefinger und machte mich aus dem Staub, bevor meine kribbelnden Nerven weitere übernatürliche Spezialeffekte auslösen konnten.

EINUNDZWANZIG

Sorsha

Als ich morgens aus meinem Schlafzimmer kam, um zu frühstücken, hing Gloam über dem Tisch wie eine Pflanze, die durch zu viel Sonne verwelkt war. Die Niedergeschlagenheit, die er tagsüber an den Tag legte, machte es schwer zu glauben, dass er gestern Abend noch vergnügt mit Snap über die Lieblingsdesserts der Sterblichen geplaudert hatte.

Antic saß ihm gegenüber auf dem Tresen und hielt den neuen Straßenatlas in der Hand, den Ruse ihr mitgebracht hatte. Auf dem Einband klebte ein leuchtend pinker Zettel, auf dem *Oben* stand. Ich war mir trotzdem nicht sicher, ob es die beste Idee war, darauf zu vertrauen, dass sie uns den Weg weisen würde.

Sie blickte von dem Buch auf und streckte dem Nachtelfen die Zunge heraus. Ihre dünnen Beine schwangen gegen die Schränke. „Ich sage ihm immer wieder, dass er in den

Schatten Trübsal blasen soll, damit wir es wenigstens nicht sehen müssen."

Gloam seufzte. „Ich weiß, dass es nicht angenehm ist, Zeuge meiner Niedergeschlagenheit zu werden. Ich kann mich entfernen, wenn euch das lieber ist."

Ich warf Antic einen warnenden Blick zu und setzte mich Gloam mit einem Muffin gegenüber. „Sei nicht albern. Du bist so, wie du bist, und wenn du lieber in deiner physischen Gestalt bleiben willst, ist das deine Sache. Jeder, der damit ein Problem hat, kann einfach woanders hinschauen."

Die Koboldin schnaubte und hüpfte vom Tresen, um sich neben Ruse zu stellen, der wieder am Steuer saß. „In etwa zehn Kilometern nehmen wir eine Ausfahrt nach Süden." Sie drehte erst die Karte und dann ihren Kopf seitwärts, was nicht gerade zu meiner Zuversicht beitrug.

Selbst mit Schattenwesen-Fahrern, die keinen Schlaf brauchten, würden wir es nicht bis heute Abend zur Golden Gate Stadt schaffen. Wenigstens hatten wir unser hübsches Heim auf Rädern, das die Reise angenehmer machte. Und wir hatten es nicht einmal gestohlen oder irgendwelche krummen Dinger gedreht, um es zu bekommen.

Als ich in den süßen Muffin biss, hob Gloam den Kopf weit genug an, um mich unter seinen dünnen Augenbrauen hervor anzublicken. „Luna hat mir mehr verheimlicht, als ich gedacht hätte. *Du* bist das Kind eines Menschen und einer Ifrita …" Er hielt inne und starrte mich an, als ob ihm die Unmöglichkeit des Ganzen die Sprache verschlagen hätte.

„Hey, niemand ist darüber überraschter als ich", sagte ich. „Sie hat mich dreizehn Jahre lang aufgezogen und nie einen Pieps darüber gesagt, dass ich Zauberkräfte haben könnte." Eine Vorwarnung wäre nett gewesen. Was, wenn ich versehentlich einen meiner Highschool-Lehrer in Brand gesteckt hätte, weil er mit meinen Aufsätzen nicht zufrieden war? Nicht, dass ich dabei an jemand Bestimmten dachte, der es verdient hätte …

„Ich hätte nie gedacht, dass so etwas passieren könnte. Das zeigt wohl nur, wie wenig ich diese Welt wirklich verstehe."

Ich musste mich zurückhalten, um nicht die Augen zu verdrehen, weil er darauf bestand, den Irrsinn *meiner* Existenz auf *seine* Unzulänglichkeit zu reduzieren. „Es war sicher nicht einfach. Omen ist schon um die tausend Jahre alt, und er hat noch nie von jemandem wie mir gehört."

Meine vermeintlich beruhigenden Worte schienen Gloam nur noch mehr zu betrüben. Er blickte auf seine Hände hinunter. „Sie müssen dich sehr gewollt haben, wenn sie sich so viel Mühe gegeben haben, dich zu zeugen. Ich glaube nicht, dass *ich* jemals jemandem so wichtig war."

Kein Wunder, dass Luna nur nachts mit diesem Kerl abgehangen hatte. Ich begann, meine Zurechtweisung gegenüber Antic zu überdenken. Doch seine Bemerkung löste auch eine Wärme aus, die sich in meiner Brust ausbreitete. Zum ersten Mal, seit ich Ellens Nachricht erhalten hatte, in der sie mir mitgeteilt hatte, dass sie und der Rest des Bundes raus waren, beruhigten sich meine Nerven.

„Das haben sie", stimmte ich zu. „Sie haben mich sehr geliebt. Ich erinnere mich …" Meine Erinnerungen an meine Eltern waren vage, doch in jeder davon strahlte das Gesicht meiner Mutter vor Zuneigung. In dem Brief, den sie mir hinterlassen hatten, hatten sie mich als ihren „Schatz" bezeichnet. Und Luna hatte so sehr an ihre Liebe zueinander und ihren Wunsch nach einem Kind geglaubt, dass sie ihnen nicht nur bei der Suche nach einer Lösung geholfen, sondern mir nach dem Tod meiner Eltern mehr als ein Jahrzehnt ihres Lebens gewidmet hatte.

Was machte es schon, wenn ich ein unmögliches Wesen war? Ja, ich war eine Laune der Natur, die noch eine Menge Arbeit vor sich hatte, wenn es darum ging, ihren Hokuspokus zu kontrollieren. Doch ich war auch aus der größten Liebe geboren worden, die ich mir vorstellen konnte.

Meine Eltern und Luna hatten geglaubt, dass ich es verdient hatte, auf dieser Welt zu sein – dass ich sie zum Besseren statt zum Schlechteren verändern könnte. Ich musste zumindest ihnen zu Ehren genauso sehr an mich glauben.

Das Supermobil schwankte, als Ruse die Spur wechselte, ausnahmsweise einmal, ohne zu hupen. „Wir haben offiziell die Hälfte geschafft", rief er uns zu.

„Hurra!" Ich machte eine Siegesgeste. Ein solcher Moment schrie nach einem Lied. „We're as spry as a tiger; we're as chill as a kite, rising up to the challenge on arrival!", schmetterte ich.

Gloam blinzelte mich verwirrt an, und Antic kicherte und tanzte ein wenig mit dem Straßenatlas in der Hand herum.

Omen materialisierte sich neben dem Tisch und verschränkte die Arme vor der Brust. „Wenn du dich dieser ,Herausforderung' tatsächlich stellen willst, ohne dich noch mehr zu verbrennen, wäre vielleicht eine weitere Trainingseinheit angebracht. Vorausgesetzt, du meinst, dass du es schaffst, Darlene nicht abzufackeln?"

Mit einem kurzen Nicken stopfte ich mir den letzten Bissen Muffin in den Mund. Wie viele Herausforderungen hatte ich schon gemeistert und überlebt? Ich würde den Dreh schon noch rauskriegen. Wenn meine Mom und mein Dad es geschafft hatten, ihre unterschiedlichen Naturen so zu vereinen, dass dabei ein völlig neues Wesen entstanden war, würde ich es doch wohl hinkriegen, die gegensätzlichen Seiten meines Selbst dazu zu bringen, miteinander auszukommen.

Ich klatschte in die Hände und stand auf. „Also gut. Los geht's." Ich hielt inne und dachte über unsere begrenzten räumlichen Möglichkeiten nach. „Vielleicht nicht direkt hier in der Nähe des Fahrersitzes, denn ich kann nicht versprechen, dass sich die eine oder andere Flamme nicht verirrt. Und ich würde lieber kein Lagerfeuer in meinem eigenen Bett machen, also … im großen Schlafzimmer?"

„Vielleicht im Bad, das braucht sowieso keiner außer dir."

„Dort ist nicht genug Platz. Das bedeutet, du könntest nicht mitkommen, um mich herumzukommandieren."

Ich schritt an ihm vorbei zu der schmalen Tür im hinteren Teil des Wohnmobils. Ich hatte dieses Zimmer nur ein einziges Mal betreten, als Gisele verletzt war und bewusstlos auf dem Bett gelegen hatte. Offenbar hatte sie diese Erinnerung ebenfalls auslöschen wollen, und das Zimmer umgestaltet – die Bettdecke war anders, dunkelblau mit funkelnden Sternen hier und da. Bestimmt hatte Bow ihr eine neue besorgt.

„Gut", sagte ich. „Was steht heute auf dem Stundenplan? Irgendwelche glitzernden Dinge, die ich verbrennen soll?"

Omen sah sich mit einem unheilvollen Blick im Schlafzimmer um, in dem es mehr glitzernde als nicht glitzernde Oberflächen gab. Sogar die Decke des Raumes war mit goldenen Glitzerflecken übersät, die den Eindruck erweckten, ein glänzender Wirbelsturm würde über uns hereinbrechen.

Die Einhornwandlerin hatte einen unverwechselbaren Einrichtungsgeschmack. Es war wirklich schade, dass Luna und sie sich nie kennenlernen würden.

„Ich schlage vor, wir greifen auf den ersten Trick zurück, der funktioniert hat." Omen wedelte mit einer Handvoll zerrissener Papierstreifen, die er aus seiner Tasche gezogen hatte. „Einfach und leicht zu handhaben auf engem Raum. Außerdem habe ich an die Zeit zurückgedacht, als ich zu dem Schluss kam, dass ich mein Temperament zügeln muss. Wir können ein paar Zentrierungs- und Beruhigungstechniken ausprobieren, die dir helfen könnten, einen kühlen Kopf zu bewahren, während du dein Feuer heraufbeschwörst."

Alles, was die Wahrscheinlichkeit verringerte, dass ich

mich selbst in Schutt und Asche verwandelte, klang gut. „Ich bin bereit. Es kann losgehen!"

Omen führte mich durch ein paar mentale Übungen, die Atem- und Visualisierungstechniken beinhalteten. Ich beschloss, dass es am klügsten war, nicht zu erwähnen, dass seine Anweisungen mich schrecklich an die Meditationen der Yoga-Gurus erinnerten, auf die Vivis Mom so abfuhr.

Wer war ich schon, dass ich mich darüber lustig machen konnte? Ich dachte an ein ruhiges Gewässer und versuchte, mir das kühlende Gefühl auf meiner Haut vorzustellen. Natürlich kam es darauf an, ob ich auch dann noch in der Lage dazu sein würde, wenn die realen Flammen zum Vorschein kamen.

„Glaubst du, du hast dich jetzt gut genug im Griff?", fragte Omen. Nachdem er während seines Vortrags mehrere Minuten lang auf und ab gegangen war, hatte er sich schließlich auf die Bettkante gesetzt – einen halben Meter von mir entfernt, doch selbst als ich die Augen schloss, kribbelte die heiße Kraft seiner Gegenwart auf meiner Haut.

„Hoffentlich", erwiderte ich. „Hol die Papierstreifen raus!"

Er stand auf, stellte sich vor mich, und hielt einen Streifen zwischen seinen Fingern fest, etwa einen halben Meter von meinem Gesicht entfernt. Das Schlafzimmer, so beeindruckend es auch sein mochte, war immer noch ein Wohnmobilzimmer, und bot einfach nicht viel Platz. Er wackelte mit dem Papierstreifen vor meinem Gesicht herum. „Du solltest dich geehrt fühlen. Ich vertraue deiner Zielsicherheit genug, um meine Hand in die Schusslinie zu bringen."

„Eigentlich bedeutet das, dass du immer noch nicht glaubst, dass ich dich tatsächlich verbrennen kann."

Jetzt lächelte er wirklich, mit einem leichten Hauch von Überheblichkeit, der den Wunsch in mir weckte, ich würde *ihn* in den Griff bekommen. „Das Glas ist halb voll, das Glas ist halb leer – es liegt im Auge des Betrachters."

Er sollte mich nicht provozieren, sonst würde mein Unbehagen angesichts der Energie, die manchmal in mir aufstieg, eines Tages von meinem Wunsch überlagert werden, ihm eine Lektion darüber zu erteilen, dass man Menschen … oder Halbmenschen nicht unterschätzen sollte.

Ich konzentrierte mich auf den Papierstreifen. Dann stellte ich mir vor, wie sich die ruhigen Wellen des Meers in meinem Körper ausbreiteten, und wie meine innere Hitze mit einem ganz bestimmten Ziel durch sie hindurch aufstieg. *Zu verbrennen!*

Das Papier ging in Flammen auf. Falls Omens Finger schmerzten, ließ er es sich nicht anmerken. Immer noch lächelnd schloss er seine Hand um das Feuer, um es zu löschen, und wischte anschließend die Asche weg, die übrig geblieben war. „Ausgezeichnet. Jetzt müssen wir das nur noch etwa tausend Mal wiederholen."

Ich unterdrückte ein Stöhnen. „Langsam fühle ich mich wie dein persönlicher Schredder. Auf jeden Fall werde ich genug Übung haben, falls ich jemals einen Job annehmen will, bei dem ich Akten vernichten muss."

„Na also. Ich verschaffe dir also neue und aufregende Karrierechancen." Er hielt inne, und der sarkastische Ton wich aus seiner Stimme. „Hat es sich gut angefühlt? Hast du dich diesmal nicht verbrannt?"

„Alles gut. Kühl und ozeanisch." Ich winkte mit der Hand. „Lass uns mit dem Training weitermachen, sonst sind wir in Uruguay, bis ich fertig bin."

Indem ich mir einen Moment Zeit nahm, um mich zu konzentrieren und die beruhigenden Bilder vor jeder Flammenexplosion aufzurufen, gelang es mir, vier weitere kleine Zettel und dann ein paar größere zu verbrennen, ohne dass dies irgendwelche negativen Auswirkungen hatte.

Wollte er mich eine komplette Enzyklopädie verbrennen lassen?

Wenn ich mitten in einem Kampf meine Kräfte einsetzen musste, würde ich vermutlich keine Zeit haben, zu meditieren, bevor ich mich ins Geschehen stürzte, oder ich könnte in der Zwischenzeit von unseren Angreifern gegrillt werden. Durch meine Visualisierung würde ich keine Kugeln, Dolche oder Laserpeitschen abwehren können.

Während Omen mein nächstes Zielobjekt vorbereitete, holte ich tief Luft und ließ das kühlende Gefühl wieder durch mich hindurchströmen. Ich wollte wissen, wie lange die Wirkung anhielt, wenn ich sie nicht mit jedem Energieschub verstärkte.

Der Höllenhund-Wandler fing an, die Übung leicht zu variieren, indem er ein Papier zusammenknüllte, ein anderes wellenförmig baumeln ließ und was ihm sonst noch einfiel. Ich ließ eins nach dem anderen in Flammen aufgehen, wobei ich dieses Mal nicht zögerte, um mich zu sammeln. Ich tat so, als wären wir mitten im Gefecht, und jeder dieser Fetzen wäre ein Arschloch von der Lichtarmee, das mich oder meine Schattenwesen-Kameraden abschlachten wollte. *Verbrennen. Verbrennen. Alle verbrennen* …

Eine intensivere Hitze schoss durch meine Brust, und eine Flamme leckte über meinen Unterarm, als Omens Papier Feuer fing. Ich schlug meinen Arm gegen die Bettdecke, und spürte, wie sich ein Schmerz in meinem Fleisch ausbreitete. Als ich meinen Arm untersuchte, schimmerte die Haut dunkelrosa.

„Verdammt noch mal", murmelte ich.

Omen griff nach einer Flasche Aloe Vera, die er mitgebracht hatte, womit er bewies, dass er meiner Kontrolle nicht so recht traute. „Hast du dich konzentriert?", fragte er.

„Ja, ja. Aber ich musste das Tempo steigern. Meine Kräfte werden uns nicht viel nützen, wenn ich innehalte, um die

Meere zu preisen, während irgendein Arschloch mir ein Messer in den Bauch rammt."

„Ich bin sicher, dass du es schaffen wirst. Du überstürzt die Sache."

Ich verzog das Gesicht. „Ja klar. Keine Ahnung, warum ich überhaupt Zeitdruck verspüre. Es ist ja nicht so, dass in diesem Moment Dutzende oder gar Hunderte von Schattenwesen gefoltert werden, um eine Krankheit zu entwickeln, die euch alle umbringt."

„Du wirst nichts gegen die Lichtarmee ausrichten können, wenn du dich selbst in Brand steckst."

Anstatt mir die Flasche zu geben, gab er einen Klecks auf seine eigenen Finger und setzte sich neben mich, um das Gel auf meiner versengten Haut zu verteilen. Wenigstens schienen die Wunden dank meines Schattenwesen-Anteils schneller zu heilen, als es bei einem normalen Menschen der Fall wäre.

Die Kühle der Aloe breitete sich auf meinem Arm aus. Als der Schmerz nachließ, rückten andere Empfindungen in den Vordergrund meines Bewusstseins. Wie das unerwartet sanfte Streichen von Omens Fingern, als er die Behandlung beendete. Wie die keineswegs unangenehme Wärme, die von ihm ausging, als er nur noch wenige Zentimeter von mir entfernt war.

Als er meinen Arm losließ, gab ich dem Drang nach, gegen einen seiner kräftigen Brustmuskeln zu stupsen. „Wer hätte gedacht, dass ein Höllenhund so sanft sein kann?"

Omen schnaubte. „Mein Wunsch, dass du unversehrt bleibst, damit du an den bevorstehenden Schlachten teilnehmen kannst, ist eindeutig ein Zeichen von grenzenloser Hingabe."

„Na also", erwiderte ich und ignorierte seinen sarkastischen Unterton einfach. Ich stützte mich auf meinen Händen ab und lehnte mich nach hinten. „Ich wusste doch, dass du mich unter deiner feindseligen Fassade liebst."

Der Blick des Höllenhund-Wandlers glitt über meine Brüste und den Rest meines Körpers, und das Flackern des orangefarbenen Lichts in seinen Augen entfachte plötzlich ein ganz anderes Feuer in mir. Dann stand er abrupt vom Bett auf, und in seinen Augen bildete sich das vertraute Eis. Jegliche Heiterkeit verschwand aus seinem Tonfall. „Du solltest weiter üben. Diesmal mit einem Minimum an verbranntem Fleisch, wenn du das hinkriegst?"

Ich funkelte ihn an. „Warum musst du wieder zu deinem arschlochhaften Boss-Getue zurückkehren? Ist es so schwer, zuzugeben, dass es dich zumindest ein klein wenig interessiert, was mit mir passiert, abgesehen von meiner Nützlichkeit für deine Sache? Und, zwar länger als ein paar Sekunden am Stück?"

„Darüber haben wir schon gesprochen. Ich bin nicht daran interessiert, ein weiterer deiner Bettgefährten zu sein. Ich bin mir ziemlich sicher, dass das nur noch zu mehr Chaos führen würde."

„Ich möchte dich darauf hinweisen, dass *du* derjenige bist, der mit dem Thema Sex angefangen hat. Du musst mich ja nicht gleich abknutschen. Ich spreche nur von ein wenig mehr Konsequenz in Sachen Respekt und Mitgefühl. Oder bist du der Meinung, da ich nur ein halbes Schattenwesen bin, bin ich es auch nur halb wert, respektiert zu werden?"

Er fletschte die Zähne. „Ich bin sicher nicht hierhergekommen, um mich mit Sterblichen anzufreunden."

„Ich bin keine Sterbliche – ich bin *ich*. Und ich denke, ich habe bewiesen, dass ich nicht wie die Sterblichen bin, die du nicht ausstehen kannst."

„Ich habe nie gesagt, dass du wie sie bist."

Ich warf meine Hände in die Luft. „Wo ist dann das Problem? Du weißt, dass ich bis zum bitteren Ende dabei sein werde. Ich habe alles aufgegeben, was ich hatte, bevor ihr in mein Leben getreten seid, um diese Mission zu Ende zu bringen. Warum bist du immer noch so überzeugt davon, dass ein bisschen Freundlichkeit *dein* Leben ruinieren würde?"

„Wer sagt, dass es mein Leben ist, um das ich mir Sorgen mache?", knurrte Omen. „Glaubst du wirklich, dass es so toll für dich wäre, wenn du dich noch mehr in meine Angelegenheiten einmischst?"

Wie könnte ich einem so attraktiven Angebot widerstehen? Ich blickte ihn durch meine Wimpern an. „Ja, ich glaube sogar, dass es unglaublich toll wäre."

Der Höllenhund-Wandler stieß einen verächtlichen Laut aus. „Und natürlich kannst du die Situation wieder einmal nicht ernst nehmen. Ich glaube keine Sekunde, dass du auf die Bremse treten wirst, wenn ich dich in mein Leben lasse."

„Du meinst also, du traust deiner eigenen Selbstkontrolle nicht und gibst mir die Schuld dafür."

„Das ist nicht – ich weiß, wie du bist. Ich habe gesehen, wie du die anderen verführt hast, auch wenn du nichts Böses im Sinn hattest. Tu nicht so, als ginge es dir nur darum, Freunde zu finden, denn ich durchschaue *dich*."

Er formulierte die Worte wie eine Anschuldigung, doch die tiefere Wahrheit dahinter durchströmte mich und vertrieb den größten Teil meiner Frustration. Meine Finger, die die Bettdecke umklammert hatten, entspannten sich. Ein Mundwinkel verzog sich zu einem schiefen Lächeln.

„Ja", sagte ich. „Das tust du. Du bist der Einzige, der erkannt hat, dass ich kein normaler Mensch bin, als selbst ich die Augen davor verschlossen habe. Du siehst, wozu ich fähig bin, und du siehst, wenn ich mich anstrenge – und du magst mich zumindest gern genug, dass du mich antreibst oder mir einen Verband anlegst. Deshalb mag *ich* dich, oder zumindest versuche ich es, trotz dieser Heiß-und-Kalt-Sache, die du abziehst."

Als sich mein Tonfall änderte, erstarrte Omen. „Und was ziehst *du* da gerade ab?"

Huch, anscheinend verärgerte Freundlichkeit den

Höllenhund-Wandler noch mehr als Sarkasmus. Weil sie tiefer unter seinen emotionalen Panzer gelangte, als ihm lieb war?

Ich zuckte mit den Schultern und blieb ruhig. „Ich lasse die Dinge etwas ruhiger angehen – was nicht heißt, dass ich *nachgebe*. Ich sehe nur keinen Grund, uns gegenseitig mit Beleidigungen zu überschütten. Nenn mich Chaos-Queen, so oft du willst, doch niemand hat je so sehr an mich geglaubt wie du.“

Wieder flackerte die Flamme in Omens Augen auf. Seine Hände ballten sich zu Fäusten, und seine Stimme klang schroff. „Du bist eine verdammte Nervensäge.“

„Nein. Da mache ich nicht mit. Das Geplänkel hat Spaß gemacht, aber hast du es nicht langsam satt? Wenn wir wieder üben, dann nur unter der Voraussetzung, dass ich weiß, dass du das tust, um mir zu helfen, weil es dir wichtig ist, dass ich diesen Schlamassel heil überstehe.“

„Ich lasse mir von dir nicht vorschreiben, wie ich mich zu fühlen habe.“

Ich schenkte ihm ein schiefes Lächeln. „Einverstanden, allerdings nur wenn wir eine Regel aufstellen, die besagt, dass du nicht so tun darfst, als hättest du überhaupt keine Gefühle.“

„Du bist nicht mein Seelenklempner“, schnauzte Omen. Als ich nicht reagierte, schlug er mir gegen die Schulter, sodass ich schwankte. „Wo ist dein Kampfgeist, Chaos-Queen? Redest du nicht immer von der unglaublichen Kraft, die du zurückhältst?“

„Ich will nicht gegen dich kämpfen. Und ehrlich gesagt finde ich, es zeugt von mehr Stärke, wenn man sich eingesteht, was man wirklich will, als wenn man mit einer knallharten Fassade herumläuft.“

„Es ist viel mehr als nur eine Fassade.“ Omen versetzte mir einen Schlag gegen die andere Schulter. „Wenn du denkst, dass ich ein kleines Hündchen bin, irrst du dich gewaltig. Muss ich dir erst zeigen, wie höllisch ich sein kann?"

„Besser das als der eiskalte Bastard", erwiderte ich. „Wer hat überhaupt gesagt, dass ich ein Hündchen will?"

„Dann zeig mir, dass du es mit dem Hund aufnehmen kannst."

Er schubste mich noch fester, seine Augen funkelten, sein Haar stand von seinem Kopf ab, wie immer, wenn er aufbrausend wurde. Ich hatte nicht vor, ihm die Genugtuung zu geben, zurückzuschlagen.

Stattdessen hob ich kapitulierend meine Arme, woraufhin er vor Wut explodierte. Seine Reißzähne traten hervor, ein magmaartiges Glühen und dunkle Lava strömten über seine Haut.

Mit einem lauten Knurren warf er mich zurück aufs Bett. Seine Hände drückten meine Handgelenke auf die Matratze, und eine seiner Krallen grub sich in meine Haut. Er umklammerte meine Kehle mit seinem Kiefer. Seine Reißzähne bohrten sich mit einem Anflug von Schmerz in mein Fleisch. Und eine gefährliche, köstliche Hitze durchflutete mich.

Wenn er dachte, er könnte mich auf diese Weise dazu bringen, ihm den Kampf zu liefern, den er wollte, statt der Zärtlichkeit, die ich ihm bot, dann irrte er sich.

„Ich vertraue *dir*", sagte ich leise. „Ob du willst oder nicht. Du kannst mir gar nicht so viel Angst einjagen, dass ich weglaufe."

Ein Knurren drang aus Omens Brust und verwandelte sich in ein Stöhnen, als es sich an meiner Kehle entlud. Sein Körper schwebte über meinem, seine Muskeln waren angespannt. Dann strich seine Zunge über die empfindliche Haut an meinem Hals, was eine Welle der Lust in mir auslöste.

Mein Atem stockte vor Verlangen und ich keuchte. Ich

wagte es, mit meiner Hand durch sein zerzaustes, braunes Haar zu fahren.

Und er löste sein Maul von meinem Hals, um sich stattdessen meinem Mund zu nähern. Mit heißem Atem und brennender Zunge küsste er mich.

Meine Fingernägel kratzten über seine Kopfhaut. Seine Reißzähne waren immer noch ausgefahren, seine höllische Hitze überstrahlte seine ansonsten überwiegend menschliche Gestalt, doch genau das machte alles noch viel berauschender.

Ich wölbte mich ihm entgegen, das Bedürfnis, mit dieser Hitze zu verschmelzen, schrillte in mir wie ein Feueralarm. Ohne den Kuss zu unterbrechen, zog mich Omen weiter auf das Bett, seine Hüften schoben sich zwischen meine Schenkel. Ich spürte sein heißestes Körperteil lang und hart zwischen meinen Beinen, und ein Schock der Glückseligkeit durchzuckte mich. Ich stieß ein unwürdiges Wimmern aus.

Das Zusammentreffen unserer Körper hatte generell nichts Würdevolles an sich. Da war nur wilde Raserei. Unsere Münder prallten immer wieder aufeinander, ein metallischer Geschmack kroch über meine Zunge, wo seine Reißzähne meine Lippe aufgerissen hatten. Ich zerrte an seinem Hemd, und er riss es so heftig von sich, dass eine Porzellanfigur von der Kommode fiel und zerbrach.

Orangefarbene Adern leuchteten auf seiner Brust. Als er sich wieder über mich beugte, glühte mein Oberteil vor Hitze. Als der Stoff verkohlte und wie Ruß von meinem Körper abfiel, hätte er die Haut darunter verbrannt, wenn ich nicht in diesem Moment instinktiv mein eigenes Feuer heraufbeschworen hätte, um ihm zu begegnen. Die Flammen unserer Wesen tanzten zwischen uns, versengten den Rest unserer Kleidung, und hinterließen ekstatische Verbrennungen auf meinem Fleisch.

Offenbar konnte ich es auch vermeiden, mich auf

schmerzhafte Weise zu verbrennen, wenn ich gerade heißen Sex hatte. Gut zu wissen.

Meine Beine spreizten sich, als das Verlangen zu überwältigend wurde, um es zu leugnen, und Omen brauchte keine weitere Einladung. Mit einem kräftigen Stoß drang er in mich ein, und meine Nerven zischten vor Lust.

Während er immer tiefer in mich hineinstieß, griff er nach meinem Oberschenkel, um mich an sich zu ziehen. Mein Körper bäumte sich wie von selbst auf und trieb ihn dazu an, schneller und härter in mich hineinzustoßen. Mit jedem Stoß durchströmte mich die Ekstase wie ein wachsendes Inferno.

Omen löste seinen Mund von meinem, um sich meinem Hals und meiner Schulterbeuge zuzuwenden. *„Du"*, knurrte er, doch wenn er sauer darüber war, was wir taten, reichte der Ärger nicht, um aufzuhören. Aufhören war ein Konzept, das mit unseren Kleidern und meinem gesunden Menschenverstand verbrannt war. Warum zum Teufel hatten wir so lange *gewartet*?

Es war vielleicht nicht das Klügste, was ich je getan hatte. Abgesehen von der Gefahr, die von den Flammen ausging, war da noch unsere neue Entdeckung hinsichtlich der Fruchtbarkeit von Schattenwesen – doch wenn meine Mutter nur mit Hilfe einer unbekannten Magie schwanger geworden war, schien die Möglichkeit, dass es aus Versehen passieren könnte, viel zu weit entfernt, um mich dazu zu bringen, dieses Gefühl der Glückseligkeit zu unterbrechen.

Eine unerwartete Empfindung glitt über meine Wade, wie das Kitzeln eines Fingers – nur dass Omens Finger gerade durch mein Haar fuhren und meinen Kiefer umfassten, um meine Lippen an seine zu ziehen.

Eine Ahnung kroch durch meinen lustbesessenen Geist. Ich ließ meine Hand über seinen wohlgeformten glühenden Rücken und zu dem noch verlockenderen Po gleiten, den ich bei mehr als einer Gelegenheit durch seine Hose hindurch bewundert hatte, und stellte fest, dass seine Hose etwas ganz Entscheidendes verborgen hatte.

Er hatte auch in seiner menschlichen Gestalt einen *Schwanz* – das einzige Schattenwesen-Merkmal, das er nicht loswerden konnte. Die warme Länge zitterte, als ich sie mit meiner Hand umfasste.

Meine Berührung schien Omen zu gefallen, denn er stieß ein lustvolles Knurren aus. Ein neuer Schwall der Lust erfüllte mich. Die Teufelsspitze des Schwanzes zeichnete eine weitere lustvolle Linie über mein Bein und anschließend über meine Seite.

Wie viel Kontrolle hatte er wohl über *diesen* Teil seines Körpers? Und wann würde ich die Gelegenheit bekommen, das herauszufinden?

Ich hatte nicht vor, ihn jetzt zu fragen. Zum einen, weil ich mir nicht sicher war, ob ich ihn damit nicht aus seiner Ekstase reißen und zurück in seine eisige Zurückhaltung stoßen würde, und zum anderen, weil ich zu schnell auf meinen Orgasmus zusteuerte, um mehr, als ein Stöhnen von mir zu geben.

Omen stieß mit all seiner feurigen Intensität in mich hinein, während sein Schwanz über meinen Po glitt. Mit einem weiteren Stöhnen explodierte ich wie ein Feuerwerk, und die Ekstase durchzuckte jeden Teil meines hitzedurchfluteten Körpers.

Ich grub meine Finger in Omens Rücken, woraufhin er einen röchelnden Atemzug ausstieß. Die Hitze, die in mir pulsierte, wurde noch intensiver, als er ebenfalls seinen Höhepunkt erreichte.

Und dann war es vollbracht. Ich lag auf dem Bett, während der Höllenhund-Wandler über mir schwebte und sich von dem Hochgefühl erholte, von dem er noch vor wenigen Minuten geschworen hatte, dass er es niemals erleben wollte. Ungewissheit dämpfte das Nachglühen.

Wollte ich ihm in die Augen schauen und sehen, welche Reaktion mich dort erwartete?

Ich war zwar mutig, doch das hieß nicht, dass ich nicht auch manchmal zauderte. Mein Blick fiel zuerst auf die Bettdecke neben uns, und ein Kichern stieg in meiner Kehle auf.

Der Stoff war verbrannt und schwarz. Als Omen sich zurückzog und sich von mir entfernte, zerfiel die verkohlte Stelle in Ascheflocken.

„Also", sagte ich, „ich glaube wir müssen den Pferdewandlern eine neue Bettdecke besorgen. Vielleicht haben sie Nachsehen mit uns, wenn sie dafür doppelt so stark glitzert."

Dann riskierte ich einen Blick auf Omen. Er schaute auf mich herab, seine Haut hatte wieder ihren normalen menschlichen rosa Farbton und seine Augen ihr tödliches Blau. Dort, wo sein kurzgeschnittenes Haar nicht von seinem Kopf abstand, klebte es nach dem intensiven Training plus Bonusflammen verschwitzt an seiner Stirn.

Sein Blick war nicht gerade warm, aber auch nicht feindselig oder entsetzt. Er strich mit einem Finger über mein Schlüsselbein und wischte den Ruß von meiner Haut. „Es ist ein einziges Durcheinander. Das reinste Chaos."

Seine Stimme war so sanft, dass ich mich traute, mit meiner Hand über seine Brustmuskeln zu streichen, wo die Auswirkungen unserer Verschmelzung ebenfalls zu spüren waren. „Ich bin mir ziemlich sicher, dass die Verbrennung mindestens genauso sehr deine Schuld war wie meine, Dämonenhund. Nicht, dass ich mich beschweren würde. Ich würde das, was wir gerade getan haben, nicht als Katastrophe bezeichnen. Die Welt ist nicht untergegangen, oder?"

Omens Schultern entspannten sich allmählich. „Nein, noch nicht", sagte er, und in seiner Stimme schwang eindeutig ein scherzhafter Unterton mit.

„Ich hatte nicht geplant, dass das zwischen uns passiert."

„Ich weiß. Wenn du es geplant hättest, wäre es nicht passiert." Er stieß einen rauen Seufzer aus, bei dem ich einen Stich in der Magengegend verspürte.

„Dann hoffe ich, dass wir einfach ganz normal weitermachen können", sagte ich.

„Mal sehen, was ich davon halte, wenn du mich wieder aufziehen willst." Er warf mir einen scharfen Blick zu. „Selbst wenn du mit meinem Feuer mithalten kannst, heißt das nicht, dass du dich vor dem Training drücken kannst."

Mein Herz schwoll an, vor Erleichterung und womöglich sogar vor Zuneigung. Ich richtete mich auf, um ihm einen Kuss auf die Lippen zu hauchen, bevor er beschloss, sich wieder rar zu machen. „Nun, ich denke, derjenige, der seine Klamotten im Schatten wiederherstellen und sich ungesehen fortbewegen kann, sollte mir etwas zum Anziehen aus dem anderen Schlafzimmer holen. Dann können wir so viel trainieren, wie du willst."

„Ich werde dich daran erinnern", sagte er mit einem Grinsen, bevor er in der Dunkelheit verschwand.

ZWEIUNDZWANZIG

Sorsha

Der einzige Grund, weswegen wir gelegentlich anhalten mussten, war, um zu tanken. Gegen Mittag hielt Ruse an einer Tankstelle, neben der sich eine Pizzeria befand. Während er dem Tankstellenpersonal kostenloses Benzin entlockte, schnappte ich mir mein Portemonnaie, um in die Pizzeria zu gehen. Ich hielt es für eine gute Idee, ab und zu mal für etwas zu bezahlen.

„Mir blutet das Herz", sagte Omen, als er hinter mir in die Mittagssonne hinaustrat.

„Wenn du so weiterredest, bestelle ich eine mit Ananas", erwiderte ich und ahnte schon, dass er das Gesicht verziehen würde. Eines hatte ich auf unserer bisherigen Reise definitiv gelernt: Der Höllenhund-Wandler war kein Fan von Pizza Hawaii, die arme Seele.

„Viel Peperoni, dann verzeihe ich dir vielleicht. Aber …"

„Zackig, ich weiß, ich weiß."

Der Angestellte an der Theke teilte mir mit, dass ich eine Viertelstunde auf die drei bestellten Pizzen warten musste. Da ich großzügig gestimmt war, hatte ich nur eine Hawaii bestellt. Ich verließ den stickigen Sitzbereich, um mich in der warmen frühherbstlichen Brise und den fettigen Düften zu sonnen, die aus der Küche strömten.

Offensichtlich wollte sich auch Gloam die Beine vertreten, denn er stapfte in seiner typischen, gebückten Tages-Haltung auf mich zu.

„Ich bezweifle, dass die Pizza, die wir hier bekommen, mit dem Angebot in der Stadt mithalten kann", sagte er mit seiner üblichen Trübsinnigkeit.

Ich schenkte ihm ein aufmunterndes Lächeln, obwohl ich wusste, dass die Mühe wahrscheinlich vergeblich war. „Meiner Meinung nach sind alle Pizzen gute Pizzen."

Er gab ein Brummen von sich und ging auf die Gasse zwischen der Pizzeria und dem Tankstellenshop zu. Einen Moment später ertönte das Scheppern von aufeinanderprallendem Metall durch die Fenster des Restaurants. Antic tauchte in der Gasse auf, mit einem ausgesprochen schuldbewussten Gesichtsausdruck.

„Die Köche sahen so gelangweilt aus, dass ich dachte, ich könnte sie ein wenig aufheitern", sagte sie. „Ich glaube, ich habe den Streich nicht gut genug vorbereitet. Es ist mir einfach so aus der Hand gerutscht …"

Ich zog die Augenbrauen hoch. „Hauptsache, du hast unsere Pizza nicht ruiniert."

„Oh, nein, es waren nur leere Pfannen! Ich wollte sie über den Boden rollen." Sie machte eine schwungvolle Bewegung mit ihrem dünnen Arm, um es zu demonstrieren.

Na gut, vielleicht konnte ich Omen nicht verübeln, dass er skeptisch war, wie viel diese beiden zu unserer Mission beitragen würden. Ich wies auf das Wohnmobil. „Warum gehst du nicht den Tisch decken? Dir fällt bestimmt etwas

Lustiges ein, das du mit den Servietten und Getränken anstellen kannst."

Ihre Augen begannen zu leuchten. „Oh, ja, das kann ich machen! Du wirst begeistert sein." Sie flitzte davon und wurde nach den ersten paar Schritten wieder unsichtbar.

Nach exakt fünfzehn Minuten waren unsere Pizzen fertig. Als ich sie zum Wohnmobil trug, ließ mir der würzige Duft der Peperoni das Wasser im Mund zusammenlaufen. Hoffentlich hatte der Höllenhund-Wandler nichts dagegen, wenn ich ihm ein oder zwei Stücke stibitzte.

Antic hatte auf dem Tisch einen schiefen Turm aus Getränkedosen errichtet. Ich lachte, und sie tanzte vergnügt auf der Sofabank. Snap kam sofort herbeigeeilt, als er mitbekam, dass es Essen gab, und drückte mir einen Schmatzer auf die Wange. Dann stürzten wir uns alle auf die Pizzen. Die Augen des Verschlingers begannen, vor Genuss neonfarben zu leuchten, und die Stücke schwanden zusehends, als Ruse und Gloam wieder zu uns stießen. Ausnahmsweise beschwerte sich der Nachtelf einmal nicht, während er zögerlich an seinem Stück knabberte.

Ruse legte beiläufig seinen Arm um mich und ließ seine Finger verführerisch über meine Schulter gleiten. „Thorn hat natürlich beschlossen, auf Patrouille zu gehen", teilte er mir mit. „Wahrscheinlich ist Omen mit ihm gegangen, um sicherzugehen, dass er nicht den ganzen Tag unterwegs ist. Ich nehme an, wir sollten ein oder zwei Stücke für sie aufheben."

„Gute Idee", stimmte ich zu und streckte meinen Arm aus, um Pickle zu streicheln, der neben mir auf das Sofa gehüpft war.

Der kleine Drache zuckte zusammen. Er musterte mich und senkte seine Flügel, doch sein Körper blieb angespannt, als ich seine Schulter kraulte. Trotz des köstlichen Essens, das meinen Magen füllte, stieg ein Anflug von Traurigkeit in mir auf. Ob Pickle sich jemals wieder richtig wohl in meiner Gegenwart fühlen würde?

„Du wirkst etwas angespannt, Flamme", bemerkte der Inkubus. „Mal sehen, ob wir dir das austreiben können."

Er verlagerte seine Haltung und legte seine Daumen auf die zugegebenermaßen angespannten Muskeln entlang meiner Wirbelsäule. Eine Massage *während* man Pizza aß, gab es etwas Himmlischeres? Ich war mir nicht sicher, was ich getan hatte, um diese Zuwendung zu verdienen, doch ich würde ganz bestimmt nicht nein sagen.

Snap verfolgte diese Entwicklung mit einem Anflug von Besorgnis. Er streichelte mein Knie unter dem Tisch und deutete auf den Turm von Getränkedosen. „Möchtest du etwas zu trinken? Wenn du hier nichts Passendes findest, im Laden gab es eine große Auswahl."

„Alles gut, danke." Ich berührte sein Knie mit meinem und lehnte mich an Ruse' Hände. „Warum verwöhnst du mich auf einmal so?"

„Du hast so hart gearbeitet", sagte Ruse mit seiner verschmitzten Stimme. „Hast du es da nicht verdient, verwöhnt zu werden? Wir könnten einen Wettbewerb daraus machen. Mal sehen, ob der Verschlinger mit einem Inkubus mithalten kann."

Als ich Entschlossenheit in Snaps Augen aufblitzen sah, versetzte ich Ruse einen leichten Tritt. „Ich bin mir nicht sicher, ob ich diesen Wettbewerb überleben würde, auch wenn es eine spektakuläre Art zu sterben wäre. Du hast das so gut gemacht, dass es eine Schande wäre, das zu ruinieren."

„Hmm. Ja, vermutlich." Er beugte sich vor und drückte einen kurzen, aber zärtlichen Kuss auf mein Ohr. Offenbar zufrieden damit, dass seine Hingabe nicht infrage gestellt wurde, widmete sich Snap wieder seinem Essen und ließ eine nur leicht besitzergreifende Hand auf meinem Oberschenkel liegen.

Ein Anflug von Zärtlichkeit schnürte mir die Kehle zu.

Omen mochte mehr in mir gesehen haben als jeder andere, doch mein ursprüngliches Schattenwesen-Trio war von Anfang an auf seine ganz besondere Art für mich da gewesen. Wie schnell sich das Liebesglück doch ändern konnte. Vor ein paar Monaten war ich mir nicht sicher gewesen, ob ich zu einer Freundschaft Plus in der Lage wäre, ohne dass sie aus dem Ruder lief.

Jetzt wetteiferten zwei herrlich monströse Männer darum, mich zu verwöhnen, während ein dritter mit unerschütterlicher Entschlossenheit draußen patrouillierte, um meine Sicherheit zu gewährleisten. Ich musste in einem früheren Leben, an das ich mich nicht erinnern konnte, etwas sehr richtig gemacht haben. Ich neigte meinen Kopf, um Ruse einen Kuss auf die Schulter zu geben, der ihm ein Lächeln ins Gesicht zauberte, und schlang mein Bein um das von Snap, um zu zeigen, wie viel Zuneigung ich für sie beide empfand.

Während Ruse meinen Rücken bearbeitete, bot ich Pickle ein Stück Speck von einer der Pizzen an, doch er war noch nicht bereit, mir ganz zu verzeihen. Der Drache schnappte es mir mit einem quietschenden Schnauben aus den Fingern, und huschte dann prompt auf die andere Seite des Tisches.

Bevor ich ihn mit weiteren fleischlichen Köstlichkeiten verwöhnen konnte, ertönte mein Klingelton. Ich wischte mir die Soße von den Fingern und griff nach meinem Handy. Ruse unterbrach die Massage, ließ seine Hand jedoch in meinem Nacken ruhen.

Es war Klaus. „Sorsha, wie gut, dass ich dich erreiche", sagte er, seine tiefe, aber heitere Stimme war zögerlicher als sonst. Er klang nicht besonders erfreut.

Mir wurde flau im Magen. „Was gibt's? Fliegst du heute Nachmittag nach San Francisco?"

„Oh, ja, es ist alles geregelt. *Ich* bin startklar. Das Problem ist nur, dass der Rest meiner Kollegen aussteigt."

Mir rutschte das Herz in die Hose. „Was? Ich dachte, sie

wären an Bord, zumindest die meisten von ihnen. Hatten sie einen plötzlichen Sinneswandel?"

Er seufzte. „Sie sind der Meinung, dass du dich am Ende unseres letzten Treffens ein wenig seltsam verhalten hast. Monica hat sich an deine Zweigstelle des Bundes gewandt, um Informationen über dich einzuholen. Anscheinend hat das, was sie erfahren hat, sie ziemlich beunruhigt."

„Oh." Ich schluckte schwer. Hatte Huyen – oder womöglich sogar Ellen – diese Leute auf die Idee gebracht, ich sei eine Bedrohung? Oder dass ich einfach nur verrückt sei? Sie wussten nichts von meinen Feuerkräften … aber vielleicht hatten sie etwas über die Zerstörung erzählt, die ich in der Stadt angerichtet hatte. „Nach allem, was zu Hause passiert ist, hatten wir keine andere Wahl, wenn wir es mit der Lichtarmee aufnehmen wollten. Sie sind zu bösartig, als dass man sich einfach hinsetzen und mit ihnen verhandeln könnte."

„Das kann ich mir vorstellen. Und ich verurteile dich nicht. Ich bin schon länger in dieser Szene unterwegs als die anderen. Ich habe gesehen, wie schrecklich wir Sterblichen uns gegenseitig und die Schattenwesen behandeln." Er hielt inne und ich hörte ein Rascheln, als ob er sich über seinen Bart streichen würde. „Ich weiß nicht genau, worauf du dich da eingelassen hast, Sorsha, doch ich weiß, dass dein Vater ein guter Mann war. Deswegen denke ich, du hast eine Chance verdient. Und ich wäre überhaupt nicht hier, wäre da nicht ein Schattenwesen gewesen, das so freundlich war, anzuhalten und zu helfen, als meine Frau und ich uns vor langer Zeit auf einer Reise durch die Wüste verirrt hatten. Dafür möchte ich mich in gewisser Hinsicht revanchieren."

„Danke", stieß ich hervor. Meine Kehle war wie zugeschnürt. „Das weiß ich wirklich zu schätzen."

„Ich wünschte, ich könnte die anderen überzeugen, aber die jungen Leute hören meistens nicht auf die Älteren. Zumindest habt ihr mich, und ich werde tun, was ich kann.

Ich glaube, die Leiterinnen deines Bundes haben sich auch an die Niederlassung in San Francisco gewandt, also bin ich mir nicht sicher, ob du dort viel Hilfe erwarten kannst. Vielleicht kann ich mich ja dort einschleusen, ohne dass sie merken, dass ich mit dir zusammenarbeite. Ich habe meinen Leuten gesagt, dass ich meine Pläne abgesagt habe, damit sie keine weiteren Warnungen aussprechen."

Das war doch schon mal was. Ich legte all die Dankbarkeit in meine Stimme, die ich aufbringen konnte. „Wir werden das Beste daraus machen. Nochmals vielen Dank."

„Natürlich. Ich melde mich, sobald ich an der Westküste gelandet bin."

Meine Finger umklammerten das Handy kurz, bevor ich es wieder in meiner Handtasche verstaute. Als ich meine Hand wieder in den Schoß legte, sprühten Funken aus meiner Handfläche und prickelten über meinen Oberschenkel. Ich ballte meine Hand zur Faust, um alle Funken zu löschen.

Ich war *tatsächlich* eine Bedrohung, oder? Auch wenn die Leute vom Bund zu Hause nicht genau wussten, warum man sich vor mir in Acht nehmen mussten, hatten sie nicht ganz unrecht.

Omen würde begeistert sein, wenn er das hörte. Ich konnte schon den überheblichen Tonfall hören, der sich in seine Stimme schleichen würde. Verdammt noch mal.

Zum Teufel mit Huyen und Ellen und all den anderen, die es nicht einmal versuchen wollten. Genau darauf setzte die Lichtarmee doch, oder? Die Tatsache, dass alle, die die Schattenwesen unterstützen könnten, zu ängstlich waren, um es mit so großen und brutalen Feinden aufzunehmen.

Snap beobachtete mich, ein halb gegessenes Pizzastück in der Hand, das er schockierenderweise vergessen hatte. „Was ist passiert?"

Ich öffnete meinen Mund, und Thorn materialisierte sich an der Tür. Ich wartete darauf, dass der Höllenhund-Wandler sich zu ihm gesellte, und suchte nach den richtigen Worten, um ihnen von dem neusten Fehlverhalten der Sterblichen zu berichten. Doch Thorn kam allein auf mich zu.

„Wo ist Omen?", fragte ich.

Der Krieger runzelte die Stirn. „Ist er nicht hier? Als ich losgezogen bin, war er noch da."

Ruse runzelte die Stirn. „Wir haben angenommen, er wäre mit dir mitgekommen. Ich habe ihn nicht mehr gesehen, seit wir hier angekommen sind."

„Ich auch nicht." Ich sah Snap und die anderen an.

Der Verschlinger schüttelte den Kopf und verzog besorgt den Mund, was in seinem hübschen Gesicht völlig unpassend aussah. Antic rappelte sich auf und salutierte. „Ich kann mich auf die Suche nach ihm machen!"

Thorn betrachtete sie mit unverhohlener Skepsis. „Ich glaube, du solltest lieber hierbleiben und mir die Suche überlassen, Kleine." Er blickte sich zu den anderen um. „Er kann nicht weit sein. Vielleicht hat er in der Nähe etwas entdeckt, das sein Interesse geweckt hat."

Als Thorn in den Schatten verschwand, lief mir ein unbehaglicher Schauer über den Rücken. Das flaue Gefühl in meinem Magen hatte sich inzwischen in einen harten Kalksteinklumpen verwandelt.

Omen ließ sich nie ablenken, und er war fest entschlossen, so schnell wie möglich nach San Francisco zu kommen. Selbst wenn er aus irgendeinem bizarren Grund vom Weg abgekommen wäre, hätte er inzwischen zurück sein müssen, und sei es nur, um uns anderen mitzuteilen, dass er etwas entdeckt hatte.

Hatte die Lichtarmee es etwa wieder geschafft, ihn zu fangen? Doch es war nicht ihre Art, nur einen von uns heimlich zu schnappen, wenn sie problemlos die ganze Truppe angreifen könnten. Ich konnte mir nicht vorstellen, dass sie den Höllenhund-Wandler gefangen nehmen könnten, ohne, dass *einer* von uns etwas bemerkte.

Snap legte sein Pizzastück ab. Zum ersten Mal, seit ich ihn

kennengelernt hatte, schien ihm der Appetit vergangen zu sein. Er nahm meine Hand, doch ich war zu nervös, um dieser Geste oder Ruse' Hand auf meiner Schulter Trost abzugewinnen.

Es kam mir wie eine Ewigkeit vor, bis Thorn zum zweiten Mal zurückkehrte. Das Stück, an dem ich mich zwang zu knabbern, war noch nicht einmal kalt geworden, als er ohne den eiskalten Bastard neben sich erschien. Er sah noch ernster aus als damals, als er mir erzählt hatte, dass es ihm nicht gelungen war, seinen Boss zu beschützen, bevor wir Omen gerettet hatten.

„Keine Spur von ihm", sagte er. „Ich habe keine Ahnung, wo er hingegangen sein könnte."

Ich hatte Mitleid mit dem Krieger, und verspürte ein mulmiges Gefühl in meiner Brust. Das Einzige, was mir einfiel, was in letzter Zeit passiert war und Omens Stimmung beeinflusst haben könnte, war unser heißes Intermezzo im Schlafzimmer heute Morgen. Ich hatte den Eindruck, er hätte akzeptiert, was passiert war, auch wenn er sich nicht gerade damit brüstete. Er hatte mich zurechtgewiesen, als wir hier ankamen, wie ich es von ihm gewohnt war.

Doch wer wusste schon, was hinter diesen eisigen Augen und seiner strengen kontrollierten Fassade vor sich ging? War er wütend auf mich, weil ich ihn provoziert hatte? War er wütend auf sich selbst, weil er seiner Lust nachgegeben hatte? Würde er wirklich unsere Mission gefährden, nur um sich abzukühlen?

Vielleicht, wenn er das Gefühl hatte, dass er zu labil war.

Ruse tippte auf seinem Handy herum. „Auf dem sterblichen Weg bekomme ich keine Antwort. Vielleicht ist er in den Schatten. Dort funktionieren Handys nicht."

„Er würde uns doch nicht *im Stich* lassen", überlegte Snap, wobei er seinen Kameraden einen hilfesuchenden Blick zuwarf, damit sie diese Tatsache bestätigten.

Der Inkubus gluckste. „Und die Chance verpassen, beim

großen Finale unserer Reise den Ton anzugeben? Das kann ich mir nicht vorstellen." Doch die Sorgenfalte auf seiner Stirn erzählte eine andere Geschichte.

Wir knabberten an unseren Pizzastücken, bis der Inkubus ein Machtwort sprach und die Reste in den winzigen Kühlschrank des Wohnmobils räumte. Omens Abwesenheit lastete mit jeder Minute schwerer auf uns. Schließlich räusperte Thorn sich.

„Wir wissen, was Omen von uns wollte: Nämlich, dass wir so schnell wie möglich nach San Francisco fahren. Wenn er uns hier nicht findet, wird er wissen, dass wir dorthin gefahren sind. Und vielleicht kann er sogar schneller dort sein als wir, wenn er die Schwellen zwischen dieser Welt und dem Schattenreich nutzt. Ich würde sagen, wir fahren weiter. Je länger wir hier herumsitzen, desto wahrscheinlicher wird es, dass wir die Aufmerksamkeit der falschen Leute auf uns ziehen."

Das stimmte. Ich nickte trotz des Kloßes in meinem Hals, der immer größer zu werden schien.

Ruse wischte sich mit der Hand über den Mund. „Ihr werdet schon sehen. Sobald wir die Stadtgrenze erreichen, wird er dastehen und mit uns schimpfen, weil wir so verdammt lange gebraucht haben."

Sein sonst so heiterer Tonfall klang etwas flach. Mein ursprüngliches Trio hatte schon einmal ohne ihren Anführer auskommen müssen. Damals hatten sie jedoch gewusst, was mit ihm geschehen war, und hatten eine Idee gehabt, wie sie ihn zurückholen könnten. Jetzt hatten wir keine Ahnung, wie wir Omen helfen sollten oder ob er überhaupt Hilfe brauchte.

Und nachdem ich so viele Verbündete verloren hatte, musste ich mir eingestehen, dass ich möglicherweise nicht ganz unschuldig an dem war, was auch immer mit ihm geschehen sein mochte.

DREIUNDZWANZIG

Thorn

Mit jeder Minute, die verging, nachdem wir unseren letzten Halt hinter uns gelassen hatten, nagte Omens Verschwinden mehr an mir. Ich wanderte durch das Wohnmobil – sowohl in meiner körperlichen als auch in meiner Schattenwesen-Gestalt, doch ich konnte das Unbehagen, das sich durch meine Nerven schlängelte, nicht abschütteln.

Es war mein Vorschlag gewesen, ohne unseren Kommandanten weiterzufahren. Und ich stand ohne jeden Zweifel hinter diesem Plan. Es war das, was er gewollt hätte, unabhängig davon, was mit ihm geschehen war. Ob er nun bei uns war oder nicht, die Lichtarmee musste vernichtet werden.

Doch es war so untypisch für ihn, ohne ein Wort abzuhauen. Ich konnte mir nicht vorstellen, dass es unseren Feinden gelungen war, ihn anzugreifen und gefangen zu nehmen, ohne dass ich bei meinen Patrouillen auf irgendeine

Spur dieses Vorfalls gestoßen war. Sein Verschwinden schwebte wie ein großes düsteres Rätsel über mir.

Während der Inkubus unser Fahrzeug weiter in die Stadt hineinsteuerte, von der die Lichtarmee auf dieser Seite des Ozeans aus, operierte, spürte ich auch die Anwesenheit des anderen Geflügelten immer stärker. Es war kein zerrendes oder nagendes Gefühl, sondern eher eine Art Stich ins Herz, wenn man einem alten Freund begegnete, den man kaum wiedererkannte.

Der Geflügelte, der hier draußen wohnte, konnte allerdings kein wirklicher Freund von mir sein. Meine Brüder, denen ich so nahegestanden hatte, dass ich sie sowohl als Freunde als auch als Kameraden hätte betrachten können, waren alle im Krieg gefallen. Dieser hier hatte womöglich nicht einmal auf derselben Seite gekämpft, wie ich … nicht, dass ich nach all den Jahrhunderten noch gewusst hätte, wer welcher Partei angehört hatte.

Wir würden an dem Gebiet vorbeikommen, an der sich der Geflügelte aufhalten musste. Der Schmerz wurde von einem vagen Richtungsgefühl begleitet. Demnach befand er sich nordwestlich von unserer derzeitigen Position, und je weiter wir dem Highway folgten, mehr Richtung Norden. Ich hielt inne und schaute aus dem Fenster, als ob ich in der Ferne das Schlagen großer Flügel sehen könnte.

„Du hast die richtige Entscheidung getroffen", sagte Sorsha zu mir. Sie hatte meine Nachdenklichkeit bemerkt, kannte jedoch nicht den Grund dafür. „Omen weiß, wo wir hinwollen. Wir werden nicht allzu schwer zu finden sein. Vielleicht ist dies ein weiterer seiner geliebten Tests."

Ihr Lächeln wirkte verkrampft, und sie klang nicht so entspannt, wie es ihre Worte vermuten ließen. Sie hatte kaum etwas gesagt, seit wir von der Tankstelle losgefahren waren.

Was, wenn Omen *nicht* in der Stadt war, wenn wir ankamen? Was, wenn er überhaupt nicht zu uns zurückkehrte? Es fiel mir schwer, mir diese Möglichkeit vorzustellen, doch wir mussten vorbereitet sein. Ich hatte mich dieser Sache verschrieben, und ich würde nicht zulassen, dass sie scheiterte, solange ich noch dabei war.

Mein Blick glitt über meine anderen Gefährten: Ruse, der mit befremdlicher Heiterkeit hinter dem Lenkrad summte, Snap, der Sorsha tröstend über das Haar strich, die Koboldin, die unsichtbar durch die Luft tanzte und lächerliche Versuche unternahm, unserer Sterblichen ein Lächeln zu entlocken, und der niedergeschlagene Nachtelf, der in den Schatten unter dem Tisch kauerte.

Könnten wir es nur mit unseren derzeitigen Verbündeten überhaupt mit der höchsten Ebene der Lichtarmee aufnehmen? Selbst im Kampf gegen einen weniger mächtigen Anführer hatten wir einen unserer Pferdewandler und mehr als ein Dutzend Schattenwesen-Helfer eines lokalen Verbrechersyndikats gebraucht. Außerdem war Omen damals an unserer Seite.

Ich schaute wieder zum Fenster. Mein Artgenosse war jetzt direkt nördlich von uns. Vor uns zweigte eine weitere Straße vom Highway ab, und Staub wirbelte hinter den Reifen eines Autos auf, das in diese Richtung davonraste.

Meine Muskeln spannten sich an. Doch unsere Mission war wichtiger als mein Unbehagen. Ich wollte, dass wir als Sieger aus diesem Krieg hervorgingen, koste es, was es wolle.

„Wir sollten einen kurzen Zwischenstopp einlegen", sagte ich abrupt.

Der Inkubus warf mir einen Blick zu. „Will unser übereifriger Krieger etwa auf Patrouille gehen? Ich kann dir versichern, dass wir sicherer sind, wenn wir ohne Umwege mit der höchstmöglichen Geschwindigkeit fahren."

„Ich will nicht auf Patrouille gehen. Es gibt da jemanden, von dem ich glaube, dass ich ihn überreden kann, sich unserer Sache anzuschließen. Und gerade jetzt sollten wir versuchen, möglichst viele Verbündete zu gewinnen. Bieg hier rechts ab."

Sorsha musterte mich mit einem verständnisvollen Glanz in den Augen. Ich hatte ihr erzählt, dass ich die Anwesenheit eines Geflügelten spürte. Sie respektierte meinen Wunsch, meine Natur geheim zu halten, und sagte nichts dazu. Ein Gefühl der Dankbarkeit durchströmte mich, während ich mich darauf vorbereitete, mein Geheimnis zu lüften.

Ruse bog auf die schmalere, staubigere Straße ein. Im Gegensatz zu unserer Sterblichen hielt er seine Zunge nicht im Zaum. „Und wie kommst du darauf, dass dieser zufällige potenzielle Verbündete Interesse daran hat, sich unserer wilden und verrückten Mission anzuschließen?"

„Er ist nicht zufällig. Er ist einer meiner Artgenossen. Einer der wenigen, die noch übrig sind. Wenn ihn jemand überzeugen kann, dann ich."

Snap horchte auf und hob neugierig den Kopf. Die Koboldin hörte endlich auf, herumzuspringen und erstarrte in der Mitte des Tisches.

„Oooh", rief sie und stemmte die Hände in die Hüften. „Bedeutet das, dass wir endlich erfahren werden, was das große, unheimliche Schattenwesen ist."

Ruse drehte sich zu mir um, und ich war froh, dass die Straße vor ihm leer war. „Willst du dem Rätselraten wirklich ein Ende setzen? Ich hätte Wetten abschließen sollen."

„Du musst das nicht tun", sagte Sorsha leise. „Wenn du denkst, dass es das wert ist, bin ich dafür. Ansonsten schaffen wir es auch mit der Hilfe, die wir haben."

Meine eigensinnige Geliebte konnte so zärtlich sein, wenn sie es wollte. Dass sie mein anfängliches Zögern akzeptiert hatte, bestärkte mich in meiner Überzeugung, dass es an der Zeit war, reinen Tisch zu machen. Wenn ich mich aus irgendeinem Grund offenbaren wollte, dann nur, um sicherzustellen, dass ich alles getan hatte, damit *sie* die bevorstehende Schlacht überlebte.

„Je mehr, desto besser", sagte ich. „Ich bin mir allerdings nicht sicher, wie dieses Mitglied meiner Bruderschaft reagieren wird. Vielleicht sollte ich euch vorbereiten. Du solltest an den Seitenstreifen fahren, Inkubus, wenn du nicht riskieren willst, dass unser Fahrzeug Schaden nimmt."

„Du scheinst sehr überzeugt zu sein, dass uns deine geheime Identität schockieren wird", stichelte Ruse, befolgte meinen Befehl jedoch.

Nachdem er das Wohnmobil geparkt hatte, erhob er sich sofort aus seinem Sitz, lehnte sich an die Wand dahinter und musterte mich erwartungsvoll. Antic wippte vor Aufregung auf ihren Zehen.

Plötzlich fühlte sich der Akt zu bedeutsam an. Ich hatte nicht vor, daraus eine weltbewegende Ankündigung zu machen. Was würden die anderen von mir denken, wenn sie sahen, was ich war? Sorsha hatte meine volle körperliche Gestalt gelassen hingenommen, doch sie hatte nicht den gleichen Bezug zu dem, was in der Vergangenheit passiert war. Nicht so wie die meisten anderen Schattenwesen. Außerdem war sie auch kein typisches Exemplar *ihrer* Art.

Allerdings war keines der Wesen um mich herum wirklich typisch, oder? Normale Schattenwesen hätten sich diesem Kreuzzug gar nicht erst angeschlossen. Ich musste davon ausgehen, dass jegliches Wohlwollen, das ich mir in den letzten Monaten mit meinem Beitrag erworben hatte, ihren Vorbehalten gegenüber meiner Art trotzen würde.

Ich atmete tief ein und erlaubte den Energien, die ich normalerweise in diesem sterblichen Körper unterdrückte, an die Oberfläche zu steigen.

Meine Gliedmaßen und mein Oberkörper wurden länger. Meine Augen kribbelten, als die erhitzte Dunkelheit sich darin ausbreitete und meine Sehkraft schärfte. Meine gefiederten Flügel breiteten sich unterhalb meiner Schultern aus. Sie ragten bis an die Decke des Supermobils und waren so breit wie die Fenster, obwohl sie nicht einmal ganz ausgebreitet waren. Dieser Raum war zu eng, um ihnen die gesamte Pracht meiner Schattenwesen-Gestalt zu zeigen, was möglicherweise auch besser so war.

Der Inkubus machte keine bissige Bemerkung. Sein Mund stand kurz offen, bevor er sich mit einem rauen Glucksen sammelte, mich aber nach wie vor anstarrte. „Heilige Scheiße. Das hätte ich mir denken können. Von all den verdammten Wesen da draußen …" Er schüttelte ungläubig den Kopf.

Die Koboldin hatte sich in die Ecke der Sofabank zurückgezogen. Nicht die Reaktion, auf die ich es angelegt hatte, jedoch nicht überraschend. Sie spähte mich durch ihre Finger hindurch an.

„Ich tue dir nichts", versicherte ich ihr, mit meiner hallenden Schattenwesen-Stimme.

Ein scharrendes Geräusch lenkte meine Aufmerksamkeit auf den Raum hinter mir. Sorshas kleiner Drache war aus dem Badezimmer aufgetaucht, wo er sein Nest gebaut hatte. Als er mich erblickte, erstarrte er und stieß ein Quietschen aus, bei dem sich seine Nasenlöcher blähten. Dann flatterte er mit den Flügeln, wie um mir zu zeigen, dass er auch Schwingen hatte.

Er versteckte sich nicht, kam jedoch auch nicht näher. Das könnte das Ende meiner Freundschaft mit der kleinen Kreatur sein.

Einer von uns ließ sich jedoch nicht beirren. Der Verschlinger lächelte mich an, in seinen großen Augen lag nichts als Ehrfurcht. „Natürlich würdest du keinem von uns etwas tun. *Du* bist so oft verletzt worden, als du versucht hast, uns zu beschützen. Deine Gestalt ist wundervoll. Warum hast du sie uns nicht schon früher gezeigt?"

Ruse lachte wieder kurz auf. „Hast du noch nie von den Geflügelten gehört, Verschlinger? Sie haben einen … interessanten Ruf."

Sein Blick war eindeutig wachsamer geworden. Das konnte ich akzeptieren. Es war ja nicht so, dass wir vorher die engsten Freunde gewesen wären. Immerhin hatte er nicht die

Flucht ergriffen oder mir bissige Bemerkungen entgegengeschleudert, was ich als Sieg werten konnte.

„Ich würde es vorziehen, nicht aufgrund längst vergangener Ereignisse verurteilt zu werden", sagte ich. „Schließlich findet man in der Vergangenheit von uns allen fragwürdige Momente, oder?"

„In den meisten Fällen zählt dazu kein Krieg, der beinahe die eigene Rasse ausgelöscht hätte – aber konzentrieren wir uns lieber auf die Gegenwart." Der Inkubus grinste, wodurch er wieder mehr wie er selbst aussah. Ausnahmsweise war ich froh, dieses Grinsen zu sehen. „Solange ich dich kenne, hast du immer die richtigen Leute geschlagen. Ich vertraue darauf, dass du das auch weiterhin tun wirst."

Die Koboldin hatte ihre Hände sinken lassen. Snap warf einen Blick über seine Schulter zum Fenster. „Ist das Schattenwesen, zu dem wir fahren auch so ein ‚Geflügelter' wie du?"

Ich nickte. „Der Einzige, dem ich seit über einem Jahrhundert nahe genug gekommen bin, um ihn zu spüren. Hoffentlich ist er mit den Jahren auch etwas sanftmütiger geworden."

Ruse hielt sich die Hand vor den Mund, um ein missbilligendes Schnauben zu verbergen, und setzte sich wieder hinters Steuer. „Auf zu dem Engel!"

Na also. Es war vollbracht, und die Welt war nicht um mich herum zusammengebrochen. Erleichterung durchströmte mich so abrupt, dass ich kurz nach Luft schnappen musste. Dann verwandelte ich mich wieder in meine menschliche Gestalt.

„Fahr weiter", wies ich Ruse an. „Ich sage dir Bescheid, wenn du abbiegen musst."

Der Schmerz in meiner Brust wurde mit jedem Kilometer, den wir zurücklegten, stärker. Als ein Feldweg, der noch trostloser war als der, auf dem wir uns befanden, nach links abzweigte, wies ich Ruse den Weg. Schließlich kam eine Hütte in Sicht, die aussah, als wäre sie aus weggeworfenen, ramponierten Holzbrettern zusammengenagelt worden, inmitten einer weiten Landschaft, die ansonsten nur aus hart gebrannter Erde und gelben Grasbüscheln bestand.

Von der Straße, auf der wir uns befanden, führte weder eine Straße noch ein kleiner Weg zu dem Gebäude. Ruse parkte, und wir betrachteten die Hütte durch die Fenster.

„Ich denke, ihr solltet besser hierbleiben – so gerne ihr auch dabei sein würdet." Als Ruse den Mund öffnete, um zu protestieren, fügte ich rasch hinzu: „Niemand lebt so weit abgeschieden von der Zivilisation, weil er gerne Gesellschaft hat."

„Na gut", erwiderte der Inkubus mit einem Anflug von Resignation. „Aber ich werde mir auf jeden Fall so viel von der Show ansehen, wie ich von hier aus erkennen kann." Er setzte sich neben Sorsha und verschränkte prompt seine Finger mit ihren.

Ich warf unserer Sterblichen einen kurzen Blick zu, mit dem ich ihr hoffentlich meinen Dank für ihr Vertrauen in mich vermitteln konnte. Dann bewegte ich mich durch die Schatten über die karge Fläche auf die Hütte zu.

Ich nahm an, dass mein Artgenosse mich ebenso spüren konnte wie ich ihn. Ein kleiner Teil von mir befürchtete, dass ich die Hütte verlassen vorfinden und spüren würde, dass er vor dieser Begegnung geflohen war. Aber unsere Art neigte nicht zur Flucht. Das Gefühl seiner Anwesenheit hielt weiter an, bis ich nur noch wenige Meter von der schiefen Tür der Hütte entfernt war. Dann tauchte eine Gestalt aus den Schatten auf.

Wie nicht anders zu erwarten, hatte der Geflügelte, der vor mir auftauchte, dieselbe Statur wie ich: Er war groß, breit und sehr muskulös. Seine Fingerknöchel waren ähnlich hart, allerdings mit rötlichem Rillen durchzogen, die eher an Kupfer als an Kristall erinnerten. Seine Augen schimmerten in demselben metallischen Farbton unter den grauen Haaren hervor, die ihm über die Schultern und in die Stirn fielen.

„Was hast du hier zu suchen?", fragte er. „Ich habe kein Interesse daran, mich mit den Überlebenden unserer Art zu vereinen."

„Im Moment gibt es nur einen Überlebenden", sagte ich. „Meine Kameraden gehören verschiedenen anderen Arten an. Und hier geht es nicht um eine Wiedervereinigung." Ich nahm ihn und die Hütte genauer in Augenschein. „Du hast lange in diesem Teil der sterblichen Welt gelebt."

„Damit ich nicht gestört werde. In der Leere kann ich über die Fehler meditieren, die dazu geführt haben, dass ich überhaupt noch existiere."

Meine Begleiter machten sich manchmal über meine strenge Art lustig, doch ich glaubte nicht, dass ich jemals eine so finstere Haltung an den Tag gelegt hatte. Falls doch, war es ein Wunder, dass mich keiner von ihnen über eine Schwelle ins Schattenreich zurückgeschubst hatte. Obwohl ich annahm, dass meine Statur auch etwas damit zu tun haben könnte.

So düster der in Ungnade gefallene Krieger auch sein mochte, so verstand ich doch zumindest die Stimmung, die er zum Ausdruck brachte. Es war nur eine dunklere Schattierung der Schuldgefühle und des Bedauerns, die ich in letzter Zeit abzulegen begonnen hatte.

„Und wenn ich einen besseren Vorschlag habe?", fragte ich.

Er sah mich finster an. „Dass du überhaupt glaubst, dass einer von uns etwas Besseres verdient ..."

Ich hob meine Hand, um ihn zu stoppen. „Nicht so. In dem Sinne, dass du vielleicht die Fehler der Vergangenheit wiedergutmachen könntest, indem du dich an einem noch wichtigeren Kampf beteiligst. Wir brauchen dringend Unterstützung."

Die Stirn meines Artgenossen war zwar nach wie vor

gerunzelt, doch ich hatte den Eindruck, dass sich seine Augen ein wenig aufhellten. Er verlagerte sein Gewicht und verschränkte seine kräftigen Arme vor der Brust. „Wie kannst du sicher sein, dass wir nicht ein noch schrecklicheres Schicksal herbeiführen als zuvor?"

Diese Frage quälte mich schon, seit Omen mich gebeten hatte, Teil seiner Truppe zu werden. Und ich war mir meiner Antwort noch immer nicht sicher. Doch dann dachte ich an seine Führung, auch wenn er gerade nicht bei uns war, an das tiefere Verständnis für meine Fähigkeiten und Schwächen, das Sorsha in mir geweckt hatte, und an die Sache, wegen der wir alle zusammengekommen waren, und auf einmal kamen mir die Worte ohne die geringste Spur eines Zögerns über die Lippen.

„Man kann nie sicher sein", sagte ich. „Doch ich habe genug gesehen, um zu glauben, dass ich in diesem Konflikt etwas für das Wohl aller Schattenwesen bewirken kann. Ich kann weit mehr Leben retten, als in den Kriegen der Vergangenheit geopfert wurden. Und du auch, wenn du deinen Instinkt und deine Fäuste einsetzt."

Eine Weile lang betrachtete der andere Geflügelte mich schweigend. Dann sagte er in einem Tonfall, der Hoffnung in mir aufkeimen ließ: „Erzähl mir mehr über diesen neuen Krieg."

VIERUNDZWANZIG

Sorsha

Als wir uns der Stadtgrenze von San Francisco näherten, begab ich mich in den vorderen Bereich des Supermobils, und betrachtete die Gebäude, die vor der Windschutzscheibe an uns vorbeizogen. Ihre Lichter und der Schein der Straßenlaternen schimmerten in der zunehmenden Dunkelheit. Mein Blick blieb an jeder Gestalt hängen, an der wir vorbeikamen.

Keine davon war Omen. Ich hatte nicht *wirklich* erwartet, dass er uns mit seinem ungeduldigen Blick und seiner autoritären Haltung erwarten würde. Trotzdem war ich ein wenig enttäuscht, dass er nicht da war. Ich hätte einen Haufen Kritik an unserer Disziplin und unserer Ankunftszeit in Kauf genommen, nur um zu wissen, wo zum Teufel er war.

„Ich denke, wir sollten uns ein gemütliches Plätzchen suchen, wo wir die Nacht verbringen können", schlug Ruse in seinem üblichen flapsigen Ton vor. Er sah erschöpft aus. Wenn es um Aktivitäten im Schlafzimmer ging, könnte der

Inkubus vermutlich tagelang durchhalten, ohne an Energie zu verlieren. Tatsächlich würde ich dieser Vermutung gerne auf den Grund gehen, nur um zu bestätigen, dass ich recht hatte. Er war jedoch nicht dafür gemacht, stundenlang auf den Straßen in der sterblichen Welt unterwegs zu sein.

„Wo würde Omen wohl nach uns suchen?", fragte Snap, der hinter mir auftauchte. „Wir sollten einen Ort wählen, an dem er uns leicht finden kann."

„Aber auch einen, an dem uns die Lichtarmee nicht bemerkt", fügte Thorn hinzu.

„Ja." Ich saugte meine Unterlippe zwischen die Zähne. „Bisher haben wir uns immer in dünn besiedelten Gegenden am Stadtrand aufgehalten. Lasst uns durch die Vororte fahren und sehen, was wir finden."

Wenn das nicht funktionierte, könnten wir vielleicht eine Vermisstenanzeige in einer Zeitung aufgeben? Eine Notfallmeldung im öffentlichen Fernsehen ausstrahlen lassen? Ein Flugzeug mit einem Banner über die Gegend fliegen lassen? Letzteres würde er am ehesten sehen, allerdings auch jeder andere in der Stadt, einschließlich der Arschlöcher von der Lichtarmee.

Schließlich fand Ruse ein verlassenes Grundstück zwischen ein paar verfallenen Lagerhäusern und parkte das Wohnmobil als Lastwagen getarnt. Thorn blieb auf, um die Lage mit seinem neuen Freund zu besprechen, dessen Name – Flint zu Deutsch „Feuerstein" – besser zu seinem Aussehen passte als bei jedem anderen Schattenwesen, das ich bisher kennengelernt hatte. Den Inkubus und den Verschlinger schleifte ich mit mir ins Schlafzimmer.

Sie folgten mir anstandslos und ließen sich links und rechts neben mir nieder. Ich war zu verwirrt, um ein Ausdauerexperiment durchzuführen, doch dank Ruse, der mit seinen Fingern liebevoll über meinen Rücken strich und Snap, der sein Kinn an meine Stirn legte und mich mit seinem frischen Duft einhüllte, sank ich schneller in den Schlaf, als ich gedacht hatte.

Meine beiden Liebhaber waren noch da, als ich aufwachte. Als ich mich rührte, drückte Snap mir einen Kuss auf den Kopf und Ruse ließ seine Finger über meine Taille gleiten. „Können wir irgendetwas tun, um dir einen schönen Morgen zu bereiten, Flamme?", murmelte der Inkubus.

Ich hob meinen Kopf, um Snap auf die Lippen zu küssen, bevor ich mich umdrehte, um bei Ruse dasselbe zu tun. Sein Kuss war so leidenschaftlich, dass mein Herz flatterte. Ich hätte der Versuchung nachgegeben, all die anderen Empfindungen, die er mit seinen Berührungen wecken konnte, wiederzuentdecken, hätte nicht die Abwesenheit meines letzten Liebhabers über uns geschwebt.

„Was mich glücklich machen würde, wäre, die ganze Lichtarmee in Flammen aufgehen zu lassen", antwortete ich. „Dann könnten wir hier ein paar metaphorische Feuer entfachen."

„Wir können es gerne verschieben."

Ich verspürte das Bedürfnis, etwas von dieser Liebe auch an Thorn weiterzugeben, doch als wir das Wohnzimmer betraten, war er nirgends zu sehen. Flint saß an einem Ende der Sofabank und starrte auf einen Becher vor sich, als wüsste er nicht genau, ob er daraus trinken oder ihn mit seiner steinernen Faust zerquetschen sollte. Gloam wanderte niedergeschlagen umher, und Antic balancierte mit einer Hand auf der Kante des Tresens und strampelte mit ihren spindeldürren Beinen in der Luft herum. Sie blickte auf, als sie mich sah.

Ich schenkte ihr ein Lächeln, vor allem, damit sie zufrieden war, dass sie eine Reaktion von mir bekommen hatte und aufhörte, herumzualbern.

„Der erste große Kerl ist losgezogen, um nach bösen Jungs Ausschau zu halten", teilte sie mir mit, während sie auf die Füße sprang, und nahm damit meine Frage vorweg.

„Thorn sagte, er würde bald zurückkehren", fügte Flint hinzu. Ich hatte immer gedacht, Thorns Stimme sei tief und grollend, doch im Vergleich zu Flints donnerndem Grollen war unser ursprünglicher Geflügelter ein Sopran.

Ich ließ mich ihm gegenüber auf das Sofa sinken und nickte zu dem Kaffee, der in seiner Tasse abkühlte. „Normalerweise schmeckt der heiß besser."

Er musterte die Tasse skeptisch. „Ich habe seit vielen Jahrhunderten keine sterbliche Nahrung mehr zu mir genommen. Ich bin mir nicht sicher, ob ich jetzt damit anzufangen soll."

Antic tänzelte neben uns, als würde sie überlegen, ob sie sich den Becher schnappen sollte, schien jedoch zu dem Schluss zu kommen, dass es das Risiko nicht wert war, ein Schattenwesen von Flints Statur zu verärgern. Sie begnügte sich damit, etwas aus der Kanne in zwei saubere Tassen zu gießen, die braune Flüssigkeit großzügig auf den Boden und den Tresen zu spritzen und einen davon vor mir abzustellen.

„Wie lautet der Plan?", fragte sie entschlossen und nahm einen geräuschvollen Schluck von ihrem Kaffee.

Ja, wie *lautete* der Plan? Damit wollten wir uns befassen, sobald wir hier ankamen, in der Annahme, dass Omen viel dazu beitragen würde. Doch jetzt …

Ich wollte gerade vorschlagen, dass wir abwarten sollten, ob Thorn auf seiner Patrouille den Höllenhund-Wandler ausfindig machen konnte, doch bevor ich etwas sagen konnte, trat der Krieger mit gequälter Miene aus den Schatten. Mir rutschte das Herz in die Hose. In dieser Hinsicht hatten wir offensichtlich kein Glück.

Wir mussten also ohne Omen weitermachen. Wenn ihm die Pläne, die wir in seiner Abwesenheit schmiedeten, nicht gefielen, dann hätte er verdammt noch mal nicht einfach abhauen sollen.

Ich holte tief Luft und sah mich am Tisch um. Alle meine

Schattenwesen-Gefährten beobachteten mich. Irgendwie war ich zum Ersatzboss geworden. Also nur kein Druck.

Mein Blick blieb an Flints metallisch braunen Augen hängen, und in meinem Kopf brach ein Feuerwerk von Eindrücken los.

Ich befand mich auf einmal nicht mehr im Wohnmobil, sondern inmitten eines Schlachtfelds, das mit blutigen Körpern übersät war, über die sich Gestalten mit glänzenden Klingen hermachten. Der Gestank von Blut stieg mir in die Nase, und klirrende Geräusche und Stöhnen erfüllte meine Ohren. Jemand raste direkt an mir vorbei und stieß mich so heftig zur Seite, dass mein Arm pochte.

Plötzlich lag ich keuchend und zitternd auf dem Sofa. Mein Kopf drehte sich.

„Sorsha!" Thorn packte mich an der Schulter und starrte seinen Kameraden an. Der andere Geflügelte verzog das Gesicht und senkte seinen Blick.

„Bitte entschuldige, Sterbliche", grollte er. „Mein besonderes Talent ist es, Visionen des Grauens zu entfachen. Normalerweise wende ich es nur auf meine Feinde an. Da ich die Fähigkeit so lange kaum genutzt habe, bin ich etwas eingerostet. Es war nicht meine Absicht, dich mit dieser Erinnerung zu konfrontieren."

Eine Erinnerung. Das war also ein kleiner Einblick in die Brutalität, die Thorn und er überlebt hatten. Ich legte meine Hand auf die meines Kriegers. Die Berührung beruhigte mich, auch wenn mein Herz immer noch raste. Langsam bahnte sich ein Gefühl der Entschlossenheit einen Weg durch die schwindende Panik.

Diese Art von Brutalität unterschied sich nicht so sehr von der Art und Weise, wie wir bisher an unsere Auseinandersetzungen mit der Lichtarmee herangegangen waren. Hineinstürmen, sie zu Asche verbrennen oder ihnen die Köpfe vom Hals reißen – je nachdem, was unseren besonderen Fähigkeiten entsprach. In Chicago hatten wir eine andere Strategie verfolgt. Sicher, der Plan, den ich dort vorgeschlagen hatte, endete ebenfalls in einem feurigen Scharmützel, doch es hatte zumindest etwas weniger Tod und Zerstörung gegeben als zuvor. Auch kleine Erfolge müssen gefeiert werden.

Ich mochte zum Teil Schattenwesen sein, und ich akzeptierte die Tatsache, dass ich mich gerne mit Monstern einließ, doch das bedeutete nicht, dass wir die Klischees bestätigen mussten. Wir könnten die gleiche Strategie wie in Chicago verfolgen, nur in einem größeren und besseren Ausmaß. All den Idioten, die zu ängstlich waren, um uns zu helfen, zeigen, dass die Armee auch ohne Blutvergießen dezimiert werden konnte.

Okay, vielleicht war das ein wenig zu optimistisch. Doch wir könnten es wahrscheinlich mit weniger als einem Eimer Blut schaffen. Das wäre immer noch ein Fortschritt gegenüber den Sturzbächen, die geflossen waren, als wir das Anwesen von Victor Bane gestürmt hatten.

Ich konnte mir nicht vorstellen, dass es Omen gefallen würde, wenn ich mich weiterhin gegen ein Blutbad sträubte, doch das konnte er mir gerne jederzeit selbst sagen.

Ich stütze meine Ellbogen auf den Tisch. „Wir müssen herausfinden, wer die nordamerikanischen Geschäfte der Lichtarmee leitet, richtig? Sie zu zerstören, wird allerdings nichts bringen. Der wahre Anführer ist irgendwo in Europa. Wie wäre es, wenn wir versuchen, ihren amerikanischen Boss zu finden und über *ihn* an den Verantwortlichen in Übersee heranzukommen."

Ruse legte den Kopf schief. „Interessant. Sprich weiter."

Ich wies mit der Hand auf ihn. „Du könntest deinen Charme am Telefon spielen lassen. Wir müssen nur den Anführer hier davon überzeugen, uns mit *seinem* Chef in Kontakt zu bringen. Anschließend kannst du den Mann in deinen Bann ziehen, der die gesamten Machenschaften der

Lichtarmee kontrolliert. Stell dir nur mal vor, zu was du ihn überreden könntest."

Ein Grinsen umspielte die Lippen des Inkubus. „Oh, es gibt viele, viele Taten, zu denen ich ihn gerne überreden würde. Doch damit zu beginnen, *ihn* die Lichtarmee von innen heraus zerstören zu lassen, klingt perfekt."

Thorn runzelte die Stirn. „Würde das denn funktionieren? Könntest du genug Kontrolle über ihn ausüben, um ihn zu zwingen, ein solches Ausmaß an Zerstörung zu verursachen?"

„Das ist es ja", sagte ich. „Der Big Boss müsste nichts Materielles zerstören. Er hat bestimmt Zugang zu allen Unternehmensdaten – wir könnten dafür sorgen, dass er sie aus den Netzwerken löscht. Außerdem könnten wir ihn dazu bringen, die Regionalleiter zusammenzurufen und die Zweigstellen aufzulösen. Möglicherweise müssen wir ihn zu einem verrückten Verhalten zwingen, um seine Anhänger davon zu überzeugen, dass er sich die ganze Zeit geirrt hat, damit sie die Sache nicht wieder aufnehmen. Sobald wir ihn unter Kontrolle haben, können wir uns um die Details kümmern."

Antic schlug mit ihren kleinen Fäusten in die Luft. „Oder wir könnten einfach über das Meer fahren und es ihm auf die traditionelle Weise heimzahlen."

„Das scheint nicht zu funktionieren", gab Snap zu bedenken, und Verständnis trat in sein Gesicht. „Immer, wenn wir Teile der Lichtarmee zerstören, tauchen an ihrer Stelle mehr von diesen Leuten auf. Die Tatsache, dass wir sie angreifen, bestärkt sie in ihrem Glauben, dass sie uns bekämpfen müssen."

Ich schnippte mit den Fingern. „Ganz genau. Wenn wir einen Anführer ausschalten, wird ein anderer seinen Platz einnehmen. Ich halte es für überzogen zu glauben, dass wir alle Leute, die eine Abneigung gegen Schattenwesen hegen, vernichten können, indem wir sie nach und nach auslöschen, und wir können nicht alle auf einmal bekämpfen. Doch wer auch immer das Sagen hat, kann es. Und wenn wir es richtig anstellen, kann er uns auch alle offenen Fragen beantworten."

Einer nach dem anderen nickte. Gloam, der in einem Zustand verzagten Zögerns gefangen war, bekundete als Letzter seine Zustimmung. „Das klingt großartig, doch ich wüsste nicht, inwiefern ich dazu beitragen könnte."

Darüber hatte ich mir bereits Gedanken gemacht. Ich machte eine beschwichtigende Geste in Richtung des Nachtelfen. „Ach, ich bin sehr einfallsreich. Ich werde schon einen Weg finden, wie du dich einbringen kannst, keine Sorge."

Flint regte sich. „Dieser Plan scheint einen Versuch wert zu sein. Wo sollen wir anfangen?"

Ich tätschelte meine Handtasche. „Der eine Mann vom Bund, der uns seine Unterstützung zugesichert hat, hat gestern Abend mit einigen der örtlichen Mitglieder gesprochen. Klaus konnte zwar nicht viel herausfinden, hat aber von einem potenziellen Jagdort in der Nähe einer Schwelle erfahren, an dem die Armee Schattenwesen gefangen hat. Wir schnappen uns einen dieser Jäger, dann kann er uns zu den anderen führen, bis wir jemanden in die Finger bekommen, der uns zu den Leuten führen kann, die das Sagen haben."

„Natürlich wissen wir nicht, wie oft sie diese Stelle überwachen", gab Thorn zu bedenken.

Ich lächelte ihn an. „Also müssen wir dort einfach ein bisschen Unfug machen, um sie anzulocken."

FÜNFUNDZWANZIG

Sorsha

Diesmal spielte uns die Lichtarmee direkt in die Hände. Weniger als eine Stunde, nachdem Antic unsichtbar durch den Park in der Nähe der Schwelle geflitzt war, Schachfiguren über die Steintische fliegen lassen hatte, und dafür gesorgt hatte, dass Leute ihren Hüten hinterherjagen mussten, die plötzlich ein Eigenleben entwickelt hatten, fuhr ein weißer Lieferwagen mit einem Kammerjäger-Logo auf den öffentlichen Parkplatz. Wie passend.

Vier Männer stiegen aus, ihre metallene Schutzausrüstung war unter dicken Schutzanzügen verborgen, die sie wohl als Arbeitskleidung wegen der vermeintlich wilden Tiere ausgeben konnten, die sie hier eindämmen sollten. Keinem Sterblichen, der nicht auf das Glänzen von Metall achtete, wären die Ränder der Helme und Westen darunter aufgefallen.

Sie schritten auf die Schwelle zu, an der die Koboldin ihre

Streiche gespielt hatte, und riefen den Anwesenden zu, sie sollten zu ihrer eigenen Sicherheit verschwinden. Die Schaulustigen und Passanten zerstreuten sich, abgesehen von meinen Schattenwesen-Verbündeten, die von verschiedenen dunklen Flecken aus zusahen, und mir. Ich hatte mich auf dem Dach eines historischen Hauses in Sichtweite der Lichtung versteckt, und beobachtete, wie sie ihre glänzenden Netze und Peitschen zückten und die Gegend absuchten.

Natürlich wollten wir nicht, dass sie Antic oder ein anderes Schattenwesen fingen. Wir wollten sie nur herlocken. Nachdem sie alles gründlich abgesucht und eine Weile gewartet hatten, ob ein Schattenwesen auftauchte, wenn sie sich ruhig verhielten, packten sie ihre Ausrüstung in den Wagen und murmelten einander zu, wie lästig dieses Monster gewesen sei.

Sie ahnten nicht, dass einige der besagten Monster in den Schatten ihres Fahrzeugs mitfuhren.

Ich ließ mein Handy nicht aus den Augen, während ich darauf wartete, dass die erste Phase unseres Plans in die Tat umgesetzt wurde. Eine halbe Stunde später erschien eine Nachricht von Ruse auf dem Bildschirm.

Einer von ihnen hat zwar den größten Teil der Ausrüstung abgelegt, trägt aber noch seinen Anstecker. Kannst du vorbeikommen und ihn ihm abnehmen, liebe Diebin?

Mit Vergnügen, schrieb ich zurück und gab meinem Uber-Fahrer die Adresse, die er mir schickte.

Es war ein einfaches Unterfangen. Ich klopfte an die Wohnungstür des Mannes, als ob ich nur eine Tasse Mehl bräuchte. Sobald er sie öffnete, sprang Ruse aus dem Schatten neben ihm hervor. Der Kerl erschrak, und drehte ruckartig den Kopf, und bevor er überhaupt sehen konnte, wie ich mich bewegte, hatte ich ihm die Beine unter den Füßen weggetreten. Thorn und Flint tauchten aus den Schatten auf, um seine Arme und Beine am Boden festzuhalten, während ich sein Hemd aufriss und den

Anstecker freilegte, den er an seinem Unterhemd befestigt hatte.

Er hatte meinen Trick geklaut – ts, ts, ts.

Nachdem ich das giftige Metall beseitigt hatte, begann Ruse sofort in seinem schmeichelnden Ton auf ihn einzureden. „Einen wunderschönen guten Tag, mein Freund. Bitte entschuldige die Störung. Wenn du mir einen Moment Zeit gibst, werde ich alles in Ordnung bringen und mich um deine Interessen kümmern."

Innerhalb weniger Minuten hatte er unseren Gefangenen dazu gebracht, über seine Witze zu lachen und eifrig zu strahlen, als der Inkubus ihm sagte, dass wir dringend seine Hilfe benötigten. „Ich weiß nicht, wer die Befehle gibt", sagte er. „Aber ich kann euch ein paar Orte nennen, von denen aus wir operiert haben. Vielleicht kann euch dort jemand weiterhelfen."

Ruse lächelte. „Perfekt. Wir wissen jeden Beitrag zu schätzen. Ich werde deinen Kollegen mitteilen, dass du ein hervorragender Teamplayer bist."

Im Laufe des Nachmittags und bis in den Abend hinein wechselten wir von einer Spur zur nächsten. Die ersten Mitarbeiter der Lichtarmee, die wir befragten, hatten keine Ahnung, wo der Big Boss sich aufhalten könnte, doch sie alle kannten jemanden, der mit der Lichtarmee in Verbindung stand. Schließlich gerieten wir an eine Frau, die im Sicherheitsteam unseres VIPs gewesen war. Nachdem sie kurz mit Ruse geplaudert hatte, nannte sie uns eine Adresse im Bankenviertel und einige weitere nützliche Informationen.

„Ich habe den Namen des Mannes nie erfahren", sagte sie. „Ich habe ihn nicht einmal gesehen. Er wohnt im Penthouse, und ich habe im äußeren Sicherheitsdienst gearbeitet und bin draußen um den Block patrouilliert. Es gab nie Probleme, doch ich schätze, man kann nicht vorsichtig genug mit diesen Monstern sein, vor allem, weil er mit der Organisation der gesamten Lichtarmee betraut ist." Sie seufzte. „Mein Job war einfach, so viel ist sicher. Doch dann wurde mir langweilig und ich wollte näher am Geschehen sein. Irgendwie bereue ich das jetzt."

„Wir haben das Gebäude", sagte Snap eifrig, als wir wieder im Wohnmobil saßen. „Heißt das, wir können jetzt den Rest von Sorshas Plan umsetzen?"

„Zunächst müssen wir uns dort umsehen und den besten Zugangspunkt finden", sagte Thorn. „Es scheint nicht einfach zu sein, an diesen Mann heranzukommen, selbst wenn wir wissen, wo er sich aufhält."

Ich schenkte dem Inkubus, der wieder am Steuer saß, ein liebevolles Lächeln. „Ruse muss an einen der derzeitigen Sicherheitsleute des Anführers herankommen. Das sollte unsere Eintrittskarte sein."

Das Bankenviertel war ein Wald aus Wolkenkratzern, Betonwänden und glänzenden Fenstern, die so hoch aufragten, als könnten sie tatsächlich die Wolken berühren. Ruse fuhr an dem Gebäude mit den Eigentumswohnungen vorbei, auf das unser Kontakt hingewiesen hatte. Von außen würde ich diese glatte Fassade bestimmt nicht erklimmen. Doch das spielte keine Rolle, wenn wir uns drinnen einen Verbündeten zaubern konnten. Schließlich waren wir schon so weit gekommen, oder?

„Every blame you lay", sang ich, als wir um die Ecke bogen. „every sprite you slay, we'll be watching you."

Vielleicht hätte ich statt „sprite" lieber etwas anderes singen sollen. Antic war bei dem englischen Wort für „Kobold" sichtlich zusammengezuckt, als ob sie befürchtete, ich würde heute Abend ein Gemetzel erwarten. „Keine Sorge", beruhigte ich sie. „Wir werden nicht zulassen, dass jemand von uns ermordet wird."

„Ich würde *sie* gerne ermorden", murmelte sie. „Diese großen Tyrannen."

Wir parkten einige Blocks von dem Gebäude entfernt, da wir wussten, wie streng die Lichtarmee ihre prominenteren

Mitglieder bewachte. Nachdem wir das Wohnmobil als Reisebus getarnt hatten, machten Ruse, Thorn und Snap sich auf den Weg, um das Haus vom Big Boss zu erkunden. Die drei bestanden darauf, dass Flint bei mir blieb, falls wir es doch mit Angreifern der Armee zu tun bekämen.

Während ich durch den schmalen Flur schritt, versuchte ich nicht zu nervös zu wirken und vermied es sorgfältig, dem Geflügelten direkt in die Augen zu schauen. Antic hüpfte herum, machte lustige Figuren aus meinen Klamotten und plauderte mit Gloam, der seine Niedergeschlagenheit mit dem Sonnenuntergang abgelegt hatte.

Mein Trio kehrte mit nachdenklichen Mienen zurück.

„Wir sind nicht bis ganz nach oben gekommen", berichtete Thorn. „In der obersten Etage waren Silber- und Eisenplatten in die Wände und den Boden eingelassen – möglicherweise auch in die Decke."

Snap nickte. „Wir konnten es nicht genau überprüfen, weil das Stockwerk darunter völlig leer war. Überall an der Decke waren Kameras, um Eindringlinge zu registrieren, und grelle Lichter, sodass es keine Schatten gab, durch die wir hätten gehen können. Dort, wo wir hingelangen konnten, habe ich keine nützlichen Eindrücke wahrgenommen."

„Der Hauptaufzug fährt nicht bis zum Penthouse", fügte Ruse hinzu. „Der einzige Zugang, den wir finden konnten, ist ein zweiter Fahrstuhl in der hell erleuchteten Etage unter dem Penthouse. Dort gibt es keine Wachen, was allerdings zu mehr Problemen führt, als es löst. Wir wissen nicht, wer bei ihm für die ‚interne' Sicherheit zuständig ist. Und nach allem, was uns unser letzter Freund erzählt hat, haben die externen Leute keine Ahnung, wie man an diesen Kerl herankommt."

Ich atmete langsam aus. „In Ordnung. Dann warten wir und beobachten. Wenn der Kerl nicht sein gesamtes Sicherheitspersonal rund um die Uhr bei sich hat, muss da *irgendwann* jemand rauskommen. Und wenn es so weit ist, verfolgen wir ihn, bis wir ihn allein erwischen, und lassen ihn dann von Ruse bearbeiten, so wie wir es mit den anderen gemacht haben. Wir haben es bis hierhergeschafft. Wir dürfen nichts überstürzen, sonst könnte alles schiefgehen."

Thorn und Snap machten sich wieder auf den Weg. Thorn würde die hell erleuchtete Etage bewachen, während Snap die öffentlichen Bereiche des Gebäudes auf Eindrücke untersuchen wollte, die uns in die richtige Richtung führen könnten. Ich rief unterdessen Klaus an, der jedoch keine Neuigkeiten hatte.

„Wenn ich noch etwas anderes tun kann, als Informationen zu sammeln, sag mir einfach, wie ich helfen kann", sagte er.

Ich starrte zur Decke und verzog das Gesicht. Nach allem, was wir mit dem Bund durchgemacht hatten, war es mir sogar unangenehm, dass er wusste, dass wir in San Francisco waren. Ich war mir nicht sicher, ob ich ihm unseren genauen Standort verraten wollte. Was, wenn er seine Meinung änderte?

„Im Moment nicht, danke", sagte ich. „Das Beste, was du tun kannst, ist, die örtliche Niederlassung des Bundes im Auge zu behalten und uns Bescheid zu geben, wenn sie nach uns suchen."

Die Nacht brach an, und noch immer war keine Spur vom Sicherheitsteam des Anführers zu sehen. Schließlich rollte ich mich in meinem Bett zusammen, um etwas zu schlafen. Als Zombie würde ich meinen Begleitern nicht viel nützen.

Thorn weckte mich, allerdings nicht so, wie ich es mir von meinem Liebhaber gewünscht hätte. Er räusperte sich so laut, dass ich hochschreckte. Als ich zu ihm aufsah, war es noch dunkel, nur ein wenig künstliches Licht fiel durch das kleine Fenster auf sein weißblondes Haar.

„Wir haben unseren Wachmann", sagte er. „Ich glaube, jetzt ist eine gute Gelegenheit, ihn vorzubereiten."

„Alles klar." Ich stieg aus dem Bett, fuhr mir mit den Fingern durchs Haar und band es zu einem unordentlichen

Pferdeschwanz zusammen. Dann erlaubte ich mir den kleinen Genuss, die beeindruckende Brust des Kriegers zu berühren. „Wenn du mich das nächste Mal weckst, erwarte ich, dass es mit Annehmlichkeiten verbunden ist, nicht mit Arbeit."

Seine dunklen Augen schimmerten. „Wir haben vielleicht einen Moment Zeit für eine kurze Annehmlichkeit, wenn Euch das motivieren würde, die Aufgabe anzugehen."

„Die Idee gefällt mir." Ich griff nach seiner Robe und stellte mich auf die Zehenspitzen, um ihn zu küssen. Thorn erwiderte den Kuss. Sein Mund war so hart und heiß, dass er keinen Zweifel daran ließ, dass es noch eine *Menge* weiterer Annehmlichkeiten geben würde, wenn die Zeit reif war.

Ruse hatte das Supermobil zu einem neuen Standort gefahren, während ich geschlafen hatte. Ich trat hinaus auf die ruhige Straße, in der sich Bungalows und zweistöckige Häuser hinter kleinen, gepflegten Rasenflächen aneinanderreihten. Der Inkubus trat aus dem Schatten eines der kleineren Häuser am Ende der Straße hervor und winkte mich zu sich.

Als ich ihn erreichte, neigte er den Kopf in Richtung Haus, und seine Stimme wurde zu einem Flüstern. „Wir hatten gehofft, du könntest deinen Schönheitsschlaf halten, aber er trägt seinen verdammten Helm sogar im *Bett*. Der Boss muss diese Lakaien ganz schön paranoid gemacht haben."

„Allerdings", antwortete ich. „So müssen sie sich keine Sorgen machen, dass ein Schattenwesen mitten in der Nacht über sie herfällt."

„Nun, zumindest nicht bis jetzt. Würde es dir etwas ausmachen, noch einmal deine Einbrecherfähigkeiten einzusetzen?"

Ich hatte meine Dietriche nicht dabei, doch die brauchte ich auch nicht. Die Sicherheitsvorkehrungen des Wachmannes waren nicht sonderlich streng. Ich schlich durch die Hinterhöfe, während Ruse durch die Schatten ins Haus schlüpfte, um die Hintertür von innen zu entriegeln. Als er sie öffnete, schlich ich mich an ihm vorbei. Er wies mir den Weg zum Schlafzimmer der Zielperson.

Als ich hineinging, hatte ich fast Mitleid mit dem Kerl. An den Wänden hingen Poster von Cartoon-Ponys, die mit ihren magischen Freunden herumtollten, die mich vermuten ließen, dass er auch eine liebevolle Seite hatte. Auf dem Nachttisch stand sogar ein lila Plastikpony, das über ihn wachte.

Trotzdem war er ein Arschloch, das Schattenwesen hasste. Und jetzt würde er eine wirklich magische Freundschaft erleben.

Ruse hatte nicht gelogen – der Mann hatte seinen Metallhelm fest über den Kopf gezogen, von der Stirn über die Schläfen bis knapp über die Ohren. Auch wenn er ihn mit etwas ausgepolstert zu haben schien, sah er nicht besonders bequem aus. Er war entweder sehr engagiert oder sehr erschöpft.

Außerdem entdeckte ich einen Anstecker an seinem Nachthemd. Er lugte unter dem Laken hervor, das schräg über seiner Brust lag. Das würde kein Problem sein, den heiligen Handgranaten sei Dank.

Ich tappte über den Boden, während ich leise und flach atmete. Vorsichtig zog ich das Laken so weit herunter, dass ich den Anstecker entfernen konnte. Dieses Manöver erforderte mehr Feingefühl als Schnelligkeit. Zu meinem Glück war ich mit beidem vertraut.

Mit meinen flinken Fingern löste ich den Verschluss, legte den Anstecker auf den Nachttisch und wies auf die Stelle, von der ich annahm, dass Ruse sich dort versteckte. Den Mann ließ ich dabei keine Sekunde aus den Augen. Als ich mich daran machte, ihm den Helm abzunehmen, gab der Kerl einen murmelnden Laut von sich und drehte sich um.

Gut, ich würde mich einfach weiter über das Bett lehnen müssen. Sobald ich ihm den Helm abgenommen hatte, konnte Ruse sein Voodoo anwenden. Für Feingefühl war jetzt keine Zeit.

Ich legte meine Hände auf die kühle Metalloberfläche, machte mich bereit und zog so fest ich konnte.

Der Kerl stieß einen Schrei aus und schlug um sich. Ich wich mit dem Helm in der Hand nach hinten aus, und Ruse begann sofort, mit seiner sanften, schokoladigen Stimme auf ihn einzureden.

„Hallo, mein Freund! Kein Grund zur Aufregung. Das ist der Moment, auf den du die ganze Zeit gewartet hast."

Er musste etwas in den Emotionen des Wächters gelesen haben, um einen guten Ansatzpunkt für seinen Charme zu finden. Während er weiterredete, legte ich den Helm in den Schrank und schenkte den Posterponys, die mich mit großen Augen anstarrten ein entschuldigendes Lächeln. Dann trat ich zurück, um mich Thorn, Snap und Flint anzuschließen, die aus dem Schatten aufgetaucht waren.

Ruse merkte immer, wenn ihm sein Gegenüber aus der Hand fraß. Es dauerte nicht lange, bis der Inkubus ein verschmitztes Lächeln aufsetzte und sagte: „Wir müssen nur wissen, wann wir damit rechnen können, dass dein Boss sein schönes Domizil verlässt."

„Oh." Das Gesicht des Lakaien verzog sich vor offensichtlicher Verzweiflung. „Ich glaube nicht, dass ich euch da helfen kann."

Nach der ganzen Anstrengung hatten wir immer noch niemanden gefunden, der uns weiterhelfen konnte? Ich unterdrückte ein Stöhnen.

„Warum nicht?", fragte der Inkubus.

„Na ja, er verlässt es nie. Wir arbeiten in Schichten, doch in dem Jahr, seit ich dort arbeite, habe ich ihn nur etwa dreimal gehen sehen. Vor ein paar Wochen hatte er einen wichtigen Termin, und ich bezweifle, dass in den nächsten Monaten noch etwas ansteht, es sei denn, es kommt zu einem außergewöhnlichen Zwischenfall. Alles, was er braucht, bekommt er geliefert."

„Wenn ich ihn vielleicht anrufen könnte …"

Der Mann schüttelte den Kopf. „Er telefoniert zwar viel, aber ich habe seine Nummer nicht. Wenn ich zu spät komme oder eine Schicht versäume, muss ich dem Teamleiter Bescheid geben, und der schickt einfach jemand anderen."

Mir rutschte das Herz in die Hose. Es war nicht so, dass dieser Kerl keine Antworten hatte – seine Antworten waren nur zum Kotzen. Wenn wir seinen Boss nicht aus seiner Wohnung inmitten der giftigen Metalle locken konnten, konnte der Inkubus den Mann nicht bezaubern, den wir am dringendsten benötigten.

Ich machte wieder einen Schritt auf ihn zu. „Fällt dir denn gar *nichts* ein, wofür er bereit wäre, seine Wohnung zu verlassen?"

„Es tut mir leid. Ich wünschte, ich könnte euch helfen."

Ich hielt inne und spürte die Aufmerksamkeit meiner Begleiter auf mir. Das war mein Plan gewesen, und jetzt musste ich ihn retten, bevor alle unsere Bemühungen dahin waren.

In diesem Moment hatte ich einen Geistesblitz. Vielleicht würde es nicht funktionieren, doch einen Versuch war es wert. Wie so oft in meinem Leben.

Mit einem dünnen Lächeln lehnte ich mich gegen die Kommode. „Ich glaube, es gibt noch etwas, was du tun könntest, um deine Loyalität unter Beweis zu stellen. Hör gut zu."

SECHSUNDZWANZIG

Omen

Es gab Momente, in denen mich das viele Sonnenlicht in der Welt der Sterblichen ermüdete, und ich die Schummrigkeit des Schattenreichs vermisste. Der Zyklus von Tag und Nacht hatte jedoch auch seine Vorteile. Hätte ich zum Beispiel während meines langen Wartens auf die Obersten mehr als dieses konstante Dämmerlicht gehabt, wüsste ich vielleicht, wie lange ich tatsächlich gewartet hatte.

Zu diesem Zeitpunkt fühlte es sich wie eine Ewigkeit an. Vielleicht kam es mir aber auch nur so vor, weil ich nicht viel zu tun hatte, außer darüber nachzudenken, in welche Schwierigkeiten meine Truppe während meiner Abwesenheit geraten könnte.

Ich hoffte, dass sie wenigstens so schlau gewesen waren, weiterzufahren und die Lage in San Francisco zu sondieren, damit wir nach meiner Rückkehr sofort loslegen konnten. Und auch, dass ihre Erkundung nicht zu actionreich gewesen war. Vielleicht war es zu viel verlangt, sich beides zu wünschen und nicht nur das eine oder das andere, vor allem, wenn unsere feurige Halb-Sterbliche mit im Spiel war.

Meine Gedanken schweiften ab. Zu ihrem scharlachroten Haar und dem trotzigen Blick in ihren leuchtenden Augen … zu ihrem köstlichen Geschmack auf meiner Zunge und dem Gefühl, wie sie meine Hitze Flamme für Flamme erwidert hatte.

Obwohl ich in dieser Welt keinen Körper hatte, flackerte bei dieser Erinnerung Lust in mir auf.

Ich hatte nicht vorgehabt, dieser Versuchung nachzugeben. Doch vielleicht war es ganz gut so. Die Welt war *nicht* untergegangen, weil wir gevögelt hatten. Ich hatte es genossen, genauso wie sie. Und danach war sie immer noch die gleiche großmäulige und frustrierend anziehende Nervensäge wie vorher gewesen. Es war weder ein Gelübde noch eine Hochzeit gewesen. Sich all dem aufgestauten Verlangen hinzugeben, hatte meine Anspannung gelindert.

Womöglich wäre es keine schlechte Idee, es zu wiederholen. In Maßen.

Vorausgesetzt, ich konnte mich entscheiden, ob mich die ganze Sache mehr verunsicherte oder befriedigte. Auch wenn ich immer wieder behauptete, dass ich *sie* durchschaut hatte, wurde ich das Gefühl nicht los, dass sie *mich* ebenfalls durchschaute. Dass sie Dinge in mir sah, von denen ich nicht wollte, dass irgendjemand sie sah. Sie hatte alle meine besten Absichten durchkreuzt, mit der Zärtlichkeit in ihrer Stimme und diesem wissenden Blick …

Ich hätte wütend sein sollen. Ich *war* wütend gewesen. Doch gleichzeitig löste die Erinnerung an ihre Erklärung, dass ich ihr keine Angst einjagte, ein seltsames Gefühl der Sehnsucht in mir aus.

Natürlich würde das alles keine Rolle spielen, wenn die Obersten beschlossen, mich bis zum Ende der Zeit warten zu lassen.

Ich konzentrierte mich wieder auf die Gegenwart und

dachte an den Lakaien, der mich angewiesen hatte, hier zu warten. Ob die Obersten mir vielleicht ihre Aufmerksamkeit schenken würden, wenn ich diesem Wesen den Kopf abbiss? Doch der Lakai war weit und breit nicht zu sehen, ebenso wenig wie die grimmigen Wesen, die mich an der Tankstelle aufgehalten und darauf bestanden hatten, dass ich sofort mit ihnen zur nächsten Schwelle zurückkehrte.

Wenn sie von jemand anderem geschickt worden wären, hätte ich die vier einfach fertig gemacht. Zum Teufel mit den Obersten und ihren verdammten Machenschaften.

Der Ruf kam schließlich, wortlos, aber eindringlich, mit einem beengenden Ziehen um meinen Hals. Ich sprang nach vorne und wollte dieses Gefühl so schnell wie möglich loswerden. Je weniger ich an meine Verbindung zu diesen Bastarden erinnert wurde, desto besser.

In der tiefen, dunklen Höhle brodelte eine unruhige Energie, die ich dort vorher nicht gespürt hatte. Die Obersten wirkten so monumental wie immer, doch die Schärfe, die sie mir jetzt entgegenbrachten, durchdrang meine Seele mit einem stechenden Schmerz.

„Höllenhund", sagte einer von ihnen. „Da bist du ja." Als ob ich nicht schon seit einem Jahrzehnt auf sie gewartet hätte.

„Hier bin ich", bestätigte ich. „Was wollt ihr von mir, Älteste?"

Das laute Dröhnen, das durch die Luft hallte, deutete darauf hin, dass mein schroffer Tonfall nicht unbemerkt geblieben war. Die Obersten ließen es jedoch durchgehen, was mir eine Warnung hätte sein müssen.

„Wir haben Berichte von deinen Reisen gehört", sagte eine weitere Stimme, die in jeder Faser meines Seins widerhallte. „Mehrere Schattenwesen haben uns berichtet, dass du mit einer Menschenfrau zusammenarbeitest, die über Schattenwesen-Kräfte verfügt."

Verdammt noch mal, nicht schon wieder diese Beschwerde. Ich hatte gewusst, dass es sich herumsprechen würde, sobald Rex' Leute Sorsha in Aktion gesehen hatten. Die Obersten würden *begeistert* sein, wenn sie Wind davon bekamen, dass ich womöglich mit einer Zauberin zusammenarbeite. Diese sterblichen Schurken waren keinen Deut besser als die Jäger und Sammler, was das Ausnutzen unserer Art betraf.

Es schien einfacher zu sein, die komplexe Geschichte zu überspringen und sich an eine Halbwahrheit zu halten. Ich schüttelte in gespielter Verärgerung den Kopf, sofern ich in diesem Reich überhaupt einen hatte. „Und ihr habt diese Geschichte geglaubt? Eher würde ich mich ausweiden lassen, als mich mit einer Zauberin zu verbünden. Nein, alle meine Kameraden sind Schattenwesen. Eine von ihnen hat vor ein paar ziemlich dämlichen Wesen einen Witz darüber gemacht, dass sie ein Mensch wäre. Wahrscheinlich haben sie den Scherz für bare Münze genommen."

Ihre Aufmerksamkeit wurde noch intensiver. „Du hattest also keinen Kontakt zu Menschen oder Wesen, die zeitweise menschlich erscheinen?"

Was sollte der zweite Teil bedeuten?

„Keineswegs", antwortete ich. „Es gibt genug von unseren eigenen Leuten, die ich rufen kann, wenn ich sie brauche." Nicht viele von ihnen waren diesem Ruf gefolgt, doch den Obersten war es egal, wie meine Mission verlief. Das hatten sie bei meinem letzten Besuch deutlich gemacht.

Wieder spürte ich das Ziehen an meinem Hals und einen Schmerzensstich. Ich verzog keine Miene. Sie konnten an meiner Kette zerren, so viel sie wollten, doch ihre Macht über mich konnte mich nicht davon abhalten, zu lügen, wenn es sein musste. Wenigstens so viel Freiheit hatte ich noch.

„Die Berichte waren etwas unzusammenhängend", gab einer der Obersten zu. „Weniger erfahrene Schattenwesen verfügen nicht immer über den nötigen Scharfsinn. Aber das macht nichts. Wir haben ein anderes Thema mit dir zu besprechen."

Was für eine Freude. „Schießt los." Dann konnte ich endlich weg von diesen imposanten Bastarden und zurück zu meiner Crew.

„Da du ohnehin schon so viel Zeit auf der Seite der Sterblichen verbringst, und da du mit dieser Welt vertraut bist und dich schon früher für sie interessiert hast, wirst du uns einen letzten Gefallen erweisen."

Meine Nerven flatterten, und ich hätte mich nicht dagegen wehren können, selbst wenn ich es gewollt hätte.

Bei dem sogenannten Gefallen handelte es sich in Wirklichkeit um Sklavenarbeit. Ich hatte mich bereit erklärt, zehn Aufgaben für sie zu erledigen, und zwar alles, was sie verlangten. Im Gegenzug hatte ich nicht als verwundeter Leichnam geendet, so wie Tempest. Der großzügigste Gefallen, den meine ehemalige Komplizin *mir* erwiesen hatte, war die Lektion, wie schlimm es sein konnte, den Zorn der Obersten auf sich zu ziehen.

Zehn Aufgaben, und neunmal hatte ich bereits auf ihr Fingerschnippen hin gehandelt – das letzte Mal vor mehr als einem Jahrhundert. Sie hatten lange darüber nachgedacht, wie sie mich dieses letzte Mal am besten einsetzen konnten.

Sobald ich meinen Teil der Abmachung mit ihnen erfüllt hatte, würden sie mich von der Leine lassen. Dann wäre ich endlich frei und müsste nie wieder vor ihnen kuschen.

„Zu euren Diensten", sagte ich. Das könnte unsere Pläne, die Lichtarmee zu vernichten, zwar durchkreuzen, doch das war es mir wert, meine Fesseln abzuschütteln. „Worum geht es?"

„Wir möchten, dass du das Wesen namens Ruby findest und uns ihren Aufenthaltsort mitteilst."

Ah. Das war insofern eine gute Nachricht, als dass ich dieses Wesen auch gerne finden würde. Allerdings hatte ich es schon ziemlich oft versucht und hatte bisher wenig bis kein Glück gehabt. Niemand schien überhaupt zu wissen, dass Ruby jemals existiert hatte, außer die Obersten selbst und das

Schattenwesen, das ihnen von ihrer Existenz berichtet hatte. Wollten sie mir eine unmögliche Aufgabe stellen, um mich für immer an sie zu ketten?

Ich widerstand dem Drang, meine Reißzähne zu fletschen, und neigte stattdessen den Kopf. „Mit Vergnügen. Ich könnte diese Aufgabe schneller erledigen, wenn ihr mir ihren letzten bekannten Aufenthaltsort und ein paar weitere Einzelheiten über ihr Aussehen und Verhalten mitteilen könntet."

Die Obersten murrten, als hätte ich sie durch diese Bitte beleidigt, doch offensichtlich wollten sie diese Ruby so sehr, dass sie sich nicht einmal um meine vermeintliche Unverschämtheit scherten.

„Sie ist uns vor vielen Jahren entwischt, kurz nachdem wir zum ersten Mal von ihrer Existenz erfahren haben. Seitdem haben wir keine weiteren Informationen erhalten. Dafür bist du zuständig. Was den Rest betrifft, musst du dir darüber im Klaren sein, dass sie sehr gefährlich ist, auch wenn es auf den ersten Blick nicht so aussieht. Vermeide unter allen Umständen direkten Kontakt. Sobald du sie identifiziert hast, komm sofort zu uns."

Ach, ihr Kleingläubigen. Ich seufzte. „Das ist kein wirklicher Anhaltspunkt. Wenn dieses Schattenwesen sich so gut verstecken kann, benutzt es den Namen, nach dem ihr euch erkundigt habt, vermutlich nicht mehr. Was für eine Art von Wesen ist sie? Welche sterbliche Gestalt nimmt sie an? Über welche furchtbar gefährlichen Kräfte verfügt sie?"

Es gab noch mehr Gemurre, als die Obersten sich untereinander berieten. Hatten sie wirklich geglaubt, sie könnten mich auf diese lächerliche Suche schicken, ohne mir auch nur einen einzigen Hinweis darauf zu geben, nach wem ich suchen sollte?

Vermutlich, ja.

Schließlich meldete sich noch jemand aus dem großen Haufen zu Wort. „Wir können dir mehr sagen, aber wenn wir herausfinden, dass du mit einem anderen Wesen über diese

Angelegenheit sprichst, ist unsere Abmachung hinfällig und du bist uns ausgeliefert."

Oh, verdammt noch mal. „Ja, ja", erwiderte ich. „Das ist in Ordnung. Sagt es mir einfach." Es war ja nicht so, dass ich sonst keine Geheimnisse vor meinen Gefährten hatte, wie zum Beispiel, dass die Obersten überhaupt einen Einfluss auf mich hatten.

„Nun gut. Diese sogenannte Ruby sieht möglicherweise gar nicht wie ein Schattenwesen aus. Genau das macht sie so heimtückisch. Wenn sich Schattenwesen auf die Ebene der Sterblichen herablassen, ist es in seltenen Fällen möglich, dass sie mit einem Sterblichen ein Kind zeugen. Da sich nur wenige Wesen überhaupt auf diese Weise erniedrigen würden, sind uns nur drei solcher Verbindungen bekannt. Die ersten beiden konnten wir sofort vernichten. Bei der dritten sind wir bisher gescheitert."

Ein mulmiges Gefühl machte sich in meinem Bauch breit. „Und diese Ruby … ist das Schattenwesen, das dieses Kind gezeugt hat?"

Ein raues Glucksen hallte durch den Raum. „Nein. Sie und ihren sterblichen Partner hat ihr gerechtes Schicksal ereilt. Doch ihre Komplizin entkam mit dem Kind. Das ist Ruby – so haben ihre Eltern sie genannt. Als ob sie ein Juwel wäre und keine Bedrohung für die gesamte Existenz."

Ich rang nach den Worten, doch einen Moment lang konnte ich kaum denken, geschweige denn sprechen. Das konnte nicht sein – Sorsha hatte nie den Eindruck vermittelt, dass sie dachte, sie hätte noch einen anderen Namen gehabt. So etwas hätten wir bei unseren Nachforschungen über ihre Vergangenheit doch herausfinden müssen. Außerdem stellte sie eher eine Gefahr für sich selbst dar als für andere.

Hatten wir bei unserer Suche falsche Informationen erhalten? Hatte sich ihre Geschichte einfach mit diesem Schattenwesen-Mensch-Hybriden überschnitten? Tatsache war jedoch, dass sie über Kräfte verfügte, die kein Mensch besitzen dürfte.

„Ich hoffe, ihr verzeiht mir meine Verwirrung", stieß ich hervor und sammelte mich. „Aber sollte eine Kreatur, die aus der Kreuzung eines Schattenwesens mit einem Menschen entsteht, nicht eigentlich schwächer als ein reines Schattenwesen sein?"

„Man würde annehmen, dass das so wäre, doch das ist nicht der Fall. Du solltest dich diesem Wesen *auf keinen Fall* nähern. Und hüte dich davor, es zu provozieren. Aufgrund ihrer außergewöhnlichen Natur hat sie Verbindung zu beiden Reichen. Ruby kann in beiden Reichen so viel Schaden anrichten, wie es ihre Kräfte zulassen, ohne dass sie selbst dabei Schaden nimmt. Hätten wir diese Alchemie auslöschen können, als sie noch ein Säugling war … Mittlerweile ist die Macht in ihr gewachsen. Alles, was sie braucht, ist ein wenig Treibstoff, und sie wird sowohl in unserem Reich als auch in dem der Menschen die schlimmsten Flammen entfachen."

Die Obersten hatten sich seinerzeit in vielen Dingen geirrt. Ihr Wissen über die Welt der Sterblichen stammte aus zweiter Hand, und sie hatten selbst zugegeben, dass sie die beiden einzigen anderen ihnen bekannten Hybridwesen im Säuglingsalter getötet hatten. Dennoch erinnerten mich ihre Worte an das Entsetzen, das ich hin und wieder in Sorshas Augen gesehen hatte, als wir gekämpft hatten. Ihre Warnungen, dass sie mich stärker verletzen könnte, als ich mir vorstellen konnte.

Sie hatte etwas in sich gespürt, etwas, das ich nicht sehen konnte. Vielleicht hätte ich ihre Ängste nicht so schnell abtun sollen.

Doch wie hätte ich darauf kommen sollen, dass die freche Diebin, die nichts lieber tat, als mich zu ärgern und Lieder mit ihren eigenen Texten zu singen, eine zerstörerische Kraft von globalem Ausmaß war?

Eigentlich konnte ich mir das nach wie vor nicht

vorstellen. Wenn ich sie nach diesem Gespräch mit den Obersten wiedersah …

Was dann? Sie hatten ihren letzten Gefallen eingefordert. Ich würde nie frei sein, bis ich ihn erfüllt hätte. Und sie würden nicht glauben, dass ich ihn erfüllt hatte, bis sie sicher waren, dass Ruby tot war. Und wenn ich mit jemandem über das sprach, was ich heute erfahren hatte, könnte das bedeuten, dass mich nach all der Zeit dasselbe Schicksal ereilen würde wie Tempest, trotz allem, was ich geopfert hatte.

Ich zügelte meinen inneren Aufruhr. Ich konnte die Entscheidung nicht jetzt vor diesen alten Goliaths treffen – so viel war sicher.

„Ich verstehe", sagte ich, obwohl ich vieles noch immer nicht verstand, und dann kam mir ein weiterer Gedanke, der mich bis ins Mark traf. Ich sammelte mich und rang mich dazu durch, eine weitere Frage zu stellen. „Wenn dieses Zwitterwesen Zeit hatte, zu reifen … könnte sie dann nicht selbst Kinder gezeugt haben?"

Könnte die feurige Vereinigung, an die ich mich gerne erinnerte, eine noch größere Katastrophe bedeuten?

„Wir sind uns nicht sicher, ob diese Monstrosität überhaupt fruchtbar ist. Mit einem Menschen wäre es vielleicht möglich, doch ihre Nachkommen hätten nicht das gleiche Kräftegleichgewicht, das ihr eine solche Stärke verleiht. Du könntest sie zerstören, ohne dich selbst in Gefahr zu bringen."

„Und wenn sie sich mit einem Schattenwesen gepaart hat?"

Der Oberste, der gesprochen hatte, stieß einen Laut aus, der an ein Schnaufen erinnerte. „Das würde die gleiche Erniedrigungszeremonie wie bei ihrer Mutter erfordern. Wir halten das für äußerst unwahrscheinlich – und selbst wenn, wäre das Gleichgewicht erneut gestört. Deine primäre Sorge sollte Ruby selbst sein."

Und das war sie auch. Ich musste davon ausgehen, dass es bei dieser Zeremonie um mehr ging als nur um die Erlaubnis, Geschlechtsverkehr mit einer Sterblichen zu haben, sonst gäbe es deutlich mehr Hybriden, ganz zu schweigen von den vielen Inkubi und Sukkubi. Vorläufig schien ich vor Höllenhund-Welpen sicher zu sein. Das löste allerdings nicht mein größeres Problem.

Ich machte eine tiefe Verbeugung. „Ich werde euch sofort berichten, falls ich auf eine Spur von ihr stoße."

„Wir werden warten", sagte ein anderer Oberster in einem Ton, der eher wie eine Drohung als ein Versprechen klang. Die Verspannung in meinem Nacken lockerte sich, als ich spürte, dass sie mich entließen.

Während ich mir einen Weg durch die Schatten bahnte, wirbelten meine Gedanken durcheinander, doch ich versuchte, mich nicht auf einen bestimmten zu konzentrieren. Ein beharrlicher Sog zog mich weiter – nicht zu einer der Schwellen in der Gegend von San Francisco, sondern zu einer, die mich nach Austin zurückbringen würde.

Ich durchbrach die Grenze zwischen der Schattenwelt und der Welt der Sterblichen mit der knisternden Elektrizität, die der Übergang immer auslöste. Ich wanderte von Schatten zu Schatten und gelangte zu dem Büro, in dem sich die städtischen Archive befanden. Dem Büro, in dem Sorsha vergeblich versucht hatte, Beweise für ihre Geburt zu finden.

Wenn ich auch hier nichts fand, hatte das nicht viel zu bedeuten. Möglicherweise hatten ihre Eltern ihre Geburt nie gemeldet. Doch wenn ich etwas fand …

Das Archiv war bereits geschlossen. Ich schlüpfte unter der Tür hindurch und fand einen Computer, der sich ohne besondere Befehle hochfahren ließ.

Wir hatten erst vor etwas mehr als einer Woche ihren Geburtstag gefeiert. Also wusste ich, nach welchem Datum ich suchen musste.

Die Namen plätscherten vorbei, ohne dass mir einer von

ihnen bekannt vorkam. Dann spürte ich ein Kribbeln in meinen Augen. Ich hielt inne und betrachtete den Bildschirm.

Die Akten waren mit einem Feenzauber belegt, genau wie Sorshas Erinnerungen.

Mit einem flauen Gefühl im Magen feuerte ich einen Blitz meiner Kraft auf den Verschleierungszauber ab, der sich daraufhin mit einem Knistern auflöste. Und da, direkt vor meinen Augen, erschienen die verdammten Worte.

Am 4. September vor achtundzwanzig Jahren hatte Philip Woodsen die Geburt seiner Tochter Ruby gemeldet.

SIEBENUNDZWANZIG

Sorsha

Die Ausbeute, die uns der Wachmann nach seiner Schicht im Penthouse überreichte, sah auf den ersten Blick nicht besonders üppig aus. Er hatte sie in eine Einkaufstasche gepackt, um die Eindrücke auf den Gegenständen nicht mit seinen eigenen Gedanken und Gefühlen zu verunreinigen. In der Tüte befanden sich eine zerknitterte Papierserviette mit Ketchupflecken, ein eingetrockneter Stift, der am Ende leicht zerkaut war, und die Plastikverpackung eines … tibetischen Klangschalensets?

Der Big Boss hatte also möglicherweise über seine Sünden nachgedacht.

„Tut mir leid", sagte der junge Mann, der unter Ruse' Einfluss stand. „Das war alles, was am Ende meiner Schicht in seinem Mülleimer war. Ich musste seine Weinkaraffe umstoßen, um den Eimer vollzubekommen und einen Vorwand zu haben, den Müll rauszubringen."

„Das ist okay", meinte ich und entfernte vorsichtig ein

paar Glasscherben, die an der Verpackung klebten. Wir hatten ihn ausdrücklich angewiesen, sich an den Müll zu halten, damit sein Boss nicht wegen eines Diebstahls auf unseren Plan aufmerksam wurde. „Wenn uns die Sachen nicht weiterbringen, versuchen wir es einfach noch einmal. Er hat also keinen Verdacht geschöpft?"

Der Wachmann schüttelte den Kopf. „Die Karaffe stand tatsächlich zu nah an der Kante der Theke. Ich habe sichergestellt, dass er mich beobachtet, damit er sieht, dass ich nur daran vorbeigehe."

Ruse klopfte ihm auf die Schulter. „Hervorragende Arbeit. Ich werde dafür sorgen, dass du ordentlich belohnt wirst, wenn das alles vorbei ist."

Als wir zum Wohnmobil zurückkehrten, wartete Snap bereits auf uns. Beim Anblick der Tüte richtete er sich auf. „Sind das die Sachen des Anführers?"

Der Inkubus warf die Tüte auf den Tisch. „Ja, bereit für die Verkostung. Mal sehen, was du aus ihnen herausschlürfen kannst."

Während Snap die Tüte öffnete, trat der Rest unserer Mitstreiter aus den Schatten. Im Wohnbereich des Supermobils wurde es langsam eng, vor allem mit dem zweiten Geflügelten in der Runde … sogar ohne Omen.

Bei diesem Gedanken drehte sich mir der Magen um. Ich verdrängte mein Unbehagen über die anhaltende Abwesenheit unseres Anführers, zwängte mich an den anderen vorbei und setzte mich aufs Sofa. Pickle kroch unter den Tisch, hüpfte neben mich und kletterte zum ersten Mal seit Tagen direkt auf meinen Schoß. Als ich ihn am Kinn kraulte, ließ meine Besorgnis etwas nach.

Wenn mein Drache mir meine Fehler verzeihen und zu mir zurückkehren konnte, dann konnte sicher auch alles andere gut werden.

„Der Stift liefert vermutlich die meisten Informationen", mutmaßte Thorn und betrachtete die kleine Auswahl an

Gegenständen. „Die anderen Gegenstände wurden wohl eher vorübergehend benutzt, oder?"

Antic wippte auf ihren Füßen und konnte immer nur dann einen Blick auf die Oberfläche des Tisches erhaschen, wenn ihre Fersen den Boden verließen. „Ja! Fang mit dem Stift an." Beim letzten Sprung landete sie auf der Tischkante, wo sie vor Aufregung schwankte.

Snap nahm den Stift in seine schlanken Hände und führte ihn an sein Gesicht. Seine gespaltene Zunge schnellte hervor und huschte knapp über dem Stift vorbei.

Ich hatte ihn schon oft bei der Ausübung seiner subtileren Verschlingungsmagie gesehen, doch der ferne Blick in seinem Gesicht, als er die Eindrücke aus der Vergangenheit sortierte, jagte mir immer noch einen kleinen Schauer über den Rücken. Die Tatsache, dass er anhand eines Gegenstandes, den jemand berührt hatte, so viel über eine Person erfahren konnte ... Von dem Verschlingen von Seelen konnte man halten, was man wollte, doch *das hier* war verdammt erstaunlich.

Seine Zunge schnellte noch einige weitere Male hervor. Als sich sein Blick wieder auf uns richtete, verzog er das Gesicht. „Ich bin mir nicht sicher, ob das, was ich wahrgenommen habe, uns hilft, den Boss aus seinem Haus zu locken. Der Haupteindruck, den ich von diesem Stift erhalten habe, ist Langeweile. Hat er ihn benutzt, um Zahlen in Kästchen zu schreiben? Ich glaube, es war ein Spiel. Bei einem anderen Spiel hat er Wörter in Kästchen geschrieben. Doch meinem Gefühl nach, war es nichts, was ihm besonders am Herzen lag."

Ja, mit Sudokus oder Kreuzworträtseln würde es uns vermutlich nicht gelingen, den Boss aus seinen Schutzmauern zu locken, damit Ruse sein Voodoo auf ihn anwenden konnte. „Kein Problem. Was ist damit?" Ich neigte den Kopf in Richtung der beiden anderen Gegenstände, ohne mir allzu große Hoffnungen zu machen. Vielleicht sollten wir mit unserem großen Plan warten, bis unser verzauberter Wachmann uns eine weitere Ladung Müll besorgen konnte.

Snap hob die mit Ketchup beschmierte Serviette vorsichtig auf und inspizierte sie sorgfältig. Der Anflug eines Lächelns umspielte seine Lippen, allerdings nicht aus den Gründen, die wir uns gewünscht hätten.

„Er hat sehr lecker gegessen", berichtete der Verschlinger. „Ein Schinkensandwich, sehr saftig, mit einem Körnerbrötchen." Er hielt inne. „Und er hat sich über einen Anruf geärgert, der ihn beim Essen gestört hat. Als er abnahm, hat er die Serviette jedoch weggelegt. Also weiß ich leider nicht, worum es ging."

Wenigstens hatte Snap dadurch etwas erfahren. Ich unterdrückte einen Seufzer, als er nach der aufgerissenen Verpackung griff.

Da es sich um das größte Teil handelte, dauerte es mehrere Minuten, bis der Verschlinger es gründlich untersucht hatte. An einer Stelle verweilte er etwas länger, wobei seine Zunge hier und da über eine Naht im Plastik fuhr. Seine Augen blitzten neonfarben auf.

Ich richtete mich auf und beobachtete ihn. *Irgendetwas* hatte sein Interesse geweckt, und zwar auf eine andere Weise als das Sandwich.

„Es ist schon lange her", sagte Snap langsam und leise. „Er erinnert sich manchmal in seltsamen Momenten daran. Ihm war nicht klar, wie ähnlich dieses Set dem war, das sie ihm gezeigt hatte ..."

„Wer hat ihm was gezeigt?", fragte Antic und fiel in ihrer eifrigen Ungeduld fast vom Tisch.

Ich brachte sie mit einer Handbewegung zum Schweigen. Snaps Zunge huschte erneut über die Verpackung. „Eine junge Frau, die ihm sehr am Herzen lag. Er hatte sie gebeten, eine Verbindung mit ihm einzugehen, und ihr einen Ring geschenkt." Er blickte mich an.

„Menschen tauschen Ringe aus, wenn sie sich verloben,

um später dann zu heiraten", erklärte ich. „Das ist im Grunde die höchste Form der Verbindlichkeit zwischen zwei Menschen."

Der Verschlinger brummte vor sich hin. „Ja. Genau. Er ist sehr traurig, wenn er an sie denkt. Ich nehme an, es muss schon sehr lange her sein, viele Jahre, doch er leidet immer noch sehr. Außerdem ist da Wut. Etwas Dunkles und Großes mit scharfen Zähnen … Blut …" Er runzelte die Stirn. „Möglicherweise wurde sie von einem Schattenwesen getötet. Das könnte der Grund sein, warum er uns vernichten will, meint ihr nicht?"

„Ich bin zwar nicht der Meinung, dass ein Mord einen versuchten Völkermord rechtfertigt, aber ja, das könnte sein." Ich rieb mir den Mund. Wenn dieser Kerl immer noch so oft an seine längst verstorbene Verlobte denkt, könnte sie uns vielleicht helfen, diesen Völkermord zu verhindern. „Hast du sonst noch etwas über sie gesehen? Wie sie aussah, ihren Namen …?"

„Ja …" Er schnalzte mit der Zunge. „Carmen. Das war ihr Name. Ihre Stimme ist sehr sanft in seinen Erinnerungen … Sie hat ihn ‚Isaac' genannt."

Die Puzzleteile fügen sich in meinem Kopf zu einem ziemlich beeindruckenden Bild zusammen. Ruse beugte sich vor und zog an meinem Pferdeschwanz. „Dieser durchtriebene Blick steht dir, Flamme."

Snap sah mich hoffnungsvoll an. „Kannst du damit etwas anfangen?"

„Das könnte perfekt sein", sagte ich. „Der Ring, den du gesehen hast … War der Eindruck so deutlich, dass du in einem Geschäft mit vielen Ringen einen ähnlichen finden könntest?"

Das Glänzen kehrte in Snaps Augen zurück. „Ich glaube schon."

„Benötigt Ihr sonst noch etwas, Mylady?", fragte Thorn.

„Eine Perücke", erwiderte ich. „Bestimmt wurde er schon

vor einer Rothaarigen und einer Gruppe Monster gewarnt. Damit und mit einem Ring können wir es heute Abend schaffen."

* * *

Die Perücke war nicht unbedingt das Bequemste, was ich je getragen hatte. Meine Schattenwesen-Gefährten – die sich nebenbei bemerkt, als Einbrecher genauso geschickt anstellten wie ich und zusätzlich den Vorteil hatten, dass sie sich ohne Hilfsmittel in so gut wie jedes Gebäude schleichen konnten – hatten ein hochwertiges Haarteil aus dicken schwarzen Wellen für mich gefunden. Tatsächlich sah die Perücke sehr natürlich aus, sobald mein echtes Haar darunter versteckt war. Trotzdem juckte sie an den Rändern wie verrückt auf meiner Haut, und ich wollte sie erst befestigen, wenn es Zeit war, aufzubrechen.

Ich warf einen letzten Blick auf mein verwandeltes Spiegelbild und nahm die Perücke ab. In etwa einer Stunde wollten wir losfahren, um sicherzugehen, dass der Arbeitstag in Europa begonnen hatte, bevor wir uns den Boss schnappten. Denn wenn wir ihn erst einmal hatten, konnten wir nicht davon ausgehen, dass es uns gelingen würde, ihn lange festzuhalten. Der Plan war, hineinzustürmen, *seinen* Boss von Ruse bezaubern zu lassen, und die Lichtarmee ein für alle Mal auszuschalten.

Heute Abend könnte der Kampf endlich vorbei sein. Es war zu schade, dass Omen nicht hier war, um das zu sehen. Auch wenn er sich vermutlich gegen jeden einzelnen Schritt meines Plans gesträubt hätte.

Ich hatte mir für jeden von uns eine Aufgabe überlegt. Antic hatte uns den ersten Lakaien der Lichtarmee beschafft. Snap hatte die Eintrittskarte zum Boss gefunden. Der Rest von uns würde sich heute Abend mit dem Boss anlegen. Unsere kombinierten, wenn auch sehr unterschiedlichen

Fähigkeiten würden das Ganze zum Erfolg führen … vorausgesetzt, ich hatte mich nicht verkalkuliert.

Ich atmete langsam ein und erinnerte mich an die Techniken zur inneren Abkühlung, die mir Omen erklärt hatte. In diesem Moment klopfte es an der Schlafzimmertür. An dem flotten Rhythmus erkannte ich, dass es Ruse war, bevor er etwas sagte. „Ich hoffe, dieses schwarze Monstrum hat dich nicht komplett verschlungen, Flamme."

Ich öffnete die Tür. „Ich würde es nicht als Monstrum bezeichnen. Eigentlich sieht sie gar nicht so schlecht aus. Vielleicht muss ich sie behalten, wenn das alles vorbei ist."

Ruse schnaubte und wickelte eine verirrte Strähne meines roten Haares um seine Finger, sein Kichern streichelte meinen Kiefer. „Ohne die hier kannst du nicht meine Flamme sein."

„Das Feuer, das aus mir herausströmt, reicht also nicht, um den Spitznamen zu rechtfertigen?"

„Ich nehme an, ich könnte eine vorübergehende Ausnahme machen." Er strich mir wieder über das Gesicht, und ein Hauch seines bittersüßen Duftes stieg mir in die Nase. Neben der Hitze, die seine Berührung stets auslöste, weckte diese sanfte Geste ein Flattern in meiner Brust. „Solltest du nicht noch ein wenig schlafen, bevor es losgeht?"

Ich verzog das Gesicht. „Ich habe es versucht. Trotzdem habe ich gerade mal ein paar Minuten geschlafen. Ich glaube nicht, dass ich mich entspannen kann, bis das hier vorbei ist."

„Es sollte doch nicht weiter schwer sein, oder? Du lockst den diensthabenden Wachmann in den Aufzug, und sobald du im Stockwerk darunter bist, kommen wir aus den Schatten, um ihn abzulenken, während du ihm seine Schutzausrüstung abnimmst. Und anschließend sorge ich dafür, dass er mir aus der Hand frisst." Der Inkubus grinste. „Möglicherweise wortwörtlich, wenn wir Zeit dafür haben."

„Richtig. Ein Kinderspiel." Doch das hatte ich in der Vergangenheit schon oft gedacht, und seit diese Schattenwesen in mein Leben getreten waren, war mein

Urteilsvermögen nicht mehr ganz so scharf wie früher. Es herrschte einfach zu viel Chaos.

Ich schmiegte mich an ihn und legte meine Hand auf seine Brust, direkt unter den Kragen seines schlichten zugeknöpften Hemdes. „Bei diesem Plan liegt ein Großteil der Last auf dir."

„Habe ich mich jemals beschwert?" Der Inkubus ließ seine Fingerspitzen an meinem Kiefer entlanggleiten, und hob mein Kinn an. Seine warmen haselnussbraunen Augen begegneten meinem Blick. „Ich habe nie erwartet, dass ich der Eckpfeiler dieser Operation sein würde, Sorsha. Ich dachte, ich wäre ein nettes Werkzeug zur Unterstützung. Doch wie sich herausgestellt hat, bin ich doch zu mehr gut. Und ich fühle mich geschmeichelt, dass du an mich geglaubt hast, bevor es mir selbst in den Sinn kam."

Ich konnte mir ein Lächeln nicht verkneifen und zupfte neckisch an seinem Kragen. „Ich habe ein Talent dafür, wertvolle Dinge aufzuspüren. Das ist bei meiner Arbeit sehr nützlich." Meine gute Laune verflog, als ich daran dachte, dass unser Plan noch einen Unsicherheitsfaktor enthielt. „Wir wissen allerdings nicht, inwiefern er noch geschützt sein könnte. Womöglich reicht es nicht aus, ihn herauszulocken und ihm einen Anstecker herunterzureißen. Wenn ihr zu früh auf ihn losgeht …"

„Dann sollten wir ein Signal vereinbaren."

„Das wird nicht funktionieren, wenn ihr aus dem Schatten springen müsst, sobald sich der Aufzug öffnet. Und selbst wenn nicht, könnte er bei allem, was ich sage oder tue, misstrauisch werden. Er wird ohnehin wachsam sein."

Nachdenklich senkte ich meinen Blick. Wenn wir Handys benutzen könnten, hätte ich auf diese Weise vielleicht ein subtileres Signal senden können, doch Elektronik funktionierte in den Schatten nicht. Wenn es nur einen Weg gäbe, wie ich ihnen unbemerkt eine Nachricht zukommen lassen könnte …

Ich zögerte, und meine Hand, die eben noch Ruse gestreichelt hatte, hielt inne. Es *gab* eine Möglichkeit, oder? Bei dem Gedanken stieg kurzzeitig Panik in mir auf, die aber genauso schnell wieder verflog, wie sie aufgekommen war. Ich richtete meinen Blick wieder auf das Gesicht des Inkubus, und die Antwort war plötzlich sonnenklar.

Ich hatte gesehen, wer er war. Ich vertraute ihm. Dieser monströse Mann hatte mir in so vielen Dingen beigestanden und sich für mich eingesetzt, und ich hatte nicht die geringste Sorge, dass er mir jemals etwas antun könnte.

„Ja?", fragte Ruse und begegnete meinem Blick mit einer hochgezogenen Augenbraue.

„Ich weiß, wie wir es perfekt zeitlich abpassen können, ohne dass der Boss der Lichtarmee etwas merkt." Ich nahm meinen Schutzanstecker ab und legte ihn mit einem Klirren auf die Kommode. In letzter Zeit trug ich ihn mehr aus Gewohnheit als aus dem Gefühl heraus, dass ich ihn brauchte. „Sobald wir aus seiner Wohnung raus sind, kannst du in meinen Kopf eindringen und spüren, wie ich mich fühle – ob ich zuversichtlich und bereit bin, loszulegen, oder ob ich noch über die beste Vorgehensweise nachdenke. So sollte es klappen."

Ruse starrte mich an, und seine sonst so unbekümmerte, schelmische Miene wich einem schockierten Ausdruck. „Nur um das klarzustellen, du gibst mir die Erlaubnis ..."

„Ich *bitte* dich, meine Gefühle zu lesen", sagte ich. „Das ist die beste Möglichkeit. Und als ich die Regeln aufgestellt habe, kannte ich dich nicht wirklich. Jetzt schon. Und ich weiß, dass du deine Fähigkeit nie gegen mich verwenden würdest. Ich glaube nicht nur an deine Fähigkeiten, sondern auch an *dich*."

Der Inkubus blinzelte mich noch einmal an, dann zog er mich an sich und küsste mich so heiß und schwindelerregend, dass ich dahinschmolz. Ich hatte kaum Zeit, den Kuss zu erwidern, bevor er sich von mir löste und sein Atem über meine Lippen strich.

„Ich liebe dich", sagte er mit einer Stimme, die sowohl angespannt als auch ehrlich klang. „Ich weiß, dass diese Worte von einem Inkubus vielleicht nicht … Und ich kann nicht erwarten, dass du …"

Mein Herz schwoll an vor lauter Zuneigung, und mir stockte der Atem. Ich berührte seine Wange und schluckte den Kloß hinunter, der sich in meinem Hals gebildet hatte. Ich wäre nicht in der Lage gewesen, ihn so an mich heranzulassen, wenn das nicht wahr gewesen wäre. Beim zweiten Mal kamen mir die Worte leichter über die Lippen.

„Ich liebe dich auch."

Ruse stieß einen rauen Laut aus und presste seine Lippen erneut auf meine. Diesmal zog sich der Kuss immer weiter in die Länge, mein ganzer Körper kribbelte und meine Haut fühlte sich an, als würde sie in Flammen stehen. Ohne den Kuss zu unterbrechen, ließ er seine Hände an meinen Seiten hinuntergleiten, umfasste meine Hüften und hob mich auf die Kante der Kommode. Hitze durchflutete mich, als sich unsere Körper noch enger aneinanderschmiegten.

Er löste seine Lippen von meinem Mund, um einen glühenden Weg entlang meines Kiefers und über meinen Hals zu zeichnen. „Ich möchte dich auf dieses Bett werfen und dich vernaschen, bis du eine Million Mal gekommen bist", murmelte er an meiner Haut, und jede Berührung seiner Lippen entfachte neues Vergnügen. „Aber wir müssen einen König stürzen, also muss das noch warten. Trotzdem will ich dich jetzt zumindest einmal haben. Es ist schon viel zu lange her, dass ich in dir war."

Das stand nicht zur Diskussion. Ich schlang meine Beine um seine Oberschenkel und zog ihn noch enger an mich. „Du hast mich. Mal sehen, was du mit mir anstellen kannst, Romeo."

Er stieß ein vielversprechendes Lachen aus und küsste mich erneut. Während er jedes Quäntchen Lust von meinen Lippen leckte, zog er meine Bluse aus meinem Rock. Mit scheinbar magischer Geschwindigkeit streifte er sie mir über den Kopf, öffnete meinen BH und umfasste meine Brüste.

Seine geschickten Daumen fuhren über beide Nippel gleichzeitig, und die Welle der Glückseligkeit ließ mich an seinem Mund wimmern. Er lächelte in unseren nächsten Kuss hinein, während er mich mit geschickten Streicheleinheiten bearbeitete, bis das Verlangen fast unerträglich wurde.

Meine Zähne kratzten an seinen Lippen, als ich ihn noch härter küsste. Ich wölbte mich gegen ihn und lechzte nach mehr.

„Lass den Inkubus heraus", keuchte ich.

Ruse grinste. Diesmal schien er keine Bedenken zu haben, ob ich mit seiner vollen Schattenwesen-Form klarkommen würde. Und während er Snap ein paar Tricks beigebracht hatte, hatte er offenbar auch etwas vom Verschlinger aufgeschnappt. Er blinzelte seine Kleidung weg und gewährte mir einen Blick auf seine Verwandlung.

Seine Haut schimmerte golden, seine gebogenen Hörner ragten noch weiter aus seinem Haar hervor. Und sein steifer Schwanz stand in jenem Winkel nach oben, der mich, wie ich wusste, in Sekundenschnelle zum Höhepunkt bringen konnte, während sein Schambein gerade weit genug hervorragte, um dabei meinen Kitzler zu stimulieren.

Er war in jeder Hinsicht zum Ficken gemacht – und dazu, aus diesem intimen Akt ein verdammtes Wunder zu machen.

Als sich unsere Blicke wieder begegneten, schimmerten seine Augen genauso golden wie der Rest von ihm. Er drückte mir einen weiteren berauschenderen Kuss auf die Lippen, und seine Hände glitten an meinen Schenkeln hinauf.

Ich war noch nie so froh gewesen, einen Rock zu tragen. Ich hatte ihn für den Boss der Lichtarmee ausgesucht, weil ich dachte, dass ein femininer Look mir einen Vorteil verschaffen könnte, doch so lange musste ich gar nicht warten, um von den Vorteilen zu profitieren. Mit einer sanften Bewegung schob Ruse den Stoff bis zu meinen Hüften hoch und zog mir mit einer weiteren Bewegung mein Höschen aus. Dann spürte ich seine prächtige Erektion direkt an meiner Mitte.

Ich schaffte es, meine Vernunft so weit zu bewahren, um nicht unvorsichtig zu werden – und um mich daran zu erinnern, dass ich in absehbarer Zeit *auf keinen Fall* ein Baby wollte. „Kondom", stieß ich hervor, tastete nach meiner Handtasche und erwartete, dass Ruse lachen würde.

Zweifellos hatte der Inkubus in den letzten Jahrzehnten von vielen seiner Eroberungen die gleiche Bitte gehört. Er kramte in meinem Portemonnaie und holte eines hervor, als wäre es ihm keine Sekunde in den Sinn gekommen, es nicht zu tun.

Als er in mich eindrang, als ob sein Schwanz nirgendwo anders hingehörte, ließ der Rausch der Glückseligkeit alle Gedanken an Safer Sex mit einem Inkubus aus meinem Kopf verschwinden. Ich passte mich Ruse' Stößen an, und die Kommode klapperte unter mir. Sein Glühen sickerte durch jede Pore meines Körpers. Überall, wo es mich berührte, flammte noch mehr Verlangen auf.

Die Spitze seines Schwanzes pulsierte an der empfindlichen Stelle in mir. Er stieß immer wieder zu, wobei er gleichzeitig meinen Kitzler massierte. Sein Mund war auf meinen Lippen, dann auf meinem Hals und schließlich auf meiner Schulter, während seine Hände überall zu sein schienen. Ich schlang einen Arm um ihn, um das Gleichgewicht nicht zu verlieren, und fuhr mit der anderen Hand durch sein Haar, bevor ich eines seiner Hörner umfasste.

Ruse stöhnte und stieß noch fester in mich hinein. Knisternde Lust vernebelte mir die Sicht. Als ich schließlich keuchend und stöhnend kam, war ich froh, dass seine schalldämpfende Inkubus-Magie dafür sorgte, dass meine Schreie der Ekstase nicht das gesamte Supermobil wissen ließen, was wir trieben.

„Ich liebe dich", raunte ich noch einmal, weil ich es

unaufgefordert sagen wollte, und diese drei Worte ließen Ruse direkt nach mir kommen. Mit einem letzten Schwung seiner Hüfte stieß er einen gutturalen Laut aus, der in mir widerhallte.

Ich klammerte mich an ihn, als er seinen Rhythmus verlangsamte und sich an mich schmiegte, während ich so viel von seinem Glühen aufsaugte, wie ich konnte.

Auch wenn ich einen meiner Liebhaber verloren hatte, hatte ich immer noch die drei, die sich mir von Anfang an hingegeben hatten. Gut, man könnte sie als Monster bezeichnen, doch sie hatten sich mehr um mich gekümmert und mir beigestanden, als es irgendein Mensch in meinem Leben je getan hatte. Außerdem hatten sie sowohl meine Sterblichkeit als auch meine eigene Ungeheuerlichkeit, ohne zu zögern akzeptiert.

Wenn *sie* an *mich* glaubten, warum sollte ich es dann nicht auch tun?

ACHTUNDZWANZIG

Sorsha

Ich näherte mich dem großen bösen Boss auf dieselbe Weise, wie es die Lieferanten laut unserem verzauberten Wachmann taten. Und in gewisser Weise hatte ich tatsächlich eine Lieferung für ihn. Chaos? Hokuspokus? Vergeltung? Eigentlich von allen dreien ein bisschen.

Natürlich nahm ich an, dass er normalerweise keine Lieferungen um fünf Uhr morgens erhielt, doch das könnte sich zu meinen Gunsten auswirken. Als ich den Kurierumschlag hochhielt, auf den ich extra mehrere Eilsendungs-Aufkleber geklebt hatte, sah mich der Sicherheitsbeamte in der Lobby nur mit trüben Augen an, bevor er mich zu den Aufzügen weiterwinkte. Dann brauchte ich nur noch den Knopf für das oberste Stockwerk zu drücken, in das der Hauptaufzug fuhr.

Während die Aufzugskabine nach oben sauste, stopfte ich den leeren Umschlag in meine Handtasche und nahm den

Ring in die Hand, den Snap besorgt hatte – Rundfassung, 1 Karat Diamant, Weißgold. Bei so etwas Schlichtem konnte ich nur hoffen, dass das Gedächtnis des Big Bosses nicht so gut war, dass er winzige Unterschiede bemerken würde. Süße Sommersandwiches, hoffentlich hatte er das Original nicht mit einer Gravur versehen lassen.

Jetzt, wo ich sie richtig aufgesetzt hatte, juckte die Perücke nicht mehr. Trotzdem war ich mir des Gewichts auf meinem Kopf bewusst. Ich widerstand dem Drang, daran zu zerren, und wippte stattdessen auf meinen Füßen und sang eine leise Melodie, um mir Mut zuzusprechen. „If I blow there will be rubble; if I slay there will be double. So come on my little foe."

Der Aufzug klingelte und entließ mich in die Etage unter dem Penthouse. Das gleißende Licht von den grellen Paneelen an der Decke ließ meine Augen tränen. Entlang der Fußleisten befanden sich weitere Leuchtstoffröhren, und der fugenlose Fußboden war spiegelblank poliert, sodass er alles reflektierte. Was zur Hölle hielt ein normaler Zusteller wohl von diesem Gruselkabinett?

Es war gut, dass wir im Voraus darauf vorbereitet worden waren. Meine Schattenwesen-Kameraden, die sich ungesehen mit mir in den Aufzug geschlichen hatten, hätten sich hier auf keinen Fall verstecken können – wäre da nicht die Fähigkeit unseres Nachtelfen gewesen, den Omen belächelt hatte.

Gloam konnte Dunkelheit erzeugen. Als ich über den Flur zum Privataufzug am anderen Ende ging, zog sich am Boden ein Schattenstreifen an der Wand entlang, der lang genug war, dass alle meine Verbündeten Platz hatten, dabei jedoch so dünn, dass er nicht auffiel, wenn man nicht genau hinsah. Ich hoffte, dass das bedeutete, dass er nicht auf den Sicherheitskameras zu sehen sein würde, die in regelmäßigen Abständen an der Decke angebracht waren.

Eine dieser Kameras war auf die Stelle direkt vor dem Privataufzug gerichtet, der nur zwischen diesem Stockwerk und dem darüber liegenden Penthouse verkehrte. Unser neuer Freund hatte uns verraten, dass einer der beiden diensthabenden Wachmänner diesen Bereich ständig im Auge behielt.

Um die Aufmerksamkeit des Kerls zu erregen, gestikulierte ich wild umher und setzte eine angespannte Miene auf. Dann, als könnte ich es nicht erwarten, meine Sendung zu überbringen, holte ich einen Zettel aus meiner Handtasche und tat so, als würde ich eine Nachricht kritzeln, die ich schon vorbereitet hatte. Mit beiden Händen und einem flehenden Blick hielt ich den Zettel in die Kamera.

ICH MUSS MIT ISAAC SPRECHEN. ES GEHT UM CARMEN. BITTE!!!!!

Die vielen Ausrufezeichen waren unverzichtbar. Jedes einzelne könnte Schuldgefühle wegen meiner offensichtlichen Verzweiflung hervorrufen.

Ich hielt den Atem an. Wenn mein seltsames Erscheinen und die Nachricht nicht ausreichten, um den Wachmann zu veranlassen, seinen Chef zu wecken und um Rat zu fragen, und der Kerl stattdessen herunterkam, um mich zu verjagen, würde das die Situation zehnmal komplizierter machen. Doch unser verzauberter Wachmann hatte gesagt, dass sein Boss es nicht leiden konnte, wenn sie von sich aus die Initiative ergriffen, und dieses Mal wirkte sich das eher nachteilig für den Boss aus.

Ich wartete, hielt den Zettel hoch und wackelte ab und zu damit, und zwar so lange, dass meine Schultern anfingen zu zittern. Meine Nachricht würde dem Ober-Bösewicht eine Menge zu denken geben. Wie hatte jemand seinen richtigen Vornamen mit der Wohnung in Verbindung gebracht, obwohl ihn selbst seine direkten Angestellten nur mit „Boss" ansprachen? Wie hatte ich das mit seiner langjährigen Verlobten herausgefunden? Was konnte ich über sie wissen, das mich zu ihm führte?

Obwohl er misstrauisch sein würde, rechneten wir damit,

dass diese Fragen ihn so sehr beschäftigen würden, dass er sie nicht abtun konnte. Er hatte keinen Grund anzunehmen, dass mein Erscheinen etwas mit den blutrünstigen Monstern zu tun haben könnte, die in weit entfernten Städten verschiedene Laboreinrichtungen der Lichtarmee angegriffen hatten.

Plötzlich drang ein dröhnendes Geräusch durch die Wand. Ich ließ den Zettel sinken, mein Körper spannte sich an.

Die Tür öffnete sich, und hindurch kam nicht der Kerl mit dem silbernen Schnurrbart und dem kantigen Kopf, den unser Wachmann als seinen Boss beschrieben hatte, sondern eine muskelbepackte Frau, die nur wenig älter aussah als ich. Sie richtete eine Waffe auf mich, ihre andere Hand ruhte auf der zusammengerollten Peitsche, die an ihrem Gürtel hing. Sie machte eine ruckartige Kopfbewegung in Richtung der glänzenden Aufzugskabine, in der sie stand.

„Steig ein. Der Boss will dich sehen. Keine krummen Sachen, behalte deine Hände bei dir, und keine abrupten Bewegungen. Verstanden?"

Ich nickte demütig. So in etwa hatten wir uns den Ablauf vorgestellt. Bestimmt hatte ich ihn neugierig gemacht, doch er wollte seine Neugierde in seinem gut geschützten Zuhause befriedigen. Der *eigentliche* Trick bestand darin, ihn davon zu überzeugen, dass ich einen hinreichend legitimen Grund hatte, um ihn dazu zu bringen, sein Penthouse zu verlassen. Erst dann war er angreifbar genug, damit wir loslegen konnten.

Ich ließ meine Verbündeten aus dem Schattenreich zurück und betrat den Aufzug. Sie konnten mir nicht in das Reich aus Silber und Eisen folgen. Trotz meiner monströsen Anteile schien ich Mensch genug zu sein, um damit kein Problem zu haben.

Nachdem sich die Tür geschlossen hatte, tastete mich die Wachfrau von den Schultern bis zu den Füßen ab. Sie durchsuchte auch meine Handtasche, die ich jedoch bereits geleert hatte, sodass darin nichts Ungewöhnliches zu finden war. Schließlich forderte sie mich auf, meinen Mund zu öffnen, und schaute hinein. Nachdem sie sich vergewissert hatte, dass ich keine Waffen bei mir trug, wischte sie sich die Hände ab und drückte den Knopf.

Der polierte Boden vibrierte leicht, als der Aufzug uns nach oben beförderte. Die Türen öffneten sich, und ich stand Isaac gegenüber, Nachname unbekannt, Großmeister der Nordamerikanischen Lichtarmee.

Aufgrund der Beschreibung des Wachmanns hatte ich mir sein Kiefer etwas kantiger und seinen Bürstenhaarschnitt etwas kürzer vorgestellt. Der Mann um die fünfzig, der mich etwas verschlafen anstarrte, sah eher wie ein College-Professor aus, und nicht wie der Militärgeneral, den ich mir vorgestellt hatte. Das offensichtlich hastig übergeworfene Hemd und die Hose, die an der Stelle zerknittert war, wo er das Hemd in den Bund gestopft hatte, trugen auch nicht gerade dazu bei.

Aber dann, als er mich mit angespanntem Kiefer von oben bis unten musterte, spürte ich eine stählerne Ausstrahlung, die jeden Zweifel an seinem Anspruch auf Autorität beseitigte.

Eines der wichtigsten Dinge, auf die er geachtet hatte, war, meine Reaktion beim Betreten seiner Wohnung. Die Silber- und Eisenplatten, von denen ich wusste, dass sie in die Wände eingearbeitet waren, beeinträchtigten mich nicht im Geringsten, wie er zweifellos sehen konnte.

Ich schlang die Arme um meinen Körper, als wäre ich aus ganz normalen menschlichen Gründen nervös, wobei ich den Zettel immer noch mit einer Hand umklammerte. Isaacs Blick fiel darauf, und seine Schultern versteiften sich noch mehr. Er hatte große Anstrengungen unternommen, um so viel von sich vor seinen Angestellten geheim zu halten. Auch das wirkte sich jetzt zu unseren Gunsten aus. Was wollte er mehr schützen: Seine Identität und die Details seiner Vergangenheit oder sich selbst angesichts der

Bedrohung, die eine zitternde Fremde womöglich darstellen könnte.

„Hast du sie überprüft?", fragte Isaac die Wachfrau neben mir. Ein weiterer Wachmann mittleren Alters stand hinter seinem Chef im Eingangsbereich.

Die Frau nickte. „Ich hätte sie nicht hochkommen lassen, wenn ich etwas gefunden hätte, was Anlass zur Sorge gibt."

„In Ordnung. Geht wieder in den Überwachungsraum. Greift sofort ein, wenn sie sich mir weiter nähert oder ich den Flur verlasse, ohne euch vorher Bescheid zu geben. Ansonsten lasst uns in Ruhe."

Der Mann sah erschrocken aus. „Sir?"

„Ihr habt mich gehört. Ich muss mich persönlich um diese Angelegenheit kümmern." Ein spöttisches Lächeln umspielte seine Lippen, als er mich erneut musterte. „Außerdem sollte ich problemlos selbst mit ihr fertig werden."

Ach ja? Er konnte von Glück reden, dass er nicht gleich auf mein pyromanisches Einbrecher-Ich traf.

Die Wachen gingen ohne ein weiteres Wort. Gehorsame Gesellen, offensichtlich. Zweifellos hatte er sie nach diesem Kriterium ausgesucht. Eine weitere Entscheidung, die sich nicht zu seinen Gunsten auswirken würde.

Ich hatte ihn am Haken. Jetzt musste ich ihn nur noch einholen.

Nachdem seine Lakaien verschwunden waren, wartete der Boss einige Sekunden, um ihnen Zeit zu geben, sich außer Hörweite zu begeben. Dann sagte er leise und knapp: „Wer bist du?"

„Eine Freundin von Carmen", antwortete ich.

Ein Muskel in seiner Wange zuckte. „Das ist unmöglich."

Ich ließ die Worte wie in einem nervösen Schwall aus mir heraussprudeln. „Du dachtest, sie wäre tot. Sie wollten, dass du das denkst, diese schrecklichen Kreaturen. Einige von ihnen können Illusionen erzeugen, das weißt du doch, oder?

Sie können Leute für lange Zeit täuschen. Deswegen dachtest du, sie wäre tot."

„Und woher willst du das wissen? Woher wusstest du, dass du mich hier finden würdest. Was *willst* du?"

Ich blickte ihn mit großen Augen unter meinen falschen schwarzen Wellen an. „Sie hatten mich auch. Aber Carmen hat mir alles erzählt. Wie sehr sie sich wünschte, einen Weg zu finden, zu dir zurückzukehren. Das Band der Liebe, das sie immer noch spürte, muss den Zauber dieser Wesen irgendwie durchdrungen haben. Sie begann Visionen zu haben; darin hat sie dieses Gebäude gesehen. Wir haben es geschafft, uns zu befreien und hierherzukommen, aber sie ist krank. Da ich Angst hatte, sie zu bewegen, habe ich ihr gesagt, ich würde dich holen und zu ihr bringen."

„Ist sie hier? Wartet sie ..." Er schüttelte sich, und sein Tonfall wurde wieder hart. „Nein. Das kann nicht sein. Ich habe sie *begraben*."

„Du hast eine Illusion begraben. Ich schwöre es. Sie *braucht* dich. Wir müssen sofort los." Ich streckte meine Hand aus und zeigte ihm den Ring. „Sie hat mir den hier gegeben."

Isaac erstarrte. Dann streckte er die Hand aus, nahm den Ring und hielt ihn gegen das Licht. Seine Kehle zuckte. „Sie hat es wirklich geschafft, ihn die ganze Zeit aufzubewahren?"

„Nichts hat ihr mehr bedeutet", sagte ich leise.

„Und diese Monster ..." Seine Stimme bebte vor Wut.

In mir stieg ebenfalls Wut auf. Was war mit all den Monstern, die er hatte foltern und abschlachten lassen und die nie einem Sterblichen auch nur ein Haar gekrümmt hatten? Zählten ihre Leben etwa nicht bei seinem Rachefeldzug? Warum mussten sie leiden, weil ihm ein wildes Monster seine Verlobte entrissen hatte?

Hitze kribbelte in meiner Brust, doch ich unterdrückte sie mit einem Atemzug, den ich nicht ganz verbergen konnte. Kühle Wellen, eine salzige Brise, das rhythmische Rauschen des Meeres. Konzentriere dich darauf. Konzentriere dich darauf und lass das Feuer nicht an die Oberfläche. Wenn ich unsere einzige Chance, ihn aufzuhalten, vermasselte, würden noch mehr Monster auf seinen Befehl hin sterben.

Mein Herz schmerzte. Ich konnte es schaffen. Ich konnte die Kontrolle behalten. Zumindest so lange ich kein Feuer entfachen *musste* und es schaffte, es in mir zu behalten.

Der Big Boss musterte mich erneut. „Geht es dir gut?", fragte er misstrauisch.

„Auch ich bin etwas angeschlagen", sagte ich, als wäre es mir peinlich, das zuzugeben. „Aber Carmen zuliebe habe ich durchgehalten. Ich musste das für sie tun. Wirst du zu ihr kommen? Sie ist in der Nähe, es dauert keine fünf Minuten. Ich will sie nicht zu lange allein lassen. Wenn sie jemand anderen als dich sieht, läuft sie womöglich davon."

Also komm ja nicht auf die Idee, jemanden zu rufen, um das zu erledigen. Du willst sowieso nicht, dass jemand so viel über dein Leben weiß, nachdem du so große Anstrengungen unternommen hast, um es vor allen geheim zu halten.

Entschlossenheit blitzte in seinen Augen auf. Irgendetwas, das ich gesagt oder getan hatte, war zu ihm durchgedrungen. Er machte auf dem Absatz kehrt und rief seinen Wachen zu. „Ist jemand in der unteren Halle oder gibt es Meldungen über Probleme in der Lobby?"

Eine Gegensprechanlage knisterte. „Nein, Sir", antwortete die Frau. „Es war die ganze Nacht völlig ruhig, bis auf Ihren Gast."

Er zögerte, diesmal jedoch nur eine Sekunde lang. Dann nickte er energisch, machte ein Zeichen in die Kamera und ging davon. Wenige Augenblicke später kam er zurück und schlüpfte in eine Anzugjacke, in deren Tasche er ein Handy verstaute. Irgendetwas an der Jacke erregte meine Aufmerksamkeit.

„Die ist gut", sagte ich und begutachtete die Jacke mit gespielter Zustimmung. „Sind da Silber- und Eisenfäden eingenäht? Ich kannte mal eine Dame, die sich so ein Kleid anfertigen ließ." Ich strich mit meinen Fingerspitzen über das Revers, um ihm zu beweisen, dass ich vor diesen Metallen nicht zurückschreckte. Und um ein Gefühl für den Stoff zu bekommen. Eher früher als später würde ich ihm das Ding vom Leib reißen müssen.

„Man kann nicht vorsichtig genug sein", meinte er. „Lass uns gehen. Carmen und du werdet hier drin vor den Unholden sicher sein. Ich kann Ärzte herholen, und alles, was ihr sonst noch braucht."

Er öffnete die Tür zum Aufzug. Seine Wachen ließ er zurück, um die Aufzeichnungen der Überwachungskameras im Auge zu behalten. Wieder spannte sich mein Körper an, als ich ihm hineinfolgte.

Wir hatten damit gerechnet, dass er seine Lakaien mitbringen würde, und Thorn und Flint ihnen die behelmten Köpfe vom Leib schlagen müssen würden, wenn wir die Halle betraten. Doch wie es aussah, konnten wir unseren Angriff hier nicht durchführen, sonst würden die Wachen es sehen und ihm zu Hilfe eilen.

Die anderen würden warten müssen, bis wir die Halle unten verließen. Eigentlich wäre es besser, wenn der Angriff gar nicht im Gebäude stattfinden würde, da ich wusste, dass er sein Telefon dabeihatte. Wir konnten uns nicht darauf verlassen, dass alles so reibungslos ablief, dass die Sicherheitskräfte des Gebäudes nichts mitbekamen und eingriffen.

Ruse würde Bescheid wissen, wenn er meine Emotionen las. Ich konzentrierte mich auf die Sorge, dass sie zu früh handeln könnten, und auf meine Sehnsucht, irgendwo außerhalb des Blickfelds der Kameras zu sein. Aber noch nicht jetzt. *Noch nicht, noch nicht.* Und mit all dem verwoben war meine Hoffnung, dass er meine Nachricht verstehen würde.

Die Aufzugstür öffnete sich in dem lichtdurchfluteten Flur. Kein Schattenwesen sprang aus dem konstruierten

Fleckchen Dunkelheit. Tatsächlich wäre es schrecklich, wenn sie das jetzt schon täten. Dieses Grauen erfüllte mich auf dem Weg zum zweiten Aufzug, während ich Isaac aus den Augenwinkeln beobachtete. Ich überlegte, wie ich ihm die Jacke so schnell wie möglich ausziehen könnte.

Seit ich ausgestiegen war, hatte niemand mehr den Hauptaufzug benutzt. Die Tür öffnete sich sofort, als er den Knopf drückte. Wir traten ein, und ich spürte noch immer die gleiche Angst durch meine Adern rasen. Ich wollte endlich raus an die frische Luft, weit weg von allen *möglichen* neugierigen Blicken.

Ohne Unterbrechung ging es abwärts. Ich eilte durch die Lobby, immer einen Schritt vor dem Big Boss, sowohl um meine Geschichte aufrechtzuerhalten, dass ich mir Sorgen um die vermeintliche Carmen machte, als auch um mit dem Teil des Plans fortzufahren, der nicht allein von mir abhing.

„Hier entlang", sagte ich, als wir den Bürgersteig betraten, lief ich ein paar Meter weiter und duckte mich dann von den Straßenlaternen weg in eine Einfahrt, die mit einer dicken Kette abgesperrt war. Ein teerartiger Geruch erfüllte die Dunkelheit.

Als ich innehielt, tauchte Isaac neben mir auf. Er sah sich um. „Bist du sicher, dass sie hier war? Wir müssen …"

Während er sprach, stellte ich mich rechts neben ihn, sammelte mich und ließ Erleichterung und Dringlichkeit durch mich hindurchströmen. *Die Luft ist rein. Los geht's!*

Meine Gefühle waren wohl laut und deutlich genug, denn in diesem Moment schossen Ruse, Snap, Thorn und Flint aus dem Schatten.

Der Boss stieß einen angsterfüllten Schrei aus, und ich packte den Kragen seiner Anzugjacke. Mit einem kräftigen Ruck zog ich sie ihm bis zu den Ellbogen herunter, doch dann traf mich genau einer dieser Ellbogen an der Stirn.

Die Wucht des Aufpralls schoss durch meinen Schädel und brachte meine Gedanken ins Trudeln. Ich klammerte mich fest, doch er drehte sich um, um einen weiteren Schlag auszuführen, und solange er die Jacke noch anhatte, konnten meine Verbündeten ihn kaum berühren.

Ich konnte mein Feuer benutzen. Ich konnte es so weit kontrollieren, dass es meine Befehle bis ins kleinste Detail ausführte. Ich *konnte* es.

Durch eine hastige Woge von Meeresbildern beschwor ich meine Flammen herauf und lenkte sie auf Isaacs Jacke.

Er stieß ein erschrockenes Zischen aus. Die Wolle schmolz zu Asche, die Metallfäden prasselten auf das Pflaster – und da stand er, schutzlos in seinem Hemd, das nur leicht angesengt war.

Das Gefühl, das mich dann überkam, war nichts weniger als Hochgefühl. Ich hätte den Kerl umarmen können, den ich gerade traumatisiert hatte, weil er nicht zu Asche verbrannt war, wenn er nicht schon wieder versuchen würde, mir ins Gesicht zu schlagen.

Ruse zwinkerte mir zu und begann bereits zu sprechen, wobei die volle Wucht seiner Inkubus-Kraft in seiner Stimme mitschwang. „Wir sind so froh, dass du dich uns anschließt, mein Freund. Gemeinsam mit uns wirst du es schaffen, die Monster zu vernichten, die du ausrotten willst. Leider hast du ihnen bisher mehr geholfen, als sie zu bekämpfen. Deinetwegen sind so viele junge Frauen gestorben, genauso wie deine Verlobte.“

Der Big Boss schlug die Hände über dem Kopf zusammen. „Was redest du da? Das kann doch nicht wahr sein.“

„Oh doch, das ist es. Wir haben dich die ganze Zeit beobachtet. Was du nicht weißt, und was deine Bosse nicht wissen, ist, dass die gesamte Lichtarmee nur ein Trick ist, den sich die Monster selbst ausgedacht haben. Sie haben die ganze Sache ins Rollen gebracht und den ersten Kreuzrittern das Gefühl gegeben, sie müssten sich zusammenschließen, um zurückzuschlagen. Die Wahrheit ist jedoch, dass sie *euren* Zorn und eure Angst brauchen, um weiterhin in diese Welt vordringen zu können. Alle Daten, die ihr über sie in euren Computern speichert, alle Befehle, die ihr gebt, um sie zu fangen oder zu töten, sorgen dafür, dass die Verbindungen zwischen den Welten bestehen bleiben."

„Ich kann es dir zeigen", sagte Flint mit seiner grollenden Stimme. Er richtete seinen Blick auf Isaac. Ein unheimliches Licht flackerte in den Tiefen seiner Augen auf, und die Farbe wich aus dem Gesicht unserer Zielperson.

Wir waren uns nicht sicher gewesen, ob Ruse' Charme ausreichen würde, um den Boss zu überzeugen. Doch Flint konnte ihm das vermeintliche Grauen, das die Lichtarmee ermöglichte, so anschaulich vor Augen führen, als stünde er mitten in den schlimmsten Schrecken. Wir hatten festgestellt, dass seine Fähigkeit auch über große Entfernungen hinweg funktionierte, solange er seinem Gegenüber in die Augen sehen konnte. Sobald wir den Big Boss am Telefon hatten, wollte Ruse ihn zu einem Videoanruf überreden.

Nachdem die Vision, die der Geflügelte hervorgerufen hatte, verblasst war, zitterte Isaac. Er fuhr sich mit der Hand über den Mund und sah aus, als ob er sich übergeben müsste. „Ich hatte keine Ahnung – ich hatte keine Ahnung ..."

„Niemand von euch", sagte Ruse mit vorgetäuschtem Mitgefühl. „Das Schlimmste ist, dass ihr die Einzigen seid, die überhaupt noch wissen, dass diese Monster existieren. Wenn *ihr* all eure Aktivitäten in ihrer Nähe einstellen und alle Daten, die ihr über sie gesammelt habt, löschen würdet, dann würde sich der Zugang zu dieser Welt schließen und sie würden nie wieder eine Gefahr für einen Sterblichen darstellen."

Laut Ruse bestand der Clou darin, der Person, die man in seinen Bann ziehen wollte, das zu geben, was sie von Anfang an gewollt hatte. Diese Ideen drangen zu ihm durch wie nichts anderes. Was Isaac mehr als alles andere wollte, war, diese Welt von Monstern zu befreien.

„Mein Gott", sagte er. „Wir müssen – ich werde tun, was

ich kann. Allerdings habe ich nicht die Kontrolle über alles. Ich werde Kontakt zu …"

„Zuerst", sagte Ruse sanft, „sollten wir mit dem Mann sprechen, von dem du deine Befehle erhältst. Sonst versteht er es vielleicht nicht und könnte dir sogar im Weg stehen, während du versuchst, die Sache in Ordnung zu bringen. Du hast doch die Möglichkeit, ihn zu kontaktieren, oder?"

Der Boss holte tief Luft. „Ja. Ich habe eine Möglichkeit, ihm mitzuteilen, dass er mich anrufen soll. Er wird es sofort wissen wollen."

Während er nach seinem Telefon tastete, fing Ruse meinen Blick über Isaacs Schulter auf. Seine Mundwinkel verzogen sich zu einem Grinsen und ein triumphierender Glanz lag in seinen Augen. Ich konnte nicht anders, als ihn ebenfalls anzugrinsen.

Wir hatten die Lichtarmee an der Angel, und in wenigen Minuten würden wir sie ausweiden.

NEUNUNDZWANZIG

Sorsha

Wenn man noch nie mit Schattenwesen gefeiert hat, kann ich nur sagen, dass es sich lohnt.

Ich hatte nur etwa drei Stunden geschlafen, doch der Rausch unseres Sieges und die Energie der Wesen, die eigentlich keinen Schlaf brauchten, die das Wohnmobils erfüllte, machten mich munter. Ruse und Snap hatten in einigen Geschäften in der Innenstadt eine große Menge an Snacks und sehr guten Champagner „besorgt". Jetzt waren wir alle voll mit schäumendem Alkohol und sprudelten über vor Lachen und Jubel.

Da Ruse es geschafft hatte, einen 80er-Jahre-Sender im Radio des Wohnmobils zu finden, tönten schwungvolle Melodien durch den engen Raum. Er wirbelte mich herum und schubste mich in Snaps Arme, der mich küsste, während er mit seiner üblichen Anmut tanzte. Thorn und Flint prosteten einander zu – etwas vorsichtiger, nachdem ihre früheren Versuche zu mehreren zerbrochenen Gläsern geführt hatten. Pickle hüpfte mit energischen kleinen Sprüngen auf dem Tisch herum und schaffte es sogar, Gloam ein Lächeln zu entlocken, der in seiner üblichen Niedergeschlagenheit versunken war.

„Das Gesicht von diesem Sterblichen, als ich ihm eine Vision von der Zerstörung gezeigt habe, die seine Lichtarmee angeblich anrichtet", sagte Flint mit seiner donnernden Stimme, die beinahe heiter klang, und stieß ein Glucksen aus, das durch den Raum hallte.

Ruse schmunzelte. „Er konnte sein eigenes Werk gar nicht schnell genug zerstören. Und das alles aus Tausenden von Kilometern Entfernung. Ein hoch auf die moderne Technologie der Sterblichen!"

„Es wird weiterhin unabhängige Jäger und Sammler geben", betonte Thorn, obwohl auch er lächelte.

Ich winkte diese Bedenken ab. „Mit denen werden wir schon fertig. Das ist keine große Sache. Und dank der neuesten Erkenntnisse, die Ruse in die Köpfe der großen Bosse gepflanzt hat, werden sie dafür sorgen, dass die Lichtarmee von nun an gegen *jeden* vorgeht, der aus dem Verkauf von Schattenwesen Profit schlagen will. Wen sollen sie schließlich sonst dafür verantwortlich machen, wenn die Schattenwesen nach der Auflösung der Lichtarmee nicht verschwinden?"

Ich hielt inne, um einen weiteren Schluck Champagner zu nehmen – und plötzlich tauchten zwei Gestalten so unvermittelt aus dem Schatten auf, dass ich mich fast verschluckte.

Antics Auftauchen war keine Überraschung. Sie hatte sich bereit erklärt, noch mehr Getränke zu besorgen. Da ihr erster Beitrag zu unserem Plan schon so lange zurücklag, war sie unruhig geworden. Neben ihr stand unser vermisster Höllenhund-Wandler in seiner ganzen eisigen Pracht mit seinem eindringlichen Blick.

Hustend stellte ich mein Glas ab und ein breites Grinsen breitete sich in meinem Gesicht aus. Mein Herz hatte vor Schreck und Ekstase einen Schlag ausgesetzt. Dann bemerkte ich Omens strengen Blick, mit dem er mich musterte, so als hätte ich eine neue Katastrophe heraufbeschworen, die noch schlimmer war als die, derer er mich zuvor beschuldigt hatte. Mein Puls beschleunigte sich auf eine weit weniger angenehme Weise. Ich ertappte mich dabei, wie ich mich umschaute, um mich zu vergewissern, dass ich das Supermobil nicht niedergebrannt hatte, ohne es zu bemerken.

Alle anderen waren für einen Moment still geworden. Ruse fand seine Stimme als Erster wieder. „Omen! Wie praktisch, dass du abgehauen bist, während wir die ganze Arbeit gemacht haben, und pünktlich zur Siegesfeier wieder da bist."

Der Blick des Höllenhund-Wandlers wanderte von mir zu dem Inkubus. „Die Koboldin hat mir alles erzählt. Ein Wunder, dass euer Plan funktioniert hat. Ihr habt die Lichtarmee also ohne mich zu Fall gebracht. Keine schlechte Arbeit."

Ich verschränkte meine Arme vor der Brust. „Du klingst nicht gerade erfreut." War er verärgert, dass wir nicht auf ihn gewartet hatten, obwohl wir mehr erreicht hatten, als er sich erhofft hatte?

„Oh, ich bin sehr froh, dass wir uns nicht mehr mit ihnen herumschlagen müssen. Ich bin geradezu ekstatisch. Ich hatte nur noch keine Zeit, es zu verarbeiten. Und ich hatte dringendere Angelegenheiten zu erledigen."

„Dringender als eine riesige Organisation zu Fall zu bringen, die sich der Ausrottung aller Schattenwesen verschrieben hat?"

„Wir hätten sie ein paar Tage ignorieren können, ohne dass es zu einer totalen Katastrophe gekommen wäre. Das andere Thema möglicherweise nicht." Er blickte sich um und Überraschung flackerte in seinen Augen auf, als er den zweiten Geflügelten in unserer Mitte bemerkte. „Raus. Ihr alle, außer der Sterblichen. *Sofort.*"

Antic quiekte und huschte in die Schatten. Gloam stand mit offenem Mund da, bevor er ihr eine Sekunde später folgte.

Flint stand auf, sein ernstes Gesicht erreichte einen Grad an steinerner Grimmigkeit, an die selbst Thorns Miene nicht herankam. „Wenn du dir Sorgen machst wegen ..."

„Ich mache mir keine *Sorgen*", knurrte der Höllenhund-Wandler. „Ich will nur, dass ihr alle geht. Ich nehme an, ihr wisst, wie man Befehle befolgt?"

Der Krieger zuckte zusammen und verschwand. Omen drehte sich zu den drei verbliebenen Schattenwesen um, die sich um mich herum versammelt hatten, anstatt den Raum zu verlassen.

„Was ist los, Omen?", fragte Ruse.

Thorn legte den Kopf schief. „Ich würde es vorziehen, zu bleiben und die Neuigkeiten zu hören, wenn die Möglichkeit besteht."

Omen starrte sie an. „Die Möglichkeit besteht nicht! Als ich sagte ,ihr alle, außer der Sterblichen', meinte ich auch euch drei. Also raus hier!"

„Hey", unterbrach ich ihn. „Du solltest inzwischen wissen, dass *ich* nicht springe, nur weil du es sagst. Wenn sie gehen, gehe ich auch. Was auch immer hier los ist, sie verdienen es, es zu erfahren." Außerdem wollte ich sie in meiner Nähe haben, vor allem, wenn Omen mich so ansah.

Seine kühlen Augen bohrten sich in meine und verweilten dort. Ich starrte ihn direkt an, und meine Feierlaune verblasste hinter meinem Trotz.

„Gut", murmelte er. „Sie werden es sowieso bald erfahren." Er machte eine wegwerfende Handbewegung. „Chaos-Queen, du hast einen Brief erwähnt, den deine Eltern dir geschrieben haben. Darf ich mir den mal ansehen?"

Snap starrte ihn mit großen Augen an. „Willst du uns nicht zuerst sagen, wo du warst?"

„Die Obersten haben mich zu einem Gespräch gebeten, das ich nicht ablehnen konnte", sagte Omen schlicht. „Allerdings waren sie nicht besonders pünktlich." Er sah mich mit hochgezogenen Augenbrauchen an. „Also?"

„Ja, natürlich, ich kann ihn holen." Leicht benommen vom Champagner und dem plötzlichen Stimmungsumschwung drehte ich mich um und eilte ins Schlafzimmer, um das perlenbesetzte Schmuckkästchen zu holen.

Hatte er noch etwas über meine Eltern erfahren? Von den obersten Schattenwesen oder sonst irgendwo auf seinem Rückweg? Was konnte so dringend sein in Bezug auf Leute, die schon lange *tot* waren? Und warum wollte er nicht, dass die anderen davon erfuhren?

Als ich mit dem Kästchen zurückkehrte, saßen Ruse und Snap bereits auf der Sofabank. Omen lehnte am Tisch, sein Gesicht war dieselbe strenge Maske, wie schon seit seiner Ankunft. Thorn trat schützend neben mich. Ich hätte mich besser gefühlt, wenn ich gewusst hätte, wovor er mich beschützen wollte. Allerdings glaubte ich, dass er das selbst nicht einmal wusste.

Omen klappte den Deckel des Kästchens auf und nahm den gefalteten Zettel heraus. Sein Mund verzog sich zu einem schiefen Lächeln. „Genau wie ich dachte."

„Was?", fragte ich, lehnte mich näher heran und ignorierte die Hitze, die zwischen unseren Körpern aufstieg, als sich unsere Arme fast berührten.

Der Zettel sah für mich genauso aus wie immer. Ein paar Zeilen darüber, wie sehr meine Eltern mich geliebt hatten und wie leid es ihnen tat, dass sie jetzt nicht bei mir sein konnten. Doch Omen schnippte mit den Fingern über meinen Namen, der oben auf die Seite gekritzelt war.

„Was ist damit?", fragte ich, als sich die Tinte plötzlich vor meinen Augen veränderte. Die Buchstaben schwankten und formten sich neu. Mein Rücken versteifte sich, und alle Worte, die ich hätte sagen können, erstarben in meiner Kehle.

Der Brief war mit einem Zauber belegt worden. Luna hatte nicht nur meine Erinnerungen, sondern auch diesen Teil meiner Vergangenheit verändert. Nachdem Omen den Zauber gebrochen hatte, war der Name, den ich für den meinen gehalten hatte, verschwunden.

An seiner Stelle formten die geschwungenen Linien der Tinte einen neuen Namen, den ich mir nicht erklären konnte: *Ruby*.

Mein Mund öffnete und schloss sich einige Male. „Ich … Aber … Der Brief war also nicht für mich?"

Omen warf mir einen durchdringenden Blick zu. „Natürlich ist er für dich. Deine Eltern haben dich nicht Sorsha genannt. *Du* bist Ruby. Ich könnte mir vorstellen, dass die Feenfrau einen furchtbar komplizierten Zauber angewandt hat, der jede Erinnerung an diesen Namen aus deinem Gedächtnis verdrängt hat. Er muss so stark gewesen sein, dass ich die Magie nicht wahrnehmen konnte."

Thorn verlagerte sein Gewicht hinter mir von einem Fuß auf den anderen. „Wie kann das sein? Nicht einmal Sorsha war sich bis vor kurzem ihrer Kräfte bewusst. Sie war noch ein kleines Kind, als sie das letzte Mal in Austin war. Wie kann sie etwas getan haben, dass die Obersten Jagd auf sie machen?"

Sehr gute Fragen, und ich war froh, dass er sie gestellt hatte, denn ich hatte immer noch Schwierigkeiten, ganze Sätze zu formulieren.

Omen verzog das Gesicht. „Die Obersten wollten nicht, dass die Menschen wissen, was genau sie suchten und warum. Ruby hatte nichts getan, außer zu existieren – und vor den Obersten zu fliehen, die ihre Existenz beenden wollten."

Er hielt inne und sah mir wieder in die Augen. War das ein Anflug von Trauer hinter dem Eis? „Deine Eltern wurden nicht von Jägern ermordet. Sondern von Schattenwesen. Die Obersten haben ihre Krieger geschickt, um euch drei abzuschlachten. Die Feenfrau hat dich gerettet und war klug genug, dafür zu sorgen, dass sie euch nicht mehr aufspüren konnten."

Meine Eltern waren von *Schattenwesen* getötet worden? Schattenwesen, die mich im Alter von drei Jahren umbringen wollten? Gerade als ich dachte, ich würde seine Enthüllungen langsam begreifen, warf mich eine weitere aus der Bahn.

Ich klammerte mich an der Tischkante fest. „Warum? Ich meine, ich weiß, dass es ziemlich ungewöhnlich ist, dass ein Sterblicher und ein Schattenwesen ein Kind bekommen, aber ist das wirklich so schrecklich, dass sie uns alle tot sehen wollen?"

„Soweit ich das beurteilen kann, ist es so ziemlich das Schrecklichste, was sich die Obersten vorstellen können."

„Aber warum?", meldete sich Snap zu Wort. Seine Stimme war ungewöhnlich energisch. „Wenn sich Sorshas Eltern ein Kind gewünscht haben ... Außerdem ist nichts Schlimmes dabei herausgekommen ..."

„In diesem Punkt irrst du dich möglicherweise", sagte Omen. Seine Stimme war angespannt. „Die Obersten glauben, dass eine Vereinigung zwischen einem Sterblichen und einem Schattenwesen ein Wesen mit unglaublich zerstörerischen Kräften hervorbringt – Kräften, mit denen es sowohl diese als auch das Schattenreich zerstören könnte." Er musterte mich. „Du hast es gespürt. Ich habe dir nicht geglaubt, als du es mir erzählt hast, doch wie es scheint, hattest du recht, dich vor dem zu hüten, was in dir lauert."

Das Feuer, das ich noch vor wenigen Stunden so gut unter Kontrolle hatte? Es loderte jetzt in meiner Brust auf, prickelnd heiß und unruhig. Ich unterdrückte es und schluckte schwer. „Ich muss einfach mehr üben, um meine Kräfte in den Griff zu bekommen, wie *du* immer gesagt hast. Ich habe noch nie etwas so Schreckliches damit angerichtet."

„Noch nicht. Sie sind der Meinung, dass du das tun wirst, wenn sie dich lange genug am Leben lassen." Er legte den Zettel zurück in die Schmuckschatulle und stellte das Kästchen auf den Tisch. „Was auch immer du bist, die ältesten und mächtigsten Schattenwesen haben eine Heidenangst vor dir."

Die Absurdität dieser Aussage machte mich erneut sprachlos. Pickle knabberte an meiner Hand, doch seine mitfühlende Geste war angesichts dieser Entdeckung kein wirklicher Trost für mich. Die Feierlaune war verflogen.

Die obersten Schattenwesen wollten mich tot sehen. Ich verfügte möglicherweise über eine weltverändernde Macht. Wie sollte ich darauf reagieren? Wie sollten *wir* damit umgehen?

Ich hätte eine oder beide Fragen stellen können, doch bevor ich meine Stimme wiederfinden konnte, klingelte Omens Telefon.

Er hob ruckartig den Kopf und warf einen finsteren Blick auf seine Tasche, bevor er ranging. Offensichtlich hatte er nicht mit einem Anruf gerechnet. Mussten sich Schattenwesen wie der Rest von uns mit nervigen Telefonverkäufern herumschlagen? Der Zeitpunkt für diesen Anruf hätte nicht schlechter sein können.

Omens Blick wurde noch finsterer, als er den Bildschirm betrachtete. Ich stand dicht genug bei ihm, um zu sehen, dass weder eine Nummer noch ein Name auf dem Display angezeigt wurde – es war völlig leer. Doch sein Klingelton ertönte erneut.

Vorsichtig drückte er die Antworttaste. „Hallo? Wer ist da?"

Ein schrilles Lachen ertönte aus dem Lautsprecher, so laut, dass der Höllenhund-Wandler das Handy von seinem Ohr weghielt. „Omen", sagte eine ebenso schrille Frauenstimme, so deutlich, als hätte er sie auf Lautsprecher gestellt. „Ich wusste, dass ich dich erwische."

Omen versteifte sich. Er starrte das Handy an, als wäre es eine Giftschlange. „Wer ist da?", fragte er erneut, allerdings mit einem leichten Zögern, das vermuten ließ, dass er sich auf eine Antwort gefasst machte, die er bereits erwartet hatte.

„Meine Güte. Ich erkenne *deine* Stimme nach all der Zeit noch. Erkennst du wirklich deine Lieblingspartnerin nicht, mit der du so viel Unheil gestiftet hast? Ich bin verletzt."

Mir lief ein Schauer über den Rücken und für einen kurzen Moment vergaß ich meine eigenen Sorgen. Wie hieß das furchterregende Schattenwesen, mit dem Omen vor langer Zeit Sterbliche belästigt hatte?

Seine Fingerknöchel wurden weiß, als er das Telefon fester umklammerte. „Tempest. Ich habe doch gesehen, wie eine Gruppe von Geflügelten dich *ermordet* hat", flüsterte er mit heiserer Stimme.

„Du hast gesehen, wie sie *versucht* haben, mich zu ermorden. Ich muss eine sehr überzeugende Show hingelegt haben. Es war notwendig, um mir diese spießigen Schwachköpfe, die sich selbst als die Obersten bezeichnen, vom Hals zu schaffen. Und als ich einmal die Luft der Freiheit geschnuppert hatte, die es mit sich bringt, wenn man angeblich tot ist, wollte ich sie nicht mehr aufgeben. Es tut mir leid, falls du in all den Jahren um mich getrauert hast."

Omens Miene nach zu urteilen, betrauerte er wohl eher ihre Rückkehr. „Du musstest tun, was du tun musstest", sagte er. In seiner Stimme schwang nun wieder seine übliche Strenge mit. „Was verschafft mir die Ehre, jetzt von deinem Geheimnis zu erfahren?"

Die Sphinx schnaubte. „Wie es scheint, hast du für die falsche Seite Unheil angerichtet. Beinahe hättest du meine ganze Arbeit zunichtegemacht. Zum Glück habe ich es bemerkt und meinem guten Freund die Wahnvorstellungen ausgetrieben, bevor er die gesamte Lichtarmee in die Luft sprengen konnte."

Ich hätte nicht gedacht, dass ich noch fassungsloser

werden könnte, doch bei dieser Bemerkung fand ich meine Sprache wieder. „*Du* arbeitest mit der Lichtarmee zusammen?"

„Eine deiner neuen Freundinnen, Omen? Sie begreift schnell. Obwohl ich nicht so sehr für sie arbeite, sondern *sie* für mich. Tempest, die Sphinx, unterwirft sich niemandem."

„Wenn ich mich einmischen darf", sagte Ruse und sah genauso verwirrt aus, wie ich mich fühlte. „Ich weiß nicht, wer du bist, aber du bist offensichtlich ein Schattenwesen. Warum in aller Welt leitest du eine Organisation, die uns alle vernichten will?"

„Oh, hast du die Geschichten aus unseren glorreichen Tagen denn gar nicht erzählt, Omen?" Tempest stieß einen dramatischen Seufzer aus. „Egal. Ich kann dir versichern, dass die Sterblichen es nicht schaffen werden, uns auszulöschen, egal was sie tun. Zumindest nicht diejenigen von uns, die klug genug sind, dieses Leben zu verdienen. Wenn du die Angelegenheit weiter besprechen möchtest, werde ich es dir nicht schwer machen, mich zu finden. Erinnerst du dich an meinen architektonischen Traum? Ich habe ihn verwirklicht."

Omen erstarrte und gab dann ein ungläubiges Kichern von sich. „Du hast doch nicht …"

„Oh doch. Nach einem Schubs in die richtige Richtung war der König nur allzu gerne bereit, mir diesen Gefallen zu erweisen. Ich nehme an, wir sehen uns dort in Kürze. Ich würde es begrüßen, wenn ihr meine Untergebenen bis dahin in Ruhe lassen würdet. Ihr habt mir schon genug Kopfzerbrechen bereitet."

Die Verbindung brach ebenso abrupt ab, wie sie zustande gekommen war. Einige Sekunden lang starrten wir alle nur Omen an, der tapfer versuchte, nicht auf sein Telefon zu starren, was ihm nicht ganz gelang.

Eine neuerliche Hitzewelle schwoll in mir an. „Ein *Schattenwesen*, das Menschen dazu bringt, den Rest von euch zu foltern und zu töten?" Diese Behauptung hatten wir erst vor wenigen Stunden gegenüber den großen Bossen aufgestellt. Allerdings hatte nichts, was ich von meinen Gefährten gehört hatte, darauf hingedeutet, dass dies tatsächlich der Wahrheit entsprach. Und der Schaden, den die Lichtarmee bei unzähligen Schattenwesen angerichtet hatte, war gewiss nicht nur vorgetäuscht.

„Sie hat schon immer eher zu ihrem eigenen Vergnügen Chaos gestiftet", erklärte Omen in einem schockierten Tonfall.

Eine Flamme brach aus meinem Unterarm hervor, bevor ich eine Welle von Wut und Verrat unterdrücken konnte. Ich löschte die Flamme, indem ich den Arm gegen meine Seite schlug, doch dem wachsamen Blick des Höllenhund-Wandlers entging nichts.

Er schüttelte sich, um die Verwirrung der letzten Minuten loszuwerden, und stand auf. Als sich unsere Blicke trafen, hatte ich das Gefühl, als würde mir der Boden unter den Füßen weggezogen.

„Mit ihr müssen wir uns später befassen. Zuerst müssen wir uns um dich kümmern. Es tut mir leid."

Mein Herz raste. „Omen …"

Er ließ mir keine Gelegenheit, zu flehen oder zu protestieren. Noch während er meinen Namen sagt, stürzte er sich auf mich, und holte so schnell mit seinem Arm aus, dass ich keine Gelegenheit hatte, dem Schlag auszuweichen.

Als seine Faust auf meine Schläfe traf, wurde alles dunkel um mich herum.

ÜBER DEN AUTOR

Eva Chase ist eine Amazon Top 100-Bestsellerautorin für Urban Fantasy und paranormale Liebesromane. Sie ist mit Magie, Chaos und Herzschmerz aufgewachsen und bringt alle drei Elemente in ihre Geschichten ein. Aber keine Angst vor dem gefürchteten Liebesdreieck - Evas Heldinnen müssen sich nie entscheiden. Online findet man sie unter www.evachase.com.